LAS CHICAS DE NINGUNA PARTE

Las chicas de ninguna parte

Título original: *The Nowhere Girls*

© 2017 by Amy Reed
Translation rights arranged by Taryn Fagerness Agency and Sandra Bruna
Agencia Literaria, SL.
All rights reserved

© de la traducción: Natalia Navarro Díaz

© de esta edición: Libros de Seda, S.L.
   Estación de Chamartín s/n, 1ª planta
   28036 Madrid
   www.librosdeseda.com
   www.facebook.com/librosdeseda
   @librosdeseda
   info@librosdeseda.com

Diseño de cubierta: Mario Arturo
Maquetación: Rasgo Audaz, Sdad. Coop.
Imagen de la cubierta: © KYY/Shutterstock
Imágenes de la contraportada: ©Belyay/Shutterstock (peonías inferiores);
   ©KYY/Shutterstock (peonías superiores); Olga.C/Shuttertock (vectores)

Primera edición: febrero de 2019

Depósito legal: M-2830-2019
ISBN: 978-84-16973-69-9

Impreso en España – Printed in Spain

AMY REED

LAS CHICAS DE NINGUNA PARTE

Libros de
seda

Para nosotras.

«Te salvas por ti mismo o no te salvas».

—ALICE SEBOLD, *Afortunada.*

Nosotras.

Prescott, Oregón.

Población: 17.549 habitantes. Altitud: 176 metros sobre el nivel del mar.

Treinta y dos kilómetros al este de Eugene y la Universidad de Oregón. Ciento sesenta y un kilómetros al sudeste de Portland. A medio camino entre una localidad agrícola y las afueras. Hogar de los espartanos (¡arriba, espartanos!).

Hogar de muchas chicas. Hogar de muchas casi mujeres que desean encajar en su piel.

El camión de mudanza abre la puerta corredera por primera vez desde Adeline, Kentucky, y libera el aire rancio de la pequeña población sureña que era el hogar de Grace Salter cuando su madre era aún la líder diligente de la iglesia baptista (aunque, técnicamente, no era una pastora, pues como mujer de una iglesia que pertenecía a la Convención Baptista del sur, no podía reclamar el título oficial ni tampoco el salario significativamente más elevado, ni siquiera con su doctorado para ser pastor de su iglesia ni con su más de una década de servicio). Toda la vida de Grace cambió cuando su madre se cayó de aquel caballo, se golpeó la cabeza y sufrió la conmoción cerebral y la subsiguiente experiencia espiritual que, según la versión de su madre de los acontecimientos, le abrió la mente y la ayudó a escuchar la verdadera voz del Señor y, según la versión de Grace, los echó de Adeline y les arruinó la vida.

Los sillones, camas y cajoneras se encuentran en las posiciones aproximadas en la nueva casa. La madre de Grace empieza a desembalar los utensilios de cocina. Su padre busca en el teléfono móvil un restaurante para pedir *pizza* a domicilio. Grace sube los escalones empinados y rechinantes en dirección a una habitación que no ha visto hasta hoy, el dormitorio que sus padres solo han visto en las fotos que les ha enviado el agente inmobiliario, el dormitorio que sabe que es para ella por la pintura amarilla de las paredes y las pegatinas de flores moradas.

Se sienta en el colchón manchado que tiene desde que tenía tres años y no hay nada que desee más que acurrucarse en él y dormir, pero no sabe dónde están las sábanas. Después de cinco días sin parar de conducir, de tomar comida rápida y compartiendo habitaciones de motel con sus padres, tiene ganas de cerrar la puerta y no salir de allí en mucho tiempo. Lo que no quiere es sentarse en cajas llenas de platos mientras come *pizza* en una servilleta de papel.

Se tumba en la cama y mira el techo desnudo. Observa una esquina con humedades. Es principios de septiembre, técnicamente todavía es verano, pero esto es Oregón, conocido por la humedad todo el año; de eso se enteró Grace haciendo búsquedas decepcionantes por Internet. Se pregunta si debería de buscar un cubo y ponerlo en el suelo por si hay una gotera. «Siempre hay que estar preparado». ¿No es el lema de los *boy scouts*? Ella no sabría hacerlo, pues fue una *girl scout*. A su tropa le enseñaron a hacer cosas como tejer y preparar mazapán.

Vuelve la cabeza para mirar por la ventana, pero le llama la atención una textura que hay bajo el borde blanco descascarillado del marco. Unas palabras marcadas, como si el autor fuera un prisionero en una celda, relucen entre capas de amarillo descascarillado, luego azul y después blanco; décadas de pintura:

> *Matadme.*
> *Ya estoy muerta.*

A Grace se le entrecorta la respiración y se queda mirando las palabras, como si pudiera leer el dolor de una extraña que debe de haber vivido y respirado y dormido en esta habitación. ¿Estaba su cama en este mismo lugar? ¿Estaría en la misma postura en el espacio en el que reposa el cuerpo de Grace ahora?

Qué íntimas son esas palabras. Qué sola debe de sentirse una persona que llama a gritos a alguien a quien ni siquiera puede ver.

Al otro lado de la ciudad, Erin DeLillo está viendo el episodio once de la quinta temporada de *Star Trek: La nueva generación*. El título del capítulo es *Culto al héroe*. Trata de un chico huérfano y traumatizado que se encariña del teniente comandante Data, un androide. El chico admira la inteligencia superior y la velocidad de Data, pero puede que se trate de algo más; desearía compartir la imposibilidad del personaje de experimentar las emociones humanas. Si el niño fuera un androide, no se sentiría tan triste ni solo. Si fuera un androide, no se consideraría responsable del descuidado error que quebró su nave y mató a sus padres.

Data es un androide que quiere ser humano. Él los observa desde fuera. Al igual que Data, Erin a menudo se siente confundida por el comportamiento de los humanos.

Pero, al contrario que Data, Erin es más que capaz de sentir. Siente demasiado. Es puro nervio y el mundo siempre intenta tocarla.

—¡Hace un día precioso! ¡Deberías de salir a la calle! —comenta su madre. Habla entre exclamaciones. Pero Erin tiene la piel casi tan pálida como Data y se quema con facilidad. No le gusta pasar calor ni sudar, ni nada que le recuerde que vive en un cuerpo humano imperfecto, razón por la cual se baña al menos dos veces al día (pero nada de duchas, pues son como puñaladas en la piel). Su madre es consciente, pero no deja de decir cosas que cree que tienen que decir las madres normales de los niños normales, como si Erin pudiera ser una niña normal, como si pudiera siquiera aspirar a ello. La mayoría de las veces, Erin aspira a ser como Data.

Si vivieran junto al mar, puede que Erin no fuera tan reacia a salir a la calle. Puede incluso que estuviera dispuesta a someter la piel a la viscosidad de la loción solar si con ello pudiera pasar el día paseando entre las rocas y catalogando los descubrimientos, la mayoría de ellos invertebrados, como moluscos, cnidarios y gusanos poliquetos; en opinión de Erin, son especies poco valoradas. En su casa antigua, junto a Alki Beach, en West Seattle, podía salir y pasar días enteros buscando distintas formas de vida. Pero eso era cuando aún vivían en Seattle, antes de los acontecimientos que llevaron a Erin a tomar la decisión de que intentar ser «normal» era demasiado duro y no merecía la pena, una decisión que su madre seguía sin aceptar.

El problema con los humanos es que están demasiado pagados de sí mismos, sobre todo los mamíferos. Como si un cerebro grande y un parto fueran signos de superioridad. Como si las especies peludas que respiran aire fueran las únicas que importan. Hay todo un universo por explorar bajo el agua. Existen ingenieros construyendo barcos que pueden viajar kilómetros bajo la superficie del mar. Algún día, Erin diseñará y tripulará uno de esos barcos gracias a sus doctorados en Biología Marina e Ingeniería. Descubrirá criaturas que nunca se han visto, las catalogará y les pondrá nombre, ayudará a contar la historia de cómo surgió cada ser vivo, dónde pertenece en la red perfectamente orquestada de la vida.

Erin es una friki de las ciencias, y no le avergüenza admitirlo. Sabe que es un estereotipo del Asperger, como otras muchas características de ella: la dificultad a la hora de expresar emociones, las carencias sociales, el comportamiento inapropiado en ocasiones. Pero ¿qué va a hacer? Forman parte de ella, son los demás los que han decidido convertir todo eso en un estereotipo.

Algo que Erin sabe a ciencia cierta es que da igual lo que hagas, porque la gente dará con la excusa perfecta para encasillarte en una caja. Estamos programados para hacerlo. Nuestra condición por defecto es la pereza. Categorizamos las cosas para que nos sea más sencillo entenderlas.

Por eso la ciencia es tan satisfactoria. Es complicada y trascendental, pero también es ordenada, organizada. Lo que más le gusta a Erin de la ciencia es el orden, la lógica, el modo en que toda la información encaja en un sistema, aunque no lo podamos ver. Tiene tanta fe en ese sistema como la gente en Dios. La evolución y la taxonomía son reconfortantes. Son estables y justas.

Pero está el incordio de la probabilidad, que no deja de molestar a Erin; ha decidido que el objetivo de su vida es desentrañarla. La razón por la que hay humanos, la razón por la que existen más cosas además del primer organismo unicelular es la mutación, algo impredecible, sorprendente y accidental, justo lo que odia. Es por lo que los químicos, físicos y matemáticos consideran a los biólogos científicos inferiores. Demasiada confianza en poderes que escapan a nuestro control, a las leyes de la razón, la lógica y la predictibilidad. Es lo que convierte la biología en una ciencia de historias y no de ecuaciones.

Lo que Erin necesita comprender de la evolución es por qué a veces lo inesperado y accidental es lo más necesario. Los accidentes anormales hacen posible la evolución, son la causa de que un pez empiece a respirar aire, lo que permite que las aletas de su progenie se conviertan en pies. A menudo, la clave de la supervivencia es la mutación, el cambio, y, la mayor parte del tiempo, ese cambio es un simple accidente.

A veces, los accidentes de la naturaleza terminan siendo los más fuertes.

En la pequeña, pero en constante crecimiento, área mexicana de la ciudad hay una extensa familia compuesta por cinco adultos, dos adolescentes, siete niños menores de catorce años y una matriarca marchita con demencia avanzada y un estatus de ciudadanía cuestionable. Todo ello sin incluir a los primos, primos segundos y primos lejanos que hay en Prescott y varias ciudades cercanas. Rosina Suárez es la única hija de una madre sola, una viuda cuyo marido murió cinco meses después de que se casaran, seis meses antes de que la pequeña Rosina naciera. En lugar de padre, Rosina tiene una familia grande de tías, tíos y primos que entran y salen de su casa como si fuera de ellos. Las dos cuñadas de su madre, que viven en apartamentos idénticos al suyo a derecha e izquierda de donde vive Rosina, han sido bendecidas con maridos vivos y familias numerosas. Sus hijos no se quejan, ni contestan con insolencia, ni se visten con ropa oscura, ni se maquillan mal, ni se afeitan los laterales de la cabeza, ni escuchan música ruidosa de la década de 1990 que consiste, en su mayoría, en gritos de chicas.

La familia de Rosina es de las montañas de Oaxaca y tiene profundas raíces indígenas zapotecas, con cuerpo menudo y robusto, piel suave y marrón oscura, rostro redondeado y nariz chata. El padre de Rosina era un mestizo de Ciudad de México, más europeo que indio, y Rosina es alta y esbelta como él; se alza por encima de toda su familia y es una extraña entre ellos en muchos aspectos.

Como la mayor y la única hija, la madre de Rosina ha heredado la tarea de vivir y cuidar de su abuela, que tiene tendencia a dar paseos cuando nadie la mira. Y como la hija mayor de la familia, Rosina cuenta también con la responsabilidad de cuidar de todos los primos, además de los turnos que hace en el restaurante de su tío José, La Cocina, el mejor restaurante mexicano de Prescott (algunos dirían que de toda el área metropolitana de Eugene), y el núcleo económico de la familia. Rosina pasa las dos horas y media que tiene entre las clases y el comienzo del turno en el restaurante en la casa de su otro tío, cuidando de sus siete primos menores, mientras la abuelita se echa una siesta en el sillón de la esquina a pesar de los gritos de la horda de niños. El primo mayor de Rosina, Erwin, que va al último curso del instituto Prescott

High y, en opinión de la chica, es la persona más improductiva, se pasa el día jugando a videojuegos mientras se explota los granos y hace viajes periódicos al baño que, según la opinión de Rosina, son pausas para masturbarse. La segunda prima mayor es una chica aburrida sin ningún tipo de intereses que casi tiene ya trece años y está perfectamente cualificada para ocupar su lugar como niñera principal. Pero Rosina es y siempre será la mayor de las chicas y es y siempre será responsabilidad de ella comportarse como la ayudante de su madre y cuidar de la familia.

¿Cómo va a formar un grupo de música si se pasa todas las tardes cambiando pañales y evitando que los niños metan los cuchillos afilados en las tomas de corriente? Ella debería de estar tocando *rock,* debería de estar gritando a un micro en un escenario, no cantando canciones de cuna a los desagradecidos de sus primos pequeños mientras le manchan de mocos sus *jeans* negros preferidos, que tiene que colgar en la calle para que se sequen porque la secadora está rota otra vez, y seguro que se le destiñen y absorben el olor de las tortillas fritas de los vecinos.

Se abre la puerta de la entrada. Uno de los bebés grita de alegría ante la llegada de su madre, que vuelve de trabajar en el turno del almuerzo en el restaurante.

—¡Me voy, tía! —grita Rosina, que se levanta del sofá y sale antes de que a su tía le dé tiempo a cerrar la puerta al entrar.

Esquiva un montón de trastos heredados que utilizan como juguetes, se sube a la bicicleta de segunda mano y sale pitando de allí sin fijarse siquiera en el escupitajo que tiene en la pierna y algo marrón que le mancha la camiseta y que parece plátano aplastado o caca de bebé.

A un kilómetro y medio al este hay un vecindario que no tiene nombre oficial, pero al que todos los residentes de Prescott se refieren abiertamente como Ciudad Caravana. Allí moran casas prefabricadas de tamaño estándar y doble y pequeñas casas que se caen de sus cimientos, jardines que llevan mucho tiempo descuidados y cuyos arbustos son igual de altos que los árboles jóvenes. En una de esas casas prefabricadas, un chico popular está besando en el cuello a una chica cuyo cuello está acostumbrado a ser besado. No es su novia. La chica está acostumbrada a no ser la novia de nadie.

El pequeño ventilador eléctrico que hay dentro de la casa funciona a máxima velocidad, pero el calor de los cuerpos de ambos en el interior de la caja de metal está dejando a la chica adormilada y un tanto nauseabunda. Se pregunta si había algo que tenía que hacer hoy. Se pregunta si, de echarse una siesta, se daría cuenta el chico. Acepta la respuesta, cierra los ojos y espera a que termine. Estos chicos no suelen tardar mucho.

Hubo una época en la que, como muchas otras chicas, estaba obsesionada con las princesas; un tiempo en el que creía en el poder de la belleza, la gracia y la dulzura. Creía en los príncipes; creía que la podrían salvar.

Ya no sabe si cree en algo.

En un barrio muy distinto, una chica muy distinta cierra los ojos y se deja llevar; siente la cabeza del chico entre las piernas, propiciándole placer con la lengua, justo como ella le ha enseñado. Sonríe y le dan ganas de reír por lo mucho que disfruta, cómo la toma por sorpresa, cómo burbujea y hace que se sienta más ligera.

Ella nunca se ha cuestionado sus privilegios a este respecto Nunca se ha planteado cuál es el poder de su cuerpo, su derecho a sentir placer.

Hay muchas colinas en Prescott, y la presidenta del cuerpo estudiantil del instituto Prescott High, una alumna de sobresalientes, futura estudiante de Premedicina en (¡crucemos los dedos!) la Universidad de Stanford, vive en la más alta. Está entrando con el Ford de exposición del año pasado (su padre es el propietario del concesionario de Ford de Prescott: ¡el que más Ford vende en toda la zona!) en el garaje de tres plazas de la familia tras acabar el turno como voluntaria en la residencia de ancianos (aunque, por supuesto, nunca la llamaría así en voz alta). Es menos ofensivo llamarlo «comunidad de retiro», y es importante, pues no le gusta ofender a nadie. Jamás, ni en un millón de años, le contaría a nadie que los ancianos en realidad le dan asco, que tiene que contener las ganas de vomitar durante la mayor parte del turno, que a veces llora de alivio cuando termina y se da una ducha caliente para eliminar el olor que le han dejado, una mezcla de bolas de alcanfor y comida blanda. Aceptó la oportunidad de realizar este tipo de voluntariado porque sabía que sería todo un reto, porque sabe que esa es la clave del éxito: aceptar los desafíos.

Cuenta en la cabeza las horas de voluntariado. Archiva el número con sus otros números preferidos: su nota media (4,2), el número de clases avanzadas a las que asiste (diez hasta ahora, y sigue contando) y los días que le quedan de clase hasta que se gradúe (ciento ochenta. Uf.). Se juró hace mucho tiempo no terminar como su madre, oriunda de Prescott que estuvo a punto de triunfar, pero que no fue a la universidad por casarse con su novio del instituto. Sí, su madre acabó siendo rica, pero tuvo la oportunidad de lograr algo más. Podría haberse convertido en alguien, aparte de la esposa de un vendedor de automóviles y la presidenta del club de lectura del vecindario. Renunció a la oportunidad de ser alguien justo cuando la rozaba con los dedos, solo un segundo antes de alcanzarla, salir corriendo y no mirar nunca atrás.

A tres kilómetros al oeste, una chica busca en Internet cómo perder diez kilos de forma sencilla.

A medio kilómetro al este, alguien comprueba por tercera vez que la puerta del baño está cerrada con pestillo. Se miran al espejo e intentan no encogerse de vergüenza; aplican con cuidado el labial que le han robado a su madre del bolso, se meten papel higiénico en el sujetador que se han llevado sin pagar del Walmart y se ponen bizcas para que la mala visión las convierta en otra persona.

—Soy una chica —susurran—. No me llamo Adam.

Al otro lado de la autovía, una chica practica sexo con su novio por segunda vez en su vida. En esta ocasión no le duele. Esta vez se atreve a mover las caderas. Empieza a comprender lo que significa esto de verdad.

En la ciudad que hay a continuación, dos mejores amigas se besan.

—Prométeme que no vas a contar nada —dice una.

«Quiero contárselo a todo el mundo», piensa la otra.

Una chica está viendo la televisión. Otra juega a videojuegos. Otras trabajan a media jornada o se ponen al día con la lista de lecturas veraniegas. Algunas merodean sin rumbo por el centro comercial de Eugene, con la esperanza de que las vean.

Una joven mira al cielo e imagina que cabalga las nubes hacia un lugar nuevo. Otra cava en la tierra e imagina un túnel subterráneo similar a una autopista.

En otro estado, una chica invisible llamada Lucy Moynihan trata de olvidar una historia que la definirá el resto de su vida, una historia que nadie cree.

Grace.

El problema es que, incluso después de que te haya arruinado la vida, cuesta odiar a tu madre cuando es perfecta. Y no «perfecta» con un gesto de comillas de los dedos y tono irónico; perfecta en el sentido de que es prácticamente una santa, casi literalmente. Excepto porque tienes que ser católica para convertirte en santa, y la familia de Grace no lo es. ¿Y qué son ellos exactamente? Tampoco son baptistas ya. ¿Son ahora congregacionalistas? ¿Existe eso?

El padre de Grace decía que Prescott, Oregón, estaba más en consonancia con los valores de la familia que Adeline, Kentucky. El hombre tiene un don especial para sacar algo positivo de las cosas que son un asco. Al fin y al cabo, se dedica a la mercadotecnia. Por ejemplo, supo encontrar una ventaja a tener que mudarse del único hogar que ha conocido Grace porque su (antigua) iglesia básicamente los echó de la ciudad. Su padre lo interpretó como una oportunidad para mostrar fortaleza y resiliencia. También suponía una motivación enorme para mejorar sus habilidades de rasgar cupones, reducir el gasto de papel higiénico y encontrar nuevas variedades de arroz y habichuelas mientras mamá buscaba un trabajo nuevo y Grace intentaba superar un día de instituto sin echarse a llorar en público. Mientras sus padres practicaban la fortaleza y la resiliencia, Grace practicaba el no sentirse demasiado enfadada porque todas sus amigas, a la mayoría de las cuales conocía desde que estaba en preescolar, la había excluido porque su madre se había caído de un caballo, se había golpeado la cabeza y había descubierto que Dios era un tipo más liberal de lo que la gente de la iglesia quería que fuera.

El primer error de su madre en la iglesia fue ser una mujer, y eso sucedió bastante antes de que se golpeara la cabeza. Muchos de los miembros blancos antiguos (en una congregación que estaba compuesta, en su mayoría, por miembros blancos) se cruzaron de brazos y fruncieron el ceño durante el sermón de su invitada, a la espera de que el pastor la relevara y tomara las riendas del discurso. Incluso antes de darse el golpe en la cabeza, ya era un poco animada de más para el gusto de esas personas, un poco más liberal sobre el tema del amor. Así pues, estaban listos y más que preparados para desatar el infierno cuando su madre casó a dos homosexuales propietarios de una peluquería canina. En su último sermón antes de que le dieran la patada, además de recordar a la congregación el molesto detalle de que Jesús amaba y aceptaba a todo el mundo sin juzgar, alegó que él mismo era un socialista de piel morena. Incluso se propagó el rumor en la ciudad de que alguien la había escuchado exclamar «¡A la mierda el Levítico!» mientras podaba las rosas del jardín.

Y, así como así, después de años de servicio, la madre de Grace perdió el empleo como directora de las actividades de las mujeres y oradora invitada de la primera iglesia baptista del Gran Redentor; de repente los siete mil feligreses de Adeline y los tres municipios vecinos la injuriaban y odiaban. Su padre acababa de empezar su negocio de mercadotecnia por Internet y aún no ganaba dinero.

Pero peor que ser pobre de repente era quedarte sin amigas en una pequeña localidad en la que todos eran amigos de todos. Nadie se sentaba al lado de Grace a la hora del almuerzo. Empezaron a aparecer pintadas en su taquilla, y las más curiosas de todas eran la de «Puta» y la de «Prostituta», pues ella seguía siendo muy virgen. Pero así es como llamas a las chicas cuando quieres avergonzarlas. Así que Grace pasó los días que quedaban de instituto almorzando sola en el baño del gimnasio, sin hablar con nadie durante el día excepto con algún que otro profesor, y sus padres no tenían ni idea. Su madre estaba demasiado ocupada buscando un empleo nuevo y su padre estaba muy atareado buscando clientes; Grace sabía que no era el momento para hablar de su dolor.

Ni siquiera sabe cómo definir qué es lo que siente ahora mismo, pero sí sabe al menos que no es tristeza por haberse marchado. Adeline había dejado bien claro que ya no tenía nada que ofrecerle a ella ni a su familia en términos de amistad o acogimiento. Incluso antes de todo eso, cuando Grace estaba acomodada en su bajo, pero estable lugar de la jerarquía social, con un grupo de amigas y conocidos, con reglas muy definidas de comportamiento y forma de hablar... incluso entonces, con todo ese orden, Grace sospechaba que algo iba mal. Conocía cuál era su papel y lo representaba a la perfección, pero no era más que eso: una representación. Una parte de ella siempre sintió que estaba mintiendo.

Puede que siempre hubiera odiado en secreto la música cristiana y las películas de temática religiosa tan ordinarias y de producción horrible que veía todos los sábados por la noche con el grupo de jóvenes. Tal vez odiaba en secreto su vida social con el grupo de jóvenes. Puede que odiase sentarse siempre a la misma mesa en el almuerzo, con las mismas sosas a las que en realidad no había escogido y que no le gustaban especialmente, que eran tímidas e insufriblemente hostiles con cualquiera que no perteneciera a su círculo y cuyos chismes se camuflaban en la rectitud cristiana. Igual deseaba en secreto tener un novio a quien besar. Quizá sintiera curiosidad por todas esas cosas por las que se suponía que no debía de sentir curiosidad.

Grace había anhelado siempre algo más. Una ciudad distinta, un instituto distinto, gente distinta. Y ahora que al fin cuenta con la oportunidad de tener todo eso, está aterrada. No sabe qué es lo que quiere de verdad.

¿Qué es peor? ¿Mentir acerca de quién eres o no saber quién eres?

Justo ahora, ante la incertidumbre de empezar un nuevo curso en un instituto nuevo de una ciudad nueva, Grace habría dado cualquier cosa por contar con la simplicidad de su antigua vida. Puede que no haya sido satisfactoria de un modo significativo, que no haya sido real, pero al menos era segura. Predecible. Era su hogar. Y ahora mismo todo eso le suena muy bien.

Pero aquí está, en este extraño lugar que no sabe si es una ciudad pequeña o un barrio en las afueras, atrapada en este purgatorio entre un pasado satisfactorio y un futuro desconocido. Las clases empiezan mañana, el domingo será el primer sermón de su madre en la iglesia nueva y no se siente ni remotamente bien. En este lugar no hay nada que la haga sentir en casa.

Sospecha que debería de estar rezando o algo por el estilo. Debería pedir un poco de ayuda. Hacer un hueco a Dios. Pero ahora mismo tiene otras cosas más importantes de las que preocuparse que no tienen nada que ver con Dios, como sobrevivir al tercer curso del instituto.

Grace comprende que siente nostalgia, pero ¿cómo va a sentir alguien nostalgia de un lugar que ya no existe?

¿Y cómo va a empezar una nueva vida si ni siquiera sabe quién es?

Rosina.

Maldito sea el primo Erwin y su inútil existencia masculina, malditos sean todos los tíos del mundo, maldita sea mami y la tía Blanca y la tía Mariela por pensar que Rosina es su esclava, maldita sea la tradición anticuada por coincidir con ellas, maldita sea su bicicleta y la rueda torcida, maldita sea esta ciudad por tener tantos baches y aceras agrietadas, maldito sea Oregón, la lluvia y los pueblerinos y los futbolistas y la gente que come en La Cocina y no deja propina y tira al suelo las servilletas sucias para que Rosina las recoja.

Pero la abuelita está bien. A Rosina le gusta su abuela y la quiere, lo que no es poco tratándose de ella. Aunque la abuelita piensa que la chica es su hija muerta, Alicia, que no llegó a salir de su ciudad en México. Aunque la abuelita se perdiera el martes por la noche cuando nadie estaba mirando y se dirigiera a un barrio un poco más bonito y mucho más blanco que se encontraba a cerca de un kilómetro y medio de distancia, y que esa animadora guapa llamada Melissa que tanto le gustaba a Rosina desde sexto curso tuviera que llevarla de vuelta. Después de pasar una hora llorando, después de recorrer el barrio en bicicleta en busca de la abuelita, Rosina oyó a alguien llamar a la puerta y fue a abrirla con la cara enrojecida, el pelo hecho un desastre, la nariz mojada por las lágrimas y los mocos; ante ella se presentó una estampa de belleza y dulzura: Melissa, la animadora, de la mano de la abuelita con una sonrisa cálida en los labios y los ojos brillantes.

—Mira a quién me he encontrado —indicó la animadora.

La abuelita le dio un beso en la mejilla, le dijo «Eres un ángel» y entró en la casa. Rosina estaba tan avergonzada que le cerró la puerta a Melissa en su preciosa cara tras ser capaz únicamente de pronunciar un «Gracias».

Rosina pone una mueca al acordarse. Nunca antes una chica le había hecho sentir tan poco Rosina. Nunca se había sentido tan torpe. Reflexiona acerca de la estúpida expresión «que te tiemblen las rodillas», cómo le había parecido siempre un sinsentido romántico y cursi, pero ahora comprende que ella misma ha experimentado la prueba científica de que se trata de una condición física real, y se odia a sí misma por convertirse en un cliché, por haberse encaprichado de esa forma, por comportarse como todas las chicas.

Pedalea con fuerza con la esperanza de que el ardor que siente en las piernas borre la sensación desagradable de desear algo, desear a otra persona, a una que sabe que no puede tener. Incluso en la bicicleta, avanzando tan rápido como puede, se siente enjaulada, atrapada. No puede pedalear hasta Eugene. No puede ir a Portland. Lo único que puede hacer es pasear por las calles de esta ciudad vieja y destartalada en busca de algo nuevo. Algunas veces, cuando llueve, las calles se llenan de gusanos medio ahogados. En ocasiones, cartas perdidas. Las típicas botellas vacías y los envoltorios de los caramelos, tiques y un par de listas de la compra arrugadas. Animales atropellados. Lo único nuevo que hay en la ciudad es basura.

Rosina avanza a toda velocidad por las calles de Prescott, una eterna solitaria, la única chica mexicana de la ciudad que no sale con otras chicas mexicanas, como si intentara llamar la atención a propósito, con el pelo negro y erizado, auriculares en las orejas, escuchando a esas mujeres atrevidas que creaban música en pueblos y ciudades cercanas hace prácticamente una generación entera. Esas chicas valientes con botas y guitarras eléctricas que cantaban con voces que brotan del musgo y las rocas y las tormentas. Reliquias, objetos. Todo lo que valía la pena sucedió hace mucho tiempo, cuando lo nuevo significaba de verdad nuevo.

¿Por qué acaba siempre en esta calle? No hay nada excepto casas que parecen sacadas de un molde y que eran nuevas en los años cincuenta, unos cuantos árboles desaliñados y jardines pequeños con hierba seca. Esta calle no se encuentra en el camino de nada a lo que Rosina quiera llegar. No está en el camino a ninguna parte.

Pero aquí está. La casa. El hogar de Lucy Moynihan. La pintura blanca deslucida se descascarilla, como en las demás casas. Desde fuera no tiene nada especial. Albergaba a una chica a la que Rosina apenas conocía. Se ha pasado todo el verano vacía. No debería de importarle. No le importa. ¿Por qué entonces sigue volviendo aquí? Como si la llamara. Como si, a pesar de que Lucy hace tiempo que no está, la chica aún no se hubiera despedido de esta ciudad.

Pero la casa ya no está vacía.

Si Rosina no estuviera mirando, probablemente no hubiera visto a la chica blanca, sencilla y regordeta que lee en el porche. No destaca mucho contra la pared de la casa. Es blanco contra blanco. Tiene un rostro suave e indefinido, fácil de olvidar. Pero es nueva, y eso ya es algo. Es más que algo.

—¡Hola! —grita Rosina, que se detiene con la bici.

La chica se sobresalta. A Rosina le parece oír un chillido parecido al de un ratón.

—¿Quién eres? —le pregunta al tiempo que saca el caballete de la bicicleta—. ¿Te acabas de mudar? —Avanza por la acera agrietada—. ¿Esta es tu casa ahora?

—Eh... ¿hola? —responde la chica, que suelta el libro, una novela de fantasía mediocre. Se aparta unos rizos rubios y sucios de los ojos, pero estos vuelven a caer justo donde estaban.

—Soy Rosina —se presenta, y extiende el brazo para estrecharle la mano.

—Grace.

La mano de Grace, débil y un poco húmeda, contrasta con la mano fuerte de Rosina.

—¿En qué curso estás? Pareces de segundo.

—Tercero.

—Yo también.

—Voy a ir a Prescott High.

—Ya, es la única opción que hay. —Rosina no hace nada por ocultar el hecho de que está evaluando a la chica nueva—. Tienes un acento muy gracioso. Pareces un personaje animado.

Grace abre la boca, pero no dice nada.

—Perdona, ha sonado maleducado, ¿verdad? —se disculpa Rosina.

—Eh... ¿un poco?

—En realidad lo he dicho como un cumplido. Eres diferente. Me gusta lo diferente. ¿De dónde eres?

—De una ciudad pequeña de Kentucky que se llama Adeline.

—Oh. Bueno, aquí hay muchos pueblerinos, así que te sentirás como en casa. Sabes de quién es la casa a la que te has mudado, ¿no?

—Rosina no espera respuesta—. ¿Sabes lo que significa «paria»? Esta era la casa de la paria de la ciudad. ¿Has leído el libro *La letra escarlata*? Ella era más o menos así, pero no.

—No lo he leído. Estaba prohibido en la biblioteca de mi instituto.

—Vaya, ni siquiera aquí estamos tan atrasados.

Rosina se queda un momento en silencio. Le da una patada a un montón de hierbas que crecen en una grieta de la acera.

—Supongo que este año va a segundo curso. Allí donde esté.

—¿Quién? —se interesa Grace—. ¿Qué hizo?

Rosina se encoge de hombros.

—No hizo nada. No importa qué fue lo que pasó, solo que habló de ello. —Rosina mira a su alrededor, pero no hay nada que le retenga la mirada. Necesita algo en lo que centrarse. Ella es de ese tipo de personas a las que les gusta concentrarse en algo.

—¿Qué dice la gente que pasó? —insiste Grace.

Rosina se encoge de hombros. Intenta ser simpática, comportarse como si no le abrumaran los sentimientos bajo la superficie. Pero le cuesta ser simpática cuando no se concentra en algo, cuando ya estaba enfadada antes de que comenzara esta conversación inesperada, cuando el sol del atardecer le alumbra los ojos y está de pie a la sombra de la casa de esa chica que merecía algo mejor y por la que debería de haber hecho algo cuando tuvo la oportunidad.

—Lo que pasa es —comenta— que la gente no quiere escuchar cosas que les compliquen la vida, aunque sean ciertas. La gente odia tener que cambiar la forma en la que ve las cosas. Así que en lugar de admitir que el mundo es feo, matan al mensajero que les habla del asunto.

Escupe en la acera, asqueada por el ardor que siente en la boca del estómago y que amenaza con chamuscarla. ¿Qué es lo que pasa con esta chica callada del porche que está haciendo que hable y que arda? ¿Es solo porque está haciendo preguntas? ¿Porque parece interesada de verdad?

—¿A quién le importa un comino que a una chica la violen? —señala Rosina con tono sarcástico—. No era importante. Ninguna de nosotras somos importantes. La chica ya no está. Deberíamos olvidarnos de ella. —Mira a Grace, como si se acabara de dar cuenta de que está allí—. No hablas mucho, ¿no?

—Ya te has encargado tú de hablar.

Rosina esboza una sonrisa.

—Bueno, chica nueva, ¿tienes algo interesante que decir?

—Oh. Eh...

—Se acabó el tiempo. Me voy de aquí. Nos vemos en el instituto, supongo.

—¿Un placer conocerte?

Rosina inclina un sombrero imaginario, se da la vuelta y alza una pierna por encima de la bicicleta.

—¡Espera! —grita Grace. Parece tan sorprendida como Rosina por el repentino volumen de la voz—. ¿Cómo se llamaba?

Rosina suspira.

—¿Acaso importa?

—Eh... ¿sí? —murmura Grace en voz baja. Y luego un poco más fuerte—: Sí, creo que sí que importa.

Rosina no quiere creerla. Eso significaría preocuparse por algo por lo que no puede hacer nada. No quiere decir el nombre de la chica en voz alta, porque eso la haría real, ¿y qué importancia tendría?

—Lucy —responde al tiempo que se sube a la bici—. Lucy Moynihan. —A continuación, se aleja pedaleando todo lo rápido que puede.

Erin.

—He practicado la rutina para mañana por la mañana —informa Erin a su madre—. Tardaré aproximadamente una hora y quince minutos desde el momento en que me despierte hasta que llegue al instituto. El margen de error es más o menos de tres minutos. Este plan da por sentado que tengo que elegir y preparar la ropa que me voy a poner la noche de antes.

—Qué bien, cariño —responde su madre—. Pero igual no es necesario que prepares la ropa, porque te pones todos los días lo mismo. —La mujer siempre intenta convencer a Erin de que haga las cosas de otra forma. Siempre existe un modo mejor que el de Erin.

—Pero tardaré un minuto o dos más si tengo que sacar las prendas del cajón.

El armario de Erin se compone de tres camisas de franela de cuadros, cuatro camisetas blancas lisas, dos camisetas grises, tres pares de *jeans* holgados, dos pares de pantalones de pana holgados, unas Converse All Stars negras y unas Converse All Stars azules, todo con las etiquetas cortadas.

—¿Por qué no te pones esas camisetas nuevas que te compré? —sugiere su madre.

—Son muy ásperas.

—Las lavaré unas cuantas veces más. Así se volverán más suaves.

—Me gustan mis camisetas viejas.

—Tus camisetas viejas tienen agujeros. Están manchadas.

—¿Y?

—Puede que a ti no te importen esas cosas, pero otras personas se fijan —explica—. La gente te juzga.

—Eso es problema suyo.

Erin sabe que su madre cree que está ayudándola, que cree que esta es la clave de la felicidad: pertenecer, encontrar un modo de encajar. Pero Erin ya lo ha intentado. Se pasó toda la infancia estudiando a la gente, intentando descubrir cómo ser una «chica normal». Se convirtió en un mimo, una actriz que representaba varios papeles: tenía el pelo largo, llevaba ropa que a su madre le parecía bonita, incluso se maquilló durante un tiempo cuando estaba en octavo curso. Se sentaba encima de las manos para no frotárselas cuando se ponía nerviosa. Se mordía las mejillas hasta que le sangraban para no mecerse en público. Erin era un camaleón que cambiaba para encajar en cualquier grupo en el que se encontraba, repasando constantemente y a toda velocidad la base de datos que tenía en la cabeza en busca de cosas inapropiadas que ponerse, no ponerse; decir, no decir; sentir, no sentir. Pero por mucho que lo intentara, Erin nunca era lo bastante apropiada. Las palabras le salían o bien demasiado pronto o demasiado tarde, la voz era siempre demasiado alta o demasiado baja. Cuanto más se esforzaba por encajar, peor se sentía.

La gente sabe cómo son los chicos con Asperger, o al menos piensan que lo saben. Los chicos se enfadan y pegan y gritan. Se pelean y discuten. Castigan al mundo por hacerles daño.

Pero las chicas con Asperger son distintas. Invisibles. Sin diagnosticar. Porque, al contrario que los chicos, las chicas se encierran en sí mismas. Se esconden. Se adaptan, aunque duela. Como ellas no gritan, la gente da por hecho que no sufren. La chica que llora todas las noches hasta quedarse dormida no causa problemas.

Hasta que habla. Hasta que el dolor se hace tan grande que se derrama. Hasta que no tiene otra elección que emerger de sus casi dos semanas de silencio para contar la verdad acerca de lo que hizo con el chico de nombre Casper Pennington, su último y más drástico intento de hacer lo que pensaba que hacían otras chicas. El acontecimiento que los condujo hasta aquí.

Erin se rapó la cabeza poco después. Juró que nunca le preocuparía lo que nadie pensara de ella. Juró dejar de preocuparse, punto.

Su madre exhala un suspiro.

—Solo quiero hacerte la vida más fácil.

—Las camisetas viejas me la hacen más fácil —responde Erin con voz monótona. Si no se pusiera todos los días lo mismo, tendría que decidir qué ponerse todas y cada una de las mañanas. ¿Cómo hace eso la gente? ¿Cómo sale siquiera de su casa?

—Bien, tú ganas —concluye su madre, como si se tratara de una batalla. Como si Erin estuviera en contra de ella y de la política normal.

Su madre le sirve una ensalada de aguacate y uvas con acompañamiento de crema de almendras y apio. Parece más una obra de arte que comida, un extraño arte vegano. El año pasado le puso una dieta de alimentos crudos porque leyó en alguna parte que era beneficiosa para la estabilización del humor y los problemas de digestión de personas con trastornos del espectro autista. Por mucho que Erin odiase admitirlo, parecía funcionar. Pero ahora da igual lo mucho que coma porque una hora más tarde vuelve a tener hambre.

Su madre se encuentra en su puesto habitual en la isla de la cocina, detrás del ordenador. Es ahí donde continúa con su vida por Internet en el mundo de los padres de niños con Asperger: enviando correos electrónicos a los grupos de apoyo que dirige, moderando el grupo de Facebook, publicando por Twitter consejos útiles y artículos, compartiendo recetas veganas, sin gluten y con alimentos crudos en su página de Pinterest. Hace todas esas cosas y un número cada vez mayor de amigos virtuales la consideran una experta en Asperger, pero sigue sin comprender a Erin en absoluto.

Su perro, *Spot,* está sentado en su lugar habitual, a su lado debajo de la mesa. Se llama así por el gato de Data, *Spot,* que aparece en varios episodios de *Star Trek: La nueva generación.* Erin no puede tener gatos porque es alérgica. Este *Spot* es su segundo *Spot.* El *Spot* número uno era una cobaya. *Spot* no tiene manchas, como indica su nombre. Es un golden retriever. El *Spot* de Data tampoco tenía manchas, así que a Erin no le preocupan tales inconsistencias.

—¿Tienes ganas de empezar el trabajo en la secretaría del instituto? —le pregunta su madre. Lleva tiempo intentando enseñarle a mantener conversaciones breves. Practican a la hora de comer.

—No es un trabajo, mamá. No me pagan. Son, básicamente, tareas para esclavos. Por alguna razón, papá y tú estáis pagándoles, ya que las escuelas públicas están financiadas con el dinero de los impuestos, y entiendo que vosotros pagáis impuestos. Al menos papá. Tú no trabajas.

—Sí trabajo, cariño. Es solo que no me pagan por el trabajo que hago.

—Podrías buscar anunciantes para el blog. Podrían pagarte por hablar en las conferencias y esas cosas.

—Gracias por la idea, pero soy feliz tal y como estoy.

—No, no lo eres —replica Erin. Su madre le dedica una mirada que significa que ha dicho justo lo que no debía, pero ella sigue hablando—. Si ganaras dinero, podrías ser económicamente independiente.

—¿Y por qué iba a querer eso?

No lo dice. Por muy mal que se porte con su madre en ocasiones, por muchas cosas inapropiadas que le salgan de la boca, esto es algo que nunca dice: «Para que así no tengas que seguir casada con papá».

Erin se encoge de hombros.

—Un mono estaría sobrecualificado para mi trabajo en la secretaría. Solo necesitan dejarme en algún lugar durante Educación Física. —Tiene la nota de un médico en la que dice que tiene problemas con los deportes de grupo y con que la gente la toque, pero no dice nada de que no le guste sudar, que también es un problema.

—¿Han ido bien las prácticas esta mañana?

—Tengo acceso a la base de datos del instituto. Puedo mirar las notas de todo el mundo si quiero.

—Pero no vas a hacerlo, ¿verdad?

—Va en contra de las normas. —Todo el mundo sabe qué significan las normas para Erin, por eso le han ofrecido ese trabajo que conlleva acceso a información sensible.

—¿Qué planes tienes para el resto del día? —pregunta su madre.

—Pasaré una hora leyendo. Luego recogeré la caca de *Spot* del jardín y la tiraré. Luego me lavaré las manos durante todo un minuto. Me comeré una manzana y palitos de zanahoria porque esta comida solo me satisfará unos noventa minutos. Después de eso veré un episodio porque habré completado todas las tareas del día.

El antiguo terapeuta ocupacional de Erin de Seattle le habló de la gratificación aplazada, que es la clave del éxito. Erin se ha vuelto una experta. Hace todo lo que no quiere hacer antes de las cosas que sí desea. Así siempre se siente motivada para seguir haciendo cosas y siempre lo hace todo. Se hace una lista de lo que necesita hacer en un orden preciso basado en una combinación de importancia, sensibilidad temporal y disfrute (o falta de él). Realizar estas listas le supone a veces tanto trabajo como las tareas en sí. Lo que la gente no entiende es que es necesario, una cuestión de supervivencia. Sin las elaboradas listas de Erin y sus horarios, no habría esperanza alguna de que hiciera las tareas. Se le olvidaría. Las cosas se revolverían en su cabeza hasta quedar despedazadas en lugares perdidos, enterrándola en la ansiedad. Sin esas listas, sin la organización obsesiva, no hay reglas ni orden. El mundo no tiene sentido, se descontrola y amenaza con expulsarla de él.

—Parece que tienes planes —comenta su madre.

—Siempre tengo planes.

—Sí, cariño. Ya lo sé.

A lo mejor Erin no siempre se percata de los tonos que usa la gente, pero está muy segura de que la voz de su madre significa exasperación. Nota una sensación desgarradora en el lugar del pecho donde siempre comienza el dolor, el lugar que irradia ansiedad al resto del organismo. Justo en este momento, el lugar del dolor dice que su madre debería sentirse orgullosa de ella por el éxito que ha logrado con el resto de las listas, no enfadada ni avergonzada de que las necesite.

Spot toca la pierna de la chica con la pata porque siente que está nerviosa. Su madre lo consiguió a muy buen precio porque suspendió en la escuela de perros ayudantes, pero aun así tiene mucho talento.

—Hay una familia nueva en mi grupo de apoyo de la noche de los martes —señala su madre, a pesar de que sabe que Erin detesta hablar mientras come.

—Qué bien. —No desea decir nada, pero, desafortunadamente, no es así como funcionan las conversaciones.

—Tienen una hija de diez años a la que acaban de diagnosticar. Es de alto funcionamiento, como tú. Muy inteligente.

Alto funcionamiento, bajo funcionamiento. Como si fuera tan sencillo. Como si esas dos designaciones significaran algo real.

Erin no dice nada. La excusa es que está masticando apio.

—Se me ocurre que estaría bien que quedarais alguna vez para jugar.

—Tengo dieciséis años, mamá. Yo no quedo para jugar.

—Sé que tiene muchas ganas de conocerte.

—Me da igual.

—Erin, mírame. —Y eso hace, pero dirige la vista justo al punto que hay encima de los ojos de su madre; se trata de un truco especial que ha descubierto para que la gente crea que la está mirando a los ojos cuando en realidad no es así—. ¿Te acuerdas de cuando hablamos de la empatía? Intenta imaginar cómo se siente esta niña y lo reconfortante que sería conocer a alguien mayor con Asperger a quien le va bien.

Erin se frota las manos para tratar de calmar la ansiedad, para poder pensar con claridad. Piensa en la empatía, en que la gente cree, erróneamente, que los niños con Asperger no la tienen, que es algo que hay que enseñar a la gente como Erin. Pero ella tiene empatía, mucha, tanta que a veces le duele, tanta que el dolor de otras personas se convierte en su dolor y la vuelve totalmente incapaz de hacer algo útil por nadie. Por esa razón es más sencillo evitarla que comprometerse. Es más fácil hacer caso omiso en lugar de intentar alentar a la persona que está sufriendo, porque normalmente tiene un resultado contraproducente y empeora la situación. Lo que de verdad quiere hacer Erin con el dolor es arreglarlo, lograr que desaparezca, y a veces los demás no es lo que desean. Para Erin, eso no tiene ningún sentido.

La lógica tiene sentido. En caso de duda, Erin se hace una pregunta: «¿Qué haría Data?». Se esfuerza todo lo posible por pensar igual que un androide. Hace uso de sus espléndidas habilidades de lógica para deducir si una cita sería beneficiosa para una niña de diez años.

—Pero mamá —responde al fin tras llegar a una conclusión—, a mí no me va bien. —A pesar de las listas, de la adaptación, cada día es una batalla que la deja exhausta de un modo que su madre nunca comprenderá.

Sabe lo que significa la cara de su madre. Es lo que la gente define como «descorazonada», a pesar de que el corazón no se ha ido a ninguna parte. Significa muy triste y decepcionada. En el caso de la madre de Erin, también significa que acabas de decir algo que es obvio, pero que se esfuerza mucho por fingir que no es verdad.

—¿Por qué dices eso? Sacas unas notas estupendas, tu coeficiente intelectual está fuera de lo común, te va muy bien en un instituto convencional.

Erin se queda pensando.

—Tengo solo una amiga. Todo el mundo me llama bicho raro. Hasta ella me llama así algunas veces. Y mi único intento de tener novio tuvo como resultado que nos tuviéramos que mudar a otro estado.

—Erin, ya hemos hablado de eso. Aquello no fue el motivo de que nos mudásemos. A tu padre le ofrecieron un empleo aquí.

Pero Erin no tiene que ser un genio (aunque sí lo sea) para saber cuál es la verdadera razón por la que se mudaron. Lo admitan sus padres o no, es consciente de que nadie deja por voluntad propia un puesto como titular en la Universidad de Washington por un trabajo en la Universidad de Oregón que te reporta menos dinero.

—Mamá, necesitas una afición mejor.

Reconoce la mirada en el rostro de su madre. Es como la expresión descorazonada de antes, pero peor.

—Empatía, Erin —la reprende con tono suave. Tiene los ojos húmedos.

Erin siente que el dolor del pecho se retuerce. Eso significa que tiene que disculparse.

—Necesito espacio —comenta—. Me voy a mi habitación.

Su madre la agota más que cualquier otra persona. No necesariamente es estar con otra gente lo que le drena la energía, sino estar con gente que quiere que actúe como alguien que no es en realidad.

—Vamos, *Spot*. —El perro la sigue fuera de la cocina, leal incluso cuando Erin dice cosas que entristecen a su madre. No sabe si se mueve de su puesto en la isla de la cocina cuando ella se marcha, porque cada vez que regresa, su madre sigue allí.

Grace.

Grace mantiene la cabeza gacha mientras navega entre los varios grupos que atestan las escaleras de la entrada al instituto Prescott High. Entre los rizos, atisba fragmentos de caras y peinados y atuendos, y la mente cataloga aceleradamente a aquellos a los que tiene que evitar. Tal vez una persona distinta buscaría a gente para hacer amigos, pero su estrategia para encontrar amigos es un proceso de eliminación. Ha valorado largo y tendido el plan, que es dejar fuera a los populares de primer grado (¿y a quién va a engañar? Probablemente también a los de segundo grado), a los perdedores, a los drogadictos, los deportistas, los que llaman la atención, y quedarse con el que sobre. En su antiguo instituto, las amigas de Grace eran, por defecto, las hijas de los padres devotos de la iglesia de su madre, chicas con las que había crecido, a las que conocía de hacía años de la escuela de los domingos y el grupo de jóvenes. Se lo jugó todo a la carta equivocada. Las perdió a todas cuando eligieron por unanimidad dejar de ser sus amigas porque sus padres habían decidido que su madre estaba poseída por Satán. No puede permitir que eso vuelva a suceder.

Grace toma aliento cuando localiza la secretaría. Ha logrado la primera tarea. Ha cruzado la puerta de entrada. Ahora va a recoger el horario del curso. Si divide el día en pequeñas partes no parece tan aterrador.

«Por favor, Señor —reza en silencio—, dame fuerza. Guíame en este tormento».

Permanece en el mostrador lo que se le antoja mucho tiempo. Hay una chica de aspecto andrógino con la cabeza rapada sentada al otro lado con los ojos fijos en la pantalla del ordenador viejo. Grace sabe que la chica la ve, aunque está actuando como si no fuera así.

—Eh, ¿hola?

La joven la mira un instante y luego vuelve la atención a la pantalla del ordenador.

—Yo no tendría que estar en el mostrador —comenta esta con voz monótona—. El ordenador que tengo que usar está en la parte trasera de la secretaría, pero está roto.

—Ah, de acuerdo. —La chica calva se remueve en el asiento. Parece nerviosa y no dice nada—. Eh... —continúa Grace—. ¿He venido a recoger el horario de clase?

—Se supone que lo recibiste por correo hace dos semanas.

—Eh, ¿me acabo de mudar? Hace dos semanas no tenía dirección y me dijeron que viniera a recogerlo aquí.

La chica alza la vista por fin.

—¿Quiénes?

Una mujer corpulenta sale de un despacho que está en la parte de atrás.

—Lo siento, cielo —dice—. He tenido que ausentarme un segundo. —Mira a la chica calva con lo que parece cara de preocupación, y de nuevo a Grace—. ¿Te estaba ayudando Erin?

—Eh... ¿más o menos?

—La forma que tienes de hablar se llama entonación ascendente —comenta la chica que se llama Erin—. Parece que estés formulando una pregunta, aunque no sea así.

—Erin. —La mujer exhala un suspiro—. ¿Puedes concentrarte en tu tarea y dejar que yo ayude a esta jovencita?

—Solo intentaba ser amable —responde Erin en voz baja. Toma aliento y se frota las manos, como si se estuviera restregando crema.

—No pasa nada, Erin, tranquilízate —le pide la mujer.

—Nadie en la historia del universo que haya dicho a alguien que se tranquilice ha ayudado de verdad a que esa persona se tranquilice —replica ella.

—¿En qué puedo ayudarte, querida? —pregunta la mujer a Grace con una mirada en los ojos que dice que ambas comparten algo, y Grace imagina que es una exasperación mutua con Erin. Pero ella cree que Erin parece nerviosa, ¿no debería entonces esta mujer de ayudarla a ella? Si trabajas en un instituto, ¿no es tu trabajo ayudar a los niños?

—Me llamo Grace Salter. Me acabo de mudar y se supone que tengo que recoger mi horario.

—Por supuesto —responde la mujer con un tono más amable que el que ha usado para hablar con Erin—. ¡Bienvenida a Prescott! Yo soy la señora Poole, me encargo de la secretaría. ¿Qué tal te está pareciendo la ciudad?

—Bien, ¿supongo?

—Estamos exactamente a ciento treinta y uno con cuarenta y ocho kilómetros de distancia de la playa más cercana —interviene Erin—. Y eso no está bien.

La señora Poole no le hace caso. Abre una carpeta en la mesa y extrae un papel.

—Aquí está, el horario de Grace Salter. El aula es la de Literatura Estadounidense, con el señor Baxter.

—El señor Baxter es el entrenador de fútbol y solo manda libros de hombres blancos muertos —comenta Erin.

—Erin, ¡ya basta! —le riñe la señora Poole y se vuelve hacia Grace con cara lastimera—. Estará aquí la primera hora durante todo el semestre.

—La estoy escuchando —dice Erin.

—¿Sabes qué? Está a punto de sonar el timbre. Erin, ¿por qué no le enseñas a Grace cuál es su primera clase? No queremos que llegue tarde el primer día.

Erin se pone en pie y, aunque lleva una camisa de franela extragrande encima de una camiseta blanca ancha y unos *jeans* que no parecen de su talla, Grace se da cuenta de que tiene cuerpo de modelo y se pregunta por qué se esfuerza tanto por ocultarlo. Si ella tuviera un cuerpo como ese, querría que todo el mundo lo supiera.

—Vamos. —Erin sale por la puerta sin comprobar si Grace la acompaña.

Le gustaría preguntarle por qué la señora Poole piensa que está bien ser desagradable con ella, por qué parece pensar que no le va a molestar, pero en lugar de eso dice otra cosa:

—¿Llevas mucho tiempo viviendo aquí? —le pregunta a la cabeza de Erin.

—Más de dos años.

—¿Dónde vivías antes?

—En Seattle.

—Ah, ¿y estaba bien? He oído decir que está bien.

—Tienes acento.

—Soy de Kentucky.

—Esta es la clase del señor Baxter. —Se detiene delante de una puerta abierta, con los ojos fijos en el suelo. Grace cae en la cuenta de que, aparte de esa primera mirada cuando entró en la secretaría, Erin no ha vuelto a mirarla a los ojos.

—Gracias.

Erin pasea la mirada por el suelo.

—Bienvenida —dice tras una larga pausa y se aleja.

Grace entra al aula ruidosa y elige un asiento en el fondo. Mantiene la mirada gacha y no sabe si alguien la está mirando. No sabe qué es peor: que la miren o que nadie se fije en ella. Suena el timbre, pero el profesor no está a la vista.

—Me he enterado de que Lucy Moynihan tuvo una crisis nerviosa después de marcharse del instituto —comenta una chica de pelo oscuro que hay al lado de Grace—. Ha perdido la cordura. Está en una institución mental en Idaho.

—Eso no es verdad —replica su amiga rubia—. Su familia se acaba de mudar a Portland porque estaban avergonzados y no podían soportarlo más.

—Le está bien empleado —continúa la otra joven—. Por todos los problemas que ha causado. ¿Es que no podía pensar en otra forma mejor de acaparar la atención de la gente?

Las dos se ríen. Grace quiere que paren. No conoce a Lucy, no sabe toda la historia, pero, en el fondo del corazón, está segura de que la chica que grabó las palabras que encontró Grace en su dormitorio no buscaba llamar la atención.

Mezclada con el enfado está también la esperanza de que esas chicas sean aspirantes a amigas. No parecen populares, pero tampoco están en el nivel más bajo. Son como ella, del tipo de chicas en que nadie repara. ¿Qué más da que sean unas chismosas? Grace va a tener que pasar por alto ese tipo de detalles, no le quedan muchas opciones más.

Cierra los ojos y se dice mentalmente «Salúdalas». Reza pidiendo fuerza. Abre la boca, pero entonces un hombre alto, grueso y de aspecto pulcro entra en el aula cargando con una pila de libros raídos.

—Hola, entrenador Baxter —saluda un chico musculoso que hay en la primera fila.

—Aarons, ¿estás listo para ganar el viernes? —le pregunta le profesor.

—¡Por supuesto! —Y otros chicos con camisetas de fútbol dan palmadas y gritan.

—McCoy —se dirige a uno de los futbolistas y le deja la pila de libros en la mesa—, reparte esto.

—Sí, entrenador.

—Perfecto. —El señor Baxter se acerca al montón de papeles que tiene en la mesa—. Asistencia, asistencia. ¿Dónde está mi lista de asistencia?

El altavoz rechina.

—Buenos días, instituto Prescott, y feliz primer día de clase —saluda una voz femenina—. Soy la directora Slatterly. —La mitad de la clase se queja—. Hablo por todos los profesores y la administración cuando afirmo que estoy encantada de veros y espero que regreséis del verano descansados y listos para aprender.

La voz se vuelve sombría.

—Quiero enfatizar que, además de educar, la misión del instituto Prescott es inculcar en los estudiantes respeto por la autoridad, disciplina y orden. Sin esos valores, vuestro instituto, vuestra comunidad, la sociedad en su conjunto, se desmoronaría. Tenemos como objetivo educar y modelar a miembros constructivos de la sociedad, jóvenes que quieran contribuir a no perturbar ni destruir el espíritu de la comunidad escolar. —Se aclara la garganta y la voz se vuelve de nuevo más alegre—. Nuestro equipo de fútbol está más fuerte que nunca este año y estamos deseando ver el espectáculo de las animadoras el viernes por la tarde. Recordad, estudiantes, que solo vosotros podéis haceros cargo de vuestro futuro. ¡Arriba, espartanos!

La mitad de la clase vitorea y el resto se queda mirando por la ventana con rostro circunspecto. La chismosa rubia sonríe a Grace y a esta le preocupa que la sonrisa que le devuelve se vea falsa.

—¿Eres nueva? —le pregunta la chica.

—Sí, hola. Soy Grace.

—Yo Allison. Encantada de conocerte.

—Yo soy Connie —interviene su amiga. Grace siente un aleteo de esperanza en el pecho. Todas las chicas chismorrean, ¿no? Hasta las chicas amables son un poco malvadas.

—Muy bien —dice el entrenador Baxter desde la parte delantera de la clase—. Esta clase es de Literatura Estadounidense. Antes de comenzar, quiero que sepáis algo. Creo en el canon. Creo en las grandes obras de literatura que han perdurado durante años porque hablan de temas universales. No voy a desperdiciar nuestro tiempo con obras que son populares por modas pasajeras y lo políticamente correcto. Mi trabajo es ofreceros una base fuerte en los clásicos y eso es exactamente lo que voy a hacer. Vamos a empezar con obras de Edgar Allan Poe, Ralph Waldo Emerson y Henry David Thoreau. Después leeremos *Moby Dick*, de Herman Melville.

—¿Eso no es sobre una ballena? —pregunta el chico de la primera fila.

—Trata sobre la obsesión y la eterna lucha del hombre consigo mismo y Dios —responde el señor Baxter—. Entre otras cosas. Pero sí, hay una ballena. ¿Te parece bien, Clemons?

—Sí, entrenador.

—Bien. Después de *Moby Dick,* pasaremos a una selección de los grandes estadounidenses como Mark Twain, Henry James, Faulkner, Hemingway y Steinbeck. A continuación, nos espera una verdadera joya: *El Gran Gastby,* de F. Scott Fitzgerald, la que consideran la mejor novela estadounidense los eruditos. Si nos queda tiempo al final del semestre, con suerte podremos leer obras de unos cuantos autores vivos estupendos, entre ellos mi preferido, Jonathan Franzen.

»Y ahora —continúa— abrid el libro por el principio y haremos turnos para leer. Página cuatro: «¿Qué es una novela?». ¿Quién quiere empezar?

Grace abre el libro encima de la mesa y se encuentra un dibujito hecho a lápiz de un pene con gafas de sol.

Grace se pierde buscando su taquilla, y cuando llega a la cafetería, la encuentra casi llena. Mira a su alrededor en busca de Connie y Allison, las chicas que están con ella en Tutoría, pero seguramente tengan una hora de almuerzo distinta. Busca en la sala a otros amigos potenciales: que no sean muy guapos, pero tampoco demasiado feos, un punto intermedio entre no ser nadie y ser alguien, el tipo de amigos entre los cuales puede disolverse. Considera un momento dar la vuelta y buscar un lugar vacío para comer debajo de la escalera. Pero entonces se fija en una mesa. En un rincón de la cafetería, junto al pasillo que da a la biblioteca, hay una isla en el mar de la jerarquía del instituto. Allí sentada se encuentra Erin, la chica calva de la secretaría, y Rosina, la joven a la que conoció ayer delante de su casa; las dos distintas, pero de un modo diferente. Ambas parecen ajenas al mundo que las rodea, como si ni siquiera fueran conscientes de que están sentadas en medio de la cafetería de un instituto. Sería maravilloso ser tan libre, tan distinta a los caprichos y debilidades de los demás.

Rosina levanta la cabeza y encuentra la mirada de Grace. Erin vuelve la cabeza para comprobar qué está mirando Rosina. Las dos chicas la miran, sin sonreír, pero con una curiosidad que parece amable.

¿Es cierto que esta decisión, la de dónde sentarse a la hora del almuerzo, podría definirla para el resto de su etapa en el instituto o posiblemente para el resto de su vida? ¿Es la vida tan estúpida y absurda? Si sus experiencias anteriores son señal de algo, la respuesta es sí.

Grace tenía un plan, pero a lo mejor ese plan estaba equivocado. Puede que no se deban tomar decisiones por miedo. Es posible que el objetivo no sea encajar. Tal vez Grace ha estado jugando mal y el objetivo no sea ir sobre seguro e intentar permanecer en el medio. A lo mejor ni siquiera tiene que jugar a ese juego.

—Hola —saluda cuando llega a la mesa. El corazón le late acelerado—. ¿Puedo sentarme con vosotras?

Erin ladea la cabeza de un modo que a Grace le recuerda a un gato o a un robot.

—¿Por qué? —pregunta.

—Erin —interviene Rosina—. Acuérdate de que no siempre tienes que decir lo primero que te viene a la mente.

—Pero quiero saber por qué quiere sentarse con nosotras —responde ella sin atisbo de crueldad en la voz—. Nadie quiere sentarse con nosotras.

—Tienes razón —indica Rosina—. ¿Por qué quieres sentarte con nosotras, chica nueva?

—Yo... ¿no lo sé? Supongo que ya os conozco a las dos y parecéis simpáticas, y soy nueva, todavía no conozco a nadie y...

—De acuerdo —la interrumpe Rosina—. Era una broma. Claro que puedes sentarte con nosotras.

—No somos simpáticas —aclara Erin.

—Habla por ti, yo sí lo soy —señala Rosina.

—No lo eres.

—Soy simpática contigo.

—Yo soy la única persona con la que eres simpática.

—Bueno, igual quiero ser simpática con la chica nueva también. Al menos ella es simpática conmigo, así que estoy pensándolo seriamente.

Erin se encoge de hombros.

—Tienes suerte. Esta es la mejor mesa de la cafetería.

—¿Y eso? —se interesa Grace y se sienta.

—Es la más tranquila —responde Erin—. Y tiene la vía de escape más rápida a la biblioteca.

Grace se fija en el almuerzo de Erin, que tiene en un pequeño recipiente de lata con tres compartimentos. No se trata de la comida típica de una adolescente, no hay un bocadillo ni patatas fritas ni nada que parezca comida cocinada. Erin la ve mirando.

—Se llama fiambrera Bento. Es de Japón. Mi madre me la compró porque no me gusta que la comida se toque.

—¿Estás a dieta?

—A propósito, no.

—La madre de Erin la alimenta con hojas y palitos para que deje de pegarse a sí misma —explica Rosina.

—El tono de Rosina refleja sarcasmo —continúa Erin con tono plano—. Pero el contenido de su afirmación se acerca a la verdad. Aunque esto no son hojas ni palitos.

—Muy bien, es hora de cambiar de tema —concluye Rosina—. ¿Cómo te llamas, chica nueva?

—Grace. Nos conocimos ayer, ¿no te acuerdas?

—Sí me acuerdo. Vives en la antigua casa de Lucy Moynihan. ¡Mierda! —Rosina se pega un tortazo de mentira—. Prometí no volver a pronunciar su nombre.

—¿Por qué no? —pregunta Grace.

—No quiero contribuir a la obsesión enfermiza que tiene esta ciudad con esa chica. Ha pasado todo el verano y la gente continúa hablando de ella. Compraos una vida, Prescott.

—¿Era amiga tuya?

—Estás delante de mi amiga —responde Rosina—. Esta chica calva que está comiendo comida de conejo.

Erin levanta la mirada de su almuerzo compuesto por verduras troceadas.

—La gente no va a parar de hablar de ella hasta que no deje de sentirse culpable —señala—. No pueden olvidarlo porque sigue pesando en sus conciencias. Consciencia. ¿Cuál es el plural de consciencia? Debería saberlo.

—Una observación muy astuta —comenta Rosina.

—Gracias.

—De nada.

—¿Qué le pasó a Lucy exactamente? —pregunta Grace—. ¿Dijo que alguien la había violado? ¿Quién dijo que fue?

Ni Rosina ni Erin dicen nada. Las dos le dan un bocado a la comida al mismo tiempo.

—¿La creísteis? —continúa Grace.

Rosina exhala un suspiro.

—Claro que la creímos. Casi todo el mundo la creyó, pero nunca lo admitirán. Seguramente la mitad de las chicas de este instituto han tenido roce con alguno de esos capullos. —Rosina levanta la mirada del bocadillo, al que apenas le ha dado unos bocados—. Pero no importa.

—¿Por qué no? Claro que importa —insiste Grace.

—¿En qué planeta?

Grace no tiene ni idea de cómo responder.

—Me gustaría hablar sobre los nudibranquios —anuncia Erin, que se frota las manos con aire nervioso.

—De acuerdo —acepta Rosina. Grace la mira con intriga, pero esta le da un bocado al bocadillo, como si fuera un cambio de conversación totalmente normal.

—Los nudibranquios son babosas de mar —explica Erin—. Es un nombre engañoso, porque en realidad son las criaturas más bonitas y elegantes del mar. Nudibranquio es la palabra latina para «pulmón desnudo» porque tienen los pulmones fuera del cuerpo, como si fuesen plumas. Son gasterópodos, como los moluscos y los pulpos. Gasterópodo significa «pie en el estómago».

—Gasterópodo —repite Rosina al tiempo que le quita la corteza al bocadillo—. Es un buen nombre para un grupo.

En ese momento, Grace oye una risa familiar cerca, del tipo al que tanto se acostumbró en los últimos días que pasó en Adeline; una risa con un objetivo, una víctima. Chicas malas preparándose para ser malas.

—No te acerques mucho a la mesa de los bichos raros —comenta una chica con un susurro fingido a su amiga cuando pasan por allí.

Rosina alza el brazo en el aire con el dedo medio estirado.

—Que os jodan, extraterrestres —dice con calma—. No quiero que se me pegue lo que tenéis.

Las chicas ponen los ojos en blanco y se alejan riendo. Grace siente que algo en su interior se desmorona; un dolor conocido resurge junto al miedo de haber escogido la mesa errónea.

—Malditas animadoras —exclama Rosina—. ¿Puede haber mayor cliché?

—Me marcho —indica Erin, que se levanta de forma abrupta con una mirada triste en la cara y se balancea sobre los pies. Mete las cosas en la mochila.

—Hasta luego —se despide Rosina y Erin se da la vuelta y se aleja rápidamente por el pasillo.

—¿Adónde va? —pregunta Grace.

—Probablemente a la biblioteca.

—¿Por qué?

—Malditas animadoras —repite Rosina, que niega con la cabeza, pero Grace no sabe si eso es una respuesta a su pregunta o un comentario sobre el estado del universo. En cualquier caso, no se siente muy optimista.

Nosotras.

Esta chica se unió al grupo de animadoras porque le encanta bailar y el fútbol. No sabía que esa no es la razón por la que la mayoría de las chicas se unen al equipo. No pensó mucho en los uniformes, en los viernes que tendría que ponérselos para ir al instituto, en que la actuación duraría más que los juegos, que es su obligación obsesionarse por la celulitis que tiene en los muslos y que por más sentadillas que hace no puede eliminar, que todo el instituto tiene derecho a hablar de su trasero.

Mantiene la cabeza alta mientras recorre el pasillo. Es su obligación mostrarse segura y alegre. ¿Qué más da que la gente empiece a comentar que nunca tiene novio? Alguien tan guapa debería de tener uno.

La chica sonríe para que nadie sospeche qué es lo que piensa: «¿Y si esta no fuera mi vida? ¿Y si no tuviera que pensar en mi cuerpo todo el tiempo? ¿Y si no tuviera que exponerme? ¿Cómo sería ser un tipo de chica distinto?».

La presidenta del cuerpo estudiantil del instituto Prescott se pregunta si tal vez las chicas de Stanford pueden ser más de una sola cosa. Dado que todo aquel que va allí tiene que ser inteligente por defecto, puede que eso deje de ser algo que tengas que intentar demostrar a todas horas y empieces a probar otras cosas. Igual puede empezar a ponerse faldas un poco más cortas, camisas un poco más escotadas. A lo mejor se puede empezar a maquillar con los productos que su madre le compra y que ella se niega a usar por miedo a que la gente deje de tomarla en serio. Es posible que pueda hacerse algo en el pelo aparte de llevar siempre una coleta alta.

¿Cómo sería llamar la atención? ¿Que la mirasen? ¿Que la quieran para algo más que como compañera de laboratorio? ¿No tener que elegir entre ser guapa o inteligente?

¿Qué chico desea a una deportista como novia? ¿Qué chico sueña con acostarse con una jugadora de *softball*, con piernas y brazos gruesos, una coleta anodina naranja, pestañas translúcidas y una nariz siempre quemada por el sol? Ni siquiera la ven cuando está en el vestuario recogiendo toallas sucias después del entrenamiento de fútbol. Una chica en el vestuario. Pensaba que presentarse a representante del equipo la ayudaría a conocer a chicos, pero la única vez que le han hablado ha sido para preguntarle dónde está el entrenador o si puede llevar bebidas isotónicas con sabor a uva en el siguiente entrenamiento.

Nadie la ve en el rincón, desinfectando protectores bucales mientras ellos están sin toallas. No saben que escucha sus conversaciones en las que comparan con cuántas chicas se han acostado ese verano. Por supuesto, probablemente todos estén mintiendo. La necesidad de competir es primaria, la necesidad de luchar por marcar el territorio.

—Vamos a hacer una apuesta para ver quién folla más este año —propone Eric Jordan. No le sorprende. Aunque no fuera uno de los chicos que Lucy afirmaba que la habían violado, todo el mundo estaría de acuerdo en que era alguien capaz de algo así—. Las vírgenes cuentan el doble. —Casi todos se ríen y los que no lo hacen apartan la mirada o ponen los ojos en blanco, pero no dicen nada—. Empezad por las de primer curso, son las más fáciles.

—Ni hablar, amigo —replica un chico—. Mi hermana va a primero.

—¿Está buena? —pregunta Eric Jordan.

—Que te den —responde el chico sin mucho entusiasmo, pero apenas se le oye con todas las risas. Puede que no todos participen en la conversación, pero está claro que ninguno la está parando.

Ella sabe que está mal lo que piensa, pero desearía que, aunque solo fuera una vez, un chico intentara aprovecharse de ella.

Si Erin DeLillo comprendiera las figuras retóricas, podría decirse que es capaz de hacer los deberes con los ojos cerrados. Por supuesto, literalmente no es verdad, pero realiza las tareas rápido y con facilidad, incluso las de Cálculo avanzado y Química avanzada. Su madre le recuerda siempre lo afortunada que es por ser tan brillante; pocos Asperger son tan excepcionales, tan especiales. Como si necesitaran serlo. Como si fuera el único modo de que los demás los perdonaran por ser como son.

Se sienta en el sillón con *Spot* y unos palitos de zanahoria con pasta casera de anacardos crudos para ver el episodio de hoy de *Star Trek: La nueva generación.* El episodio 118, *Causa y efecto,* empieza con los mayores de la tripulación jugando al póker. Data es muy bueno en el póker porque no muestra emoción alguna. No revela pistas. Tiene cara de póker permanente.

Erin ha estado practicando su cara de póker. Ya no llora tanto en público. Ha mejorado a la hora de ocultar las emociones cuando está dolida. Los peores acosadores del instituto se han aburrido ya de ella y han pasado a otras desafortunadas víctimas. Pero continúan las miradas cuando dice algo extraño, las risitas cuando se tropieza o hace algo torpe, no le hacen caso, la excluyen, le hablan como si fuera una niña con discapacidad auditiva... y todo esto por lo que respecta a la gente amable.

Este es el episodio de *La nueva generación* en la que la nave *Enterprise* se queda varada en un bucle temporal, se repite el mismo día una y otra vez y nadie sabe cómo solucionarlo.

Grace.

—¡Prescott, es un honor conoceros! —anuncia la madre de Grace desde el púlpito con los brazos extendidos, como si abrazara a la congregación entera. Esboza su sonrisa mágica, la que le dibuja arruguitas en los ojos y que sientas que te están abrazando, aunque estés al otro lado de la sala. Grace mira a su alrededor y ve que la gente sonríe al recibir el cálido mensaje de su madre. La sienten... su sinceridad, su pasión, su amor. Solo una frase y su madre ya es un triunfo.

Grace recuerda cuando su anterior iglesia miraba a su madre de ese modo, antes de que empezara a hablar sobre asuntos incómodos como la justicia social y la hipocresía del cristianismo conservador. Ni siquiera los viejos gruñones incapaces de perdonarla por ser mujer pudieron resistirse a los encantos de esa calidez contagiosa. Ella era una oradora de las que te hacían sentir bien, de las que dedicaba mucho tiempo a los proverbios, la canción de Salomón y las partes bonitas de los salmos; hablaba del amor de Dios y del consuelo y la gracia. El pastor principal era quien se encargaba de los sermones sobre el fuego y el azufre, él hablaba del pecado. Su madre alentaba a las personas con las buenas nuevas para que estuvieran preparadas para las malas de él.

Justo ahora está en pie, haciendo bromas. Su anterior iglesia no era divertida.

—Un profesor pidió a sus alumnos que llevaran a clase un objeto que representase sus creencias religiosas —cuenta, pronunciando lentamente con el acento de Kentucky—. Un estudiante católico llevó un crucifijo. Uno judío llevó una menorá. Un musulmán llevó una alfombra para los rezos. —Se detiene un momento para producir un efecto cómico antes de pronunciar la frase final—. El alumno baptista del sur llevó una olla.

Todo el mundo se ríe.

—Yo provengo de una tradición baptista del sur. Mi fe ha evolucionado y he avanzado. Pero sigue encantándome un buen guiso con queso.

Risas por todas partes.

—Tenemos que aprender a reírnos de nosotros mismos —continúa—. Debemos cuestionarnos a nosotros, nuestras creencias más firmes. Tenemos que evolucionar, cambiar y ser mejores. El mismísimo concepto de Jesús, su existencia, nos demuestra que el cambio es necesario, que el cambio es obra de Dios. Jesús vino para cambiar las cosas, para mejorar las cosas. No podemos insultarlo por negarse a seguir haciendo Su obra.

Nunca hablaba de este modo en la otra iglesia. «Cambio» era una palabra sucia, una palabra pecaminosa. Su anterior Jesús blanco y de ojos azules era un hombre totalmente distinto al Jesús del que habla hoy.

Grace no ha escuchado nunca a su madre hablar con tanta pasión, con tanta alegría. Siente el zumbido de la electricidad en la congregación. La están escuchando, la sienten. Su madre llega al interior de sus feligreses hasta alcanzar las partes en las que reside un pequeño fragmento de Dios. El padre de Grace está sentado al lado de ella con el teléfono a su lado en el banco para grabar el sermón. La iglesia hace grabaciones para publicarlas en la página web, pero no serán públicas hasta mañana, como muy temprano, y él quiere escucharlo de inmediato, tomar notas, buscar citas remarcables, repasar las palabras de su mujer en busca de nuevas perspectivas para hacerla famosa. Se sentarán a la mesa esta noche mientras Grace termina los deberes y se quedarán hasta tarde hablando de sus dos temas preferidos: Dios y negocios.

Grace está en la primera fila, pero su madre parece encontrarse a kilómetros de distancia. Grace es solo una de muchas, un miembro de su público, su feligresa. Siente un anhelo ferviente. «Mírame —piensa—. Hazme especial». Pero eso no sucede. Su madre es de todos, no solo de ella.

La mujer camina adelante y atrás, abandonando los confines del púlpito, ocupando todo el espacio posible, disfrutando de la libertad que no ha tenido antes. Esta iglesia no es ni por asomo igual de grande que la iglesia de la que provienen, pero tiene el tamaño suficiente como para que tenga que llevar un micrófono en el cuello de la túnica. Y la congregación es suya como nunca antes. Toda suya.

Cuando empiezan a cantar, no un himno, sino una canción de protesta de los años sesenta de un folleto fotocopiado, Grace se da cuenta de que tiene la cara mojada. Se limpia los ojos y articula las palabras de la canción sin emitir sonido alguno. Hay demasiado espacio en su interior que quiere llenar. Demasiado vacío. Incluso aquí lo siente. Incluso aquí, donde se supone que Dios la completa.

Tras el servicio, su madre parece una estrella del *rock* firmando autógrafos a los fans. Permanece delante del enorme mural colorido que han hecho los niños de la escuela de los domingos y que dice «JESÚS NO RECHAZA A NADIE. TAMPOCO NOSOTROS». La mitad de la congregación hace cola para hablar con ella, para estrecharle la mano y abrazarla, para decirle lo mucho que les ha gustado su sermón, lo honrados y agradecidos que se sienten porque haya elegido su iglesia como su nuevo hogar. Grace sigue sin entender del todo por qué el hecho de que la hayan echado como a una subalterna de una megaiglesia rural ha catapultado a su madre a un estatus de estrella del *rock,* pero aquí están, y ahí está ella, entre sus seguidores. Su padre se encuentra detrás de ella, como su siempre devoto acompañante. Grace está en el rincón que hay entre la pared y las mesas plegables llenas de aperitivos, comiendo galletas.

—Hola —la saluda un adolescente muy alto que se acerca a ella; la única cara negra en un mar de blancos—. ¿Eres la hija de la nueva pastora?

—Eh... ¿sí? —murmura ella y las migas se le salen de la boca.

—¿No quieres formar parte de la cola de recepción?

Grace se limpia la boca con el dorso de la mano. Antes de que le dé tiempo a pensar en una respuesta, el chico le tiende la mano grande y regordeta para que se la estreche.

—Soy Jesse Camp —se presenta. Grace no ha conocido a mucha gente que la haga sentir menuda, pero él lo consigue.

—Grace Salter.

—¿Vas al instituto Prescott High?

—Sí.

—Yo también. Estoy en el último curso. Tu madre es estupenda.

—Gracias.

—Esto debe de ser muy distintito del lugar de donde venís, ¿no?

—No lo sé. Solo llevamos aquí una semana.

—Supongo que los institutos son más o menos iguales en todas partes —señala él—. Los mismos grupos. La misma porquería.

—¿Porquería? —repite Grace con lo que puede que sea la primera sonrisa del día.

—La palabra que me gustaría decir de verdad no es apropiada para la casa del Señor.

—Sí. La misma porquería.

—Qué bien. —Jesse alcanza una galleta y Grace hace lo mismo. Se quedan un momento en silencio, masticando, pero no es un silencio incómodo.

A Grace le recuerda un poco a un osito de peluche, adorable, pero no particularmente atractivo.

—Mi familia iba a una iglesia más tradicional cuando yo era pequeño —explica Jesse—. La iglesia episcopal metodista africana de Prescott, al otro lado de la ciudad. Esa a la que van los negros. Los diez que hay. —Se ríe de su propia broma—. Mi madre dirigía los grupos de oración y todo. Pero entonces mi hermana... perdón, mi hermano, reveló que era transgénero hace dos años y eso hizo que mi madre valorara dónde se sentía acogida. No le gustaba que todo el mundo llamara a su hija abominación, ¿sabes?

Grace asiente. Sí lo sabe. Sabe lo que es que una iglesia rechace a alguien. Pero ¿por qué le está contando este chico todo esto junto a la mesa de las galletas?

—¿Cuántas galletas te has comido? —pregunta Jesse.

—Eh... ¿no lo sé?

—Yo tampoco. Tampoco están tan buenas, pero no puedo dejar de comer. Es lo que más me gusta de venir a la iglesia.

Grace se echa a reír.

—A mí también.

—Pero puede que ahora tenga otro motivo más por el que querer venir —continúa él, sonriendo.

Grace se atraganta con la galleta.

—¿Estás bien? —El chico le da unas palmadas en la espalda—. ¿Quieres agua? Toma mi limonada. —Grace le da un sorbo a la limonada aguada que hay en el vaso de papel.

—Sí, estoy bien —responde cuando se le pasa la tos.

—¿Seguro?

—Sí. —Pero es solo una verdad a medias. A lo mejor no se va a morir atragantada, pero sí de vergüenza—. Háblame de tu hermano —le pide. Cambiar de tema es siempre una buena idea.

—Empezó a tomar testosterona y ahora tiene más bigote que yo —dice mientras se come otra galleta—. Lo único que no entiendo es el nombre que ha escogido: Héctor. Si tuvieras que elegir el nombre que quisieras, ¿por qué escoger uno tan feo como ese?

Grace cree que se supone que tiene que reírse, pero Jesse tiene la cara seria.

—Oh —responde entonces ella. Siente al mismo tiempo deseos de escapar de esta conversación y de que no acabe nunca.

—Estoy seguro de que si fuera al revés sería muy distinto —prosigue Jesse—. Si yo decidiera que quiero ser una chica mis padres no cambiarían de iglesia para apoyarme ni me llamarían por mi nuevo nombre. Mi padre me daría una paliza si deseara ser una chica. Le costó un tiempo, pero ahora le parece bien tener otro hijo. ¿Por qué las chicas pueden llevar pantalones, pero los chicos no se pueden poner un vestido ni muertos? Doble rasero, ¿no? No es que yo quiera ponerme un vestido.

—Ya.

Jesse se ríe.

—¿No es un poco raro que te esté contando esto?

Grace lo mira a la cara grande y suave, a los ojos marrones cálidos.

—Un poco —admite—, pero me alegra que lo hagas.

—Me ha salido sin más.

—No pasa nada.

—Me da un poco de vergüenza.

—No, por favor.

—¿Te cuenta muchas cosas la gente? Por ser la hija de la pastora. ¿Piensan que puedes dar buenos consejos o algo así?

Grace no puede evitar echarse a reír. Nadie le ha pedido nunca consejo acerca de nada en Adeline. Ella no es como su madre, lo que piensa no ha importado nunca.

—No, en absoluto —responde.

—Oh, pues deberían. Eres una buena conversadora. Tienes una energía tranquilizadora.

—Gracias.

Una mujer que debe de ser la madre de Jesse lo llama desde el otro lado de la estancia, donde se encuentra la segunda en la fila, para que conozca a la madre de Grace.

—Ya mismo es nuestro turno —comenta Jesse—. Encantado de conocerte. ¿Cómo te llamabas?

—Grace.

—Grace. Te veo en el instituto, supongo. Gracias por el consejo.

Se da la vuelta y con la amplitud de la espalda del chico, Grace no puede ver a sus padres. Qué curioso que le haya dado las gracias por el consejo cuando lo único que ha hecho ella ha sido escuchar.

Grace y su padre se van a casa andando y su madre se queda en la iglesia para reunirse con algunas comisiones. Algo que todas las iglesias, conservadoras o liberales, parecen tener en común es que tienen muchas comisiones.

—¿No ha estado magnífica? —exclama su padre, que no deja de sonreír.

—Sí, mamá lo ha hecho muy bien.

—Tengo que empezar a transcribir el sermón. Hay bastantes cosas en él que merecen estar en su libro.

—Ajá.

—¿Te importa quedarte sola un rato? Mamá llegará en un par de horas y cenaremos juntos. Creo que esta noche voy a cocinar yo en lugar de pedir comida para llevar, ¿te lo puedes creer?

—Ya —dice Grace—, sí.

Sube las escaleras en dirección a su habitación y se tumba en la cama. Desde que llegó a Prescott, Grace ha desempaquetado lo suficiente para poner las sábanas y una manta en la cama, pero sigue viviendo con la maleta hecha. Las cajas sin abrir continúan apiladas en la habitación.

Grace se pone de lado, mirando hacia la pared sin ventana. Hay un espejo sobre la cajonera, envuelto en un montón de toallas, con cinta de embalaje. No tiene ningún motivo para desembalarlo. La pared está combada, abultada por la esquina. Y en la parte de abajo, donde se encuentra con la moldura descascarillada antaño blanca, hay algunos garabatos minúsculos, como si fueran grafitis hechos por un ratón.

Sale de la cama y se arrodilla en el rincón para mirar un poco más de cerca.

«Escuchadme —pone—. Ayudadme».

Se queda de rodillas, en posición de oración, leyendo las palabras una y otra vez.

Rosina.

Un turno en La Cocina tiene tantas cosas malas que cuesta saber por dónde empezar. Tal vez por el hecho de llegar a casa oliendo a grasa y a chili ahumado, que el olor se impregne tanto en la ropa de Rosina que sea incapaz de quitarlo, que lo absorban los poros de la piel, que salga del trabajo sintiendo que ella misma está frita y cubierta de queso, que la salsa de mole se le coagule en las fosas nasales, las orejas, entre los dedos de los pies.

Es posible que lo peor de trabajar en La Cocina sea que el jefe (el tío José) se pase toda la noche gritándole por romper un plato, aunque haya sido un accidente, aunque se haya ofrecido a pagárselo. A veces lo único que hace es gritarle y a veces Rosina solo puede aguantarse. No puede hacer huelga, ni tampoco hay un sindicato para empleados menores de edad y sin contrato en un negocio familiar que funciona como si siguieran en una ciudad de México en la que los niños no van a la escuela pasado sexto curso. Y tampoco va a defenderla mami, ella no se va a poner del lado de su hija.

Quizá lo peor sea ver a mami trabajar en la cocina como una esclava, encorvada en un rincón con dolor de espalda, pero sin decir nada. Puede que lo peor sea encontrar ratones muertos detrás de los sacos harina de maíz de veinte kilos. O tal vez tener que rellenar la salsa picante, que le hace llorar a pesar de que está acostumbrada a hacerlo con los ojos cerrados. Probablemente sea que el tío José sea el jefe a pesar de que mami hace todo el trabajo de verdad. Quizá sea por cómo trata a todo el mundo, como si fueran escoria, y que siempre se salga con la suya. Que se trate de un hecho científico que la gente dé menos propina a la gente que es más morena. Seguramente sea todo eso.

Rosina pedalea rápido en dirección a su casa e imagina que la porquería del trabajo se aleja volando, absorbida por la esponja oscura de la noche. Está especialmente sucia después de que se le haya roto la bolsa de basura justo cuando la iba a echar al contenedor y se le derramaran los jugos del pollo crudo en la pierna. Tal vez lo mejor habría sido que hubiera lamido la mugre, hubiera enfermado de salmonela, muerto por envenenamiento alimentario y acabado con este chiste de vida de una vez.

«Relájate», se dice a sí misma. Las bromas sobre el suicidio son un cliché.

Le gustaría saber si los demás viven en un estado constante de furia humillante o si es una condición particular de ella.

Qué más da. Todo terminará. Un día Rosina se graduará en el instituto, se alejará de esta capa de grasa y se marchará a Portland para crear su propia banda de punk de chicas. Nunca volverá a pisar Prescott ni ningún otro restaurante mexicano.

Volver a casa le ofrece al menos un poco de consuelo: allí está la abuelita, dormida en el sofá delante de la televisión, con el suave rostro iluminado por la constante programación de telenovelas. Rosina le sube la manta hasta la barbilla y luego se va al baño, donde se desprende de la ropa apestosa del trabajo, abre el grifo hasta que sale el agua todo lo caliente que se puede considerar razonable y se frota la noche de la piel, se lava el pelo, contempla cómo los clientes aburridos y maleducados se esfuman con el jabón. La piel vuelve a ser suya. Huele a ella.

Se sienta en la cama envuelta en una toalla. Se siente agradecida por tener al menos una habitación para ella sola, todos sus primos tienen que compartir. Ella puede decorarla como quiera, pintar las paredes de azul oscuro y pegar pósteres de sus grupos de música preferidos, tocar la guitarra y escribir canciones sin que la oiga nadie. Pero Rosina siente una punzada de vergüenza al pensar que ella se está beneficiando del hecho de que su madre no haya podido tener más hijos, que, hasta donde ella sabe, mami no haya practicado sexo desde que su padre muriera hace diecisiete años. A lo mejor por eso siempre está enfadada.

La casa está en silencio. Mami sigue en el restaurante, limpiando la cocina y preparándola para mañana. Probablemente sus tíos estén en uno de los patios de algún vecino; todos los hombres habrán regresado del trabajo en los restaurantes y el campo, estarán sentados en sillas de plástico, bebiendo cerveza mientras sus esposas se ocupan de los niños, la casa y todo lo demás. La soledad es un cambio más que bienvenido después de sufrir los lloriqueos de sus primos y las exigencias de los clientes, pero también se siente sola. Rosina opina que hay un lugar entre esos extremos, algo entre la soledad y odiar estar rodeada de gente. Saca unos *leggings* y una camiseta vieja, se mete el teléfono móvil en la cinturilla, a pesar de que nadie la va a llamar ni tampoco ella va a telefonear a nadie. Pero siempre queda la esperanza, ¿no?

Puede que esa chica la llame, la que conoció en el espectáculo para todos los públicos en Eugene al que acudió el pasado fin de semana tras escaparse de casa. En un universo paralelo, uno que no fuera tan pequeño y retrógrado, seguramente ni siquiera se hubiera fijado en esa chica. No era su tipo y tampoco era muy simpática, ni guapa, ni interesante. Pero era una chica. Lesbiana. Y Rosina llevaba sin acostarse con ninguna desde Gerte, su primera y única novia, una estudiante de intercambio que se marchó en junio. Antes de ella, solo había tenido sesiones de besuqueos con chicas de primero heterosexuales que quedaban en nada en cuanto ellas recobraban la sobriedad. Esas chicas podían encogerse de hombros y reírse, inventar una historia para contarla más tarde y sentirse orgullosas por ser abiertas de mente y aventureras, pero Rosina se quedaba con el corazón roto. Después de la tercera vez, dejó de ir a las fiestas del instituto y también dejó de besar a chicas heterosexuales.

Baja las escaleras y se sienta en el sofá, al lado de su abuela. Aunque la abuelita está dormida, la simple proximidad de su cuerpo le proporciona alivio. Ella es la única persona en el mundo con la que Rosina no tiene que pelearse.

—Alicia —dice la abuelita entre sueños, llamando a Rosina por el nombre de su hija, que lleva mucho tiempo fallecida.

La chica le aprieta la mano huesuda e inhala la calidez rancia de su aliento.

—Sí, abuelita —responde—. Estoy aquí.

Esta murmura algo que no comprende, pero espera que signifique «Te quiero».

A Rosina le suena el teléfono. Erin la llama en raras ocasiones, pero cuando lo hace es para despotricar sobre algo, para hablarle sobre un pez del que acaba de leer información o sobre un episodio de *Star Trek* que acaba de ver. Con la suerte que tiene, seguramente sea mami quien la llama para que regrese al restaurante. Está claro que no es la chica del espectáculo que le dijo que era demasiado joven y aceptó a regañadientes el fragmento de papel con el número de teléfono de Rosina escrito con labial rojo.

—¿Rosina? —se dirige a ella una voz femenina desde un número de teléfono que no reconoce.

A la joven se le ensancha el corazón, un poquito. De repente el mundo se convierte en un lugar que podría incluirla.

—¿Soy Grace? ¿Del instituto? ¿Me diste tu número el otro día, en el almuerzo?

Tan solo es la chica sosa que habla como si formulara preguntas, la nueva compañera de almuerzo de Rosina y Erin. El mecanismo oxidado que hay en el pecho de Rosina vuelve a cerrarse.

—¿Sí? —responde y se pasa los dedos por el pelo mojado y trasquilado. Igual debería cortárselo, raparse la cabeza como Erin, comenzar desde cero.

Se produce una pausa.

—Necesito que me cuentes lo que le sucedió a Lucy Moynihan.

La voz de la chica es tajante, segura. De repente exige, no pide permiso.

Exhala un suspiro. Si pudiera de pronto dejar de conocer la historia de Lucy Moynihan, lo haría de inmediato. No tiene ni idea de por qué esta chica tiene tantas ganas de conocerla.

«Bueno», piensa. Le contará la historia de la chica desaparecida. Le relatará la historia que nadie dice creer.

Lucy.

No era una chica guapa. Era menuda y apocada. Siempre tenía el pelo encrespado y llevaba la ropa equivocada. Era una chica de primer curso en una fiesta de jóvenes de cursos superiores, acompañada por unas amigas que tenía desde la guardería y que ella no había escogido, oriundas de Prescott, como ella. No tenían nada de especial. Se aferraban a los vasos de plástico como si les fuera la vida en ello y se escondían en un rincón para no ser vistas.

Pero entonces sucedió. Sus amigas desaparecieron y no las encontraba. La habitación se quedó a oscuras y había mucho ruido y todo estaba distorsionado. Él la encontró. Spencer Klimpt. La miró desde el otro lado de la habitación y ella de repente era alguien: una chica, deseada.

Él le rellenó el vaso. Una vez. Dos veces. Más. La miró a los ojos y sonrió mientras la boca húmeda de ella formaba palabras nerviosas. La música estaba muy alta, no oía su propia voz, pero sabía que estaba flirteando. Estaba encantada.

Se había convertido en un juguete de cuerda y él estaba esperando a que se quedara sin cordel. Él fue paciente, muy paciente.

Era bueno escuchando, caballeroso, muy bueno trayéndole bebidas, muy bueno observando cómo empezaban a pesarle los párpados, contemplando cómo se quedaba sin batería, lentamente hasta que dejó de hablar, hasta que se convirtió en arcilla suave perfectamente maleable.

La tomó de la mano y la llevó arriba. Le dijo cosas que no entendió a alguien que no vio. ¿Había alguien más en la habitación? Ella se reía con los ojos cerrados. El mundo se sacudía con ella dentro. Los brazos fuertes de él evitaron que se cayera y pensó: «Por fin».

Cuando la tumbó en la cama, ella se encontraba en algún lugar observando, narrando los acontecimientos:

«Está pasando de verdad. Tengo quince años y estoy a punto de acostarme con uno de los alumnos de último curso más populares del instituto. Debería estar contenta. Orgullosa. Un poco asustada, pero es normal. Estoy bien, estoy bien y esto me parece bien. Aunque la cama da vueltas y no puedo mantener los ojos abiertos y no sé si sabe cómo me llamo y, y, y su cuerpo pesa demasiado encima del mío, y no me puedo mover, y no puedo respirar, y no quiero esto, y no, ya no quiero, quiero resistirme, pero tengo las manos atrapadas, y no tengo los pantalones puestos, y ya es demasiado tarde, es demasiado tarde, es demasiado tarde para decir que no».

Su último recuerdo claro es dolor.

Y luego negro. Luego nada. Luego el cerebro se colapsa y revuelve los recuerdos, los rasga, los destroza. Había muchos vasos rojos. Mucha oscuridad en el agua pantanosa en la que se había sumergido su cabeza. Las aguas violentas habían resquebrajado el cuerpo. Ya no está en ningún lugar. No es nada. Desaparece.

Los resuellos en busca de aire, momentos fugaces, destellos en la oscuridad. Los recuerdos resurgen como burbujas.

Manos. Cama. Dolor. Miedo. Una certeza abrasadora. Una vida arrebatada y redefinida.

Un pensamiento: «Yo tengo la culpa de esto».

Un pensamiento: «Terminará pronto».

Quietud. Una manta pesada de carne que no se mueve. Tiene la esperanza de que haya terminado.

Después movimiento. Su voz:

—¿Has cerrado la puerta?

Otra voz:

—Sí, no viene nadie.

La voz de él:

—¿Estás listo, Ennis? ¿O vas a comportarte como un gallina?

Otra voz. Esta la conoce. Todo el mundo conoce la voz de Eric Jordan.

—A la mierda Ennis. Me toca a mí.

Una cancioncilla: «Uno, dos tres, ¿cuántos habrá?».

Un pensamiento: Voy a morirme.

Un mar violento, azotado, rugiente. Y luego más. Mucho más. Más de lo que pudiera siquiera imaginar.

Una voz:

—Enciende las luces, amigo. Quiero verla.

Una mano en su boca, ahogándole la voz.

No ve nada. Se está muriendo. Está muerta. Es el cadáver de una ballena destrozada por las anguilas en el fondo del mar.

Una voz:

—Mierda, está vomitando.

Una voz:

—Dale la vuelta.

Y entonces un lugar aún más oscuro que la negrura. Y el tiempo se borra de la historia. Su mente se esfuma, los recuerdos se pierden. Tiran de ella al fondo del agua. Le arrebatan el cuerpo, el aliento. La inclinan, y la rompen, y la usan hasta que se convierte en un recuerdo que ya nadie puede recordar.

A veces lo único peor que la muerte es sobrevivir.

Es de día y ya no es ella. Tiene el pelo lleno de vómito. Le duele todo. Le duele por dentro. En el suelo está su ropa arrugada y media docena de preservativos usados. Qué cruel esa pequeña sensación de gratitud: tan solo han destruido, no han plantado nada vivo en su interior.

Los peces que se alimentan de lo que hay en los fondos marinos le han arrebatado toda la carne del esqueleto. La marea la ha arrastrado a la orilla, con algas enredadas y olor a putrefacción. Se arrastra por la playa arrasada por la tormenta, sobre las rocas y la basura, sobre las botellas y las colillas y los cuerpos inmóviles. Hay muchos vasos.

Cuerpos, cuerpos por todas partes, gente que no se marchó a casa anoche. Gente que estaba aquí mientras ella se ahogaba.

Los cuerpos se estiran. Se abren ojos y siguen su fantasmal caminar hacia la puerta.

Una risa que parece un cristal rompiéndose.

Una voz en la oscuridad que le otorga un nuevo nombre:

«Puta».

Erin.

—Necesitas una vida —le dice Erin a Grace a la hora del almuerzo porque no deja de hablar de Lucy Moynihan.

—Esos modales —le riñe Rosina.

—Es más importante ser sincera que ser amable —protesta Erin—. Soy sincera.

Grace es una pesada. Erin no comprende por qué la gente deja que los demás se salgan con la suya siendo tan pesados. Si ella lo fuera, le gustaría que alguien se lo dijera, como hace Rosina.

—Grace no ha tenido tanto tiempo como nosotras para volverse irremediablemente apática —comenta Rosina—. A ella le importa todavía. A nosotros nos importaba al principio, ¿no te acuerdas?

—A mí nunca me importó —replica Erin, porque es lo que desea creer, pero no está del todo segura de que sea verdad. Siente una oleada de malestar, la vaga sospecha de que tal vez hay una verdad distinta bajo la superficie, turbia y oculta. Normalmente aboga por la verdad, pero este tipo de verdad engañosa no es su favorito.

—Pues a mí sí me importaba —insiste Rosina—. Me enfadé mucho.

Erin se acuerda de Rosina acercándose a ese futbolista, Eric Jordan, y escupiéndole en la cara; la saliva le caía por la nariz a cámara lenta, el pasillo entero se quedó en silencio hasta que el escupitajo cayó al suelo, él se rio en su cara, la llamó tortillera sudaca y se marchó. Luego, como todos los demás, Rosina comprendió que preocuparse era una pérdida de tiempo. Al igual que Erin, entendió que preocuparse duele.

Rosina nunca había hablado con Lucy, la chica que supuestamente le importaba tanto como para defenderla escupiendo a alguien en la cara. Pero Erin sabe que hay una diferencia entre una idea y una persona, que es mucho más sencillo preocuparse por algo que no respira. Las ideas no tienen necesidades. No piden nada, solo que pienses un poco en ellas. No sufren ni sienten dolor. Hasta donde Erin sabe, no son contagiosas.

—Dime qué chicos son —le pide Grace—. ¿Están aquí?

—Eric tiene el almuerzo a tercera hora, creo —responde Rosina—. Pero Ennis está aquí. En la mesa de los troles.

Hace un gesto en dirección al centro de la cafetería, donde se sientan los peores. Las chicas que se han estado riendo de Erin desde que se mudó en primer curso, los chicos que ni se preocupan en bajar la voz cuando hablan sobre cómo sería follar con «alguien como ella». Comparado con el resto, Ennis es tranquilo, amable incluso, la persona de la que menos podrías sospechar que fuera un monstruo.

—Ennis Calhoun es el de la perilla púbica —explica Rosina—. Y probablemente hayas visto a Eric en el instituto. Siempre le sigue un grupo de troles. Hubo un tercero, el cabecilla, Spencer Klimpt, pero ya se ha graduado. Trabaja en el área de servicio Quick Stop de la autovía. Esos chicos son unos triunfadores.

—Creo que el pelo de la cara no puede ser púbico —comenta Erin.

—¿Ennis es el que está sentado al lado de Jesse? —pregunta Grace. Erin reconoce la mirada de la chica como decepción, como si esperara que el chico grande y bobo llamado Jesse fuera otra persona, alguien que no se sentara con Ennis Calhoun a la hora del almuerzo.

—¿Lo conoces? —pregunta Rosina.

—Va a mi iglesia.

—Te está saludando —interviene Erin—. Parece un osito de peluche.

—¿Te gusta ese chico? —insiste Rosina.

—No. Para nada.

Todos creen que Erin es incapaz de leer a la gente. Es lo que llevan diciéndole toda la vida. Pero ella no tiene ningún problema a la hora de reconocer las emociones obvias. Sabe lo que significa llorar. Cómo suenan los gritos de enfado. Sabe bromear. Reconoce la mirada de la gente cuando se choca sin querer contra la pared al doblar una esquina, cuando dice cosas inapropiadas en clase, cuando se frota las manos con tanta fuerza que hacen ruido. Son los detalles más sutiles los que la confunden. Cosas como la ironía, los intentos de ocultar los sentimientos, las mentiras. Erin pasa horas interminables aprendiendo, dando clases para leer expresiones faciales e interpretar el lenguaje corporal. La han entrenado para que preste atención, para que estudie las emociones humanas y las relaciones con una intensidad tan solo comparable a la de los psicólogos y los escritores. Como ella es una extraña, a veces ve cosas que los demás pasan por alto.

Por ejemplo, tiene la impresión de que Grace ha podido considerar que le gusta ese tal Jesse. Si no le gustara, no tendría razón alguna para parecer tan decepcionada ante la noticia de que sea un chico que no puede gustarle. Se da cuenta de que el rostro feliz del osito de peluche que es Jesse se torna triste al ver cómo lo está mirando Grace. A lo mejor él también estaba considerando que ella le gustara.

—Parecen muy normales —señala Grace—. Esos chicos. No parece...

—¿Sabías que las nutrias violan a las crías de las focas? —explica Erin a sabiendas de lo impactantes e inapropiadas que son sus palabras, pero desea desesperadamente cambiar de tema. A veces, alarmar a la gente es la mejor forma de acaparar su atención—. La gente cree que son muy bonitas y adorables, pero son animales salvajes.

—Por Dios, Erin —se queja Rosina.

—No pueden evitarlo —continúa ella—. Está en su naturaleza.

—Alguien tendría que hacer algo —musita Grace.

—¿Con las nutrias? —pregunta Rosina—. ¿Algo como sensibilización?

—Con Lucy. Con esos chicos. No pueden salirse con la suya. No pueden quedarse ahí sentados, comiendo, como si no hubiera pasado nada.

—Has visto la página web, ¿no?

—¿Qué página web?

—Es mejor que no lo sepas, te lo aseguro —advierte Rosina.

Grace mira a Erin a la espera de que dé su opinión, pero esta se limita a encogerse de hombros.

—¿Qué página web? —insiste—. Quiero saberlo.

—En verdad es un blog —explica Rosina—. Se llama *Los verdaderos hombres de Prescott*. Oye, Erin, déjame tu teléfono.

—Tú tienes teléfono —replica ella.

—El mío es un asco. Necesito el tuyo.

—¿Quién lo escribe? —pregunta Grace.

—Nadie lo sabe con seguridad. —Rosina escribe algo en el teléfono de Erin—. Pero casi todo el mundo cree que Spencer Klimpt es el principal responsable. Apareció justo cuando Lucy y su familia se fueron de la ciudad. La última vez que miré el blog tenía unos doscientos seguidores. —Se mueve por la pantalla del teléfono—. ¡Mierda! Ya tiene más de trescientos. —Se lo pasa a Grace como si no pudiera soportar seguir tocándolo—. Toma, compruébalo tú misma.

Se quedan en silencio mientras Grace estudia el blog. Erin no lo ha vuelto a mirar desde la primera vez que oyó hablar de él a finales del curso pasado, pero se imagina lo que está leyendo Grace. Detalles sobre cómo ligar con chicas. Diatribas acerca de que el feminismo está acabando con el mundo. Descripciones degradantes de mujeres con las que se supone que se ha acostado el autor.

—Dios mío —se escandaliza Grace—. Es horrible.

—Hay varios enlaces en la barra lateral a otras páginas que son como esa, algunas incluso más grandes —comenta con desazón Rosina—. Se llama la «*manosfera*»˙. Todos esos chicos forman una red de capullos que se creen esta mierda. Se autodenominan «expertos del ligue» y comparten consejos sobre

---

* N. de la Ed.: La Manosfera es una red informal de blogs, foros y sitios web donde los comentaristas se centran en cuestiones relacionadas con los hombres y la masculinidad como contraparte y en oposición del feminismo.

cómo manipular a las mujeres. Lo llaman un movimiento por los derechos de los hombres, pero, básicamente, lo que les pasa es que odian a las mujeres.

Hay muchas cosas que Erin ha intentado olvidar. No es solo esto. Ni Lucy. Lo peor es más importante que Lucy, más importante que el instituto y la ciudad, más importante que todos ellos. Pero también es tan pequeño como sus recuerdos privados. Es una diminuta caja en la que los encerró y que dejó en Seattle.

—No quiero seguir hablando de esto. —Erin le quita el teléfono móvil a Grace. Está valorando si hacer una excursión a la biblioteca.

—Entiendo tu interés, Grace —comenta Rosina—. Pero Lucy se ha ido. Nadie sabe adónde se ha marchado. Nadie puede ayudarla.

—A lo mejor nosotras podemos —insiste ella—. Podríamos ayudarla.

Rosina se echa a reír y Erin se estremece.

—Aunque quisiéramos, y no queremos, ¿quién iba a escucharnos? Erin y yo somos los bichos raros del instituto y tú eres nueva. Y, sin ánimo de ofender, estás echando a perder tu potencial social al pasar tiempo con nosotras.

«Grace está distinta hoy», piensa Erin. Hasta ahora, se había sentado en silencio y un poco encogida, como si no supiera si contaba siquiera con permiso para hablar. Ahora no deja de hacerlo. Erin piensa que le gustaba más la antigua Grace. Esta nueva es agotadora. La nueva está sacando a colación un asunto en el que Erin no quiere pensar, y mucho menos quiere preocuparse por ello.

—Eh, piensa en la parte positiva —comenta Rosina—. Al menos a nosotras no nos han casado con hombres mayores a los nueve años y nos han cortado el clítoris.

—Qué asco —se queja Erin—. Te has pasado. —Mira las nueces cortadas y los vegetales que tiene en la fiambrera y, en este momento, se alegra de que su madre haya hecho que siga una dieta vegetariana.

—¿Por qué te importa tanto? —se interesa Rosina—. Ni siquiera conocías a Lucy.

—No lo sé. Es algo raro, no puedo dejar de pensar en ello.

—A lo mejor tu casa está encantada. Y te ha poseído su fantasma. Aunque sigue viva. —Rosina se queda pálida—. Espero.

Grace abre la boca para decir algo, pero vuelve a cerrarla y empieza a mordisquearse una uña. Puede que piense de verdad que su casa está encantada.

—Búscate una afición —le dice Erin—. Necesitas una.

—O un empleo —añade Rosina—. Te puedes quedar con el mío. ¿Quieres que te paguen menos que el salario mínimo y que mi tío se pase toda la noche gritándote?

—Sí, puede que sí —responde Grace, que, obviamente, no está escuchando. Está mirando la mesa de los troles como si estuviera valorando la clase de pensamientos que meten a una persona en problemas.

—No puedes cambiar el estado de la naturaleza —tercia Erin, aunque sabe que Grace no la escucha, así que no dice el resto de cosas que tenía pensado decir, y probablemente sea lo mejor, porque sabe que Rosina se enfadaría con ella. Ya han tenido antes esta conversación y ha terminado con su amiga tirándole una botella de agua.

Lo que Erin iba a decir pero que no ha dicho es que los chicos son animales y que actúan como animales porque es su naturaleza, incluso los que parecen amables y adorables como las nutrias. Pero, al igual que las nutrias, se volverán despiadados en un abrir y cerrar de ojos si se activan algunos de sus instintos. Olvidarán quiénes crees que son, olvidarán incluso quiénes quieren ser. Intentar cambiarlos no sirve de nada. La única forma de mantenerse a salvo es alejarse por completo de ellos.

Erin sabe que nadie es mejor que los animales. No somos más que biología, un programa genético. La naturaleza es dura y cruel y nada sentimental. Esencialmente, los chicos son predadores y las chicas son presas, y lo que las personas llaman amor o simple atracción no es más que hormonas que han evolucionado para hacer que la supervivencia de nuestra especie sea algo menos dolorosa.

Erin tiene suerte de haberlo comprendido siendo tan joven. Mientras que los demás malgastan sus vidas en busca del «amor», ella puede centrarse en lo que realmente importa y mantenerse alejada de ese lío.

Nosotras.

Una chica se sienta en el rincón de la clase, mirando las nucas de los demás, tratando de respirar profundamente y no prestar atención a la sensación de ira que burbujea dentro de ella. Trata de recordar las técnicas de *mindfulness* que ha aprendido en verano. «La única forma de escapar es seguir adelante», se repite en silencio. Espera que los sentimientos se alejen como si fueran nubes.

Es extraño cómo alguien puede ser una persona un día, transformarse en el curso de unos cuantos meses y volver a su vida anterior siendo completamente distinto por dentro, aunque los demás lo vean igual por fuera. Tampoco es que pensara que volvería de la rehabilitación y de repente disfrutaría de una experiencia estudiantil normal, pero tal vez una parte de ella deseaba que hubiera una diminuta reinvención. Tal vez debería de hacerse algo diferente en el pelo, teñírselo de un color drástico. Pero todos verían a la misma chica, pero con el pelo distinto. Su lugar ya está forjado, no hay otro sitio en el que pueda encajar.

Observa a una pareja flirtear a su lado. Vuelve a sentir rabia, pero concentrarse en la respiración no logra distraerla. Los odia con una furia que la atemoriza. ¿Cómo se atreven a alardear de lo que esta chica sabe que nunca tendrá: esa inocencia, el romance, la sensación de poder? Cualquier posibilidad de que ella pudiera disfrutar se esfumó hace tiempo, antes siquiera de que tuviera oportunidad de saber lo que quería.

Unos cuantos asientos más allá, en la mesa asignada a Adam Kowalski, se sienta una estudiante anónima. La alumna observa a la pareja que flirtea con anhelo, con una tristeza tan profunda que le cuesta respirar.

«Solo me queda un año —piensa—. Un año para irme de este instituto y de esta ciudad, para no tener que esconderme».

«Pero incluso entonces —piensa—. ¿Querrá alguien a un bicho raro como yo? ¿Habrá alguien que pueda amar a alguien cuyo exterior no concuerda con su interior?».

Al otro lado del instituto hay un grupo distinto de alumnos que casi siempre se mantienen separados del resto. Erin está sentada al fondo en la clase de Historia Estadounidense avanzada del señor Trilling esforzándose por no mirar en dirección a Otis Goldberg por miedo a que, como suele hacer, se vuelva en el momento exacto en el que ella está mirándolo y la mire como si sus ojos fueran rayos láser. Tampoco lo mira muy a menudo, ni a propósito. Ella mira un montón de cosas, es lo que sus ojos hacen. Y sus ojos a veces se fijan en él.

No puede evitarlo. Él siempre levanta la mano y dice cosas sorprendentemente inteligentes. Siempre se sienta ahí, con el cuello bronceado y un tanto musculoso por el atletismo, con un vello rubio que se aprecia bajo la luz tenue que entra por la ventana de la clase. A veces la saluda y ella nunca sabe qué contestarle en el momento justo. Todo lo que tiene que ver con él le parece confuso. ¿Cómo una persona que tiene todos los atributos de un friki puede ser tan incongruentemente guapo? ¿Cómo alguien tan guapo puede ser simpático? No hay ninguna clasificación que parezca adecuada para él y a Erin eso le resulta insoportable. Parece más bien que él haya elegido ser un friki en lugar de verse obligado a ello, como el resto.

Otis Goldberg es muy problemático.

Esta chica camina en dirección a casa después del instituto e intenta resguardarse bajo el paraguas barato que lleva. No hace mucho viento, pero el paraguas no para de volverse hacia arriba, como si quisiera alcanzar el aire y llevársela lejos; no estaría tan mal. A lo mejor debería dejar este mundo, esta vida, y no tendría que odiarse a sí misma por haberse acostado la noche anterior con un chico con el que supo de inmediato, en cuanto él se apartó de ella, que no iba a querer nada más.

No quiere volver a la cantinela de contar cuántas veces ha sucedido esto, cuántas veces se ha convencido de que la próxima vez será distinta, que en el momento en que sus cuerpos se toquen estarán conectados, y ese breve instante en el que él la mire a los ojos la verá de verdad.

No quiere plantearse por qué sigue sucediendo esto, por qué parece condenada a repetir los mismos errores una y otra vez. Es como si, cada vez que un chico la tocara, activara el piloto automático. Su cuerpo se mueve hacia el de él, pero ella ya no está ahí. Es como si estuviera medio dormida. Como si estuviera medio muerta.

Otra chica va de camino a Eugene, al campus de la Universidad de Oregón, y conduce demasiado rápido en la autovía mojada por la lluvia. Prácticamente puede saborear ya los labios de él y siente calor en el vientre por lo que va a suceder. Es una tortura que viva tan lejos y tienen que coordinar su vida amorosa con el compañero de dormitorio de él. Pero es mejor que tener que recurrir al asiento trasero de un automóvil o preocuparse porque los padres lleguen antes a casa, como pasa con los chicos del instituto.

No cree que lo quiera, pero puede que con el tiempo lo haga. Ahora mismo no le parece importante. Lo único que quiere es quitarle la ropa y sentir su vientre firme contra el de ella, sus manos buscando las partes más cálidas de su cuerpo hasta encontrar los pechos, el trasero. Arquea la espalda y presiona el pedal del acelerador cuando piensa en él dentro de ella, en cómo se siente cuando todo encaja tan perfectamente.

Es como si, cada vez que un chico la tocara, pusiera el piloto automático. Su cuerpo se mueve hacia el de él, pero es algo tan natural, tan primario, tan bueno. En esos momentos se siente totalmente viva, dueña de su cuerpo, ella misma, y desearía que existiera un modo de permanecer así para siempre.

Los verdaderos hombres de Prescott

Algunos lectores me han preguntado, así que aquí os dejo un inventario detallado de todos mis ligues, empezando por los más recientes. Me gustaría aclarar que esta lista contiene únicamente las conquistas completas. Si incluyese las felaciones y las masturbaciones, tardaría días en confeccionarla. Así pues, sin más dilación, aquí esta:

UN ANÁLISIS DE TODAS MIS CONQUISTAS

1. Pureta de treinta y tantos. Viene de forma regular a mi trabajo, compra una botella de vino barata casi a diario. Un cuerpo estupendo para su edad, seguro que hace mucho yoga, y es la más vieja con la que he follado nunca. Practicamos la postura del perrito en el sótano mientras su hijo jugaba a videojuegos arriba. Vino un par de veces a mi trabajo después, pero le dejé claro que no seguía interesado. Debe de haber empezado a ir a otro sitio a comprar vino.

2. Universitaria de veintipocos años. La encontré en un bar local, donde estaba con sus amigas. Era la más sexi del grupo. La convencí flirteando primero con su amiga para ponerla celosa. Estaba muy borracha, así que se quedó allí acostada. Se desmayó en mi cama, vomitó en mi baño y me hizo llevarla en automóvil a casa por la mañana.

3. Una hippy en la mitad de la veintena con unas buenas tetas. No me di cuenta de que tenía pelos en las axilas hasta

que ya era tarde. Pero su comportamiento salvaje en la cama compensó. Podría considerar agregarla a mi harén de larga duración si aceptara afeitarse y lavarse el pelo con más frecuencia.

4. Una puta de diecisiete años que conocía del instituto. Sexi, pero demasiado insegura como para darle más valor. Que fuera tan fácil lo hizo menos divertido. La conquista es parte de la diversión.

5. Chusma de edad indeterminada de entre veinticinco y treinta y cinco años. Podría ser la madre de la número cuatro por lo que sé. Se me lanzó encima en un bar, ni siquiera tuve que poner en práctica mis habilidades. Buen sexo, pero estaba demasiado ansiosa por complacer. Sigue siendo sexi, pero me parece que puede convertirse en una borracha cincuentona.

6. Una animadora despreocupada y flaca de diecinueve años. Le encantaba pasarse toda la noche follando. Fue parte de mi harén durante un par de meses. Terminó pasando unos días en el hospital por una infección y me pidió que fuera a verla. Follamos en el baño cuando estaba drogada con analgésicos. Demasiado dopada como para decir mucho, pero estuvo bien.

7. Rubia de dieciocho años de otra ciudad que conocí por Internet. Tonta de remate. No tiene nada especial. Me la follé en el asiento trasero de mi vehículo y no volví a llamarla.

8. Chica de diecisiete o dieciocho años. Cometí el error de aceptar ser el «novio» de esta durante un año en el instituto, aunque, por supuesto, seguí teniendo relaciones con otras. Al principio era increíblemente sexi, alumna

de sobresalientes, pero se fue volviendo más y más patética cuanto más tiempo pasábamos juntos. Me deshice de ella poco después de la graduación. Adiós muy buenas, ¡menos mal!

9. Chica regordeta de diecisiete años del instituto. Yo tenía novia y ella tenía novio, pero se emborrachó en una fiesta fuera de la ciudad y me contó que le gustaba desde que estaba en sexto. Las chicas gordas son muy fáciles. Fue más bien un revolcón por compasión por mi parte y ella estuvo muy agradecida.

10. Pelirroja de dieciséis años (cuyo felpudo iba a juego con las cortinas, por cierto). Fan del equipo de fútbol que hablaba demasiado y hacía cualquier cosa para salir de fiesta con chicos mayores. Las vírgenes tienen algo especial. Es muy dulce lo inseguras que son, lo encantadas que están de hacer lo que se les dice. De forma automática tienes poder y a ellas les encanta.

11. Una donnadie de primer curso de quince años. Se emborrachó tanto que no pudo decir que no. Fue un desastre y se quedó allí tirada, pero follar es follar.

12. Chica de dieciséis años que estuvo siguiéndome en el instituto como un perrito faldero. Estaba encantada cuando por fin la besé en una fiesta. No me supuso mucho esfuerzo llevarla a la habitación y desnudarla. Aburrida y necesitada. Al parecer, ahora es capitana de las animadoras.

13. Chica sexi de dieciséis años de otro instituto. La emborraché y enseguida se convirtió en una puta rabiosa. Continué con esta unas semanas hasta que se volvió dependiente y quiso compromiso, después le di la patada.

14. Una chica de catorce años. Mi primera vez. Los años anteriores viendo porno me crearon más expectativas. Tenía las tetas demasiado pequeñas para hacer una cosa y necesitaba un recorte de felpudo. Al principio ella no tenía ni idea de qué hacer, pero con paciencia le enseñé cómo complacerme. Sus novios futuros me lo agradecerán.

—AlphaGuy541

Grace.

Grace no está de humor para ir hoy a la iglesia. Apenas durmió anoche. Lo que empezó por leer el blog *Los verdaderos hombres de Prescott* pasó a convertirse en tres horas de tortura haciendo clic en los enlaces que encontraba en las profundidades de la *manosfera,* en los foros en los que los hombres compartían consejos de violaciones, en páginas web que sugerían a los hombres trasladarse a países pobres en los que las mujeres no oponían resistencia y no existían leyes que las protegieran.

«El mundo está enfermo», piensa. Es un lugar en el que la gente puede publicar cosas como esa, difundir odio y oscuridad y nadie les pide cuentas. Es un lugar en el que hacer daño a la gente es muy sencillo, y en el que ayudarla es demasiado difícil. Un lugar en el que la oscuridad gana, en el que la oscuridad siempre ganará.

Y su madre está ahí arriba rezando, haciendo su trabajo, intentando convencer a esta iglesia llena de personas de que aún hay luz en el mundo, que está al alcance de todos, que está en el interior de la gente. Grace no sabe si ella lo cree, ya no sabe qué creer.

—Juan fue testigo de la luz —señala su madre—. Él llegó como testigo. Llegó a contar la verdad de Jesús a un mundo que no quería escucharla.

Se queda callada y mira a la congregación silenciosa, extasiada. Sonríe como si estuviera a punto de pronunciar como colofón final un chiste.

—Y era una buena noticia —dice, incrédula—. Era una noticia increíble. Eran noticias sobre la gracia, el amor y la compasión de Dios. —Eleva las manos con fingida exasperación—. Pero ellos no querían escucharla. Dijeron gracias, pero no. Dijeron que seguirían haciendo las cosas como siempre las habían hecho, aunque eso hubiera dejado de funcionar para nosotros. Esos hombres eran la definición de lo conservador.

Una afirmación como esta habría destrozado a su madre en su antigua iglesia. Arranca varias carcajadas a la congregación, pero Grace no está de humor.

—No estaban interesados en las noticias de Juan —continúa— porque era algo nuevo y raro y porque sabían que eso cambiaría las cosas. Porque estaba más allá de su entendimiento de la tradición y de cómo habían sido siempre las cosas, de cómo debían ser. El cambio era aterrador. Era algo que había que evitar.

»¿Quién era ese hombre que conducía a las personas al río y las limpiaba de los pecados diciendo que todos merecían redención? ¿Quién era ese que abogaba por la justicia, pedía a los soldados que no mataran y a los recaudadores de impuestos que no robaran? ¿Quién era ese que pedía caridad, que decía en Lucas 3:11 «El que tiene dos túnicas, dé al que no tiene; y el que tiene qué comer, que haga lo mismo»? ¿Quién era ese loco que clamaba que alguien mejor que él, alguien aún más revolucionario, estaba de camino, un hombre llamado Jesús que tenía el poder de ungirlos no solo con agua, sino con fuego, en la verdadera luz del Señor? La gente le decía a Juan: «¿Quién eres tú?».

Se oyen unas risitas por su forma creativa de parafrasear las Escrituras. Se queda un instante en silencio para que sus palabras calen, para que la gente tenga tiempo para prepararse para algo más serio. Tiene el rostro serio, ojos amables, implorantes. Es eléctrica. Su sonrisa está alimentada por un amor lo suficientemente grande para toda la congregación, para todo Prescott, para todo el mundo. Pero el dolor que siente Grace en el corazón es egoísta, un dolor que la avergüenza; desearía que la sonrisa solo fuera para ella y no para todos esos extraños.

—Juan 1:23 —indica su madre—. Y Juan dijo: «Yo soy la voz de uno que clama en el desierto: Enderezad el camino del Señor».

La congregación toma aliento.

—Uno que clama en el desierto. —Se detiene—. Una única voz en el desierto. —Le brillan los ojos—. Una voz solitaria que dice la verdad en alto, que grita a un mundo que no quiere escucharla. Pero Juan habla de todos modos, porque tiene que hacerlo. Porque conoce la verdad. Porque su Dios lo vuelve valiente.

»Amigos míos, el mundo necesita que seamos valientes. Vivimos en un mundo lleno de sufrimiento, odio, miedo y avaricia, lleno de injusticia. Lo fue Juan, lo fue Jesús. Sería más sencillo alzar las manos y decir «No sirve de nada. Así son las cosas. Yo no puedo hacer nada para cambiarlo, nadie puede hacer nada». Y yo os digo: sí, el mundo está roto. Sí, nuestros líderes son a menudo corruptos y cuesta creerles. Sí, tenemos que esforzarnos para llegar a fin de mes mientras que con unos cuantos de los hombres más ricos habría suficiente riqueza para albergar y alimentar a los que pasan hambre en el mundo. Parece que los abusones lo dirigen todo. La tierra se vuelve más y más enferma. Este mundo es un lugar duro, muy duro en el que vivir. Sí, sí a todo eso. —Se queda callada el tiempo suficiente para que los demás respiren—. Pero me gustaría que os preguntarais a vosotros mismos si merece la pena salvar este mundo roto que tenemos.

Les da un momento para que consideren la propuesta. Grace no sabe si puede responder. No sabe si quiere.

—Jesús pensaba que sí —confirma su madre—. Juan pensaba que sí. Yo pienso que sí. Opino que todos merecemos salvarnos.

—Amén —exclama alguien del público.

—El desierto es vasto —continúa ella, tomando velocidad, impulso—. Es ruidoso e implacable. Da miedo. Pero nuestra voz es más ruidosa de lo que creemos. Incluso los susurros pueden originar ondas que pueden extenderse más allá de lo que podríamos imaginar. Una pequeña muestra de amabilidad en un mar de crueldad, una verdad entre las mentiras, esas son las semillas que pueden cambiar el mundo. Lucas 3:8: «Haced, pues, frutos dignos de arrepentimiento».

—¡Aleluya! —responde alguien.

—Tenemos que hacer cosas que nos dan miedo —prosigue, y su voz irradia pasión—. Tenemos que hacer cosas que sabemos que están bien, aunque los demás crean que está mal. Tenemos que escuchar esa pequeña voz de nuestro interior, la voz clara de Dios en el desierto de nuestra alma, incluso cuando el mundo es ruidoso y hace todo lo posible por ahogar esa voz. Como Juan, tenemos que ser la voz única que clama en el desierto. Debemos hablar. Juan 1:5: «La luz en las tinieblas resplandece, y las tinieblas no prevalecieron contra ella». Amigos míos, debemos ser la luz.

Grace siente cómo se dispara la energía en la habitación, aplastándola y alzándola al mismo tiempo. Siente cómo todo el mundo digiere las palabras de su madre y sabe que su mensaje es bueno y correcto, pero una parte del sermón le parece muy dura. Hace que le pique la piel bajo la tela del vestido, la hace sudar. Los demás se sienten inspirados y ella se siente juzgada. Reprendida. Condenada.

Grace le susurra a su padre que no se encuentra bien. Él sonríe y asiente, pero no aparta la mirada de su madre. Además de todo lo que siente, a Grace le sobreviene otra tristeza, casi celos, anhelo. Sabe que el amor de sus padres es único, cómo adora su padre a su madre, cómo la admira tan profunda y completamente, sin dudas. Grace ha pensado siempre que ninguna historia de amor en el instituto podría acercarse a esta y por eso nunca le han preocupado los novios ni se ha molestado por dejar que nadie se acerque a ella. ¿Está predestinada a una vida de decepción? ¿Está condenada a permanecer sola? ¿Cómo podría soñar tener algún día la historia de cuento de hadas de sus padres? Ellos viven en un mundo mágico en el que la reina es quien gobierna el reino, uno en el que el rey la sigue. Es una historia preciosa. Pero un reino es mucho más grande que una familia, es un lugar en el que una princesa puede perderse. Un lugar en el que pueden olvidarla.

Grace se levanta y se dirige por el pasillo de la iglesia hacia la puerta de atrás. No la sigue ninguna mirada de desaprobación, las señoras mayores no murmuran reprimendas. Cuando las pesadas puertas de madera se cierran al salir, espera que el nudo que tiene en el pecho se disuelva, pero se queda ahí, pesado y terco. ¿Por qué no puede sentirse feliz por su madre? ¿Por qué no puede creer en ella como lo hace su padre? ¿Por qué no puede formar parte del sueño de ellos?

Los pasillos están vacíos y en silencio. Grace se apoya en la pared y cae en la cuenta de que no tiene ningún lugar al que ir. No hay un lugar de consuelo, de refugio, donde se sienta en casa. Su hogar sigue siendo un desastre de cajas medio vacías. Su habitación está inundada por los gritos de una chica perdida.

Al final del pasillo se abre la puerta del baño. Sale el cuerpo grande de Jesse Camp, limpiándose las manos en los pantalones.

—Eh, hola —la saluda. La cara se le ilumina con una sonrisa cálida.

Grace se limpia los ojos. Se recompone.

—¿Estás bien? —le pregunta el chico—. ¿Estás llorando?

—No estoy llorando —responde, sorbiendo por la nariz.

—Oye, ¿te he hecho algo? El otro día me apuñalaste con la mirada.

Grace le lanza una mirada dura, que desorienta a un rostro dulce.

—¿Cómo puedes ser amigo de esos chicos?

—¿Qué chicos?

—Estabas sentado con Ennis Calhoun a la hora de la comida. Y después te vi en el pasillo con Eric Jordan.

Jesse abre mucho los ojos por la sorpresa, pero después aparta la mirada y suspira en un gesto que Grace sospecha que es culpable.

—Eric está en el equipo de fútbol conmigo —responde en voz baja—. Los compañeros de equipo son amigos automáticamente, ¿sabes? Y Ennis sale con él, así que supongo que somos amigos por defecto.

—¿Eres amigo por defecto de unos violadores? ¿Como si no tuvieras elección?

—No había pruebas. —Adopta un tono defensivo—. Todo el mundo lo decía. Que la chica mentía.

—La chica tiene nombre. —Grace intenta matarlo con la mirada. Como no sucede nada, se da la vuelta y se marcha.

—Espera, Grace —le pide. Ella deja de andar, pero se mantiene de espaldas a él—. No lo entiendes. Tú no estabas allí. Todo se volvió un caos después de que Lucy dijera todas esas cosas. La gente del instituto, toda la ciudad, todo se desmoronaba.

—¿Sí? ¿La ciudad se desmoronaba? —Vuelve la cabeza y lo mira a los ojos—. ¿Cómo crees que se sentía ella?

De pronto Grace es muy consciente de una sensación nueva que arde en su interior. Se aleja de la quietud pesada de la tristeza y se acerca a algo más rápido, más intenso, algo que, hasta ahora, había estado fuera de su alcance.

Ira. Furia. Rabia. Necesita fuerza solo para sentirla.

Jesse no dice nada y Grace vuelve a la capilla de la que escapó hace un momento. Nadie parece fijarse en ella cuando recorre el pasillo y se sienta junto a su padre justo a tiempo para escuchar la conclusión del sermón de su madre. La energía de la habitación la envuelve y la arrastra con el resto de la congregación; la ira y la tristeza y los sentimientos a los que no puede dar nombre se mezclan con la sala llena de otras vidas, otras pasiones y decepciones, otros secretos, amores y mentiras. Cierra los ojos e imagina que es una entre muchos: sin nombre, sin rostro, y no la hija de su madre. Escucha la voz poderosa de su madre hablando sobre cómo defendió Jesús a los débiles e indefensos, cómo aceptó a los inadaptados, cómo amó a los no amados, cómo habló por aquellos que no podían hablar por sí mismos. Cómo murió por los pecados de ella, luchando por todos nosotros. Es nuestro turno para luchar.

La capilla zumba con las palabras de la madre de Grace:

—¿Qué vamos a hacer con nuestra libertad, con nuestro poder? ¿Qué vamos a hacer con toda esta gracia? ¿Qué vamos a hacer con estas vidas benditas? ¿Qué vamos a hacer para merecerlas? ¿Qué vamos a hacer para que nuestra vida sea fruto digno de nuestro arrepentimiento?

Grace necesita salir, necesita estar sola. Vuelve a hacerlo cuando todos se levantan para el último cántico, con los ojos empañados por la inspiración. Siente la esperanza de la gente cuando ella escapa de la capilla, todas las buenas intenciones enardecidas de cambiar la noción vaga y abstracta del mundo problemático que los rodea. Puede que, al llegar a casa, se conecten a Internet y donen cien dólares a una causa benéfica. Los mejores de ellos darán un dólar y dedicarán una sonrisa al sintecho que hay en la salida a la autovía con un cartel pidiendo ayuda. ¿Pero qué van a hacer por una chica que ha formado parte de su comunidad y a la que todos rehuyeron cuando necesitaba ayuda de verdad?

Camina el breve trayecto que la lleva a casa y se mete directamente en su habitación, el único lugar donde se le ocurre que se supone que debe de estar a salvo. Pero imagina unos ojos observándola, como si la habitación estuviera viva, conteniendo la respiración, esperando a que haga algo. A lo mejor el armario es lo suficientemente oscuro, lo bastante pequeño. Puede que ahí dentro no se sienta observada

Se agacha en el suelo del pequeño armario y los bajos de las faldas y los vestidos de los domingos le acarician la frente. La luz se cuela por debajo de la puerta del armario cuando lo cierra desde dentro. Casi está a oscuras, casi está escondida.

Pero sigue habiendo luz. Se cuela la suficiente para que sea consciente de que no está sola. La suficiente para iluminar las palabras grabadas en los pocos centímetros de pared olvidada entre la puerta y la esquina, un lugar que no se ve, un lugar tan oscuro que solo podría conocer una persona que tratara de hacerse muy pequeña... en el suelo, con la puerta cerrada.

«AYÚDAME», pone. Tienen la textura de unos gritos, tan rasgadas que podrían haber sido grabadas con las uñas.

Erin.

A veces los padres se marchan y nadie te cuenta por qué. A veces regresan y tampoco nadie te cuenta por qué. Tienes que averiguarlo sola. Es entonces cuando la lógica resulta especialmente práctica. Sin lógica ni pensamiento racional, una persona tan solo contaría con un recurso mucho peor, la emoción, que puede crear todo tipo de problemas cuando la razón no la controla.

Un ejemplo: 1. Un padre se marcha. 2. Mientras no está, su hija adolescente experimenta algo que todo el mundo afirma que es traumático. 3. El padre regresa. 4. La madre y el padre siguen sin hablarse. 5. La madre y el padre duermen en habitaciones separadas. 6. La madre y el padre sonríen demasiado cuando la hija está cerca y fingen que todo va bien.

A continuación, la familia se marcha a Prescott, Oregón, rodeada de tierra, exactamente a ciento treinta y uno con cuarenta y ocho kilómetros de distancia del mar, una ciudad que a ninguno de ellos les gusta particularmente, y la chica no tiene nada que decir al respecto. Su familia sigue intacta, técnicamente hablando, aunque su padre pasa más tiempo en el trabajo que en casa, y los treinta y dos kilómetros que tiene que recorrer para llegar a su trabajo en la universidad es una excusa perfecta para las horas que pasa fuera y una herramienta estupenda para evitar a esa familia de la que tan poco le interesa formar parte. La madre interactúa con muy pocas personas de verdad y prefiere encargarse de su vasto imperio de grupos de apoyo para padres en las redes sociales desde el ordenador que coloca en la isla de la cocina, justo al lado del cuenco de las frutas, al que ahora le faltan los plátanos porque tienen demasiado azúcar para el sistema digestivo de su hija.

Erin podría abordarlo de forma emocional. Podría sentirse ansiosa, estresada, confundida. Podría considerarse culpable, responsabilizarse del infeliz retorno de su padre, podría verse a sí misma como el pegamento tóxico que mantiene a su familia intacta. Pero se niega a permitir que las emociones la controlen. Sabe que es mucho mejor no sentirlas; el dolor, los pensamientos y los recuerdos no hacen otra cosa que herirla. Así pues, crea un mundo dentro de la cabeza en el que esas cosas no puedan molestarla, un lugar en el que gobierna la lógica, un lugar que puede controlar. Entierra los recuerdos y los sentimientos para que no puedan tocarla.

No sirve de nada desear que su familia fuera distinta. Desear no convierte las cosas en realidad. Ni desear nada ni pensar en el pasado comportan un uso eficiente del tiempo de una persona.

Erin no va a pensar en los acontecimientos que siguieron a la marcha de su padre, ni en el puñado de visitas a la habitación del hotel de larga estancia a la que él llamaba de forma absurda apartamento, adornada de tejidos de color beis que no podían mancharse con las comidas y las lágrimas nocturnas. No va a pensar en las noches a solas en la casa con los llantos interminables de su madre que le hacían imposible estudiar o leer y que llenaban tanto la casa y volvían el aire tan denso que le costaba respirar. Por supuesto, sabía que tal cosa no era posible, que las emociones de su madre pudieran tener un efecto en la consistencia del aire, pero, aun así, ella evitaba estar en casa todo lo posible. Recorría la distancia de Alki Beach hasta que se llenaba los bolsillos de conchas marinas de especies que intentaba identificar por el tacto en la oscuridad. Hacía tiempo para que, cuando llegara a casa, su madre estuviera dormida. Todas las mañanas comprobaba la información de la marea para saber a qué atenerse. Los ritmos del mar eran constantes, predecibles y confortantes, mientras que todo lo demás era cambiante en la vida de una chica que aborrecía los cambios.

Erin no va a pensar en el octavo curso. Y, por supuesto, no va a pensar en Casper Pennington. Ni en cómo la miraba desde el espacio dedicado al instituto del pequeño auditorio de la escuela privada todas las mañanas durante los anuncios. Cómo notaba una sensación de calor en el cuerpo, se sentía bien y un poco asustada. Cómo hacía que olvidase todo el desastre que la esperaba en casa. Cómo pasó por su lado un día por el pasillo y le dijo que era preciosa. Lo poco que le gustó su proximidad y, al mismo tiempo, cómo quiso que estuviera más cerca. Lo largas que tenía las pestañas. Lo rubio que era su pelo rubio. Cómo la seguridad que tenía en él y esa atención la hacía preguntarse si podría enseñarla a ser fuerte y a que no le importase que el mundo cambiara.

Qué más daba que ella solo tuviera trece años. Qué más daba que él fuera tres años mayor. Qué más daba que ella no fuera capaz de mirar a la gente a los ojos y que no le gustara que la tocaran la mayoría de las veces y que tuviera un ejército de especialistas que le enseñaban a ser normal. Qué más daba que su padre se hubiera marchado y que este tal Casper hubiera aparecido y le hubiera dicho que era preciosa. Siempre puedes encajar la pieza errónea en el agujero del puzle si presionas con fuerza y limitas la definición de «encajar».

No, Erin no va a pensar en todas esas cosas. Son la clase de recuerdos que no tienen un propósito lógico, no contienen conocimiento ni habilidades útiles. Erin tiene la teoría de que la que tristeza y el lamento son rasgos inaceptables del cerebro humano y que desaparecerán cuando las especies evolucionen. Acabaremos fusionándonos con ordenadores y no tendremos que caer más.

Recordar no está en los planes de Erin. No hay lugar para ello en sus listas. Si permite que los recuerdos entren, destrozarán todo el orden que con tanto esmero ha creado, la volverán a enviar al caos. Es mejor que las cosas sean predecibles, estables, sencillas. Apacibles.

Eso es lo único que desea: paz.

Es reconfortante hacer los deberes a la misma hora todos los días y cenar exactamente a las siete todas las noches (casi siempre la mesa está preparada para dos). Pero la mejor hora del día es antes de la cena, cuando Erin ve su episodio diario de *Star Trek: La nueva generación,* cuando puede viajar a años luz y explorar las extensiones desconocidas del universo con el capitán Jean-Luc Picard, la figura paterna de la tripulación (sobre todo de Data, cuyo padre/inventor, el doctor Noonien Soong, murió asesinado por el hermano de Data, Lore, que se tornó defectuoso y peligroso después de que lo programaran con un chip de emociones que era para Data).

Pero el episodio de hoy no es de los favoritos de Erin. Toda la tripulación del *Enterprise* está ebria y actúa de forma estúpida por culpa del virus *Tsiolkovsky*. Además, es el episodio en el que Data tiene sexo con Tasha Yar. A pesar de ser un androide, él también se infecta con el virus carbónico (una inconsistencia del guion que, para disgusto de Erin, nunca se explicó por completo; tiene que admitir que su querida serie no es perfecta). Data había dado órdenes de llevar a Yar a la enfermería, pero cayó bajo el embrujo de la seducción de esta.

Data cometió un error y se supone que él no comete errores. El cerebro androide lógico lo traicionó y se volvió demasiado humano, demasiado animal.

Cuando Tasha Yar le preguntó si era completamente funcional, él respondió que sí. Hasta Erin sabía lo que quería decir por «completamente funcional».

Casper Pennington nunca le preguntó si ella era completamente funcional. Tal vez si lo hubiera hecho, Erin hubiera tenido la oportunidad de pensar en ello. Puede que hubiera comprendido que la respuesta era no.

Tras el interludio romántico de Data (que, afortunadamente, el espectador no tiene que presenciar), después de que el doctor Crusher proporcione a la tripulación del *Enterprise* el antídoto del virus y todo el mundo se recupere, Tasha Yar se siente avergonzada. Le dice a Data que eso nunca sucedió y vuelve al trabajo. ¿Esa es la reacción normal después de tener sexo con un androide? ¿No querer volver a hablarle? ¿No hacerle ningún caso al día siguiente? Al menos Tasha Yar no empezó a alardear de ello con sus amigos al tiempo que actuaba como si Data no existiera. Al menos Data no podía sentir dolor ni rechazo. Podía procesar lo que había sucedido como parte de su investigación antropológica sobre el comportamiento de la especie humana. Podía almacenarlo en el cerebro androide y seguir adelante.

No queda claro si Data disfrutó. Le contó a Tasha Yar que estaba programada para realizar muchas «técnicas». Que había nacido sabiendo cómo proporcionar placer. ¿Pero sabía cómo sentirlo?

¿Estaba programado para experimentar miedo? ¿Para sentir la mezcla de estas dos emociones opuestas hasta que el placer pereciera, hasta que solo quedara un cuerpo sobre él que lo retuviera, que le gruñera al oído, que empujara y empujara, una y otra vez mientras él aguardaba hasta que acabase, mientras él rezaba a un dios en el que no creía para que, por favor, se detuviera, para que, por favor, hiciera que Casper parase, que eso no era lo que quería, que no sabía qué era lo que quería, pero no esto, esto no?

El silencio no significa sí. Se puede pensar y sentir que no, aunque no se diga. Se puede gritar en silencio dentro de una persona. Puede radicar en la piedra muda de un puño apretado, con las uñas clavándose en la palma. En los labios sellados. Los ojos cerrados. El cuerpo que solo toma, pero que no pregunta, que no ha sido enseñado para cuestionar el silencio.

La mente de Data es una computadora. Él puede borrar recuerdos si lo desea. Los errores no lo persiguen, no se instalan en su sinapsis y viajan con él allá donde va. Los errores no hacen que deje de hablar dos semanas. No viven en su cuerpo. Nadie puede decir que Data sea una víctima. Nadie necesita culpar a nadie. Eso no es parte de su historia.

Pero sí forma parte de la historia de Erin. Antes de que al fin convenciera a sus padres de que retiraran los cargos contra Casper, los tribunales ya estaban dispuestos a colocar oficialmente la etiqueta, a declararla pasiva, una víctima; a definirla como alguien indefenso, incapaz de consentir. Por la edad. Por el Asperger. A pesar de que es un ser vivo con sentimientos. A pesar de que, en cierto momento, quiso algo, fuera lo que fuese. A pesar de que no recuerda cuándo dejó de quererlo. A pesar de que no recuerda si le dijo a él una u otra cosa. Es cierto, él no preguntó, pero ¿es su obligación hacerlo? ¿Es la de ella? Y si los tribunales dicen que ella es incapaz de decir que no, ¿qué repercusión tiene eso en su capacidad de decir que sí? ¿Quién toma esas decisiones? ¿Quién escribe esas reglas y define palabras como «consentimiento»? ¿Quién decide qué es lo que hace que sea una «violación»?

Es incapaz de decir la palabra: violación.

Esa palabra no le parece la verdad. No fue una violación, pero sí fue algo.

Al contrario que Data, a Erin no le falta el chip de las emociones. A veces siente como si estuviera programada de forma accidental con diez chips de emociones y que todos se estropearan constantemente.

No existe palabra para lo que sucedió con Casper Pennington. Erin no está programada con ese conocimiento. No conoce la palabra para lo que se supone que tiene que sentir.

Rosina.

—Erwin me ha dicho que tienes una amiga nueva en el instituto —le dice a Rosina su madre mientras vierte un vaso de aceite en una sartén gigante—. Dice que es una gordita blanca. —El aceite chisporrotea y forma diminutas burbujas.

—¿Es que ahora le has pedido a Erwin que me espíe? —Hasta en el instituto la tiene mami en sus garras. Parece como si su familia hubiera amarrado a Rosina con cadenas invisibles; en cuanto averigua cómo romperlas, aparecen otras nuevas.

—¿Esa nueva amiga es también rarita, como tu amiga esa tan delgada? —Mami toma un puñado de pollo crudo y gelatinoso de un cubo de plástico y lo echa a la sartén.

—No conoces a Erin —responde Rosina.

—Sé lo suficiente para tener claro que es rarita.

Rosina trata de pensar en una defensa ingeniosa, pero mami la interrumpe:

—Apila esos vasos —le pide.

—La madre de Grace es cura. Será una buena influencia para mí, ¿no? y podrás dejar de pedir a Erwin que me espíe en el instituto.

—Las mujeres no pueden ser curas.

—Pastora, oficiante. Lo que sea. Su familia es cristiana.

—Cristiano no es lo mismo que católico. —Mami mira a Rosina con los ojos entornados, una mirada nublada de sospecha—. ¿Cuál es su iglesia?

—Esa grande y de ladrillo que hay en la calle Oak. La madre de Grace es la jefa, o algo así.

—¿La iglesia congregacionalista? —La carcajada de mami le hace casi tanto daño en los oídos como la música metálica que resuena en el vecindario procedente de radios baratas—. Esa ni siquiera es una iglesia de verdad. Está llena de comunistas y homos.

—Nadie dice «homos», mamá.

—Qué más da —responde ella—. Venga, que tienes que aprender a cocinar. Una mujer debe saber cocinar.

—Has dejado tu opinión completamente clara. Pero, como ya te he dicho cinco millones de veces, no quiero aprender a cocinar.

—Algún día tendrás tu propia familia. Tendrás que alimentarla. Nadie se va a casar contigo si no sabes cocinar.

—¿Te das cuenta acaso de lo horrible que suena eso? Eres una oprimida —replica ella y alza la voz para que se escuche por encima del pollo chisporroteante—. Ni siquiera me gusta la comida mexicana.

—Vaya, ¿te crees mejor que yo? ¿Mejor que tu familia? —Mami le dedica la mirada que pone siempre antes de estallar—. Si tan harta estás de nosotros, ¿por qué no te marchas? Una boca menos que alimentar.

—Tendrías que pagar a alguien para que haga todo lo que yo hago gratis.

Mami da un paso adelante, pero se le caen las pinzas de metal al suelo al hacerlo. Cuando se agacha para recogerlas, se estremece y suelta un grito agudo. Rosina corre a su lado.

—¡Chinga! —maldice mami con los dientes apretados. Se agarra la espalda y Rosina la ayuda a ponerse en pie despacio.

—¿Otra vez la espalda? —le pregunta, rodeándola con un brazo.

—No es nada —responde ella con una mueca.

—Tienes que ir al médico.

—Ya he ido. —Mami se vuelve al fogón y toma unas pinzas nuevas de una bandeja con utensilios de cocina limpios—. Lo único que hizo fue prescribirme analgésicos. Quiere volverme una adicta a los medicamentos.

Rosina exhala un suspiro. «¿Cómo es posible amar y odiar a una persona al mismo tiempo?».

La puerta principal del restaurante repica. El pollo frito suelta humo. Mami le da la vuelta con los labios apretados y contiene las lágrimas de dolor.

—Tienes un cliente —le informa sin levantar la mirada del fogón.

—¿Estás bien? —le pregunta Rosina.

—Fuera de aquí.

«¿Y si me marchara? —piensa—. ¿Y si me quitase el delantal y saliera por la puerta?».

Pero ¿adónde iba a ir? ¿Con qué dinero? ¿Con qué recursos?

Lo único que puede hacer Rosina es volver al trabajo.

«Sorpresa» no es la palabra correcta para describir lo que siente Rosina cuando Eric Jordan y su familia entran en el restaurante. Tampoco «impresión». Es más bien algo surrealista, no se lo puede creer. Si fuera otra persona y no Rosina, tal vez un poco de miedo. ¿Es posible que la noche pueda empeorar más?

—Eh, ¿pueden atendernos por aquí? —exclama el padre cuando la familia se sienta a una mesa sin esperar a que les acomoden. Eric aún no ha visto a Rosina. Está ocupado, con la cabeza gacha mirando el teléfono móvil, haciendo caso omiso de las quejas de su madre de «por favor, deja eso y vamos a disfrutar de una cena en familia». Cuesta escucharla con los gritos de los dos hermanos menores, gemelos idénticos, que gritan y se pegan puñetazos en el hombro el uno al otro. Los hombres y los niños van rapados; la madre lleva el pelo hecho un desastre, con una permanente echada a perder.

Rosina toma aliento, toma unas cartas turbias forradas en plástico del mostrador y se recuerda que nadie puede alterarla.

—Buenas —saluda en inglés al acercarse a la mesa y reparte las cartas—. ¿Quieren algo de beber mientras echan un vistazo a la carta?

—¿No se supone que tienes que decir «hola» en español? —protesta Eric, que se retrepa como hacen los jóvenes cuando se creen con el derecho de ocupar todo el espacio posible.

—Hola —repite Rosina con voz monótona.

—Yo también me alegro de verte —dice Eric. Mira a la chica como si estuviera desnuda, como si la hubiera conquistado.

—Vaya, ¿sois amigos del instituto? —pregunta la madre.

—Algo así —responde Rosina.

—Me encantaría ser tu amigo —comenta Eric—. Puedo ser un amigo muy bueno.

Su madre tiene aspecto distraído, demacrado y macilento. Padre e hijo comparten la misma mirada animal, como si todo fuera comida. Los dos miran a Rosina, compañeros de caza. Cuanto más tiempo permanece la chica ahí, más pequeña se siente. Como si fuera un pedazo de carne.

—¿Qué es todo esto que pone aquí? —pregunta el padre, mirando la carta.

—Comida tradicional de Oaxaca —responde ella. ¿Cuántas veces ha tenido que explicar lo mismo?—. Es nuestra especialidad. Tenemos siete tipos distintos de mole.

—Pensaba que era un restaurante mexicano. Yo quiero tacos.

—Los platos mexicanos más conocidos aparecen en la página siguiente —explica.

—Yo quiero *pizza* —pide uno de los niños.

Por una vez, Rosina desearían que sirvieran chapulines. Saltamontes. Les recomendaría que pidieran eso.

—¿Quieren algo de beber? —vuelve a preguntar.

—Yo tomaré cerveza —responde el padre—. Una que sea barata y esté en lata.

—Chicos, ¿queréis una Coca-Cola? —pregunta la madre, pero ellos no le hacen ningún caso—. ¿Chicos? ¿Queréis un Sprite? ¿Cerveza de raíz?

—Pídeles lo que sea —le indica el padre.

—Dos Sprites —pide la madre con voz aguda.

—Yo quiero una Coca-Cola —añade Eric—. Una de esas mexicanas tan extravagantes en botella de cristal. —Rosina no levanta la mirada mientras anota las bebidas, pero siente los ojos de él como si fueran dientes afilados hincándose en sus pechos.

Cuando se retira, oye al padre decirle algo al hijo:

—Es muy guapa, ¿eh?

—Sí —responde Eric—. Qué pena que le gusten las chicas.

—A lo mejor es que aún no ha conocido al chico adecuado.

Rosina se apresura hacia el refrigerador. Se queda quieta después de sacar las bebidas de la familia, mira por la estrecha ventanita de la puerta del frigorífico hacia la cocina, donde se encuentra su madre empapada en sudor y dolorida, esclava del fogón, convirtiendo el sudor y la rabia y los años de decepción en la comida que prepara todas las noches. Mami es la jefa de cocina, dirige la cocina e incluso se encarga de la contabilidad, además de ofrecer hogar a la abuelita y cuidar de ella, pero este sigue siendo el restaurante de José. Él es quien controla el dinero. La madre de Rosina es la hija de una familia con dos hijos varones.

—Odio a la gente —le dice Rosina a un plato de repollo.

Vuelve a la mesa con la bandeja pesada llena de bebidas y una cesta con patatas fritas y salsa. La familia no le presta atención cuando lo deja todo en la mesa.

—Chicos, id a lavaros las manos —señala la madre a las criaturas feroces, pero ellos están muy ocupados comprobando cuánto pueden retorcer los dedos del otro antes de echarse a llorar.

—Eres una nena —se burla uno del otro cuando se rinde por el dolor.

—Chicos —insiste la madre—. ¿Me habéis escuchado? Id a lavaros las manos.

Pero ellos siguen actuando como si ella ni siquiera estuviera allí.

—Rob, ¿puedes echarme una mano? —implora a su marido.

—Tranquila, están bien —responde él.

Rosina se resiste a las ganas de estrangularlos.

—¿Ya saben qué van a pedir? —pregunta con los dientes apretados.

—Yo quiero el número catorce con ternera —responde el padre.

—El dieciocho —indica Eric—. Cerdo. —Rosina no alza la mirada, pero el tono de voz cuando ha dicho «cerdo» sugiere que va con doble significado.

—Los chicos tomarán los tacos para niños. Con ternera, por favor —pide la madre—. Y yo una ensalada de taco con pollo. En un plato normal, no en ese cuenco hecho de tortilla frita. Y nada de queso ni crema agria ni guacamole. El acompañamiento, a un lado.

Rosina se dirige a la cocina todo lo rápido que puede sin echar a correr. Siente alivio cuando entran dos grupos más al restaurante, a pesar de que también parecen unos capullos. Todo el que pasa por aquí le parece un capullo, pero hay grados distintos de capullos y los clientes nuevos no pueden ser tan malos como la familia de Eric.

Cuando sienta al primer grupo, oye a Eric y a su padre susurrando. Siente sus ojos puestos en ella.

¿Y qué puede hacer? ¿Acercarse y decirles lo que opina? ¿Montar un numerito? Tan solo se reirían de ella. Los demás clientes se pondrían nerviosos. Mami se pondría nerviosa. Sería malo para el negocio. Y si algo es malo para el negocio, toda la familia sufre, toda la maldita y estúpida familia. El cliente siempre tiene la razón, ¿no es así?

Rosina está inmovilizada, indefensa. Ella no es nadie, nada. Una camarera, una hija, un cuerpo, una chica.

Uno de los gemelos tira la cesta de patatas fritas al suelo.

—¿Puedes traernos más patatas? —le pide el padre.

Contesta que sí. Su trabajo es decir siempre que sí.

Limpia la porquería. Trae una cesta nueva con patatas fritas. Finge no darse cuenta de que los niños están haciendo agujeros en el banco de piel de imitación con los tenedores. Finge no darse cuenta de las llamas en los ojos de Eric cuando la mira, una mezcla de deseo y violencia, una sensación de tener derecho sobre algo que Rosina nunca podrá alcanzar, un derecho tan natural que ni siquiera los hombres saben que existe. El derecho a salirse siempre con la suya. El derecho a criar a hijos como ellos.

Pero lo peor de todo es que Rosina, una extraordinaria gruñona declarada, no hace nada para detenerlos.

Oye la campana que anuncia que su pedido está preparado. Coloca los platos calientes y relucientes en una bandeja.

Escupe parte de su rabia en todos ellos.

Los verdaderos hombres de Prescott

Todas las mujeres son inseguras y ansían la aprobación de los hombres. Que se odien a sí mismas es nuestra arma más poderosa y una de las herramientas más importantes del juego es aprender cómo usar ese odio propio en nuestro beneficio. Esto funciona especialmente bien en las chicas más sexis, cuya sensación de valor nace de su habilidad para controlar a los hombres con su aspecto. Demuéstrales que no te están controlando y bájales los humos.

No les hagas caso. Búrlate de ellas. Recalca sus defectos. Usa sus inseguridades en contra de ellas y entonces harán cualquier cosa para obtener tu aprobación. Tú serás el que ellas quieran porque temerán que tú no las quieras a ellas.

—AlphaGuy 541

Grace.

Sus padres siguen cautivados por el sermón de su madre de ayer. Se ciernen sobre el ordenador de su madre en la mesa mientras él le enseña páginas web de distintas editoriales y agentes literarios que ha estado buscando. Ni siquiera se dan cuenta cuando Grace entra en la cocina.

—Me parece que ha llegado la hora de acabar mi libro —señala su madre con una sonrisa enorme. Su padre la abraza y la sostiene entre los brazos un buen rato.

—Me parece el momento perfecto —responde cuando la suelta—. Dios nos requiere.

—Así es —coincide ella con tono serio—. Espero que la gente quiera escuchar mi mensaje. Espero que estén preparados.

Grace no les cuenta que se pasa toda la noche en el ordenador, rastreando Internet en busca de alguna pista sobre Lucy Moynihan. Facebook, Twitter, Tumblr... pero no hay ninguna señal de ella en ninguna parte. Su antigua dirección de correo electrónico devuelve los mensajes. Parece que su familia no está registrada, esté donde esté. Lucy es invisible. La han borrado.

—Dios actúa de formas misteriosas —comenta su padre con una risita—. Odio decir esto, pero la gente te conoce por lo que sucedió en Adeline.

«No parece que lo odie en absoluto», piensa Grace mientras saca un cartón de zumo de naranja del frigorífico.

—Por mucho que nos duela —continúa su padre—, eso nos condujo hasta donde estamos hoy.

«¿Qué sabrá él de dolor?», piensa Grace.

Su madre suspira.

—¿Quién iba a saber que la obra de Dios conllevaría tener que pensar en *marketing*?

Su padre vuelve a abrazarla.

—Dios nos va a guiar para difundir nuestro mensaje en cada paso del camino. —Suelta una risita—. Incluso Pablo recurrió al *marketing* en la primera iglesia. Todo importa. Es sagrado.

Se miran el uno al otro con un amor que siempre ha confortado a Grace desde la niñez, cuando los padres de ninguna de sus amigas parecían gustarse tanto. La casa está llena de positivismo y fe, está abarrotada, y no hay espacio para los sentimientos de Grace. Sus planes y sueños son muy grandes y muy completos, pero Grace no tiene lugar en ellos. Ella no tiene importancia.

Importa tan poco que sus amigas de Adeline se deshicieron de ella. No es nada. No es nada. Una chica a la que nadie ve. Una chica a la que nadie recuerda.

Alcanza una manzana y una barrita de granola para desayunar y sale de casa para marcharse temprano al instituto.

Está cansada de ser invisible.

Va a tener que idear sus propios planes. Tendrá que encontrar su propio camino para importar a los demás.

Si no eres nada, no tienes nada que perder.

Grace se pasa toda la mañana preparándose para el discurso que dará a Rosina y Erin en la comida. Usa varios recortes de papel en las primeras cuatro clases, apunta detalles que quiere recalcar, réplicas a posibles objeciones. Cuando se sienta a la mesa de la cafetería, casi se siente segura. Casi.

«Dios, dame fuerza».

Erin saca su fiambrera con el contenido de siempre que parece comida para pájaros. Rosina tiene un plátano, un cartón de batido de chocolate y galletas saladas de queso de la máquina expendedora.

—¿Eso es lo único que vais a comer? —pregunta Grace.

—Hoy hay tacos para almorzar —explica Rosina—. Odio los tacos.

—¿Pensáis que puede programarse a un androide para disfrutar del sexo? —comenta Erin mientras toma una cucharada de una sustancia verde misteriosa que tiene en uno de los compartimentos de la fiambrera—. Y si es así, ¿existe alguna razón práctica para que tenga esa habilidad?

—Vaya, Erin —exclama Rosina—. ¿Y si empiezas con algo como «qué tal os ha ido el fin de semana»?

—Pero esa es una conversación trivial —responde la aludida—. Ya sabes que las odio.

—Y tú estás eligiendo lo contrario.

—Es parte de mi encanto.

—Eh, chicas —las interrumpe Grace—. Quiero hablar con vosotras de un asunto. —Si no lo hace ahora, sabe que va a perder los nervios.

—Tranquilízate —le dice Rosina—. Madre mía, las dos tenéis que mejorar vuestras habilidades sociales.

—¿Es sobre cosas personales? —pregunta Erin—. Porque no me gustan las conversaciones sobre cosas personales.

—No. Bueno, más o menos —tartamudea Grace. Se queda en blanco. ¿Qué era lo que iba a decir? ¿Dónde están las notas?

—¿Hola? Te escuchamos —la anima Rosina.

—Un momento. —Saca la libreta de la mochila y ojea las páginas escritas con su caligrafía indescifrable.

Rosina se encoge de hombros, abre el paquete de galletas saladas y se mete un puñado en la boca.

—Bueno —dice con la boca llena de migas naranjas—, mientras intentas recordar lo que ibas a decir, yo también tengo una noticia. He decidido que tenemos que hacer algo para detener a esos capullos. No solo a los que violaron a Lucy, a todos. Tenemos que evitar que engendren a más capullos. —Pela el plátano y le da un buen bocado—. La castración me parece una buena opción.

—Qué carnicería —responde Erin.

Rosina sonríe.

—Eso ha tenido gracia, Erin.

—Gracias.

Grace vuelve a meter la libreta en la mochila. Siente un hormigueo en el cuerpo y el entorno le parece irreal, como si ella se moviera a cámara lenta mientras el resto del mundo va a una velocidad vertiginosa.

—¿Hablas en serio? ¿Por qué has cambiado de opinión?

—No importa. Deja de hacerme preguntas o puede que cambie de nuevo de idea.

Grace mira a Erin, que está masticando mientras las observa y escucha. Le resulta imposible leerla. Parece tranquila, pero hay algo bajo la superficie, algo que la chica se esfuerza por mantener enterrado.

—¿Qué opinas tú? —le pregunta.

—¿Te apuntas? —añade Rosina—. ¿Quieres formar parte de nuestra rebelión?

Erin se queda en silencio lo que parece una eternidad. Se mece suavemente con la cabeza gacha, como si pensara mucho, como si sintiera mucho, como si dentro de ella hubiera mucho más.

—Suena a actividad subversiva —responde al fin.

—Sí, ¿y? —pregunta Rosina.

—La actividad subversiva casi siempre conlleva romper normas. —Suena cada vez más nerviosa.

—Esa es la intención.

—Queremos romper las reglas —añade Grace y siente que una energía le crece en el pecho. La sensación de que está sucediendo algo. Algo inevitable. Algo que importa—. Son las reglas las que nos mantienen en silencio. Son las reglas las que no hicieron justicia para Lucy. Son las reglas las que están rotas. —Sus palabras están llenas de fuego; puede que no se trate de una llama completa, pero al menos hay chispa.

—Vaya, chica nueva. —Rosina enarca una ceja—. Eres una caja de sorpresas.

«Y que lo digas», piensa Grace.

—Pero necesitamos reglas para mantener el orden —prosigue Erin, que alza la mirada un instante con ojos suplicantes—. Si todo el mundo rompiese las reglas siempre, reinaría el caos. Nadie podría hacer nada.

—No hablamos de ese tipo de reglas —explica Rosina—. Nos referimos a las reglas no escritas de nuestra cultura sexista. Cómo se supone que tienen que actuar las chicas y los chicos, los dobles raseros, que las mujeres solo hagan el setenta y ocho por ciento de lo que hacen los hombres... ese tipo de cosas.

—Que los chicos se salgan con la suya después de una violación a pesar de que todos sepan que son culpables —añade Grace—. Que las chicas vivan asustadas por la única razón de ser chicas.

Grace nota que algo cambia dentro de Erin. Pone cara de dolor y deja de mecerse. Sacude la cabeza.

—Pero no somos nadie —replica Erin—. ¿Cómo vamos a arreglar nada de eso?

—Eso es lo que tenemos que averiguar —responde Grace—. ¿Estás con nosotras?

—¿Para qué? No tenéis ningún plan. ¿Y quién va a escucharos?

Grace y Rosina se miran. Se desaniman, pero solo un poco.

Grace piensa en los mensajes que dejó Lucy en su habitación. Valora la opción de contárselo a Rosina y Erin, pero hay algo que le parece mal, es como si esas palabras fueran secretos dirigidos únicamente a ella, como si contárselo a la gente significara traicionar la confianza de Lucy.

—Erin tiene razón —comenta Rosina—. No podemos estar solas. Nadie va a escuchar a tres chicas raras.

—Dejadme que os diga que aún no he aceptado nada —puntualiza Erin.

Grace se enfada un poco al escuchar la etiqueta de «rara», pero se recuerda a sí misma que ella eligió sentarse con estas muchachas para comer. Dios la guio hasta aquí, Él le ofreció la oportunidad y ella la aceptó.

—Tiene que haber un modo de convencer a todas las chicas del instituto y unirlas —dice—. Organizar una reunión o algo así.

Se quedan un buen rato en silencio. Nadie come. La película de la cafetería continúa emitiéndose a su alrededor, una pared de ruido blanco. No pueden mirarse las unas a las otras. No quieren admitir que la idea está condenada desde el principio.

—Podéis enviarles un correo electrónico —sugiere al fin Erin, como si fuera obvio.

—¿Cómo vamos a mandar en correo a cada chica del instituto? —se queja Rosina.

—Fácil, puedo buscar sus direcciones en la secretaría. Tengo acceso a la información de todo el mundo.

—Y vamos a enviar a todo el mundo un correo en el que ponga «Hola, somos nosotras, tres donnadies, y seguimos enfadadas por algo sucedido hace tiempo que todos quieren olvidar, y lo sacamos a relucir porque queremos destrozarle la vida a todo el mundo. ¿Quién está con nosotras? —Rosina pone los ojos en blanco—. ¿Por qué no lanzamos rollos de papel higiénico a las casas de los chicos? Seguro que es igual de efectivo.

Grace siente que algo florece dentro de ella, un pequeño susurro, una pequeña luz.

—¿Y si no fuéramos nosotras? ¿Y si no fuese nadie? —Se queda un segundo callada—. ¿Y si fuera todo el mundo?

—¿De qué hablas? —pregunta Rosina.

—El correo electrónico. —Va a toda velocidad. Se entusiasma—. ¿Y si lo enviamos anónimo? Procedería de... ninguna parte. Así nadie sabrá que somos nosotras. Y la gente sentirá curiosidad por el misterio, ¿no? Vendrán a la reunión a ver de qué va esto.

—Las chicas de ninguna parte —dice Erin—. Podemos llamarnos así. En el correo electrónico.

—¡Sí! —exclama Rosina—. ¡Las chicas de ninguna parte! Erin, hoy estás en racha.

—No estoy en racha de nada —replica ella—. Pero gracias.

Se quedan calladas y todas tratan de imaginar cómo podría ser una reunión convocada por nadie, de ninguna parte.

—¿Y qué va a suceder cuando llegue todo el mundo? —pregunta al fin Rosina—. Si queremos permanecer en el anonimato, ¿quién va a encargarse de la reunión?

—Cualquiera —responde Grace.

—Pero ¿y si no lo hace nadie? ¿Y si la situación se vuelve incómoda y nadie dice nada? ¿Y si se convierte en un caos total?

—¿Y si se inicia una revuelta? —pregunta Erin.

Suena el timbre que indica que ha terminado la hora de la comida. El movimiento y el sonido de cientos de estudiantes se intensifica mientras todos recogen las cosas para salir, y las chicas notan que la burbuja pierde forma rápidamente. Enseguida se verán arrastradas al mundo del instituto.

—No se va a convertir en una revuelta —contesta Grace, hablando rápido—. Ya nos las arreglaremos.

—Tenemos que ir a clase —comenta Erin.

—¿Y si nos vemos después? —propone Grace—. ¿Para planearlo?

—Mi turno empieza a las cinco, pero me puedo quedar un par de horas —responde Rosina—. Madre mía, ¿vamos a hacerlo?

Las dos miran a Erin, que está ocupada recogiendo la comida.

—¿Erin? —se dirige a ella Grace—. ¿Y tú? ¿Te parece bien quedar después de clase?

La chica cierra la cremallera de la mochila.

—Después de clase hago los deberes. Después veo el episodio de *Star Trek: La nueva generación*. Solo me queda tiempo para leer algo extracurricular después de la cena. Si quedo con vosotras tras la clase, eso alterará mi horario y todo será un caos.

—¿En serio, Erin? —se burla Rosina—. ¿Caos? Eso es un poco drástico, ¿no crees?

La cafetería se queda sin gente y ellas son las últimas que siguen sentadas en un mar de mesas vacías, rodeadas de bandejas sucias y servilletas manchadas.

—Erin, mírame —le pide Grace. La chica la mira a los ojos casi un segundo entero—. ¿Qué es más importante? ¿Tu horario o hacer algo para evitar que los capullos tomen como rehén al instituto?

—¿Que tomen como rehén al instituto? —repite Rosina—. Qué buena, chica nueva.

Erin juguetea con la cremallera de la mochila.

—Me voy a perder el episodio —comenta sin alzar la mirada.

—¿Vienes entonces? —pregunta Grace.

Erin toma aliento, cierra los ojos y asiente lentamente.

—Tienes suerte de que hoy esté de buen humor.

Para: destinatarios ocultos
De: Laschicasdeningunaparte
Fecha: jueves, 20 de septiembre
Asunto: ¡CHICAS! ¡CHICAS! ¡CHICAS!

Queridas amigas y compañeras de clase:

¿Estáis cansadas? ¿Estáis asustadas? ¿Estáis cansadas de estar asustadas?

¿¿¿Estáis ENFADADAS???

Sabemos lo que hicieron. Spencer Klimpt, Eric Jordan y Ennis Calhoun. Sabemos que violaron a Lucy. Sabemos que han hecho daño a otras, probablemente a muchas de nosotras. Sabemos que seguirán haciendo daño.

Pero no solo son ellos, no solo son estos tres. Son todos. Es todo el instituto, los alumnos y la administración, toda la comunidad de Prescott, que permitieron que se salieran con la suya. Son sus amigos y familiares y compañeros de equipo, que miraron para otro lado. Es todo aquel que ha puesto excusas, que ha pensado «los chicos siempre serán chicos», todos los que han pensado que era más fácil no hacer caso a Lucy que hacer justicia.

Cuando violaron a Lucy, nos violaron a todas nosotras. Podría haber sido a nosotras. Podría haber sido a cualquiera. ¿Quién será la próxima?

La violación continuará mientras ellos permanezcan impunes por lo que hicieron.

¿Estáis cansadas de soportarlo? ¿Estáis cansadas de dejar pasar las cosas? ¿Estáis cansadas de permanecer calladas?

Fallamos a Lucy. No vamos a continuar fallándonos a nosotras mismas. No vamos a fallar a nadie más.

Vamos a reunirnos el jueves después de clase en la sala de conferencias del sótano de la biblioteca pública de Prescott. Entrad por la puerta de salida de emergencia que hay en la calle State. Estará abierta.

Esta reunión tiene como objetivo ser un espacio seguro, anónimo y confidencial. Lo que aquí se comparta y los nombres de las presentes no abandonarán la sala.

¿Estáis preparadas para hacer algo? ¿Estáis preparadas para tomar las riendas?

Uníos a nosotras. Juntas somos más fuertes que ellos.

No vamos a seguir calladas.

Con cariño:
Las chicas de ninguna parte

Nosotras.

—No va a venir nadie —dice Rosina.

—Sí van a venir —replica Grace.

—Yo he tenido que suplicar a mi tía para que me deje libre la tarde como niñera —lloriquea—. En mi familia es muy difícil que te hagan favores, por cierto. Me he beneficiado de uno para nada.

Rosina, Grace y Erin están sentadas en sillas plegables en una habitación olvidada del sótano de la biblioteca pública de Prescott. Faltan la mitad de las bombillas y las paredes están llenas de montones de cajas de cartón polvorientas. Erin saca un libro de la mochila y se pone a leer.

Grace está sentada en el borde de la silla, meciendo la rodilla.

—Van a venir —repite y se mira el reloj—. Solo han pasado tres minutos. La gente tiene que ir a su taquilla, puede que parar para comprar algo de comer.

—Estaba segura de que al menos aparecerían algunas —señala Rosina—. Tres respondieron «¡Estupendo!» al correo que les enviamos. Con signos de exclamación. Creía que eran confirmaciones.

—Enviamos el correo a quinientas siete chicas —interviene Erin—. Es probable que al menos unas cuantas aparezcan.

—Gracias, Erin —dice Grace.

—A menos que las destinatarias sean vagas o que piensen que esto que estamos haciendo es extraño. Eso también es probable.

—Voy a asegurarme de que la puerta trasera sigue abierta —indica Grace—. A lo mejor no pueden entrar y les da miedo hacerlo por la puerta principal.

—O puede que no haya venido nadie —continúa Erin—. Esa es la respuesta más lógica.

—Quizá llegue a casa a tiempo para ahorrarme el favor de mi tía para otro día —agrega Rosina.

—¿Y ya está? —pregunta Grace con voz temblorosa—. ¿Queréis abandonar?

Pero entonces repiquetea el pomo de la puerta. Grace reprime las lágrimas. Las tres chicas vuelven la cabeza cuando la puerta se abre y aparece una cara pecosa.

—Eh... hola —saluda la joven. Elise Powell: de último curso, deportista, orientación sexual indeterminada. No se encuentra en lo alto del tótem de la popularidad, pero tampoco está en el fondo—. ¿Es aquí la reunión?

Entra, insegura, y se sienta en una de las sillas que Grace ha colocado en círculo. Siguiéndola de cerca aparecen un par de chicas de primero llamadas Krista y Trista, las dos con el pelo teñido de azul de mala manera y un delineado negro y espeso en los ojos. Y luego llegan dos más: Connie Lancaster y Allison Norman, las chismosas de la clase de Grace. ¿Cuántas son? ¿Ocho? No son suficientes para iniciar una revolución.

—Hola —saluda Connie a Grace—. Tú estás en mi clase de Tutoría, ¿no?

—¡Sí! —responde Grace con demasiado entusiasmo.

—¿Sabes quién se encarga de esto? —pregunta Connie pasándose los dedos por el pelo largo y oscuro—. ¿Quién ha enviado el correo electrónico?

—Nadie lo sabe. —Grace se ruboriza.

—Qué extraño —comenta Allison.

En ese momento entra una chica más. Rosina resuella; no es cualquier chica.

—¡Hola! —saluda con voz alegre la recién llegada, una voz que parece demasiado fuerte para provenir de un cuerpo tan pequeño.

Sam Robeson. La directora del club de teatro. Dirigió la producción semiescandalosa del año pasado de *Cabaret,* en la que llevaba un traje lleno de joyas y un montón de boas, y la chica que le gustó a Rosina todo el primer curso después de que se vistiera de estrella de un grupo de música de chicos para Halloween, demostrando así que no hay nada más sexi que una chica disfrazada de chico.

—¿Qué tal? —pregunta al tiempo que se sienta. Rosina se fija en que el corte de pelo *pixie* le enmarca las orejas perfectas y la mandíbula—. ¿De qué vamos a hablar?

—Creo que se supone que tenemos que hablar de Lucy Moynihan —responde una de las chicas con el pelo azul.

—A mí no me importa Lucy Moynihan —señala Connie, que se mesa el pelo, lo que recuerda a Grace que ella es la mitad malvada de la pareja de su clase—. Solo quiero que Eric Jordan deje de mirarme el pecho todo el tiempo.

Krista y Trista sueltan una risita nerviosa. Rosina pone una mueca.

—A mí me toqueteó en la sala oscura de fotografía en primero —indica Allison—. Se lo conté a la directora Slatterly, pero me respondió que, básicamente, era culpa mía y que no debería de haberme colocado en una posición comprometida.

—Eso es horrible —exclama Grace—. No me puedo creer que hiciera eso. ¿Se lo contaste a alguien?

Allison se encoge de hombros.

—Ella es la directora, no hay nadie más a quien poder contárselo.

—Eres nueva, ¿no? —pregunta Connie—. Probablemente aún no sepas que todos los que tienen algún cargo en Prescott... son amigos. La directora Slatterly, el alcalde, el jefe de policía, el concejo municipal, todos. Y todos van a la iglesia cuadrangular, la misma de las familias de Eric, Spencer y Ennis. La esposa del jefe Delaney es copresidenta del grupo de voluntarios junto a la madre de Ennis. Toda la ciudad es corrupta. Hay una palabra para eso, ¿no?

—Nepotismo —responde Erin sin levantar la mirada del libro.

—Mis padres también van a esa iglesia —señala Krista, o puede que sea Trista—. Y me obligan a mí a ir. Son unos fascistas.

—Totalmente —coincide la otra chica de pelo azul.

Erin alza la mirada del libro, parpadea un par de veces mientras recorre la sala con la mirada y regresa a la lectura. Otros ojos examinan el círculo y a continuación vuelven a mirarse el regazo o algún rincón oscuro de la sala. Sam saca el teléfono del bolso y se pone a leer un mensaje de texto.

—A mí me gustaría hablar de algo —interviene al fin Elise Powell. Las miradas se vuelven expectantes hacia ella—. Soy la representante del equipo de fútbol y he escuchado muchas cosas en el vestuario...

—Dios mío —la interrumpe Sam—. ¿Has visto algo? ¿Algo de acción entre chicos sexis?

—Eh, no —responde—. No puedo acercarme a las duchas.

—¡Qué mal!

—Bueno —continúa Elise—. El otro día todos los chicos estaban hablando de hacer apuestas sobre el número de chicas con las que podían acostarse este año. Tienen un registro y todo, y hay dinero en juego. Eric Jordan es el cabecilla, sugirió a todo el mundo que empezaran por las de primer curso porque son las más fáciles. Se creía el maestro de ellos o algo así, como si estuviera ayudándolos de verdad. Como si fuera un experto en esto de practicar sexo.

—Castración —propone Rosina—. Es la única solución, os lo aseguro.

—Lo más lógico es que, después todo lo que pasó el año pasado —comenta Sam—, intentara pasar un poco desapercibido, que intentara no comportarse como un capullo de forma tan obvia. —Niega con la cabeza y los abalorios de los pendientes naranjas que lleva entrechocan—. No puedo creerme que antes me pareciera guapo.

—A lo mejor ahora que se ha salido con la suya se siente más valiente —indica Elise.

—Es una especie de tradición —añade Connie—. Los chicos compitiendo en materia de sexo. Las pobres chicas de primero no se lo esperan, ellas creen que realmente gustan a estos chicos. Yo estuve a punto de sucumbir una vez.

—Yo me lo creí —admite Allison, bajando la mirada.

—Tenemos que advertirles —sugiere Elise.

Krista y Trista tienen los ojos muy abiertos y asienten.

—¿Cómo? —chilla una de ellas.

—¿Tal vez colgando carteles? —propone la otra.

—Es demasiado peligroso —responde Allison—. ¿Y si nos descubren con pruebas forenses o algo así?

—El CSI no va a buscar huellas dactilares en un puñado de carteles de papel hechos a mano —tercia Rosina.

—Yo opino que deberíamos de hacerlos —coincide Elise—. Y panfletos también. Tenemos que asegurarnos de que todas se enteren.

—Al menos tú no tienes de qué preocuparte —comenta entre dientes Connie, pero es una sala pequeña con solo nueve personas, así que todas la escuchan.

—¿Qué significa eso? —pregunta Elise. Las pecas se notan más oscuras en la piel, que se ha tornado de color escarlata.

—Que eres homosexual, ¿no? —responde—. Así que no tienes que preocuparte por esos idiotas como el resto de nosotras.

—No soy homosexual —aclara Elise con la mirada en el suelo. El entusiasmo se ha apagado como una vela.

—Eh, ¿hola? —interviene Rosina—. Los chicos también son capullos con las lesbianas. A veces incluso peor.

—Ya sabéis a qué me refiero —se excusa Connie.

—No, en realidad no —responde Rosina, que se inclina hacia delante en la silla—. ¿A qué te refieres exactamente?

—Bueno, que tú eres guapa, así que nadie se lo imaginaría, pero Elise parece...

—¡No soy lesbiana! —grita Elise. Grace se inclina e intenta confortarla, pero Elise le aparta la mano, temblando y resoplando. Toma la mochila del suelo.

—Eso no ha estado bien, Connie —le reprende Rosina—. ¿Qué problema tienes?

—Esto es una mierda —responde ella—. Tengo mejores cosas que hacer que quedarme aquí quejándome de los chicos. —Se pone en pie y Allison la sigue a regañadientes, sonriendo como disculpa cuando salen de la habitación.

—Espera, Elise —le pide Grace.

—Tengo que irme. —Contiene las lágrimas al salir de la sala. Las chicas del pelo azul se escabullen en silencio tras ella.

—Bueno —dice Sam al tiempo que se pone una bufanda en el cuello—, tengo que ensayar un guion con mi compañero de obra.

—¡Esperad! —exclama Grace, pero no queda nadie que la oiga.

—Supongo que la reunión ha terminado —señala Erin cuando la puerta se cierra.

—Ha sido divertida —añade Rosina.

—Creo que voy a volver a mi vida de siempre —dice Erin.

—No —contesta Grace con tono cansado—. No. No podemos abandonar.

—¿Por qué? —pregunta Erin.

—Porque esto es importante.

—Pero ¿qué vamos a hacer? —espeta Rosina—. No podemos cambiar nada.

—A lo mejor sí —implora Grace—. Si seguimos intentándolo.

—Lucy no nos ha pedido que lo hagamos —se queja Erin—. No es nuestra responsabilidad.

—¿Entonces de quién es?

Rosina baja la cabeza y Erin se encoge de hombros. Grace las mira, a una y a otra, pero ellas no le devuelven la mirada.

—Tengo que irme —concluye Erin, que mira el teléfono—. Llevo seis minutos de retraso en mi horario.

—Y yo tengo que trabajar —indica Rosina, que recoge la mochila y se pone en pie—. ¿Vienes, Grace?

—Me voy a quedar aquí sentada un momento —responde.

—¿Vas a rezar? —pregunta Erin.

—Solo quiero pensar.

—Venga, Erin —la apremia Rosina—. Es hora de regresar a nuestro horario programado de siempre.

Erin la sigue fuera de la sala y dejan a Grace pensando, o rezando, o haciendo lo que sea que hace cuando nadie la mira.

Grace.

Lucy le habla a Grace por medio de los garabatos en la pintura de la pared. «Me habéis fallado —dice—. No importa nada de lo que habéis hecho».

Sus padres ya se han ido, salieron antes de que se levantara para ir al instituto. Tenían que adelantarse a la hora punta del tráfico para llegar al local del diario NPR, en el centro de Eugene, donde van a entrevistar a su madre en un programa matinal sobre el cristianismo progresista. Ella sale ahí fuera a cambiar el mundo mientras que su intrascendente hija se prepara una tostada intrascendente en la cocina vacía, con cajas aún apiladas en un rincón llenas de cosas que puede que nunca saquen: una olla de cocción lenta, cortapastas, un juego de *fondue* que compraron sus padres para su boda hace veinte años y que nunca han sacado de la caja.

Ayer por la tarde, bajo la luz tenue del sótano de la biblioteca, tras derramar varias lágrimas de autocompasión, Grace rezó en busca de guía. «Señor, por favor, muéstrame el camino. Enséñame qué hacer. Dime cómo servirte y ayudar a los hombres.

Es decir, a las mujeres. Es decir, a esta chica. A las chicas». Ni siquiera podía rezar en condiciones.

Tomó aliento y cerró con fuerza los ojos. Se llevó las manos al pecho y las presionó contra el corazón en posición de rezo. «Por favor. Sé que hay un propósito para mí. Solo quiero saber cuál es. Quiero saber en qué soy buena. Si hay algo en lo que sea buena».

Después abrió los ojos, sorprendida por sus propias palabras. Sentía el cuerpo, pero no lo que había dentro. Era una carcasa vacía, una que aún había que rellenar, una que deseaba saber de qué estaba hecha.

Empezó a llover durante la noche. Si los datos que había buscado Grace eran correctos, no pararía hasta mayo. El techo manchado de la esquina del dormitorio empezó a gotear enseguida, como suponía que pasaría. Se despertó con la descuidada percusión del plop, plop, plop en el suelo y consideró sus opciones: 1. Salir de la cama, ir a por un cubo y toallas, y ocuparse del problema. 2. Salir de la cama, prepararse para clase y fingir que no sucede nada. O la opción más atractiva: 3. Volver a dormirse.

Por supuesto, se decantó por la primera opción. Al menos sabe una cosa sobre sí misma: es una persona que hace lo que debe. La han criado para que haga siempre lo correcto.

Incluso con paraguas y chubasquero, Grace se da cuenta de que, para cuando llega al instituto, tiene los zapatos llenos de agua y los *jeans* empapados desde el bajo hasta las rodillas; y permanecerán así el resto del día. Las ventanas del edificio están empañadas por la humedad, los pasillos se llenan de sonidos de prendas mojadas que chapotean y suelas de goma que chirrían en el suelo húmedo.

Pero hay algo más. Las voces suenan más altas que de costumbre. Más insistentes. Eléctricas. La responsable no puede ser la lluvia. La gente está amontonada, hablando, con ojos conspiratorios. Miran las paredes, las taquillas y unos recortes de papel que tienen en las manos.

Grace se acerca rápidamente para ver de cerca un papel impreso en color neón que hay pegado a una taquilla. «¡ADVERTENCIA! —dice—. PARA TODAS LAS CHICAS, SOBRE TODO LAS DE PRIMERO. ¡CUIDADO CON AQUELLOS EN QUIENES CONFIÁIS!». Continúa describiendo la competición sexual de los chicos con todo lujo de detalles desagradables. Está firmado por LAS CHICAS DE NINGUNA PARTE.

—Dios mío —exclama una chica. Es joven, probablemente de primero. Se vuelve hacia su amiga—. ¿Crees que ese es el motivo por el que ese de último curso me pidió ayer el número de teléfono? Sabía que era muy extraño.

Una luz arde en el pecho de Grace. Una pequeña llama se enciende en la extensión oscura. La voz sin palabras de Dios le dice que esta es la señal que estaba esperando.

Se da la vuelta. Mira a todas esas chicas que hablan entre sí, esas chicas que normalmente no se entremezclan. Grace quiere celebrarlo. Desea abrazar a alguien. Siente una punzada de orgullo: desea contarles que ha sido ella. Pero a continuación la vergüenza ocupa el lugar del orgullo. ¿Ha asomado la cabeza el ego de su madre así alguna vez? ¿Ha sentido orgullo en el corazón cuando ha mirado a su congregación embebida? ¿Ha olvidado mostrarse humilde? ¿Ha olvidado que tan solo somos vasijas de Dios, de Su obra? ¿Alguna vez ha deseado, aunque sea un poco, ocupar Su lugar?

Hay conmoción en los pasillos. El entrenador Baxter y sus compinches de fútbol los recorren arrancando los carteles.

—Esto es inaceptable —proclama el entrenador con la cara roja y las venas palpitando en el cuello—. La directora Slatterly no va a consentir estos rumores. Esto es acoso escolar, señoritas. Eso es lo que es.

—Tonterías —brama alguien.

—¿Quién ha dicho eso? —ruge uno de los futbolistas—. ¿Quién narices ha hablado?

Entonces Elise Powell aparece entre la locura del pasillo con una sonrisa pura y preciosa en el rostro pecoso. Grace la mira a los ojos y la calidez que siente dentro se intensifica más y más hasta que se siente completa, hasta que siente que no puede contenerla, hasta que brota de su piel, llena el pasillo y envuelve a Elise de arriba abajo. Sus sonrisas iluminan el pasillo con su secreto.

«Lo hemos hecho —dicen sus ojos—. Todas lo hemos hecho».

Al final de la primera clase, han retirado la mayoría de los carteles. Al final de la segunda, los han roto todos. Alguien ha escrito con pintalabios «LAS CHICAS DE NINGUNA PARTE APESTAN» en los espejos del baño de chicas de la primera planta.

Tras la emoción de la mañana, el ambiente decae a la hora de la comida. Las cosas no han cambiado. La gente está sentada a sus mesas habituales. Los troles siguen en el centro, tan engreídos como siempre, y sus voces y risas se oyen incluso más altas que de costumbre al bromear sobre los acontecimientos del día.

Qué inocente por su parte pensar que un cartel iba a cambiar las cosas. Menuda estupidez creer que disminuiría el poder de ellos.

—Parece que todo el mundo se ha olvidado —comenta Grace.

—¿Y te sorprende? —pregunta Rosina.

—Tengo algo emocionante que contar sobre los erizos de mar —indica Erin, y comienza un monólogo que dura cinco minutos.

Justo cuando Erin comienza a hablar de estómagos reversibles, Elise Powell se sienta a su lado. Erin pone cara de asombro. De repente la diminuta isla de las tres chicas ya no está tan aislada. De pronto han logrado comunicarse con el mundo exterior.

—Acabo de comunicar al entrenador Baxter que dejo el puesto en el equipo de fútbol —anuncia—. Como protesta por la cultura sexista que propagan en este instituto. —Sonríe con orgullo.

—¿Qué ha dicho él? —se interesa Grace.

—Al principio se ha quedado sin palabras. Con la boca abierta. Después se ha enfadado. Se le ha puesto la cara roja y creía que le iba a salir humo por las orejas. Después se ha limitado a contestar con un «Muy bien, fuera de mi despacho», como si estuviera esforzándose mucho por controlarse. Así que salí del despacho.

—Bien hecho —la anima Rosina, pero Grace no sabe si lo dice con sarcasmo o sinceridad.

—Gracias. —Elise sonríe—. Bueno, supongo que luego nos veremos. —Y se aleja para regresar a su mesa de siempre con las chicas deportistas.

—Eso ha sido muy raro —comenta Erin.

—¿Veis? Las cosas están cambiando —declara Grace.

—Odio tener que explotar tu burbuja, pero no creo que la renuncia de Elise en el equipo de fútbol sea señal de que estemos destruyendo el patriarcado —replica Rosina.

—Por favor, ¿puedes dejar que disfrute del momento?

Pero entonces algo cambia en el ambiente. Erin levanta la mirada horrorizada, como si oliera el peligro. Grace nota una presencia detrás de ella antes de escuchar una voz cruel:

—Vaya, las dos putas locas tienen una nueva amiga gorda.

Rosina se da la vuelta y lanza una mirada asesina a Eric Jordan, que se encuentra detrás de ella.

—Esta no es tu hora del almuerzo, idiota.

El chico levanta un permiso para salir de clase.

—Solo pasaba por aquí.

—Pues pasa un poco más rápido.

—Tienes coraje, tengo que admitirlo —apunta Eric con una sonrisa de suficiencia—. Y me gustan los retos.

—¿Es una amenaza? —pregunta Rosina, que se levanta como si estuviera dispuesta a pelearse con él.

Eric se echa a reír.

—Se supone que era un cumplido.

—Eso no ha sido un maldito cumplido, capullo sexista.

—Lo que tú digas. —La mira de arriba abajo una última vez, como si fuera un lobo delante de un pedazo de carne—. No mereces la pena. —A continuación, se aleja, riéndose solo, como si el resto del mundo formara parte de la broma.

Rosina está temblando de rabia, tiene la cara roja y las manos apretadas en puños.

—Ahora mismo siento ganas de cometer un homicidio —dice con los dientes apretados—. Por esto la gente no debería de tener armas.

—Dios mío —exclama Grace. No se le ocurre otra cosa que decir, por lo que repite—: Dios mío.

—Tenemos que parar a ese maldito capullo —prosigue Rosina—. Vamos a reunirnos después de clase hoy, ¿de acuerdo? Para decidir qué hacer ahora.

—Por supuesto —acepta Grace—. Erin, ¿tú qué dices?

Pero Erin está encorvada, meciéndose adelante y atrás. Está en algún lugar, atrapada dentro de sí misma. No se encuentra con ellas.

—Mierda —estalla Rosina.

—Erin, ¿estás bien? —pregunta Grace.

—Tengo que irme —responde esta con voz tensa. Empieza a recoger la comida de la mesa.

—Espera, ¿quieres hablar del asunto? —le propone Grace.

—Quiero estar a solas. —Se pone en pie. Tiene los hombros tan tensos que prácticamente le tocan las orejas.

—Podemos ir contigo... —protesta Grace, pero Rosina le toca el brazo suavemente y sacude la cabeza.

—No —responde Erin. Se da la vuelta y, al marcharse, se golpea con fuerza la cadera con el borde de la mesa. Grace se queda mirándola mientras recorre el pasillo a gran velocidad, con el hombro contra la pared, como si no confiara en poder caminar sin un punto de apoyo.

Grace se levanta.

—¿No deberíamos ir con ella?

—Erin es una de esas pocas personas que, cuando dicen que quieren estar solas, lo dicen de verdad.

—¿Y si no se encuentra bien? ¿Y si le pasa algo?

—Puede ir sola a la biblioteca. La bibliotecaria, la señora Tremble, es buena con ella. Creo que ella también tiene un leve trastorno.

Grace no se siente satisfecha con la respuesta. Algo relacionado con Eric ha asustado tanto a Erin que se ha encerrado en sí misma. Ha tenido que salir huyendo. No se puede hacer caso omiso de algo así. Ir a la biblioteca para estar sola no va a arreglarlo.

—No está indefensa —dice Rosina.

—Ya lo sé. —«Pero que no esté indefensa no significa que no necesite ayuda».

—Erin se marchó a casa después de comer —le cuenta Rosina a Grace mientras se dirigen a la casa de los tíos de la primera bajo la llovizna de la tarde.

—¿Y no crees que tenga que preocuparme? —pregunta Grace.

Rosina exhala un suspiro.

—Puedes preocuparte si quieres, pero no creo que vaya a hacerte ningún bien. A Erin le pasa esto a veces. Algo le molesta y se agobia, por lo que luego tiene que recargarse un rato. Probablemente vuelva al instituto mañana. Solo necesita que las cosas se tranquilicen y vuelvan a la normalidad un tiempo.

Pero, para Grace, volver a la normalidad es inaceptable. La normalidad es donde ella se pierde. La normalidad es donde ella no es nadie. La normalidad es donde nada sucede. ¿Cómo puede ser tan distinto algo para dos personas?

—Pero me sigue preocupando que esté sola —señala—. Igual deberíamos de ir a ver si está bien.

—Sinceramente, me parece que eso la agobiaría todavía más. Si quieres hacer algo, ¿por qué no le escribes un mensaje de texto? Dile que estás preocupada por ella, eso hará que se sienta mejor.

—Tenéis una relación fascinante.

—Y que lo digas.

—Te importa de verdad, ¿no?

—Sí, ¿por? Es mi amiga.

Grace se ríe.

—¿Qué? —pregunta Rosina.

—Te comportas como si fueras una malota.

—Soy malota.

Caminan el resto del trayecto en silencio y los pensamientos de Grace regresan.

—¿Seguro que puedo ir? —pregunta. En parte espera que Rosina cambie de opinión. De repente Grace está tan nerviosa que incluso su habitación con goteras se le antoja más cómoda que la primera visita a la casa de una amiga.

Rosina es su amiga. Ir a su casa (en realidad a la de sus tíos) después de clase lo convierte en algo oficial.

—Ya te lo he dicho —responde ella—, ni siquiera tengo que estar allí. Esos niños pueden sobrevivir perfectamente sin mí.

Rosina no bromeaba al afirmar que tiene un ejército de primos. Están por todas partes, debajo de las mesas, dando saltos en los muebles, subiéndose por las paredes. El salón abierto está lleno de muebles desparejados, juguetes, ropa, platos y papeles que ocupan todas las superficies.

Una niña preadolescente está sentada muy cerca de la televisión, viendo un *reality show*.

—Estoy intentando preparar a esa para que ocupe mi lugar —explica Rosina—. Lo único que tiene que hacer es quedarse ahí sentada, como hace siempre. ¡Lola! —La chica no se mueve—. ¿Dónde está la abuelita?

—En tu casa —responde Lola sin apartar la mirada de la pantalla. Es el programa en el que la gente tiene la extraña adicción de comer cosas raras. En la pantalla, una mujer está bebiendo un detergente lavavajillas en una copa de champán.

—Sabes que no puede estar allí sola.

Lola se encoge de hombros.

—Está dormida. —La mujer de la televisión eructa y le sale una burbuja de la boca.

—¿Y Erwin? —pregunta Rosina.

—En el baño.

Rosina sacude la cabeza.

—Qué gente —murmura.

—¿Viene Erin mucho por aquí? —se interesa Grace.

—No le gusta quedar fuera del instituto. —Rosina deja la mochila en el suelo—. Solo ha venido un par de veces y las dos veces se ha ido a los diez minutos porque decía que el olor le molestaba.

—¿Qué olor? Yo no huelo nada.

—El olor a comida. Dice que puede oler el chile que usan mi madre y mi tía para cocinar. Lo que me resulta extraño en mi casa porque mi madre apenas cocina allí. Erin notaba el olor que arrastrábamos del restaurante. Es como si tuviera un sentido del olfato híperdesarrollado.

Un niño de unos dos años le da a Grace una Barbie desnuda sin cabeza.

—¿Gracias? —dice ella cuando se va.

—Ven. —Rosina abre un ordenador que hay en la mesa.

Aparta una cesta de colada de una silla y le hace un gesto para que se siente. Se quedan mirando la pantalla mientras Rosina entra en una cuenta de correo electrónico que han creado para las chicas de ninguna parte sin los nombres de verdad ni información que las pueda identificar.

—Eh, mira —señala—. ¡Tenemos correos nuevos!

Al otro lado de la habitación comienza una pelea.

—¡Mío! —se queja uno de los niños.

—¡No, mío! —replica otro.

—Dadme eso —interviene Lola, que alcanza el juguete objeto del duelo de los primos, se sienta encima y continúa viendo el programa.

—¿Ves? —indica Rosina—. Está totalmente preparada.

—¿Qué dicen los correos? —pregunta Grace—. ¿Reconoces alguna dirección? —Todas las direcciones de correo electrónico del instituto tienen el mismo formato: apellido.nombre@PrescottHS.edu, pero a Grace no le resulta familiar ninguno de los nombres.

—Por si aún no te has dado cuenta, no soy exactamente una persona sociable. Hay más de mil alumnos en nuestro instituto. Es más que improbable que conozca el nombre y apellido de aproximadamente el cinco por ciento de ellos.

—Hablas como Erin.

—Me parece que este es de una de esas chicas *emo* de la reunión. —Abre el primer correo—. Propone que quedemos en un lugar más secreto que la biblioteca. Buena idea. —Rosina abre el siguiente—. Este es de Elise. Solo quiere saber cuándo será la próxima reunión. Madre mía, creía que se iba a atribuir el mérito de los carteles. Esa niña tiene narices.

—¿Crees que lo ha hecho ella?

—Por supuesto que ha sido ella.

Rosina sonríe a la pantalla del ordenador.

—Mira esto. Tenemos un correo de Margot Dillard.

—¿Quién es?

—¿No lo sabes? Solo la presidenta del cuerpo estudiantil de Prescott High de este año —canturrea—. Veamos... «Queridas chicas de ninguna parte», ¿no te parece muy educado? «Estoy muy interesada en unirme a vuestro grupo. Al parecer, vosotras podéis ayudar a fomentar el empoderamiento entre las jóvenes del instituto Prescott High. Estoy concienciada en la lucha por la igualdad de las mujeres y me gustaría participar en vuestra acción social positiva. Por favor, hacedme saber cuándo y dónde será la próxima reunión y cómo puedo prestar mi ayuda. Un saludo cordial, Margot H. Dillard, presidenta de cuerpo estudiantil de Prescott High». ¡Madre mía! —exclama Rosina, que se retrepa en la silla—. Parece que estuviera solicitando un puesto en un maldito banco.

—¿Y ese? —pregunta Grace, señalando una dirección de correo que no tiene el formato normal del instituto, solo un puñado de letras y números puestos al azar de un proveedor de correo común.

—Quien sea tiene mucho interés en permanecer anónimo —comenta Rosina mientras lo abre.

Grace se inclina sobre el hombro de su amiga y las dos leen en silencio el mensaje:

Hola, seáis quienes seáis:

Cuando recibí vuestro primer correo electrónico, no le hice ningún caso. Pensaba que era correo basura. Pero después de lo de hoy y todos esos carteles en el instituto, he empezado a pensar que tal vez no lo sea. No sé si acudiré a alguna de vuestras reuniones, pero pienso que tenéis que seguir organizándolas.

La razón por la que os escribo es porque eso de lo que hablan los carteles... pasa de verdad. A mí me sucedió el año pasado. Iba a primer curso y él al último, por lo que me halagó que se interesara por mí. Pensaba que le gustaba de verdad. Fue en una fiesta y no dejó de ofrecerme bebidas. Después me llevó a su automóvil.

Me dije a mí misma que seguramente no me hubiera oído decir que no. Me culpé a mí misma. Pensé que era culpa mía por haberme emborrachado.

No voy a contaros quién es porque, si vais a por él, sabrá que lo he contado yo. Solo quiero que sepáis que os doy las gracias por lo que estáis haciendo. Creo que muchas chicas os las dan, aunque aún no lo sepan.

Gracias.

Rosina y Grace se quedan paradas un buen rato, sin decir nada, leyendo el correo una y otra vez.

Un niño empieza a lloriquear en el salón y el llanto las saca del trance. El primo que debe de ser Erwin asoma la cabeza por el pasillo.

—¡Rosina! ¿Puedes hacer que se calle ese niño?

Rosina mira a Grace con la mandíbula tensa y los ojos brillantes y afilados.

—¿Cuándo será la próxima reunión? —pregunta Grace.

A Rosina le tiemblan las manos cuando empieza a teclear:

Para: destinatarios ocultos
De: Laschicasdeningunaparte
Fecha: viernes, 23 de septiembre
Asunto: SOLO SÍ SIGNIFICA SÍ
     (e información sobre la siguiente reunión)

Queridas amigas:

Al parecer, hay mucha confusión a este respecto, así que vamos a aclarar algo:

Aprovecharse de alguien que está borracha es ruin y está mal. ES VIOLACIÓN.

Emborrachar a una chica con el propósito de tener sexo con ella no es hacer que se relaje. No es una técnica de seducción. Es VIOLACIÓN.

Tener sexo con alguien que no puede dar su consentimiento no convierte a un chico en afortunado. Lo convierte en un VIOLADOR.

¿Entendido?

Todos hemos decidido que así son las cosas. Esto es lo que hacen los chicos. Esto es a lo que tienen que enfrentarse las chicas. Pero nos negamos a seguir aceptando algo así. Estamos hartas de permitir que los chicos decidan lo que pueden hacer con nuestros cuerpos.

Si te ha sucedido a ti, no es culpa tuya. Estamos aquí para ayudarte. Estamos aquí para todas nosotras.

Juntas somos mucho más fuertes que esa basura que llevamos demasiado tiempo tolerando. Juntas podemos cambiar las cosas.

¡Uníos a nosotras!

La próxima reunión será el jueves 27 de septiembre a las cuatro de la tarde en la antigua fábrica de cemento en Elm Road.

Con cariño:
Vuestras amigas, las chicas de ninguna parte

Los verdaderos hombres de Prescott

Las chicas sexis están entrenadas para ponértelo difícil para que te las folles. Ser intocables aumenta su valor. Pero todas las chicas quieren a un hombre fuerte, no a un cobarde sensible y beta que habla de sentimientos. Las chicas quieren que las follen; está en su naturaleza, así que a veces oponen resistencia con la esperanza de que te pongas un poco duro. La verdad es que a veces «no» no significa no. Por supuesto, las feminazis nunca van a admitirlo, pero os apuesto cien dólares a que a la mayoría de esas chicas les gusta el sexo duro.

Las mujeres quieren a un hombre que lleve el control. Desean a un maestro. Pero recordad que solo cuando tengáis el control total de vosotros mismos podréis obtener el control total de ellas.

—AlphaGuy541

Nosotras.

—Me parece que esto se considera allanamiento de morada —señala Erin cuando entran en el almacén vacío—. Esto tiene que ser ilegal. No me siento cómoda.

—No estamos allanando nada —replica Rosina—. La puerta estaba abierta.

—No me convences —añade Erin, pero no parece tan molesta como debería.

El espacio es amplio y está vacío, un suelo de hormigón rodeado de muros con ventanas sucias de varias hojas de cristal, sin muebles. Ya hay más de una docena de chicas, entre ellas todas las que fueron a la primera reunión, hasta Connie Lancaster, la que puso fin a esta. Están todas un poco mojadas por la lluvia incansable del día, recelosas, reunidas con sus amigas de siempre, mirándose entre ellas con menosprecio. Parece más bien que estén a punto de ir a la guerra en lugar de unir fuerzas.

—Me parece que a ellas tampoco les gusta el lugar que has elegido —dice Erin a Rosina.

—¿Cómo conocías este sitio? —pregunta Grace.

—Digamos que he convertido en una especie de arte el descubrir lugares en los que mi familia no me puede encontrar —responde.

La luz gris se filtra en el espacio vacío por las ventanas sucias, acallando todo color. Todo se ve en una escala de sombras.

—¿Qué hace ella aquí? —murmura alguien, y todo el mundo cree que el «ella» se refiere a sí misma.

—No me gusta esto —se queja Erin—. Todas parecen malas. ¿Y si son malas? ¿Y si acaba mal, como la última reunión?

—¿No ha empezado aún y ya estás preocupada por cómo va a acabar? —espeta Rosina.

—Hay mucha más gente —dice Grace con tono nervioso.

—Eso es bueno —indica Rosina.

—Pensaba que Grace era la positiva. —Erin se frota las manos—. ¿Por qué no está mostrándose positiva?

—¡Gracias a Dios! —exclama Rosina, mirando por encima de las cabezas de Erin y Grace—. Ha venido Margot Dillard. Por fin alguien que sabrá qué hacer. O al menos fingirá que lo sabe.

—¡Qué emocionante! —comenta Margot Dillard, la presidenta del cuerpo estudiantil del instituto Prescott High, dando palmas. Se pasea por la sala saludando a la gente, como si esta fuera su fiesta y hubiera invitado a todo el mundo, como si no se hubiera fijado en el ambiente lúgubre.

—Maldita sea —susurra Erin—. Las animadoras. No puedo soportarlo.

Entran cuatro chicas en la sala, imponentes, impecables e inmunes a la lluvia.

—¿Y qué pasa? —responde Rosina.

—Sí que pasa algo —indica Grace.

—No sé por qué todo el mundo se altera tanto con las animadoras —prosigue Rosina—. Ninguna de ellas es particularmente buena en nada excepto en dar saltos y deletrear «Espartanos» en voz alta. Yo puedo deletrear un montón de palabras mucho más complicadas que «Espartanos» y nadie me felicita.

—A ti te gusta esa animadora —señala Erin—. La simpática.

—No —replica Rosina.

—Sí. Dijiste que era la chica más guapa del instituto.

—No.

—Dios mío —exclama Grace—. Hay como veinte personas aquí.

—Dios mío —se burla de ella Rosina.

—Veintitrés —la corrige Erin—. Las he contado.

—¿Se ha asignado una moderadora para este grupo? —pregunta Margot Dillard con su voz imponente de presidenta.

—Es como si tuviera un micrófono en la garganta —musita Rosina.

—La última reunión no estuvo muy moderada —contesta Sam Robeson, la chica del club de teatro.

—Pues todas las reuniones necesitan una moderadora —explica Margot—. ¿Quiere alguien proponer a alguna?

—Yo propongo a Margot como moderadora —interviene Elise Powell.

—Gracias, Elise —responde ella con falsa sorpresa—. ¿Quiere alguien secundar la propuesta de Elise?

—Yo la secundo —dice Trista o Krista.

—Las que estéis a favor, levantad la mano —pide Margot y todo el grupo levanta la mano.

—Gracias a Dios —exhala Grace.

—Menos mal —coincide Rosina.

—¿Y si nos sentamos todas en círculo? —propone Margot.

—¿En el suelo? —pregunta una de las animadores mientras todas se colocan.

—No te vas a morir porque te ensucies un poco —le dice otra animadora, Melissa Sanderson, la que tiene una sonrisa dulce y ojos amables, que ha llevado a la abuela de Rosina a su casa en más de una ocasión y que siempre ha sobresalido como alguien diferente en su grupo de chicas populares.

—Antes de empezar —habla Margot cuando todo el mundo se ha acomodado—, quiero dar las gracias a quien sea que haya iniciado esto. Ya sé que quiere permanecer en el anonimato y lo comprendo perfectamente. Pero si estás en esta sala, y creo que sí que estás, quiero que sepas que estas son las raíces que conducen a un cambio real y definitivo. —Varias chicas asienten y unas cuantas se encogen de hombros, algunas reprimen miradas de desdén y resoplidos.

—Es como si estuviera ensayando para presentarse para algún puesto importante —murmura Rosina. La animadora que se llama Melissa se ríe y se sienta justo a su lado. Rosina se mira el regazo y Erin les lanza una mirada asesina a las dos.

—¿Por qué te has ruborizado? —pregunta Erin a Rosina—. Tú nunca te ruborizas.

—Shhh —sisea Grace.

—Me gustaría asimismo sugerir que el grupo deje de usar el correo electrónico del instituto para comunicarse porque es muy sencillo rastrearlo —continúa Margot—. Recomiendo inhabilitarlo por completo. Podemos compartir las noticias gracias al boca a boca de toda la vida.

—Se está involucrando de verdad, ¿eh? —le susurra Melissa a Rosina—. ¿Crees que es ella quien lo ha iniciado?

—¿Otra vez te estás ruborizando? —pregunta Erin.

—Creo que deberíamos presentarnos y explicar un poco por qué estamos aquí —prosigue Margot—. Empiezo yo. Me llamo Margot Dillard. Voy al último curso y soy la presidenta del cuerpo estudiantil. Estoy aquí porque quiero cambiar la cultura misógina que hay en nuestro instituto. Te toca.

—Eh… —vacila la siguiente chica—. Me llamo Julie Simpson. Estoy en segundo. No lo sé, supongo que quería ver de qué va esto.

—Yo soy Taylor Wiggins —se presenta otra chica—. He venido porque estoy harta de cómo tratan los chicos a las chicas. De que les cuenten a sus amigos cada vez que se acuestan con alguien sin valorar la privacidad de ellas.

—Sí —coincide otra joven. Otras tantas asienten, de acuerdo.

—Yo soy Lisa Sutter. Del último curso. Capitana de las animadoras. Pero ya sabéis todas quién soy, ¿verdad? Bueno, estoy aquí porque mi novio, Blake, me engañó y quiero castigarlo.

—Soy Melissa Sanderson. Supongo que estoy cansada de que todo el mundo espere que sea de una cierta manera porque soy animadora. A lo mejor no soy quien todo el mundo piensa que debería ser, pero siento como si tuviera que ocultarlo. No sé, a lo mejor eso no tiene nada que ver con el propósito de este grupo. Pero creo que sí es así, o al menos debería… porque, no sé, tiene que existir más de una forma de ser una chica, ¿no?

—Por supuesto —la anima Rosina.

—¿Por qué se están mirando así? —le susurra Erin a Grace.

—Shhh —repite esta.

—Eh, ¿vosotras no erais amigas de Lucy Moynihan? —exclama alguien y la atención de todas se centra de inmediato en dos chicas anodinas que hay al otro lado del círculo.

—¿Puedo pasar? —pregunta con resignación la primera chica.

—¿No le toca a la chica mexicana?

—¿La chica mexicana? —brama Rosina.

—Estabais con ella en la fiesta aquella noche —añade otra persona—. Me acuerdo. De las dos.

—Vamos, Jenny —dice la primera chica—. Sabíamos que íbamos a tener que hablar de ella. Por eso hemos venido.

—¿Erais amigas de Lucy? —se interesa Grace, que recula de inmediato, como si le sobrecogiera el sonido de su voz, tan alto, delante de tanta gente.

—No —responde Jenny al mismo tiempo que su amiga dice «Sí».

—¿Entonces? —pregunta Margot.

—No éramos íntimas —comenta Jenny sin mirar a nadie a los ojos—. Solo conocidas.

Su amiga la mira con desconfianza.

—Jenny, éramos amigas desde la guardería.

—¿Estabais con ella en la fiesta aquella noche? —prosigue Margot.

—Sí —contesta la joven que no es Jenny.

—No estábamos con ella cuando sucedió —aclara Jenny—. Se pasó toda la noche flirteando con Spencer Klimpt y luego nos dejó tiradas para ir a hacer lo que sea con él. Te acuerdas de eso ¿no, Lily?

—Esa noche bebió mucho. —Lily baja la mirada—. Él no paraba de ofrecerle bebidas. Nunca se había emborrachado antes de esa noche.

—Ya —continúa Jenny, pero su tono de voz es diferente al de su amiga, como si recordaran a dos personas totalmente distintas—. Estaba borracha.

—¿Y la culpas a ella? —pregunta Rosina con tono afilado—. ¿Porque estaba borracha?

—Apenas podía mantener los ojos abiertos —indica Lily y la voz se le rompe. Se le forman lágrimas en los ojos y mira a Jenny, que se niega a devolverle la mirada—. Él prácticamente la arrastró escaleras arriba.

—Dios mío —exclama alguien.

—Tuvimos que haber hecho algo —se lamenta Lily. Tiene los labios mojados por las lágrimas—. Jenny, ¿por qué no hicimos nada?

Jenny sacude la cabeza. Parece plana, como si tratara de volverse bidimensional, como si, siendo lo bastante pequeña, pudiera escapar de todas estas chicas que la miran y exigen respuestas.

—Me llamó a la mañana siguiente —explica Lily entre lágrimas—. Estaba llorando tanto que me costaba entenderla. Me dijo que había pasado algo malo, algo muy malo, pero que no me iba a contar qué. Y yo no paraba de preguntarle «¿Qué ha pasado?, ¿qué ha pasado?» y ella no dejaba de decirme «No lo sé». —Lily se queda callada y mira a Jenny, que sigue sin alzar la mirada—. Yo seguía enfadada con ella por habernos dejado tiradas en la fiesta. Las dos lo estábamos. Lucy había sido la que nos había convencido para que fuéramos. Jenny y yo no queríamos asistir.

—Siempre quiso ser popular —señala Jenny, pero ya no parece tan enfadada. Ahora parece triste.

—Le pregunté «¿Te has acostado con Spencer Klimpt?» —continúa Lily—, y no me dijo nada, no dejaba de llorar, así que le colgué.

—Habría hecho cualquier cosa por ser popular —repite Jenny, que ahora está llorando también.

—Siguió llamándome, pero no respondí —prosigue Lily—. Y entonces dejó de hacerlo. —Toma aliento—. No me enteré de nada hasta el lunes, cuando vi que no estaba en el instituto, ni tampoco los chicos, y todo el mundo comentaba que ella y sus padres habían hablado con la policía y que había muchas historias distintas y nadie sabía qué creer. Pero todo daba igual porque todo el mundo sabía que eran tres chicos importantes contra una chica que no era nadie. Ni siquiera conocían su nombre. La llamaban «una chica de primero». No sabían cómo se llamaba y ya habían decidido que mentía.

—¿Qué pensabas tú? —pregunta con tono suave Grace—. ¿Creías que estaba mintiendo?

—No. Yo la creí —responde tras una larga pausa. Mira a Jenny—. Pero fingí que no, como todos los demás. Seguía enfadada con ella.

—Yo no la creí —dice Connie Lancaster—. Lo siento, pero yo no. Me creí lo que decía todo el mundo, que se lo había inventado para llamar la atención.

—No lo comprendo —señala Rosina—. ¿Por qué no quisisteis creerla?

—No lo sé —responde Connie, que baja la mirada avergonzada—. La odiaba por hablar de ello. Es como si, de algún modo, me jodiera la vida. —Levanta la mirada un instante y vuelve a bajarla, estremeciéndose—. Ya sé que suena fatal.

—Recuerdo que solo duró medio día en el instituto cuando regresó —habla Elise Powell—. La gente se chocaba con ella en el pasillo y la llamaba puta allá donde iba.

—Y nosotras nos limitamos a observar cómo sucedía —se lamenta Sam Robeson, que se limpia los ojos con una bufanda morada.

—¿No vino la ambulancia a recogerla? —pregunta Trista o Krista—. Oí que la enfermera del instituto la llamó porque estaba teniendo una crisis nerviosa en la enfermería.

—Llegó una ambulancia, pero no se fue en ella —responde Connie.

—Creo que fueron sus padres a recogerla —añade Allison.

—Y ya no está —susurra Sam.

—Es una mierda —se queja Rosina—. Esto es una mierda enorme.

—Debería de haber hecho algo —musita Lily en voz baja—. Esa noche. No debería de haber dejado que se fuera arriba con él.

Sabía que estaba muy borracha. Sabía que iba a pasar algo malo. —Empieza a sollozar—. Pero pensaba que era culpa suya. La culpaba a ella. No merecía eso, debería haber hecho algo.

—Todas deberíamos haber hecho algo —coincide Sam con tono suave—. No solo tú. Nadie le hizo caso cuando volvió al instituto. Nadie la ayudó. Nadie la apoyó.

—Había mucha gente en la fiesta esa noche —comenta Melissa Sanderson—. Yo estaba allí. La vi hablando con Spencer. Supe qué quería él. No tenía ni idea de que sería tan horrible, que Eric y Ennis participarían, pero sabía lo suficiente. Sabía que Spencer era un capullo. Que tenía por costumbre aprovecharse de las chicas borrachas. Sabía que ella estaba en primero. Sabía que estaba mal. —Cierra los ojos y niega con la cabeza.

—Pero no tiene que seguir siendo así —apunta Rosina—. No puede ser así.

—Solo es así porque lo permitimos. —Melissa mira a Rosina a los ojos—. Podemos ayudarnos entre nosotras, pero no lo hacemos.

—Es hora de cambiar las cosas —confirma Margot Dillard con energía en la voz, como si se preparara para dar un discurso.

—Pero ¿qué vamos a hacer? —pregunta Rosina.

Nadie dice nada durante un buen rato.

Y entonces, en el silencio, una vocecita habla:

—¿Qué tal un manifiesto?

—¿Un qué? —pregunta alguien.

—Un manifiesto —repite Grace un poco más fuerte. Vamos a escribir nuestro manifiesto. Vamos a contarles qué es lo que pensamos.

—Tenemos que hacer algo más —insiste Rosina—. Tenemos que castigarlos. Tenemos que hacerles daño a ellos también.

—Tengo una idea —concluye Grace.

ATENCIÓN:
Chicos y jóvenes del instituto Prescott.

Estamos hartas de vuestras tonterías. Hemos tenido que soportarlas mucho tiempo. Esto acaba ahora.

Nuestros cuerpos no son juguetes para que juguéis con ellos. No son piezas de un juego para que las manipuléis y engañéis. No somos muescas en vuestros cabeceros.

Creemos a Lucy Moynihan. Decía la verdad. Vosotros también lo sabéis en el fondo. Sabéis quiénes le hicieron daño. Veis a sus violadores en el instituto y en la ciudad todos los días. Os sentáis a su lado en clase. Vais de fiesta con ellos los fines de semana.

Pero no hacéis nada. Miráis para otro lado y dejáis que vuestros amigos lastimen, usen y violen a más chicas. O, peor aún, los animáis. Los vitoreáis. O, peor, vosotros también lo hacéis.

Chicos, sabemos que podéis mejorar. Enfrentaos al sexismo cuando lo veáis. Decidle a vuestros amigos que sus bromas sobre la violación no tienen gracia. Cuando los escuchéis hablando mal de las chicas a sus espaldas o alardeando de sus conquistas, enfrentaos a ellos. Ayudad a las chicas cuando os deis cuenta de que las están acosando o se están aprovechando de ellas. Sed hombres de verdad.

No guardéis silencio cuando sabéis que está pasando algo malo. No miréis para otro lado.

Nosotras no lo vamos a hacer. Ya no.

Hasta que no os enfrentéis a estos acontecimientos y hagáis algo por cambiar vuestro comportamiento y responsabilicéis a vuestros amigos por sus actos, no nos merecéis.

Nuestras peticiones son sencillas. Exigimos:

1. Justicia para Lucy Moynihan.
2. Que los estudiantes varones de Prescott High nos traten con el respeto que merecemos.

No queremos una guerra. Queremos que os pongáis de nuestro lado.

Hasta que esto suceda y nuestras peticiones sean atendidas, no mantendremos ninguna actividad sexual con los estudiantes varones de Prescott High. Esto incluye, pero no está limitado a: relaciones sexuales, sexo oral (es decir, felaciones), sexo manual (es decir, masturbación), besos, besos con lengua, besos en el cuello, sesiones de besuqueos, toqueteos, movimientos sexuales con ropa, movimientos sexuales sin ropa, sexo duro, coito, cópula, revolcón o cualquier palabra ridícula que se os ocurra para hablar de sexo.

¿Contamos ya con vuestra atención?

Seamos claras: la violación no tiene que ver con el sexo, sino con el poder, la violencia y el control.

Sabemos que una huelga de sexo no podrá detener la violación. Nuestra huelga tiene como fin recabar la atención de los que pensáis que estáis libres de culpa, los que no violáis, pero lo permitís con vuestro silencio con aquellos que sí lo hacen, con las pequeñas cosas que hacéis todos los días para que las chicas se sientan menos que vosotros, para que las chicas sientan miedo. Aunque no violéis, sí lastimáis a las mujeres. Aunque no violéis, alimentáis la cultura de la violación al no intentar detenerla de forma activa. Es hora de que lo sepáis. Es el momento de que acabéis con ello.

Declaramos, por la presente, que las jóvenes de Prescott High están oficialmente en huelga de sexo.

Haceos amigos de vuestras manos, chicos.

Un saludo cordial:
Las chicas de ninguna parte

Nosotras.

Las notas están por todas partes: en las paredes, los techos, el suelo, dentro de las taquillas y las mochilas y los monederos... hojas en colores fosforitos impresas a altas horas de la noche desde la impresora de algún padre desprevenido. El instituto está lleno. Las retirarán, pero será imposible que no las vean.

—¿Qué narices es esto?

—¿En serio?

—¿Han visto esto Eric y Ennis?

—¡Malditas zorras!

Esas son las palabras que se pronuncian en voz alta, con risas, con rabia, con mofa. Pero también hay sonrisas leves, imperceptibles asentimientos de cabeza, muestras invisibles de apoyo que hasta ahora permanecían ocultas.

Las chicas caminan por el pasillo un poco más grandes. Se miran a los ojos, comparten sonrisas con chicas a las que antes nunca saludarían. Guardan el secreto y este arde como un rayo de sol en sus pechos.

Erin se sienta a una mesa en un rincón trasero de la secretaría del instituto e introduce datos en una gráfica en el ordenador. La mesa no está del todo escondida, pero casi. Casi se siente cómoda.

Algo que ha aprendido durante el tiempo que pasa en secretaría es que a la directora Slatterly le gusta tener la puerta de su despacho abierta y siempre tiene un ventilador encendido.

—Está sufriendo el cambio —escucha decir a la señora Poole mientras chismorrea con una de las orientadoras.

Erin escucha muchas cosas desde su rincón. A veces la gente se olvida de que está ahí. O, aunque sepan que está, piensan que no puede oírlos.

Como ahora, que escucha cada palabra de una conversación telefónica que está manteniendo la directora Slatterly en su despacho. Ha oído que decía: «Soy Regina Slatterly, estoy devolviendo la llamada al jefe Delaney». Ha escuchado su silencio, esperando. Luego una serie de sumisos «Sí, señor», como si Slatterly fuera una niña a la que estuviera riñendo.

—Estamos retirando los panfletos —informa Slatterly—. Vamos a controlar la situación.

Erin deja de teclear.

—Creo que no hay nada de lo que tengamos que preocuparnos —continúa la directora—. Las chicas no están haciendo ningún daño. Acabaré con esto a tiempo... Sí, señor... No, señor... Simplemente creo que no están haciendo nada ilegal... No, por supuesto que no... Lo comprendo... Sí, me encargaré de ello... De acuerdo, hablamos luego. Saluda de mi parte a Marjorie y a los niños.

Erin oye el teléfono de nuevo en la consola. Después posiblemente el suspiro más largo de la historia de los suspiros.

Vuelve muy despacio la cabeza hasta mirar por encima del hombro, justo al despacho de la directora, justo a Slatterly, que está sentada tras su mesa con la cabeza enterrada en las manos, el ventilador alborotándole el pelo cada vez más escaso de la cabeza como si se tratara de plumas.

Amber Sullivan tiene Iniciación al Arte a segunda hora. Es una clase desperdiciada, incluso sin el profesor sustituto de hoy. Se supone que están haciendo autorretratos, preparando un *collage* con las cosas que más les importan, cosas que los definen. Algunos alumnos están escribiendo mensajes de texto o jugando con los teléfonos; unos cuantos están dormidos, con la cabeza apoyada en los brazos y las rebecas. Pero la mayoría hablan.

Amber está sentada a su mesa del rincón y hojea en silencio las revistas viejas y arrugadas buscando imágenes que añadir a su *collage*. Recorta una fotografía de un árbol. Un buzón. Un gato. Lo pega todo en la hoja roja que está elaborando sin ningún orden en particular. No recorta fotos de personas, nada que parezca piel o partes del cuerpo. Su intención en este proyecto es que resulte imposible adivinar ningún sentido en él, que no refleje nada real de ella, que no la deje al descubierto, tal y como hace siempre el arte.

La única persona de la clase que también parece estar trabajando en el proyecto es Grace, que está sentada al otro lado del aula. El instituto solo empezó hace tres semanas, pero Amber acaba de empezar a fijarse en la chica regordeta y del montón que siempre parece estar mirándola cuando mira en su dirección. Es como si hubiera aparecido de la nada y ahora le resulta imposible obviarla. No la mira de la misma forma que el resto de las chicas, con una mezcla de sorna y hostilidad en los ojos, con las palabras «puta» y «gentuza» en la punta de la lengua. Puede que esta chica no la conozca en absoluto.

—Malditas chicas —dice un capullo de nombre Blake en la mesa que hay junto a la de Amber. También le resulta imposible no hacerle caso a él—. Le he comprado a Lisa un café con caramelo extragrande que cuesta como seis dólares y ni siquiera me ha masturbado.

—¿Lisa? —pregunta el otro chico—. ¿Ella también está en esa mierda de las chicas de ninguna parte?

—Sí, ¿te lo puedes creer? Me dijo que no tenía que acostarse conmigo si no le apetecía, y yo le dije que entonces por qué se ponía esa falda tan corta con la que prácticamente se le veía el trasero, y ella me dijo que podía ponerse lo que quisiera, y yo pues muy bien, pero si te pones algo así, no esperes que me comporte. ¿No te parece razonable?

—Totalmente.

—Y entonces empezó a quejarse de que culpar a las mujeres de las agresiones sexuales por lo que llevan puesto está mal y yo le pregunté que quién había dicho nada sobre agresiones sexuales, que solo quería que me masturbara, ¡y me tiró la maldita bebida a la cara!

—Tiene razón —interviene un tercer chico en la mesa—. Es de cretinos esperar que quiera acostarse contigo cada vez que te apetezca.

Blake y el otro chico lo miran, como si esperaran que añadiera «Es broma».

—¿Qué narices? —exclama Blake—. Me ha destrozado los asientos del automóvil.

El chico se limita a encogerse de hombros.

—Al menos sigue habiendo una chica que no va a decir que no —comenta el amigo de Blake sin molestarse en bajar la voz—. Deberías de haber llamado a Amber.

Amber se tensa en cuanto las palabras le perforan la piel; se protege de las risas de los chicos. Ellos saben que los ha escuchado, pero no les importa, o tal vez quisieran que los escuchara. Como si ni siquiera fuera una persona, alguien con sentimientos, alguien a quien pueden herir. Un objeto. Algo que pueden usar. Y no intenta sacarles de su error, no habla ni dice nada, ni niega ni confirma sus afirmaciones. Lo que hace es insensibilizarse, su mecanismo especial de defensa: lucha, huye o conviértete en piedra.

Suena el timbre. Los alumnos apartan los materiales de arte que ninguno de ellos estaba usando. Los chicos salen sin reparar en la existencia de Amber, riendo de camino a la puerta. Incluso el chico que ha defendido a Lisa hace lo mismo, porque Amber y Lisa son dos tipos de chicas muy diferentes.

Amber se toma su tiempo para limpiar. Está ofreciendo ventaja a los chicos. Lo peor que hay es quedarse atrapada en el pasillo con ellos.

El aula se vacía al fin. Hasta el sustituto ha desaparecido. Amber cierra la cremallera de la mochila y se la echa al hombro. Solo quedan cinco clases más hasta que acabe el instituto y entonces podrá escabullirse al laboratorio de Informática y esconderse en su mesa preferida del rincón mientras los frikis del Club de Tecnología se reúnen en el otro lado del aula y fingen que ella no está ahí. Es su secreto, su pequeño juguete, ese diminuto espacio tras el ordenador en el que se siente capaz y creativa, donde puede abandonar su cuerpo y acceder a un mundo con sentido, un mundo hecho de unos y ceros que ella puede manipular, un mundo en el que ella ostenta el control.

—Hola —saluda una voz tras ella que la sobresalta. Se vuelve y ve a Grace, que ha conseguido acercarse a ella sin ser vista—. Eres Amber, ¿no?

No dice nada, se limita a mirarla con rabia, preparada para bloquear el inevitable abuso que está por llegar, que siempre llega. Está preparada para rugir, para demostrar el otro lado de su verdadera reputación: cruel, vil, ruin. Existen razones por las que no tiene ningún amigo.

Grace baja la voz a pesar de que no hay nadie que la pueda escuchar aparte de Amber.

—Has oído hablar de las chicas de ninguna parte, ¿no?

Amber asiente y, por un momento, suaviza la mirada.

—¿Quieres venir a la siguiente reunión? Me ha dado la sensación de que te gustaría. Las reuniones son bastante divertidas.

—¿Qué es lo que hacéis exactamente? —pregunta Amber con tono brusco, aunque la verdadera pregunta que tiene en mente es «¿Cuándo fue la última vez que una chica me invitó a hacer algo?».

—Sobre todo hablamos. Puedes hablar de cualquier cosa. Hablamos mucho de chicos.

—¿Os reunís para quejaros de los chicos?

—Es parte de lo que hacemos, pero también otras cosas.

—¿Cómo qué? —Amber tiene el cuerpo inclinado hacia la puerta, preparada, por instinto, para salir corriendo.

—Qué hacer para no permitir que nos sigan molestando.

La mochila de Amber está llena y la tiene sobre el hombro, pero no se está marchando. No mira a Grace, pero se pregunta si ella puede sentir que desea hacerlo, si puede sentir que tiene muchas preguntas, si puede sentir que Amber desea sentir algo aparte de rabia y desconfianza.

—No tienes que decidirlo ahora mismo —concede Grace—. Si me das tu número de teléfono, puedo enviarte un mensaje con información de la próxima reunión.

Justo en ese momento el teléfono de Amber suena con un nuevo mensaje de texto. Lo saca de la mochila. Es de un número que no reconoce: **Eh, ¿quieres que nos acostemos esta noche?** Exhala un suspiro. Está demasiado cansada para sus diecisiete años. Abre la mochila y rasga una hoja de papel, escribe algo en ella, la dobla y se la da a Grace.

—De acuerdo —concluye sin mirarla a los ojos. A continuación, se da la vuelta y sale por la puerta.

—¡Eh, chicos! —grita una chica en la cafetería?—. ¿Nos echáis ya de menos?

—Hay más como vosotras —responde un chico desde el otro extremo.

Los demás se ríen, es lo único que pueden hacer. Algunas risas son vertiginosas, triunfantes. Otras reflejan una peculiar mezcla de crueldad y vergüenza, la risa de los acosadores. Pero algunas contienen una rabia y un odio que ya existían, pero que yacían ocultos antes de que nada de esto comenzara.

—¿Y vosotras echáis de menos esto? —pregunta otro chico, que se pone en pie y finge desabotonarse los pantalones.

—¿El qué? —replica una chica—. Ahí no hay nada.

Se han delimitado claramente las líneas. Hay tensión en la cafetería. Las lealtades están cambiando; las mesas se quedan vacías porque los miembros se pasan al otro lado. Existe un territorio de nadie entre ellos, una zona neutral de gente que mantiene la cabeza gacha y que solo trata de comer. Las burlas vuelan como fuego de guerra, a un lado y a otro, un tiro por aquí y un rebote por allí. La metralla sazona la comida de todos.

—Mira a Ennis —comenta Rosina—. Parece a punto de vomitar. Casi siento lástima por él. —Tiene la cabeza gacha y la cara oculta por la visera de la gorra de béisbol. Sus amigos guardan silencio, con mirada de acero. Todos menos Jesse Camp, el casi amigo de Grace de la iglesia, cuyo rostro suave y desconcertado se alza sobre las figuras agachadas de sus compañeros de mesa, mirando a su alrededor, como si se encontrara perdido—. Dios, me encantaría que comiéramos a la misma hora que Eric —continúa Rosina—. Quiero ver qué cara pone.

—Sam dice que lleva varios días sin entrar en la cafetería —contesta Grace—. Ha comido fuera del campus.

—¿Puedo comerme tus patatas? —pregunta Erin.

—¿Qué pasa con tu dieta de alimentos crudos, ecológicos, veganos y sin gluten? —se sorprende Rosina.

—Toda esta agitación social me está dando hambre.

—Es importante —le dice una chica a su novio en su dormitorio después de clase. Le aparta las manos de la cintura—. Tengo que hacerlo.

Ya le cuesta bastante creerse sus propias palabras sin que él tenga que tocarla. Su cuerpo desea olvidar la promesa. Él le ha puesto la boca en el cuello y nota su aliento cálido en la piel. Él no es el enemigo, ¿no? No es un violador. Es un buen chico. Lo quiere. ¿Por qué hacerlo sufrir?

Se está derritiendo. Se vuelve cálida. Cierra los ojos. Permite que la esculpa con las manos.

Y entonces piensa en Lucy, sola y asustada, sin nadie que la ayude. Recuerda verla en el pasillo el día que volvió, a los chicos arrojándole objetos: lápices, bolas de papel, chicles masticados. Las chicas miraban para otro lado. Piensa en su propio cuerpo, en el de su novio. En el privilegio del placer.

—No —protesta y empuja al chico—. Necesito que me apoyes.

Él suspira y entrecierra los ojos. Inspira y espira.

—De acuerdo, te apoyo —concede al fin—, pero me duele. —Se mira el regazo, el deseo que se le abulta en los *jeans*—. Duele físicamente.

—Pues ve al baño y arréglalo si quieres. —Ha recuperado la resolución. Ha perdido toda compasión por las decisiones tomadas por las partes del cuerpo.

Él la mira a los ojos.

—Sobreviviré —señala e intenta sonreír. Se lleva una almohada al regazo.

—Sí —lo anima ella, que comprueba que él lo está intentando y se relaja—. Gracias.

El chico mira por la ventana, la lluvia incansable y fuerte de Oregón. Un día perfecto para tener sexo. Un día perfecto para estar calentitos y juntos bajo las sábanas.

—¿Qué hacemos?

—No lo sé —responde ella, que se sienta en la cama asegurándose de que ninguna parte del cuerpo lo toque—. Hablar, supongo.

Los verdaderos hombres de Prescott

Tenemos que dejar de permitir que esas guarras nos manipulen. Creen que sus juegos pasivo agresivos nos van a forzar a comportarnos como ellas desean, pero nosotros somos fuertes. Nosotros llevamos la batuta, y no ellas. No vamos a rendirnos a las feminazis. No las necesitamos. Son demasiado problemáticas.

No os preocupéis. Desde un punto de vista general, estas chicas no son nada. Las mujeres de verdad quieren a un hombre fuerte que lleve el control. Quieren complacer. Quieren que las deseen. Harán cualquier cosa para conseguir que les digas que las quieres.

Así pues, sigamos adelante. Estas guarras no merecen nuestro tiempo. Hay muchas otras nenas ahí fuera y sabemos cómo conseguirlas.

—AlphaGuy541

Rosina.

A la mierda el instituto. A la mierda la directora Slatterly.

—Venga, señorita Suárez —le dice el aletargado guardia de seguridad—. No tengo todo el día.

Que te den.

Hay un puñado de chicas sentadas en sillas de plástico en la secretaría del instituto, una selección de bichos raros agotados y antisociales del centro.

—¿Para qué es esto? —pregunta a una chica morena con mechones blancos que hay sentada a su lado. Serina Barlow, la joven que acaba de regresar de pasar un verano en rehabilitación.

—No tengo ni idea —responde ella.

La señora Poole sale del fondo, abanicándose con los dedos cortos y regordetes. Tiene la frente perlada de sudor.

—¿Todo bien, Denise? —le pregunta el guardia de seguridad.

—Eso, Denise —dice una de las antisociales y otras tantas se ríen con ella.

—Sí, sí —responde la señora Poole—. Un día duro, eso es todo.

—¿Por qué estamos aquí? —pregunta Serina—. Yo no he hecho nada.

—Yo no he hecho nada —se burla una de las chicas—. ¿Te crees una princesa solo porque llevas tres meses sobria? ¿De pronto eres mejor que nosotras?

Serina no hace caso de las miradas cargadas de odio de las muchachas. A Rosina le gusta esta chica.

—Eh —se dirige a ella—, ¿sabes que nuestros nombres son prácticamente iguales si reordenas las letras? —Serina la mira y parpadea—. Si salimos vivas de aquí, me gustaría hablar contigo sobre un asunto —le susurra.

—Rosina Suárez. —La señora Poole suspira—. ¿Por qué no entras tú ahora? —Le hace un gesto en dirección al despacho de la directora Slatterly.

Esta no es la primera vez que Rosina está en el despacho de la directora. Estuvo en aquella ocasión en la que escupió a Eric Jordan a la cara, claro. Y también cuando pintarrajeó el libro de la biblioteca sobre diseño inteligente como regalo de cumpleaños para Erin (y que ella no valoró como ella habría hecho). También esa ocasión en la que llamó capullo a su profesor de Educación Física cuando él le gritó «¡Corre, tamal caliente!» mientras corría en una prueba.

—¿Por qué estoy aquí? —pregunta cuando se deja caer en el sillón suave que hay al otro lado de la mesa de la directora Slatterly. Todo lo que hay en la habitación está adornado con flores y mimbre. Encima de un mueble archivador hay una pintura al óleo de unos conejillos con un marco dorado de mal gusto. Si entrara alguien que no supiera dónde está, pensaría que se trata del despacho de una abuelita dulce y vieja. Pero estaría muy equivocado.

—Esperaba que me lo dijeras tú —dice Slatterly, inclinándose hacia delante en el sillón y entrelazando los dedos de las manos sobre la mesa.

—Estoy aquí porque le ha dicho al guardia de seguridad que venga a sacarme de clase.

—¿Y por qué crees que lo he hecho?

Rosina podría decir muchas cosas, la mayoría de ellas conseguirían que la expulsara. Así pues, no dice nada. Se retrepa en el asiento con los hombros relajados y mira por la ventana el aparcamiento mojado y gris, como si esto no pudiera interesarle menos. Ha perfeccionado esta mirada que aparece en momentos especiales como este, cuando algo le importa demasiado.

—Fuiste muy directa la pasada primavera con respecto a lo que opinabas sobre las alegaciones lanzadas contra tres de nuestros estudiantes varones —indica la directora—. Iniciaste unos cuantos altercados.

—Inicié un altercado —la corrige Rosina—, y no fue un altercado importante.

—Últimamente se han producido varios altercados. ¿Reconoces que hay razones para que sospeche que puedas estar detrás?

—¿De verdad? —Se echa a reír—. ¿Piensa que formo parte de esta protesta?

Slatterly no parpadea siquiera.

—Yo no formo parte de nada —responde Rosina—. Es un grupo. Un grupo de chicas tontas se ha reunido y ha decidido jugar a fingir que son luchadoras libres para cambiar el mundo. ¿De verdad piensa que yo formaría parte de eso? No le gusto a nadie. A mí no me gusta nadie. Yo no formo grupos y definitivamente no soy tan optimista como para creer que algo que podamos hacer pueda marcar la diferencia.

Slatterly aprieta los labios y Rosina no puede evitar sonreír un poco; no hay duda de que ha ganado esta ronda. Pero entonces la directora levanta la barbilla y enarca las cejas. Ronda dos.

La directora toma aliento. Si Rosina no la conociera, podría pensar que se trata de un gesto triste.

—Puede que no lo creas, pero yo también fui joven —comenta.

A Rosina le cuesta no reírse en su cara.

—Podríamos decir que incluso era menuda como tú —continúa la directora—. Intentaba luchar, intentaba gritar para hacerme oír.

Rosina se pregunta qué clase de estrategia de manipulación es esta. ¿Psicología inversa?

—Pero ¿sabes qué? —prosigue—. No llegué a ninguna parte de ese modo. Usaba todas mis energías para tratar de demostrar algo al mundo, pero nadie me escuchaba. —Mueve unos papeles que tiene en la mesa—. Ya sé que las chicas pensáis que estáis haciendo lo correcto al iniciar estas peleas. Y te aseguro que estoy con vosotras, no quiero que violen a nadie. No quiero que presionen a las jóvenes a que tengan relaciones sexuales. Por Dios, no quiero que las chicas de vuestra edad tengan relaciones. Pero la verdad es que no podéis esperar que los chicos os tomen en serio. No podéis esperar que os respeten cuando estáis gritándoles. —Se detiene un instante, esboza una sonrisa, tal vez una de verdad—. Por suerte, yo me di cuenta antes de que fuera demasiado tarde y por eso estoy aquí hablando contigo, como tu directora, en una posición de liderazgo. En una posición de poder. No ha sido sencillo llegar hasta donde estoy, señorita Suárez, y no lo habría logrado si no hubiera estado dispuesta a llegar a algunos acuerdos.

Rosina no sabe si tiene que decir algo. No sabe qué se supone que tiene que pensar, qué tiene que sentir. Una parte de ella está enfadada, pero la mayor parte se siente confundida.

—Este es un mundo de hombres. —Rosina piensa que, por un instante, ve algo humano asomar en la apariencia normalmente dura de Slatterly. Algo vulnerable. Incluso un poco de temor—. Ellos imponen las reglas, señorita Suárez. Y si quieres llegar a alguna parte en este mundo, tienes que actuar como un hombre. Ser una mujer fuerte no significa pelear con los hombres, significa actuar como si fueras uno de ellos.

—¿Por qué me cuenta esto?

—Quiero que tengas éxito, Rosina. No quiero que te involucres en actividades sin sentido que solo te meterán en problemas.

—No lo hago. No tiene que preocuparse de nada.

Slatterly exhala un suspiro. Cierra un momento los ojos y luego ajusta el ventilador de la mesa para que le apunte directamente a la cara. Rosina se remueve en el asiento. ¿Está la directora sudando?

—¿Cuántos miembros de tu familia se han graduado en el instituto? —pregunta al fin la mujer.

—¿Qué? ¿Qué relevancia tiene eso?

—Supongo que tu éxito en los estudios también es importante para ellos. Van a sentirse muy decepcionados si no te gradúas.

—Tengo buenas notas.

—Sí, sorprendentemente. Pero tu asistencia es pésima. Eso puede ser motivo de suspensión. Incluso de expulsión en un caso extremo.

—Dudo que yo sea un caso extremo.

—Bueno, la clave, señorita Suárez, es que tú no eres la juez. Lo soy yo.

Rosina no dice nada. Esta es la directora que ella conoce. La zorra de verdad.

—No quieres decepcionar a tu familia al no graduarte, ¿no es así? —insiste Slatterly—. No hay muchas oportunidades para las mujeres sin educación. Supongo que pasarías el resto de tu vida sirviendo mesas en el restaurante de tu tío.

Tiene la cara desprovista de toda emoción al mencionar esto, al dejar que sus palabras se enconen y envenenen a Rosina por dentro.

—¿Qué opinas, señorita Suárez? ¿Quieres correr ese riesgo? ¿Quieres seguir metiéndote en problemas tú y a tu familia?

—No —susurra.

—Entonces creo que estamos de acuerdo. Ninguna actividad comprometida, ¿de acuerdo?

—De acuerdo —responde Rosina con los dientes apretados.

Slatterly sonríe.

—Me alegra escucharlo.

—¿Puedo irme ya?

—Sí. Por favor, dile a la siguiente que pase, ¿de acuerdo?

Rosina se levanta y siente que los músculos son un embrollo de nudos. Sale de la secretaría sin decir nada, recorre el pasillo y se dirige a la puerta del instituto. Le quita el seguro a la bicicleta y pedalea bajo la lluvia todo lo rápido que puede. No le importa mojarse. No le importan los charcos de barro. Solo necesita llegar al destino, a uno de sus escondites preferidos a las afueras de la ciudad, un lugar al que nunca va nadie excepto ella, un lugar en el que puede cantar y gritar todo lo fuerte que quiera y nadie le dice qué hacer, nadie le dice que se calle.

Erin.

El gran acontecimiento de hoy es una cena en casa con los dos padres de Erin. Su madre se ha dejado la piel preparando pan de lentejas y puré de coliflor. Es una ocasión especial que Erin coma legumbres cocinadas. Su padre volvió directo a casa después de la clase de la tarde de los viernes. Intenta que así sea de vez en cuando, pero normalmente después de que su madre insista mucho.

—No puedo creerme que sigas teniendo a Erin con esta dieta de locos —comenta su padre mientras come.

—Si estuvieras más aquí, habrías notado que ha habido un cambio notable en su humor y comportamiento —responde la madre.

—¿Sabéis que hay un grupo de nudibranquios que se alimenta de algas y puede retener el cloroplasto para darle un uso propio fotosintético? —explica Erin—. Se llama cleptoplastia. ¿Lo entendéis? ¿Clepto?

—Qué bien, cariño —responde su madre.

—¿Qué tal las clases, hija? Sigues sacando buenas notas, ¿no? —se interesa el padre.

—Erin tiene una amiga nueva —responde su madre.

—Ah, ¿sí? Qué bien.

—Es la hija de esa pastora nueva de... ¿cómo es, cielo? ¿La iglesia unitaria?

—Congregacionalista —la corrige Erin. *Spot* sigue la conversación desde su posición en el suelo.

—Al menos no es una de esas iglesias atrasadas que hay por aquí. —Su padre le da un sorbo al vino—. No puedes andar unos metros sin encontrarte con algún idiota que piense de verdad que el mundo fue creado hace siete mil años.

—Jim, eso no está bien —le reprende su madre.

—¿Qué? Es la verdad. No tiene nada de malo que no quiera que mi hija salga con ignorantes y gente obstinada y poco intelectual. Esas personas están destruyendo este país. Me parece perfectamente razonable no querer que le laven el cerebro a mi hija.

—Creo que esto no tiene nada que ver con tu hija.

«Ni esta cena», piensa Erin.

—Cariño, las manos quietas en la mesa —le pide su madre.

Erin deja de frotarse las manos durante aproximadamente cinco segundos antes de sentir que la ansiedad está a punto de matarla. Se pone en pie, a pesar de que sigue con hambre, pero ya se ha acostumbrado a pasar hambre.

—Me voy a mi habitación.

—No, cielo —le suplica su madre—. Estamos compartiendo una cena agradable.

—Me ha venido la regla —responde ella y se marcha. *Spot* la sigue de cerca. Eso siempre funciona.

—Mira lo que has conseguido —escucha Erin que dice su madre mientras sube las escaleras.

—Tú has sido quien ha convertido esto en una pelea.

—¿Por qué no podemos disfrutar de una cena agradable como familia? Solo un día. Eso es lo único que pido.

—¿Es lo único que pides? ¿No lo dirás en serio?

Erin cierra la puerta, al fin a salvo en el orden conocido de su habitación, donde todo está colocado de forma ordenada, los libros organizados por temáticas y alfabetizados por autor. *Spot* se dirige a su sitio de siempre a los pies de la cama. Erin enciende el reproductor de música y pone el dial de las olas y los cantos de las ballenas; se tumba en su lado de la cama, perfectamente hecha, y presiona las plantas de los pies contra el cuerpo cálido y robusto de *Spot*. Cierra los ojos y se mece adelante y atrás mientras se imagina que está en el fondo del agua, en un barco que ella misma ha diseñado, tan abajo que ni siquiera la luz puede alcanzarla.

Pero siguen apareciendo pensamientos. Incluso tan al fondo del agua. Hasta dentro del submarino de paredes de acero de casi ocho centímetros de grosor. Las cosas de siempre. El tema de las chicas de ninguna parte hace que piense en detalles que se ha esforzado mucho por dejar atrás, en la necesidad extraña de seguir asistiendo a las reuniones a pesar de que estas le aterran. Pero en su mente aparece un nuevo tema problemático: el chico llamado Otis Goldberg que está en su clase de Historia Estadounidense avanzada.

Erin admite a regañadientes que le agrada que Otis Goldberg se parezca un poco a Wesley Crusher, de *Star Trek: La nueva generación*, pero también lleva un *man-bun,* un moño en la cabeza, y eso es inaceptable. No obstante, solo es un adolescente y técnicamente no es un hombre, por lo que el término no es del todo preciso. Es más bien un niño, por lo que Otis Goldberg lleva un *boy-bun.*

Lo que más incomoda a Erin sobre Otis Goldberg es que siga hablando con ella en clase cuando no es estrictamente necesario en el sentido académico. Se sentó a propósito al fondo de la clase para evitar situaciones como esta. Y para que nadie note su comportamiento auto-estimulatorio, lo que la cohibiría, le provocaría ansiedad y le imposibilitaría prestar atención. A veces tiene la necesidad de flexionar los dedos, o frotarse las manos, o mecerse ligeramente. A veces mover el cuerpo es lo único que puede acallar la mente. Las «manos quietas» que su madre siempre le pide son un colapso.

Otis Goldberg siempre hace cosas extrañas como preguntar cómo está Erin o decir que le gustó su presentación sobre la Confederación Iroquesa. Hoy ha sido, de lejos, el peor día porque no ha dejado de preguntar por las chicas de ninguna parte, si Erin pertenecía al grupo, si había ido a las reuniones, si sabe cómo había empezado todo; y Erin no tenía ni idea de si estaba hablando con ella porque intentaba sonsacar información o si quería de verdad hablar con ella; y no sabía cuál de las dos opciones era peor, o cuál mejor, y si era cierto que no sabía cuál de las dos deseaba, o si podía desear algo, si era seguro desear algo. Así que se obligó a mantener la boca cerrada y eso hizo que él quisiera hablar más, y empezó a hablarle de él y de que piensa que las chicas de ninguna parte son increíbles, que él se considera un feminista, que tiene dos madres que lo matarían si no fuera feminista, y entonces Erin ya no pudo mantener la boca cerrada durante más tiempo, así que estalló con un «¿Puedes callarte, por favor?» tan alto que toda la clase se volvió para mirarla y el señor Trilling dijo: «Erin, ¿estás bien?» con ese tono que usan todos los profesores, hasta los amables como el señor Trilling, que realmente significa «Erin, ¿te vas a poner en modo Asperger conmigo?».

Otis se quedó callado y Erin se sintió confundida porque pensaba que tendría que estar contenta porque mientras él hablaba lo que ella quería era silencio, pero ahora que al fin lo tenía, no se sentía bien, le dolía algo dentro y no sabía por qué, así que le dijo al señor Trilling que tenía que ir a apaciguarse, lo que significa ir a la biblioteca para leer sobre peces; eso es lo que dice cuando alguien se comporta de una forma tan estúpida que siente la necesidad de marcharse, excepto que esta vez tenía que salir porque era ella quien se estaba comportando de forma estúpida y lo único que deseaba era retirar lo que le había dicho a Otis Goldberg porque se había dado cuenta de que él solo había sido simpático con ella.

Erin debería de estar viendo al verdadero Wesley Crusher en su episodio diario de *Star Trek: La nueva generación* en lugar de pensar en el falso Wesley Crusher con moño que se llamaba Otis Goldberg. No obstante, está atrapada en su dormitorio mientras sus padres monopolizan la planta baja con sus peleas, y abajo es donde está la televisión, donde ve la serie. Erin tiene prohibido ver la televisión en su habitación porque su madre no quiere que se aísle más de lo que ya está, que es mucho, aunque no lo hace tanto desde que empezó esto de las chicas de ninguna parte, que la ha sacado por completo de sus esquemas y lo ha cambiado todo. Erin sigue sin estar segura de cómo se siente al respecto, pero echa de menos su habitación, echa de menos a Data y al capitán Jean-Luc Picard y a todos sus amigos de *USS Enterprise*, echa de menos su antigua casa de Seattle, echa de menos su antigua playa, echa de menos su antiguo colegio y su antigua vida, y todo lo que tenía y todo lo que era antes de que hiciera eso con Casper Pennington que la obligó a tener que marcharse.

El mundo se mueve muy veloz y ella es incapaz de adaptarse lo bastante rápido. Cada vez le cuesta más apartar los pensamientos malos. Son veneno que se expande. Todo es un recordatorio, una amenaza de destapar los recuerdos de donde los tiene enterrados. Cada día Erin es menos como Data y más como la fibra sensible que tanto se ha esforzado por ocultar. Se está desmoronando. Está cayendo. Está perdida en el espacio y no tiene nada a lo que agarrarse, no tiene control sobre nada.

No sabe por qué se ha levantado *Spot,* por qué se ha subido encima de ella para llegar a este extremo de la cama. Solo se da cuenta de que está llorando cuando el animal empieza a lamerle las lágrimas de las mejillas.

—Te quiero —le dice. Él es el único a quien puede decírselo.

Nosotras.

Sus padres están los dos ocupados esta noche con asuntos de la iglesia, así que Grace está comiendo lo que ha preparado en el microondas delante del ordenador mientras cotillea el Facebook de sus antiguas amigas de Adeline. A juzgar por las últimas fotografías y las actualizaciones de estado con signos de exclamación, no ha cambiado nada. Una de sus amigas está «¡muy emocionada!» con su nuevo gatito. Otra está «¡muy mal!» porque ha sacado un notable en el examen de química. Una pide a sus treinta y siete amigos de Facebook que recen por ella, que va a enviar la solicitud de plaza a Boyce College. Otra ha publicado una imagen de un niño desafiante que alza el puño en la que pone con la fuente Comic Sans «Fuera, demonio, ¡yo pertenezco a Jesús!».

Y eso es todo. Cuatro amigas. A Grace no se le ocurre nadie más a quien buscar en Facebook. Ha crecido con esas chicas, ha pasado casi todos los fines de semana con al menos una de ellas, y sigue sin sentir que las echa de menos. Se pregunta qué pensarían ellas de sus amigas nuevas, de lo que está haciendo, de la persona en la que se está convirtiendo. Rezarían por ella, pero solo después de hablar de ella a sus espaldas y jurar no dirigirle la palabra más.

Grace siempre ha deseado sentirse parte de algo y, durante mucho tiempo, se ha sentido segura con su lugar en el grupo de jóvenes, en la iglesia, en su diminuto grupo de amigas. Se trataba de una caja pequeña y robusta en la que se había encerrado porque, al parecer, no había otras opciones razonables. Pero ahora se siente distinta con esto, sea lo que sea. No es una caja, es algo que ha construido ella misma para encajar, un lugar en el mundo que se adapta y crece y cambia conforme ella cambia. Forma parte de algo que ella está ayudando a crear; no es algo que estuviera prefabricado y que otra persona hubiera decidido que era bueno para ella.

Grace ha decidido que esto era bueno para ella.

Grace decide.

Dos amigas se besan.

—¿Podemos hacer esto? —pregunta una.

—No hay ninguna norma que prohíba que las chicas se besen —responde la otra.

—Me pregunto si todas las chicas de ninguna parte se están besando ahora mismo —comenta la primera.

—Deberían —responde entre risas la segunda.

La chica pone una mueca cuando se enfoca el cuerpo desnudo con el teléfono móvil y presiona el botón para hacer una fotografía.

Solo la mira mientras escribe las palabras: **¡Recuerda que me has prometido que no vas a enseñársela a nadie!**

Ella no quería hacerlo, pero él suplicó y suplicó hasta que dijo que sí. Él le dijo que, si no iba a tener sexo con él durante la huelga, tenía que ofrecerle algo. Mejor una foto de ella que el porno. Mejor ella que otra persona.

No obstante, en cuanto presiona el botón de enviar, siente una punzada en la barriga. «¿Qué he hecho?», piensa. Ahora la foto está ahí fuera, incontrolable. Él tiene esta foto de su cuerpo. La tiene a ella.

Hay una chica tumbada en la cama mirando a su novio.

—Venga, cuéntamelo —bromea él, acariciándole suavemente el brazo con los dedos, de esa forma que tan bien sabe que la excita.

Ella le aparta la mano y la coloca de nuevo en la cama.

—Ya sabes que no puedo contarte quién viene a las reuniones —responde—. Eso sería traicionar la confianza de muchas personas.

—Dime al menos de qué habláis. No tienes que decir nombres.

—Es confidencial.

—De acuerdo —responde, y se coloca bocarriba—. Como quieras.

—¿Qué quieres decir con «como quieras»? —La chica se sienta.

—Quiero decir que como quieras. —Él no la mira.

—Siento que no me estás apoyando.

El chico toma aliento. Cierra los ojos. Los abre. La mira un momento y después devuelve la mirada al techo.

—Me está costando cada vez más apoyarte —señala al fin—. Me da la sensación de que todo esto tiene como fin odiar a los hombres. Y yo soy un hombre, así que empiezo a tomármelo de forma personal.

—No odio a los hombres —aclara ella. La voz le tiembla por el dolor, o la rabia, o ambos—. Solo odio lo que hacen los hombres. Odio que se salgan con la suya.

—Lo entiendo. —El chico se sienta y la mira—. Yo también odio esas cosas. Pero no dejas de hablar de las cosas malas, así que parece que solo crees que haya eso. Pero también hay chicos buenos. Y la mayoría de los chicos seguramente estén en el medio. ¿Qué pasa con ellos? —Se calla un instante a la espera de que ella lo mire a los ojos—. ¿Y conmigo?

A la chica le parece notar que se le rompe la voz. Él aparta la mirada, pero no antes de que ella se fije en la humedad de sus ojos. Abre la boca para hablar, pero no dice nada.

—Ya sé que no soy perfecto —continúa él—. Pero intento ser un buen chico. Te quiero.

—Yo también te quiero.

La mira con ojos penetrantes, implorantes.

—¿Crees que soy como ellos? —pregunta con tono suave—. ¿Crees que soy un mal chico?

—No —responde enseguida, porque sabe que es la respuesta que él necesita escuchar. Lo rodea con los brazos porque sabe que necesita que lo consuele. Se quedan un buen rato abrazados y la chica siente el alivio en el cuerpo de su novio al tiempo que nota que la tensión aumenta en el de ella. Sabe que es verdad, que lo quiere, pero se pregunta si tal vez haya una pequeña parte de sí misma, muy en el fondo, que no confía en él, que opina que hay un lado animal latente en él, en todos los hombres, que, como esos chicos, es mala y ni él ni nadie puede hacer nada para remediarlo.

Las familias de Krista y Trista se sientan juntas en una boda que es prácticamente igual que cualquier otra boda a la que hayan asistido. La misma música, los mismos trajes, los mismos arreglos florales. Las mismas palabras por parte del pastor Skinner. Las mismas lecturas anticuadas de los Efesios:

—Las casadas estén sujetas a sus propios maridos, como al Señor; porque el marido es cabeza de la mujer, así como Cristo es cabeza de la Iglesia, la cual es su cuerpo, y él es su Salvador. Así que, como la Iglesia está sujeta a Cristo, así también las casadas lo estén a sus maridos en todo.

Krista y Trista se miran y ponen los ojos, perfilados de negro, en blanco.

Una muchacha saca al perro para que dé su paseo de todas las tardes. Le vibra el teléfono en el bolsillo con un mensaje de texto nuevo: **¿Te gusta?** La imagen adjunta la mira desde la pantalla y se apropia del buen día que estaba teniendo hasta ahora para reemplazarlo por una sensación de asco que se extiende por todo el cuerpo.

¿Cuándo ha dado la impresión a ese capullo de la clase de Economía de que quería que le enviase una foto de su pene rosa y torcido? ¿Cómo puede ser tan sencillo para él forzarla a ver algo así sin su permiso?

Aparta la mirada de la fotografía del pene y ve al perro agachado en el suelo, concentrado. Se inclina, levanta el teléfono, hace una foto y le envía como respuesta la imagen de la caca recién hecha de su perro junto al mensaje: **¿Te gusta?**

Una chica busca en Internet: «¿Cómo se masturban las mujeres?».

Rosina.

Como si fuera un milagro, Rosina tiene todo el maravilloso sábado libre, sin trabajo y sin tener que hacer de niñera, hasta la reunión de las chicas de ninguna parte de esta noche. ¿Esto es lo que se siente cuando eres una adolescente normal? ¿Tener horas y horas para quedarte sentada y hacer lo que quieras, para no hacer nada, para escuchar música y quedarte mirando el techo y soñar con la vida que tendrás algún día, en cuanto abandones esta?

Su madre está trabajando, por supuesto. La tía Blanca está vigilando a los niños en la casa de al lado. Rosina ya ha terminado los deberes, así que lo único que tiene que hacer es bajar a ver cómo está la abuelita de vez en cuando. Aparte de eso, es libre para poner la música todo lo alta que quiera (la abuelita es dura de oído) y dejar que las voces de sus ídolos la transporten a un lugar en el que ella es fuerte y audaz, en el que se puede imaginar en el escenario con ellos, combinando voz con Corin Tucker, tocando la guitarra junto a Kathleen Hanna.

Bam, bam, bam, se oye en la puerta.

—Rosina, abre —le pide su madre desde el otro lado.

«No», piensa, y cierra los ojos. Algo se apodera de su pecho. Mami tiene un sentido innato para saber en qué momento exacto acudir a ella, siempre en el momento justo en que empieza a sentirse libre.

—¡Rosina! —Bam, bam, bam.

—No está cerrada —murmura ella. Por supuesto que no lo está. Su madre y el tío Ephraim quitaron la cerradura en cuanto Rosina alcanzó la pubertad.

Mami abre la puerta de un modo especial que a Rosina siempre le parece violento. Como si fuera una bola de ira y todo lo que tocase explotara.

—¡Quita ese ruido! —grita por encima de la música.

Rosina se da la vuelta en la cama y apaga el equipo de música tras despedirse en silencio de los Butchies.

—¿Qué? —pregunta con su perfeccionado tono de adolescente malvada.

—Elena ha llamado para decir que está enferma —contesta, mirando con el ceño fruncido el póster de una mujer ligera de ropa, sudada y tatuada que hay en un escenario—. Tienes que venir a trabajar.

Rosina se pone recta.

—No —se niega con firmeza—. No y no.

—No digas eso. No vas a faltar al trabajo solo para quedarte aquí tumbada sin hacer nada.

—Tengo planes. Tengo que salir pronto.

—¿Qué planes? ¿Ver la televisión con esa loca?

—Te he dicho que no la llames así.

—Sea lo que sea, puede esperar a otro momento —replica mami, que rebusca entre la pila de ropa limpia que hay en el suelo y que aún no ha doblado y guardado Rosina. Alcanza una camiseta negra, la huele y se la lanza a su hija—. Toma.

Rosina se la lanza de vuelta.

—No voy a ir.

Se miran a los ojos. Mami se queda completamente quieta. Una roca. Una montaña.

—Vas a ir a trabajar —pronuncia lentamente—. Vístete.

—Es mi día libre —se queja ella.

—Tu familia te necesita.

«A la mierda mi familia», piensa. Es como si su madre la escuchara, como si le leyera la mente, porque entorna los ojos como respuesta. Rosina también puede leerle a ella la mente. La escucha cuando piensa «Esto es la guerra».

—¿Cómo he acabado con una hija tan vaga y desagradecida?

—¿Vaga? —repite Rosina—. ¿Estás loca? Me paso el día trabajando para vosotros, joder.

—Cuida tu lenguaje —sisea mami.

Rosina se levanta.

—Voy al instituto, mami. Por si no lo sabías, tengo que estudiar cosas, y tal vez, que Dios me perdone, divertirme de vez en cuando. No tengo que trabajar casi todas las noches. No tengo que cuidar de los malditos hijos de todo el mundo.

—¿Cómo te atreves a hablarme de ese modo? —Mami se acerca a ella—. Tienes que tratar a tu madre con respeto. Lo hago todo por ti.

—¡Esto es por ti! —grita Rosina—. Lo único que digo es que no quiero ir al trabajo en mi día libre. Tengo planes. Estoy en mi derecho.

Mami da otro paso adelante hasta que las separan unos pocos centímetros. Tiene que levantar la cabeza para mirar a su hija a los ojos.

—¿Tu derecho? ¿Quieres hablar de tus derechos? —Clava el dedo índice en el pecho de Rosina—. Tu familia y el restaurante son los que te proporcionan un techo sobre la cabeza y qué comer. Si no lo entiendes, a lo mejor es que no lo necesitas. Puede que no merezcas vivir en la casa por la que tan duro trabajo. A lo mejor quieres vivir sola, ver cómo es el mundo real con todos esos derechos que tanto te importan.

—Mami, eso no es lo que...

—Solo te importas tú misma. Yo no te importo. Tu familia no te importa.

Algo en el interior de Rosina se quiebra. ¿Cómo puede decir eso? Lo único que siempre ha hecho ella es cuidar de su maldita familia e intentar hacer feliz a su madre.

—A lo mejor deberías intentarlo alguna vez —dice mirando a su madre con ojos asesinos—. A lo mejor necesitas pensar más en ti y menos en tu familia. Por eso estás tan enfadada, porque estás celosa de mí. Porque yo al menos intento tener mi propia vida cuando lo único que haces tú es lo que los demás te dicen.

—Sin tu familia no tendrías nada —espeta la mujer. En voz baja. Con rabia—. Ni siquiera estarías aquí. No serías nada.

«No soy nada ya», piensa Rosina.

—¿Qué pasa si esto no es lo que yo quiero?

Y entonces algo en el interior de mami también se rompe.

—¡Bien! —grita, empujando a Rosina en el pecho con tanta fuerza que esta cae sobre la cama—. Si no es lo que quieres, ¡vete! ¡Fuera de mi camino! ¡Fuera de mi casa! Puta desagradecida.

Rosina se levanta y pasa veloz junto a su madre, golpeándola todo lo fuerte que puede con el hombro. «Se acabó», piensa. Ha llegado el momento de no volver. El momento en que mami le tira todas sus cosas al patio y cambia las cerraduras y ella no vuelve a ver más a su familia.

Baja las escaleras corriendo únicamente con unos *leggings* desgastados y una camiseta vieja. Está ardiendo, en llamas. Tiene la sangre hecha de lava. Pero, incluso con la sensación de rabia, no se olvida de la abuelita. La buena y dulce abuelita. ¿Cómo una mujer tan buena y amable ha creado a ese monstruo? Al menos tiene que darle un beso de despedida, aunque la abuelita no se acuerde. Aunque no sepa siquiera quién es Rosina.

Pero ¿dónde está? No se encuentra en el sofá viendo la tele. No está en el dormitorio echando una siesta. No está en el baño. Ni en la cocina.

—¡Abuelita! —la llama—. ¿Dónde estás? —Nada—. ¡Abuelita! —grita.

—¿Qué pasa? —grita su madre bajando las escaleras.

—No está aquí —lloriquea Rosina—. He mirado por todas partes.

Por un momento se olvidan de que están enfadadas. Al mismo tiempo, vuelven la cabeza hacia la puerta de la casa. La luz suave de la tarde se cuela por la ranura de la puerta abierta.

Salen a la calle. Llaman a la abuelita. Nada. El día está nublado, una manta espesa de nubes grises vuela baja en el cielo, engañosa. Rosina examina todo el vecindario en busca de una señora mayor esquiva, pero no está. En los patios suele haber niños jugando, gente lavando su automóvil o podando los arbustos, pero hoy el día está muy tranquilo, como si todo el mundo se escondiera.

—Sube al automóvil —le ordena mami.

—¿No sería mejor que...?

—Sube. Al. Automóvil.

Rosina se coloca en el asiento del copiloto y su madre enciende el motor. Empieza a conducir antes de que a Rosina le dé tiempo a abrocharse el cinturón de seguridad.

Avanzan por la calle, llamando a la abuelita por la ventana. Conforme se acercan a la autovía, hay más señal de vida; otros vehículos, gente caminando.

—¿No deberíamos de decírselo a alguien? —sugiere Rosina—. ¿Preguntar a la gente si la ha visto?

Pero mami permanece con los ojos pegados a la carretera, las manos firmes sobre el volante, los labios tan apretados y finos que parecen inexistentes. Esta familia no pide ayuda a los demás. Esta familia se cuida sola.

Acceden a la calle atestada que conduce a la entrada a la autovía con los seis carriles y una mediana, los automóviles veloces y las luces de los frenos, los carriles de cambio de sentido y los pasos de peatones, las grandes superficies y los restaurantes de comida rápida, las luces brillantes y las señales luminosas. Rosina piensa que la abuelita estará muy asustada. ¿Se acuerda de que estas cosas existen? ¿O piensa que vive todavía en la pequeña localidad en las montañas de Oaxaca que abandonó hace años? ¿Está vagando por aquí, perdida, pensando que ha aparecido en otro planeta?

—¡Allí! —grita mami, señalando una intersección a un edificio de distancia. Acelera y viran justo a tiempo de evitar golpear por detrás a un vehículo que gira a la derecha.

La abuelita está tranquila en una esquina, presionando el botón para cruzar por el paso de peatones. El automóvil chirría al parar delante de ella y mami sale de él. Rosina pone los cuatro intermitentes y tira del freno de mano. Por un momento, desea que mami la hubiera visto actuar tan rápido, que hubiera visto cómo cuida de ellas.

—Mami —le dice su madre con tono suave a la abuelita. La rodea con el brazo—. Vámonos.

La abuelita parpadea, confundida pero confiada. Mami le habla alegremente en español; toda la rabia que sentía antes ha desaparecido de pronto. Rosina tiene que volver la cabeza. Le duele contemplar la dulzura de su madre. Porque ella nunca la recibe. Nunca es la receptora de esa dulzura.

Sale del automóvil y abre la puerta trasera mientras mami guía a la abuelita de vuelta al vehículo. Mira más allá de los carriles de la carretera, la estación de servicio y el pequeño supermercado. Se pregunta si Spencer estará trabajando ahora. Se pregunta a quién habrá hecho daño últimamente.

Y entonces... ¡paf! Rosina se levanta, aturdida, y se da cuenta de que le arde un lado de la cara. Vuelve la cabeza y ve a la abuelita justo a su lado, con la mano abierta levantada tras darle el bofetón y una mezcla de enfado y terror en la mirada.

—¿Qué has hecho con mi hija? —le pregunta en español la abuelita—. ¿Qué has hecho con Alicia?

—Soy yo —responde ella también en español—. Soy Rosina.

—Tienes su cara, pero no eres ella. —Vuelve a golpearla—. ¡Demonio! —chilla.

—¡Mami! —la reprende la madre de Rosina y va a agarrarle el brazo, pero la anciana tira de él. Rosina se lleva las manos a la cara mientras su abuela le pega con todas sus fuerzas. No se defiende. No trata de detenerla. Siente que se ha ganado cada impacto. Que lo merece.

—¡Basta! —chilla mami—. Rosina es tu nieta. Ella te ama. Es buena —explica en español.

«No —piensa Rosina—. Mami está mintiendo. No se lo cree».

Rosina y su madre consiguen meter a la abuelita en la parte trasera del vehículo. Deja de resistirse en cuanto el trasero huesudo colisiona contra el asiento, como si algo cambiara en su cabeza y olvidara el tormento. Sería estupendo apagar los sentimientos de ese modo, piensa Rosina mientras se inclina y le abrocha el cinturón de seguridad a su abuela. La humedad que tiene en el rostro gotea en la rodilla de la anciana.

Se dirigen a casa en silencio. La abuelita se queda dormida en cuanto el vehículo avanza.

—Como un bebé —dice con tono suave mami—. Tú hacías lo mismo. Cuando no dejabas de llorar, te sentaba en la sillita del automóvil y conducía por el barrio. Siempre funcionaba.

Pero ahora no funciona. Rosina está todo lo alejada que puede de su madre, con la frente apoyada en la ventanilla fría. Ha empezado a llover y las gotas gruesas de la calle son comparables a las de las mejillas de Rosina.

Sale del automóvil en cuanto se detiene delante de la casa. Levanta a la abuelita del asiento y los brazos huesudos de esta se le aferran al cuello mientras la lleva a casa. La deja tumbada en la cama, la tapa hasta la barbilla con las sábanas y las remete por los lados un poco. Sabe que a la abuelita le gusta tener tirantes las sábanas, como a ella.

Mami está en la puerta del dormitorio de la abuelita. La habitación está a oscuras y Rosina no le ve la cara. Se aparta en silencio de la cama.

—Disculpa —dice y su madre se aparta—. Me voy —indica. En la oscuridad, ve que su madre asiente.

Nosotras.

—Al menos este lugar está mucho más limpio que donde celebramos la última reunión —observa Grace.

—Pero probablemente sea más ilegal —apunta Erin.

La piedra enorme de la entrada a la carretera dice OASIS VILLAS, pero no hay ni oasis ni villas a la vista, solo acres de tierra cenagosa y allanada diseccionada por un entramado de carreteras que la rodean y llevan a ninguna parte. Las únicas señales de vida son unos tractores abandonados entre la basura y, en la distancia, alejada de la carretera principal, esta casa vacía y perfecta en lo alto de una colina, donde las chicas se encuentran ahora mismo sentadas. El cartel que tienen enfrente dice ¡CASA PILOTO! en letras verdes y alegres, pero esto no tiene nada de alegre.

—Mirad —señala Rosina—. Ya no soy la única persona de piel morena. Han venido Esther Ngyuen y Shara Porter. Ya tenemos una representación de chicas latinas, asiáticas y negras. ¿No somos ya el modelo de feminismo interseccional?

Se deja caer en una esquina y se apoya en la pared para mirar al resto de la gente.

—¿Qué te pasa? —le pregunta Erin al sentarse a su lado.

—Nada.

—Estás más antipática que de costumbre.

—Pareces deprimida —añade Grace—. ¿Sigues enfadada por la reunión con la directora Slatterly del jueves?

—A la mierda la directora —exclama Rosina, pero sin su entusiasmo de siempre. Se toca la mejilla roja y un poco hinchada—. Mi madre me ha dicho que tenía que ir hoy al restaurante, a pesar de que es mi día libre. En serio, son condiciones tercermundistas. Formar parte de mi familia es como vivir en un taller de explotación laboral.

—¿No es eso racista? —pregunta Erin—. ¿Estás siendo racista contigo misma?

—Pero no estás en el restaurante —señala Grace, que sigue de pie delante de sus dos amigas sentadas.

—Ya, porque me he negado.

—Eso es bueno, ¿no?

—No cuando genera una pelea tan grande que no nos damos cuenta de que mi abuela se marcha de casa hasta que ha recorrido cinco manzanas y está a punto de morir cruzando una carretera con seis carriles junto a la autovía. Y después intentamos hacer que entre en el automóvil, se imagina que soy un demonio que se hace pasar por su hija muerta y me pega en la cara.

—No —se alarma Grace—. Lo siento mucho.

Rosina efectúa su mejor gesto de «no importa» encogiéndose de hombros, pero no resulta convincente. Mira a su alrededor, a la multitud creciente de chicas que se apiñan en el salón impoluto y vacío, intentando colocarse junto a sus amigas en los mejores lugares. Incluso aquí, donde se supone que todas están del mismo lado, siguen reinando los grupos sociales y las jerarquías.

—¿Por qué no lo dejas? —sugiere Erin.

—¿A mi familia? —pregunta Rosina—. Ojalá.

—El trabajo.

—Necesito el dinero.

—Podrías dejar de hacer de niñera como decías —comenta Grace—. Que empiece a hacerlo tu prima.

—Mi familia no entiende la palabra «no».

—Está hablando Margot —señala Erin.

—¿Y cuándo no? —se queja Rosina.

—Hay que callarse —insiste Erin.

Alguien ha encendido el gas de la chimenea falsa de la casa piloto y Margot Dillard, la presidenta del cuerpo estudiantil, está de pie delante intentando captar la atención de todo el mundo.

—Grace, ¿vas a sentarte? —le pregunta Rosina—. Me estás poniendo nerviosa.

Grace se mira los pies, después a Margot y de nuevo a sus amigas que están sentadas en el rincón.

—Creo que voy a sentarme más cerca del centro, para escuchar mejor.

—Como quieras. Ve.

—Hay treinta y una personas aquí —comenta Erin, que tiene los dedos entrelazados—. Son demasiadas para esta habitación. Está muy llena. Es una cuestión de tiempo que la reunión se convierta en un caos absoluto.

—Que se convierta en un caos absoluto —canturrea Rosina con una voz grave de *heavy metal*—. Oh, oh, oh. —Pero las burlas se ven interrumpidas cuando Melissa, la animadora, se sienta en el hueco vacío que hay justo a su lado.

—¿Puedo sentarme aquí? —pregunta, sonriendo.

—Eh... ¿de acuerdo? —De inmediato Rosina se odia a sí misma por el tono interrogativo que ha usado.

—No estoy cómoda, ni mucho menos —se queja Erin, a nadie en particular.

—¿Alguien quiere proponer algún tema para la charla de hoy? —pregunta Margot desde la chimenea alta.

—¿Podemos hablar de que todos los chicos parecen bebés grandes? —sugiere alguien y todas se echan a reír.

—Es curioso cómo las personas interpretan los sentimientos de forma distinta —comenta Melissa—. Hay quien siente que están cambiando las cosas con cómo las tratan los chicos o cómo nos tratamos nosotras. O incluso cómo nos sentimos con nosotras mismas.

—Sí —coincide Margot—. ¿Quiere alguien hablar del tema que ha sugerido Melissa? ¿De cómo están cambiando las cosas?

—Yo me siento más segura de mí misma —señala Elise Powell—. Menos insegura con otras chicas. No me preocupa tanto que las demás me juzguen a todas horas, porque, por una vez tengo la impresión de que todas estamos en el mismo bando.

—Yo me siento más valiente —comenta otra chica.

—Sí —coincide Elise—. Siento que somos distintas. Las chicas. Pero los chicos parecen exactamente los mismos.

—O peor —añade alguien.

—Los estamos obligando a mostrar quiénes son en realidad —indica Sam Robeson—. No hay nada como un pequeño obstáculo para sacar a relucir el verdadero carácter de alguien. Es algo básico de la teoría del teatro.

—¿Qué vamos a hacer ahora? —pregunta otra chica—. ¿Quedarnos esperando a que los chicos empiecen a comportarse como es debido?

—Básicamente, sí —responde Elise—. Ya saben qué es lo que queremos. Les corresponde a ellos averiguar cómo cambiar.

—Siempre pueden pedirnos consejo —comenta Rosina—. Estas son las diez maneras de dejar de ser un capullo. Número uno: nunca violes a una chica.

—Número dos —continúa Melissa—: nunca permitas que tus amigos violen a una chica.

—Número tres —prosigue alguien—: ten amigas, no solo novias.

—Número cuatro —añade Margot—: no nos llames coñitos. —La sala estalla en carcajadas.

—¿Quién llama a las mujeres coñitos? —pregunta Sam.

—Lo he leído en el blog *Los verdaderos hombres de Prescott* —responde Margot.

—Dios mío —se escandaliza Rosina.

—Número cinco —agrega Melissa—: no leas el blog *Los verdaderos hombres de Prescott*.

De pronto las risas se silencian. Una por una, todas vuelven la cabeza, alertas, como perros que huelen el peligro.

—Maldita sea —exclama Connie Lancaster. Ni siquiera se molesta en decirlo en voz baja.

Amber Sullivan está en la puerta con el ceño fruncido y cara de desconfianza. La sala está en silencio y todas miran en su dirección. Tensas. En guardia. Amber no se mueve, es como si las miradas de sospecha la hubieran dejado clavada en el suelo. Durante un instante, parece que las chicas han decidido bloquear su entrada con los ojos.

—¿Por qué está aquí? —susurra alguien.

—No confío en ella —murmura otra persona—. Va a hablar de nosotras, seguro.

—¡Amber! —interviene Grace—. Me alegro de que hayas venido. —Ella parece la única persona contenta de que haya aparecido, ni siquiera Amber lo está.

Las chicas se relajan un poco cuando Grace la anima a entrar en la habitación. Algunas incluso la saludan, como si el pequeño gesto de inclusión de Grace fuera suficiente para pensar que Amber es bienvenida.

—Vaya —le susurra Melissa a Rosina—. Ha sido muy valiente al venir. Las chicas la odian.

—¿Y tú?

—Por supuesto que no —responde—. Siento pena por ella.

—Eso es peor —dice Rosina—. Si alguien te odia, al menos piensa que tienes algún tipo de poder.

Melissa la mira de un modo que no puede descifrar, obligándola a apartar la mirada. Rosina se pregunta si es posible que tenga un poco de autismo, como Erin. El contacto visual ha sido casi doloroso. Siente dolor en el pecho, en el mismo lugar en el que comienzan los ataques de pánico de Erin.

—De acuerdo, señoritas —se hace cargo Margot Dillard—, ¿estáis todas cómodas? ¿Queréis que hablemos de cómo nos va la huelga de sexo? ¿Alguien ha notado alguna reacción negativa por parte de su novio?

—¿Te refieres a exnovio? —pregunta la capitana de las animadoras, Lisa Sutter—. Siempre supe que era un capullo, pero todo este asunto lo ha llevado a un nuevo nivel. —Mira a Amber con ojos asesinos.

—Ya, yo también he dejado al mío —comenta otra chica—. Se rio de mí cuando le conté que estaba haciendo la huelga.

—Son como niños pequeños —habla Lisa—. No comprenden la palabra «no». Es como si no estuviera instalada en sus pequeños cerebros.

—Todos los chicos no —replica otra chica—. Mi novio está siendo muy comprensivo.

—No entiendo por qué tienen que sufrir los chicos buenos —dice Sam Robeson—. Ni por qué tenemos que sufrir nosotras. También se está castigando a las chicas con esta huelga de sexo.

—Si te hace sentir mejor, Sam, no creo que Amber esté haciendo la huelga de sexo —comenta Lisa.

Se oyen algunos gemidos de sorpresa y unas cuantas risitas nerviosas.

—Amber sigue teniendo relaciones sexuales con muchos chicos, ¿verdad? —insiste Lisa.

—Lisa, creo que es mejor que lo dejes —le pide Melissa.

—¿Que lo deje? ¿Por qué? ¿Piensas que tengo que ser amable con ella? Se acostó con mi novio.

—Señoritas —las interrumpe Margot con tono agudo, nervioso—. No olvidemos que estamos aquí para conectar y crear un espacio seguro para todas las chicas. Vamos a intentar unirnos en lugar de alejar a alguien, ¿de acuerdo?

Las chicas murmuran. Algunas asienten, conformes. Otras ponen los ojos en blanco.

—Lo que tú digas —acepta Lisa—. La mayoría manda, ¿no? Me estaré callada el resto de la reunión, ya que nadie quiere escuchar lo que tengo que decir.

—Eso no es cierto —replica Margot—. Seguimos...

Lisa levanta la mano para hacerle un gesto de que se calle.

—Está bien. De verdad, no quiero hablar del tema.

—Lo siento mucho, Amber —le susurra Grace, pero la habitación está en silencio y todas la oyen.

—Sabía lo que diría la gente —responde ella—. Sé lo que pensáis de mí. Todas pensáis que soy una puta.

—No lo pensamos —dice alguien en voz baja.

—Qué dulce —señala Amber con un tono de voz que es de todo menos dulce—. Pero eso es mentira.

—No es justo —se queja Sam Robeson—. Los chicos pueden practicar todo el sexo que quieran, pero si una chica lo hace se la etiqueta de puta.

—Y ellos quieren que seas sexi —dice otra chica—. Si no, ni siquiera te ven.

—Pero no demasiado sexi —añade Margot—. Sobre todo, si quieres que la gente te tome en serio.

—¿Al menos te gusta el sexo, Amber? —le pregunta Connie Lancaster.

—¡Connie! —la reprende su amiga Allison.

—Tengo curiosidad. En serio, no estoy siendo cruel.

La habitación se queda en completo silencio, a la espera de una respuesta.

Amber no dice nada en un buen rato, mira a su alrededor y todas la miran a ella. La mirada de sus ojos es más curiosa que hostil, como si de verdad quisiera saber qué piensa, qué siente; como si quisiera conocerla.

—No lo sé —responde al fin. Las miradas de las demás la han relajado. La sorpresa de este lugar y estas chicas, que la miran de una forma nueva y extraña.

—Pero te acuestas con un montón de chicos, ¿no? —pregunta Connie, en un tono casi amable.

—Sí, supongo.

—¿Y no te gusta?

—A veces. Pero no siempre.

—¿Y por qué lo haces si no te gusta?

Amber se toma un tiempo para responder, como si la pregunta se la hubieran formulado en una lengua extranjera y tuviera que traducir cada palabra.

—No lo sé —contesta al fin—. Supongo que pienso que... ¿por qué no?

Algunas chicas asienten de forma imperceptible. El odio se convierte en pena, que se convierte en algo completamente distinto.

Amber se pone recta y vuelve a tensarse.

—Sí, puede que no siempre me guste. ¿Y qué? No creo que el sexo sea tan especial. No veo por qué es tan importante.

—El pastor de los jóvenes de nuestra iglesia dice que la virginidad es como una flor —interviene Krista—. Perder la virginidad antes del matrimonio es como arrancar los pétalos a una flor. Nadie quiere una flor sin pétalos.

—Sin ofender, pero eso es una idiotez —contesta Sam.

—Amber —se dirige Grace a ella—, no tenemos que seguir hablando de esto si no quieres.

—Yo creo que deberíamos de dejar de hablar del tema —propone alguien.

—No —se opone Sam—. Este es el tipo de asuntos que tenemos que tratar.

—Bueno, supongo que estamos todas de acuerdo en que, si alguien necesita hacer una huelga de sexo, esa es Amber —apunta Lisa.

—Lisa, para ya —le pide Melissa.

La aludida hace un gesto cerrándose la cremallera de la boca.

—¿De verdad pensáis que una huelga de sexo va a hacer que os respeten? —Amber se ríe—. ¿Creéis acaso que podrían respetaros? ¿Que respetan a alguna de nosotras? Me parece una pérdida de tiempo intentar que los chicos os respeten. Lo que yo hago es usarlos, igual que ellos me usan a mí. Eso es igualdad.

En algún lugar, entre las sombras, alguien susurra «Pobre Amber», pero lo hace tan fuerte que esta se encoge y se acuerda de por qué no debería de haber venido, por qué no encaja con esta gente.

—¿Sabéis qué es lo más extraño? —comenta Connie—. Que nadie llama en el instituto a Sam puta, y eso que se acuesta con cualquiera, ¿no? ¿Por qué Amber es una puta, pero Sam no?

—Yo sí he oído a la gente llamar puta a Sam —dice una de las amigas del club de teatro de Sam.

—Gracias —responde esta.

—Pero no tanto como a Amber, ¿verdad? —insiste Connie—. Ni con tanto odio. Si hubiera que elegir a quién se la considera la más puta de las estudiantes del instituto Prescott High, ganaría Amber, a pesar de que las dos se acuestan con muchos chicos.

—¿Podemos dejar de utilizar esa palabra? Pero ya —pide Sam—. ¿Por qué no nos ponemos de acuerdo y dejamos de usar ese término horrible? Ya tenemos suficiente con que lo hagan los chicos, con lo que dicen de nosotras. ¿En serio tenemos que insultarnos así entre nosotras?

Nadie se da cuenta de que Amber no está. Todas la ven sentada con ellas, pero no saben nada del talento que tiene para abandonar el cuerpo cuando le resulta demasiado doloroso permanecer dentro. No desea pensar qué es lo que la diferencia de Sam. No quiere pensar en el agujero que tiene dentro y que nada puede llenar.

—También se juzga lo contrario —apunta Grace. Se aclara la garganta y mira a su alrededor. Toma aliento—. A las vírgenes. Las chicas que deciden permanecer vírgenes. A veces hablamos de sexo como si diéramos por hecho que todo el mundo lo practica. Pero no todas lo hacemos. Yo no.

—Ni yo —dicen Krista y Trista al mismo tiempo.

—Ni yo —gruñe Elise—, aunque no por voluntad propia.

—Yo tampoco —responde otra chica—. Todos los chicos del instituto que conozco son unos perdedores. Espero encontrar a alguien que merezca la pena en la universidad.

—Yo soy virgen todavía —señala otra—, pero estoy más que preparada para dejar de serlo. Es mi novio quien dice que no está listo.

—No puedo creerme que estemos hablando de esto —comenta otra persona.

—Tengo curiosidad —continúa Grace, con voz un poco más alta—. ¿Quiénes seguimos siendo vírgenes? —Despacio, las manos se alzan, una a una, hasta que más o menos la mitad del grupo tiene la mano en el aire—. ¿Veis? No somos una minoría extraña.

Erin no ha levantado la mano. Se mira el regazo, donde se frota las manos. Rosina intenta acaparar su mirada, pero Erin está atrapada en su interior, esforzándose por mantenerse a salvo.

«No ha levantado la mano».

Rosina siente que el suelo se resquebraja y cae, y el corazón cae con ella. Erin tiene un secreto que ella ni siquiera se había planteado.

—Erin —la llama susurrando—, ¿qué pasa? —Pero la chica no responde.

—Nuestra iglesia nos pide que nos reservemos hasta el matrimonio —explica Trista—. ¿Pero sabéis qué es lo peor? Que son solo las chicas las que se consideran mancilladas si tienen sexo, los chicos no.

—Se supone que tenemos que temer el sexo —añade Krista. Mira a su alrededor y toma aliento—. Y yo lo temo. Estoy aterrada.

Erin sigue con la mirada gacha y se mece suavemente, golpeando la pared que hay detrás de ella. Rosina es consciente de que, si deseara marcharse, ya lo habría hecho. Tiene que existir una razón por la que siga aquí, algo seguro en este lugar a pesar de todas estas palabras aterradoras, algo contagioso en la valentía que se necesita para admitirlas.

—Así era mi antigua iglesia —comenta Grace—. Las chicas llevaban anillos de pureza y todo. Pero yo no soy así. Mi madre tampoco es así. Ella no me dice que voy a ir al infierno si tengo relaciones antes del matrimonio. Es decisión mía.

—Amén —observa alguien.

—Lo único que hacen esas chicas con los anillos de pureza es permitir que otras personas tomen decisiones con respecto a sus cuerpos —prosigue Trista—. Dejan que la iglesia tome decisiones con sus cuerpos. Sus padres les compran el anillo y se lo regalan como si fueran su novio. O como si Jesús fuera su novio. Es asqueroso.

—Hay algo de verdad en eso —contesta Grace—, pero vamos a intentar mirarlo desde otra perspectiva. La mayoría de ellos creen que están haciendo lo correcto y por algunas de esas razones nosotras hacemos lo que hacemos. Ellas opinan que elegir la virginidad es un modo de respetase a sí mismas y respetar su cuerpo. Las hace sentir fuertes, igual que nosotras intentamos sentirnos fuertes, porque no ceden a la presión de los demás, no hacen algo solo porque todo el mundo lo hace. No sé, no tengo claro si hay una fe correcta para todo el mundo, no juzgo a nadie por sus elecciones. —Mira a su alrededor. Está muy recta y mira a la gente a los ojos cuando continúa hablando con tono fuerte—. No obstante, coincido en parte. Mi antigua iglesia era retrógrada en muchos aspectos, pero había cosas que compartía con ella. Por ejemplo, que el sexo debería de ser sagrado, entre dos personas que se aman. Que nuestros cuerpos son templos. Cuando tenga sexo, quiero que sea con la persona con la que desee compartir mi vida. No quiero que sea con nadie más.

Casi nadie se da cuenta de que Amber Sullivan se ha levantado y ha salido de la habitación. A algunas chicas se les da muy bien volverse invisibles.

—¿Y por qué no? —pregunta Sam—. Sin ánimo de ofender, pero ¿quién ha decidido que el sexo es algo tan preciado y sagrado y que tiene que ser siempre profundo y especial? ¿Por qué no podemos divertirnos sin más? Si te olvidas de la religión y de toda esta tontería represiva y sexista, el sexo es algo divertido y los cuerpos están hechos para practicarlo. ¿Qué sucedería si hiciéramos caso omiso de la gente que hace que parezca algo malo e hiciéramos lo que nos gusta sin sentirnos mal por ello?

—¡Sí! —grita alguien.

—La gente tendría sexo a todas horas —responde Krista con los ojos muy abiertos—. Con todo el mundo. ¡Y todas se quedarían embarazadas y contraerían gonorrea!

—Por Dios —exhala Rosina, que se lleva las manos a la cabeza.

—Cielo, para eso tomas la píldora o te pones un DIU —explica Sam—. Y usas preservativo cada vez que lo haces. Todas las veces.

Krista parece horrorizada ante esta posibilidad.

—Respeto tu opinión —habla Grace con tacto—, pero yo opino que en esa decisión cuentan más factores además de mi cuerpo. La cabeza, el corazón y el alma.

Sam exhala un suspiro hondo.

—Yo prefiero pensar que el cuerpo es más un parque de atracciones que un templo. Es más divertido y menos sagrado.

—Yo no creo que tenga que ser una u otra cosa —interviene Melissa.

—Puede ser ambas —dice alguien.

—¿Entonces vas a esperar al matrimonio? —le pregunta una chica a Grace.

—No lo sé. Puede que no. A lo mejor me enamoro y me da la sensación de que es para siempre y quiero hacerlo. Puede que ese no sea el chico con el que termine casándome. Lo que sí sé es que no tengo prisa. La vida ya es demasiado complicada.

—Ojalá yo hubiera esperado —se lamenta una voz desconocida: Allison Norman—. Pero creí que para ser popular tenía que hacerlo. Me dio miedo decir que no. —Tiene los ojos llenos de lágrimas—. Con catorce años es demasiado pronto.

Connie rodea a su amiga con el brazo.

—¿Y cuál es la edad idónea? —pregunta alguien.

—Para eso no hay respuesta —contesta Sam Robeson—. Tenemos que decidirlo nosotras. Y los adultos no pueden intervenir. Ellos no confían en que tomemos decisiones relacionadas con nuestro cuerpo.

—¿Y los culpas por ello? —dice Grace—. Estarán aterrados. Mira lo que puede suceder, podemos quedarnos embarazadas, contraer enfermedades, tomar decisiones que destrocen nuestra vida para siempre. Podemos resultar heridas de un montón de formas que no afectan a los chicos. No es justo, pero es la verdad. El instinto de los padres es protegernos, y eso es lo que creen que están haciendo.

—Puede que tus padres —replica alguien.

Erin alza la cabeza un instante y mira a Grace. Parpadea, como si de repente se sorprendiera de encontrarse aquí, en esta habitación con toda esta gente, y no a solas en el pequeño espacio de su cuerpo.

—Tengo una pregunta —dice alguien del fondo. Todas las cabezas se vuelven hacia la chica pálida de pelo negro y blanco. Serina Barlow, la joven rehabilitada—. ¿A alguna de vosotras le gusta de verdad el sexo? —Por el tono de voz, queda claro que opina que la respuesta debería de ser que no.

—¡Sí! —afirma Sam con entusiasmo. Rápidamente, sin pensar.

Risitas nerviosas. Rostros ruborizados.

—A mí también —añade otra—. ¿Está bien?

—A mí también —coincide otra chica—, pero tengo la sensación de que tengo que ocultarlo. Como si fuera una puta porque me gusta mucho.

—Pero si no te gusta, eres una mojigata —comenta Margot—. Nada está bien.

—A mí sí me gusta el sexo —admite otra chica, que tiene el rostro lleno de confusión—. No sé, siento que sea demasiada información, pero a veces me excito mucho cuando nos estamos besando y me dan muchas ganas de hacerlo. Pero después sucede tan rápido que me quedo con cara de «¿Ya está?».

—¡Sí, eso mismo!

—Dios mío, sí.

—Es muy frustrante —añade la chica.

—¿Y se lo dices? —pregunta Sam.

—¿El qué?

—¿Se lo dices a tu chico? ¿Lo de ya está?

Las chicas se echan a reír, pero se quedan calladas en cuanto se dan cuenta de que habla en serio.

—¿Cómo esperas que él sepa que quieres más si no se lo dices? —insiste Sam.

—Pero él... ha terminado ya —responde la primera chica.

—¿Y qué? Pues haz que espere hasta que tú hayas terminado. O, cuando haya terminado, dile qué es lo que quieres para que siga con la boca o con la mano y luego volver a la acción. ¡Todos ganan así! A los chicos no les cuesta mucho recargar. En tres minutos están preparados para volver a empezar.

—¡Madre mía! —se escandaliza una chica, que se echa a reír.

—Me gusta el sexo y no me avergüenzo de ello. —Sam le da una vuelta a la bufanda—. Y nadie debería.

—Ahora mismo eres mi heroína —la adula Trista.

—A mí me sigue poniendo nerviosa esta conversación —comenta Krista.

—Un momento —dice Allison Norman—, ¿cómo haces eso? ¿Cómo se lo dices?

—Le dices qué es lo que quieres, ya está —responde Sam—. O si no te apetece hablar, se lo enseñas.

—Por cómo lo dices parece muy sencillo, pero no creo que yo pudiera hacerlo. Y si pudiese, no sabría qué decir.

—¿Qué haces entonces? —le pregunta Sam a Allison—. Durante el sexo.

—Imagino que quedarme tumbada sin más —responde y suelta una risita triste—. Si te soy sincera, me sentí un tanto aliviada cuando decidimos iniciar esta huelga de sexo.

—Yo también —coincide otra chica.

Unas cuantas cabezas asienten en el círculo. Sam mira cara tras cara, retorciendo la suya al reconocer algo nuevo, algo horrible que no había considerado siquiera hasta este momento: que el sexo podría significar algo distinto al placer, que podría ser una carga, un trabajo, algo que había que sufrir.

—A veces me ofrezco a hacer sexo oral cuando no me apetece acostarme con un chico —comenta otra joven—. Para que no se enfade conmigo.

—No —susurra Sam.

—Tienes suerte, Sam —declara Serina Barlow—. Me alegro por ti. Lo digo de verdad. Y creo que la mayoría de las chicas tienen la oportunidad de resolver este asunto con el sexo, de convertirlo en algo bueno como haces tú. —Se queda un instante callada—. Sin embargo, probablemente muchas nunca se sientan bien con ello. ¿Crees que Lucy Moynihan va a disfrutar de una vida sexual satisfactoria algún día? Es poco probable.

—Eso no lo sabes —replica Sam.

Serina niega con la cabeza.

—Lo que te sucede cuando eres joven... te marca para el resto de tu vida. A mí nunca me ha ocurrido algo tan malo, pero perdí la virginidad cuando apenas tenía trece años. El chico tenía diecisiete años y yo estaba borracha. No pensaba con claridad. No me violó, pero tampoco me gustó. Y siento como si ese hecho me hubiera programado, como si el sexo tuviera que ser así, fuera con quien fuese. Como si estuviera maldita.

—Pero sí que fue violación —aclara Margot—. Si él tenía diecisiete años, cuenta como violación legal. Y si tú estabas tan borracha que no sabías qué estaba sucediendo, no podías dar tu consentimiento.

—Da igual cómo quieras llamarlo, ya está hecho —responde Serina—. Sucedió. Ya no puedo hacer nada al respecto.

—Igual puedes ir a terapia —propone Elise.

—Ya he estado en terapia. —Serina suelta una carcajada amarga—. Pero soy mercancía defectuosa. Una parte de mí se ha roto y nunca se arreglará.

—¿Y si...?

—Siento que mis instintos se han reprogramado —interrumpe—. Aunque me guste un chico, si me gusta de verdad y me parece guapo, en cuanto él muestra algún tipo de interés por mí, de repente lo odio. Es algo físico, repulsión, me siento físicamente enferma de lo mucho que me enfado, como si tuviera ganas de matarlo. Solo porque él me mira de una forma determinada. Solo porque puede que me desee.

—Rosina —susurra Melissa—, creo que a Erin le pasa algo.

Rosina mira a su lado y ve que su amiga tiene los ojos muy abiertos y las pupilas se mueven con rapidez. Se balancea con movimientos más agresivos y respira rápido y con dificultad.

¿Dónde están los muros de Erin? ¿Y sus defensas? Las palabras de Serina la están atravesando, abriéndola en canal, y lo siente todo.

—Erin —murmura—, ¿estás bien?

La joven niega con la cabeza.

—Y creo —continúa Serina— que, si mis padres me hubieran hablado de sexo, si alguien me hubiera contado que se trataba de algo que yo tenía que elegir hacer, algo que se suponía que debía querer... puede que hubiera sido distinto, ¿sabéis? Porque ni siquiera sabía que decir «no» era una opción. Pensaba que, si un chico quería acostarse conmigo, la decisión ya estaba tomada.

—Respira —le susurra Rosina a Erin—. Cuenta hacia atrás desde cien.

—Lo siento, chicas. —Serina exhala un suspiro—. No quería dejaros abatidas. He estado tres meses en rehabilitación y pasaba como diez horas al día en terapia de grupo. Lo único que hace la gente es hablar de sus sentimientos. Todo el maldito tiempo.

—Cien, noventa y nueve, noventa y ocho, noventa y siete... —murmura Rosina.

—¿Cómo podemos estar ya tan rotas? —pregunta Margot con voz cansada; la emoción traiciona su seguridad siempre intachable.

—Lo único que sé es que, si algún día tengo una hija, le voy a enseñar que el sexo tiene que hacer que se sienta bien —continúa Serina—. Debería de ser algo obvio, ¿no? Pero no es así.

—Respira —le susurra Rosina a Erin—. Ochenta y ocho, ochenta y siete, ochenta y seis, ochenta y cinco...

—Creo que sé cómo te sientes —comenta otra chica—. Un poco, por lo menos. Aunque yo tengo mucha suerte. Mi primera vez fue bastante romántica y mi novio es increíble, me apoya con lo que estamos haciendo. Nunca han abusado de mí ni me han violado. Me llevo bien con mis padres. Mi madre es una mujer fuerte y mi padre no es ningún capullo. Pero, por el simple hecho de ser chica, a veces me pongo nerviosa, como si no supiera qué puede suceder.

—Mira a tu alrededor —le pide Rosina a Erin—. Mira los rincones. Siente el suelo que tienes debajo.

—No podemos seguir viviendo así —añade otra chica.

—No —coincide Grace y la voz clara reverbera en la sala—. Lo que estamos haciendo aquí, justo ahora. Solo por estar aquí con las demás y hablando de lo que estamos hablando. Ya lo estamos cambiando todo.

—Tengo que irme —declara Erin.

—No pasa nada —le dice Rosina—. La reunión está a punto de acabar. ¿No puedes esperar?

—No. —Erin está al borde de las lágrimas—. Tengo que salir de aquí.

—¿Quieres que vaya contigo?

—No. —Erin se levanta.

—¿Estás segura?

—¡Déjame en paz, Rosina! —grita y se abre paso entre la masa de gente que hay sentada en el suelo. Sale de la habitación y del edificio. La sala se queda un instante en silencio.

—Bueno —habla Lisa, poniéndose en pie—. A menos que alguien tenga algo más que decir...

—Quiero un helado —comenta alguien.

—Yo una cerveza —añade otra persona.

—Supongo que la reunión se pospone —apunta Margot, pero nadie la está escuchando.

La casa se vacía y muchas cosas quedan sin decir.

Ha dejado de llover. La noche se va iluminando conforme un par de docenas de automóviles encienden los faros. Rosina encuentra a Erin junto al de la madre de Grace, en el aparcamiento embarrado e improvisado a un lado de la colina, que no resulta visible desde la carretera.

—Quiero que Grace me lleve a casa —dice antes de que Rosina pueda abrir la boca.

—Ya viene, pero ¿podemos hablar de lo que ha pasado?

—Había demasiada gente en un espacio muy pequeño. Me he equivocado al no sentarme al lado de la puerta. Ahora que estoy fuera me siento mucho mejor.

—Pero...

—Mejor que ahí dentro con todas esas chicas y las colonias y los desodorantes perfumados.

—No has levantado la mano cuando Grace ha preguntado quién es virgen. Y me he dado cuenta de que te ha afectado mucho lo que estaba diciendo Serina. Y... —Rosina tiene que parar de hablar. Nota algo en la garganta, algo que no está hecho de palabras. Le escuecen los ojos. Se resiste a las ganas de hacer algo que Erin nunca le va a perdonar, rodearla con los brazos y abrazarla con fuerza y no soltarla jamás.

—He terminado de hablar —concluye Erin.

—Pero...

—Te he dicho que no, Rosina.

—De acuerdo, pero...

—No quiero hablar de esto más tarde. No quiero hablar de esto en el instituto. No quiero hablar de esto nunca.

—De acuerdo. —Rosina exhala un suspiro.

—¿Por qué ha cerrado Grace el automóvil? —Erin se pone a aporrear la puerta con el puño.

—No lo sé.

—Quiero irme a casa.

—Ya —responde Rosina, aunque no tiene ni la menor idea de cómo se siente.

Nosotras.

Grace desconecta durante la mayor parte del sermón de su madre acerca de la renuncia a los bienes de este mundo. No le parece muy relevante ahora mismo, pues no tiene muchas propiedades.

Se da cuenta de que Jesse la mira un par de veces durante el servicio, pero aparta la mirada rápidamente, antes de tener que admitir que tiene una sonrisa muy bonita. En cuanto termina el servicio, se marcha a casa sin pararse siquiera en el baño, a pesar de que se está haciendo mucho pipí. Está desesperada por evitar tener que hablar con Jesse Camp.

Cuando se sienta en la cama, lista para perderse en el libro que está leyendo ahora, de repente cae en la cuenta de que, sin contar los momentos obligatorios en clase o en las actividades de la iglesia, apenas ha hablado con chicos. Algo dentro de ella se relaja. Tal vez, en el fondo, no está tan enfadada con Jesse, sino, más bien, asustada; él es un chico y ella no tiene ni idea de cómo hablar con él. Aún peor es que sospecha que quiere hacerlo.

¿Pero qué supondría que se permitiera hablar con Jesse? ¿Significa eso que le gusta? ¿Los convierte eso en amigos? ¿Significa que ella quiere ser algo más que su amiga?

Pone una mueca. Mira a su alrededor, como si le avergonzara que alguien pudiera haber escuchado el pensamiento y con remordimiento por haber siquiera considerado algo tan ridículo. Sabe que esta línea de pensamiento está fuera del alcance de alguien como ella. Las chicas gordas no tienen novio en el instituto, mucho menos uno que es casi popular, como Jesse. Nadie tiene que decirle que su cuerpo la vuelve irrelevante en este asunto.

Grace nunca se ha preguntado cuál es el lugar de su cuerpo en el mundo. Siempre se ha creído las leyes de las películas y las series de televisión: las chicas regordetas son las amigas, no las protagonistas de la historia romántica; a veces son divertidas, pero más a menudo se convierten en el objetivo de las bromas. Si tienen poder, son malas... como Úrsula, de *La sirenita*. No son heroínas y, por supuesto, no son sexis. Esas son las reglas, ese es el guion.

Pero la vida tiene un aspecto distinto ahora. Puede que ya no se sigan aplicando esas reglas. A lo mejor nunca ha sido así. Es posible que la vida real no sea como las películas. Tal vez en esta, en esta vida, las chicas gordas consiguen ser heroínas.

¿K tal estás?, pone en el mensaje de texto de Rosina.

Erin odia que su amiga no escriba bien las palabras.

Bien., le responde, con punto y todo.
¿Kieres hablar d lo q pasó en la reunión? ¿Stás bien?

Déjalo. Resulta más sencillo ser antipática por mensaje de texto que en persona.

Stoy preocupada.

Estoy ocupada. Nos vemos mañana.

Erin se mete el teléfono en el bolsillo. Oye que le llega otro mensaje cuando está bajando las escaleras, pero no lo mira. *Spot* pasa rozándole la pierna como si tratara de decirle algo. ¿Es que está del lado de Rosina?

Su madre está en su despacho de la cocina.

—Qué bien que estés aquí —dice en cuanto ve a Erin—. Quiero hablar contigo.

Abre el frigorífico y busca dentro algo que le llene el estómago el resto de la tarde. No tiene muchas cosas.

—Te he preparado algo —señala su madre—. Está en el cuenco verde.

Saca la masa gris con manchitas verdes, muy poco apetecible.

—Quiero algo crujiente.

—Cielo, he estado buscando una noche para la próxima cena familiar, pero el horario de papá está lleno de exámenes trimestrales. Ya sé que estarás terriblemente decepcionada, pero...

—¿Por qué iba a estar decepcionada? —Moja una zanahoria en la masa—. A nadie le gustan las cenas familiares.

Su madre la mira con cara inexpresiva.

—Las zanahorias no forman parte de esa comida.

—¿Por qué sigues forzando estas cenas familiares?

—Porque somos una familia, cariño. —Su madre intenta sonreír, pero se le retuerce la comisura de la boca.

—Esa es una razón estúpida. —¿Por qué no puede dejarlo pasar su madre? ¿Por qué Rosina no puede dejarlo pasar? ¿Por qué todo el mundo está siempre intentando contar a Erin qué es bueno para ella?

—Creo que no deberías de comer zanahorias.

—Intentar forzar a las personas para que sean una familia no las convierte en familia. —Siente el calor en el pecho, la tensión en los hombros. *Spot* le acaricia la pierna—. Fingir que lo somos no hace ningún bien a nadie. Lo único que estamos haciendo es mentir. Tú estás mintiendo. Papá está mintiendo.

—No grites, cielo.

—Sabes que no quiere estar con nosotras.

—Inspira profundamente, cariño.

Spot se sube a los pies de Erin y se restriega por las espinillas, pero su consuelo no la detiene.

—Deberías de haberte divorciado la primera vez —espeta y siente un mínimo atisbo de alivio, como si estuviera vaciándose. Y luego pánico. A continuación, un cierre hermético.

Su madre se ha puesto colorada.

—Erin, creo que deberías de subir y calmarte. —Suena como si estuviera ahogándose.

Ella no podría estar más de acuerdo. Ahora mismo necesita la manta pesada y los cantos de ballenas. Necesita estar en el fondo del océano. Los peces no tienen familia. Los bebés salen de los huevos y están solos. A la mayoría se los comen los depredadores, pero es cosa de la naturaleza.

Un grupo de esas «chicas de ninguna parte» se encamina, probablemente, a su próxima reunión secreta. Durante un instante, esta joven considera la opción de seguirlas, de llegar al lugar de encuentro y ver quién está a cargo, de delatarlas. A lo mejor así el instituto obtendría algo de paz. Puede que así no sintiera como si marchara todos los días a una zona de guerra. Los alumnos no estarían tan divididos.

Pero no funcionaría, piensa. La verían y se darían cuenta de que no es una de ellas. Sabrían que es una espía. Todo el mundo sabe que es la presidenta del club de estudiantes de Prescott High por los valores conservadores. La juzgarían y condenarían de inmediato. Están llenas de prejuicios, piensa. Son unas hipócritas.

No dejan de hablar de la «cultura de violación», pero esta ni siquiera existe. La violación es ilegal en este país. Las mujeres no son todas víctimas. Los hombres no son todos depredadores malvados a la espera de emborracharlas y aprovecharse de ellas. ¿Cómo empodera a las mujeres esa actitud? ¿Qué pasa con la responsabilidad de las chicas? Lo que están haciendo todas esas chicas de ninguna parte es unirse al movimiento feminista para culpar a los hombres de todos sus problemas. Ellas no creen en la igualdad, creen en destrozar y humillar a los hombres.

Hablan de la solidaridad entre mujeres, pero solo es para cierto tipo de mujeres. En su feminismo no hay lugar para las chicas como ella, para las conservadoras, las cristianas, para las personas provida, para las mujeres que valoran la familia. A las muchachas como ella las llaman idiotas. Dicen que todas las chicas que están en desacuerdo con ellas están equivocadas. Como si tuvieras que hacerte llamar feminista, como si estar de acuerdo con todo en lo que ellas creen fuera el único modo de ser una mujer fuerte. Pero esta chica sabe que es una mujer fuerte. Ella no necesita su dogma ni sus etiquetas para confirmarlo.

Sam no deja de decirse a sí misma que la huelga de sexo solo se aplica a los chicos del instituto. No incluye a los que no van allí. Por lo tanto, esto está bien. No tiene por qué sentirse culpable. Además, ella ni siquiera quería hacer huelga de sexo.

Y, aun así, no puede evitar sentirse un poco mal. Aunque no esté de acuerdo con todo lo que expone el manifiesto de Las chicas de ninguna parte, ¿tiene la responsabilidad de cumplirlo por solidaridad? ¿Hay posibilidad de disentir? ¿Es una traidora por escuchar a su cuerpo?

En cuanto su novio posa la boca en el pezón, sabe que la respuesta es no.

Es consciente de que no está respondiendo únicamente a su cuerpo. Hay algo dentro de él que se filtra en el aire y se enreda con algo que tiene ella dentro. No es solo el roce de la piel. Son algo más que carne. Sam sospecha que tal vez esté empezando a quererlo.

Siempre ha pensado en ir a la Universidad de California en Los Ángeles o a la Universidad del Sur de California, pero la Universidad de Oregón tiene un departamento de teatro.

«No», piensa. No va a cambiar de planes por un chico. Pero entonces él la toca de un modo diferente que la libera y tal vez, solo tal vez, lo considere.

Una joven busca en Internet: «¿Dónde está el clítoris?».

Grace.

El timbre de la mañana suena, pero nadie se calla. La clase está demasiado animada para tratarse de un lunes por la mañana.

—Madre mía —exclama Allison Norman. Grace tarda un segundo en darse cuenta de que está hablando con ella. Sigue sin acostumbrarse a tener amigas—. ¿Te has enterado de lo que ha pasado este fin de semana?

¿Aparte de ir el domingo a la iglesia y evitar a Jesse Camp, leer dos libros enteros, vaciar el cubo que tiene bajo el techo con goteras y comer dos veces seguidas *pizza* congelada?

—No, ¿qué ha pasado?

—El rumor es que Eric Jordan y Ennis Calhoun fueron a la fiesta de Bridget Lawson el fin de semana y la mitad de los que estaban allí no les dirigieron la palabra —explica Allison.

—Y luego Fiona y Rob se pelearon porque ella estaba enfadada con él por seguir siendo amigo de ellos —añade Connie Lancaster—. Y lo dejó. Delante de todo el mundo.

—¡Bajad la voz! —grita el entrenador Baxter, pero el aula solo se tranquiliza un poco.

—¿Y os habéis enterado de lo que pasó en el partido de fútbol del viernes? —comenta un chico que está sentado cerca de ellas, un miembro de la banda de música—. Se rieron del equipo en el campo. El otro instituto hacía gestos riéndose de ellos. Uno dijo algo así como «Prescott no puede marcar ningún tipo de gol».

—Eh —susurra Connie, inclinándose hacia delante. Grace y Allison hacen lo mismo hasta que prácticamente se tocan frente con frente—. ¿Sabéis cuándo es la próxima reunión?

Un golpe fuerte silencia el aula. Un armario de metal está abollado en el punto en que el entrenador Baxter acaba de golpearlo.

—¿Cuento ahora con vuestra atención? —brama.

—Sí, señor —responden un mar de chicos de la primera fila. El resto de la clase está en silencio.

—Abrid los libros —exige el entrenador—. Lectura en silencio durante el resto de la clase.

—Va camino de convertirse en el profesor del año, ¿eh? —bromea Connie y Grace ni siquiera se esfuerza por ahogar la risita.

—¡Tú! —le ruge el entrenador a Connie—. Al despacho de la directora. Ahora mismo.

—¿En serio? —se queja Connie.

—Recoge la mochila y fuera de mi vista.

—Menuda locura —replica Connie al levantarse. Mira la clase, como si en ella encontrara respuestas, alguna explicación de lo que ha hecho mal. Lo único que puede hacer Grace es rezar en silencio «Por favor, Señor, que no se meta en problemas». Connie se marcha y cierra la puerta al salir.

Cuando Grace llega a la cafetería para comer, su mesa de siempre está casi llena. Rosina prácticamente resplandece, pero Erin tiene la cara enterrada en un libro. Con ellas hay un grupo de gente que Grace reconoce de las reuniones de Las chicas de ninguna parte, incluidas Elise Powell y Melissa, la animadora. Una chica popular. En su mesa de la cafetería.

—Hola, Grace —la saluda Melissa cuando se sienta.

—Eh, ¿hola? —Le parece distinto hablar con ella en el instituto, fuera de las reuniones. Aquí, Grace es una chica normal y aburrida, pero en las reuniones se está convirtiendo en alguien diferente. Alguien que puede hablar con la gente sin pronunciarlo todo como si fuera una pregunta. Alguien con ideas. Con una identidad.

—Melissa nos acaba de contar que ha dejado el equipo de animadoras —comenta Rosina.

—Sí —confirma ella—. Hay varias chicas enfadadas conmigo.

—Lo siento —dice Grace.

—Lo superarán.

—¿Por qué lo has dejado?

Melissa mastica una patata frita con aire pensativo.

—Creo que al fin estoy siendo honesta conmigo misma y me he dado cuenta de que no me gusta de verdad, no lo disfruto. Pensaba que me gustaría y estaba esperando a que así fuera. Pero no es como yo esperaba. La mayoría de las chicas ni siquiera saben nada de fútbol. No tienen ni idea de lo que sucede en los partidos. Me parece una locura.

—A mí el fútbol me parece una locura —indica Rosina.

Melissa le da un golpe con el hombro.

—Estás loca —le dice con una sonrisa.

¿Están flirteando? Grace ve a Erin enterrar todavía más la cabeza en el libro.

—El grupo de animadoras no tiene nada que ver con los partidos, al menos en este instituto —continúa Melissa—. Sino más bien, con el papel que desempeñas en el instituto, y es algo que tienes que tener en mente a todas horas, incluso cuando no te apetece. Y no sé, supongo que me he dado cuenta de que a mí no me apetece nunca.

—Mejor para ti —la anima Rosina—. Ahora puedes salir con nosotras, la plebe.

—¿Significa eso que ahora vas a sentarte en nuestra mesa todos los días? —murmura Erin desde detrás del libro.

—No seas maleducada —le reprende Rosina.

—Solo es una pregunta.

Melissa se echa a reír.

—No he hecho planes más allá de hoy.

—Bueno, pues eres bienvenida a sentarte aquí cada vez que quieras —le indica Rosina y le dedica una mirada fulminante a Erin—. Da igual lo que diga ella.

—Gracias.

—Parece que la mesa de los troles también tiene algunas deserciones —apunta Elise.

Grace se vuelve y comprueba que a la mesa, normalmente atestada, hoy solo se sientan unos cuantos chicos y un par de chicas.

—Kayla Cunningham y Shannon Spears —comenta Elise, negando con la cabeza—. Ellas nunca se pondrán de nuestro lado. Es probable que se deshinchen si las separas de sus novios.

A Ennis no se le ve por ninguna parte. Grace escanea la cafetería con la mirada y encuentra a Jesse Camp sentado con un grupo nuevo a varias mesas de distancia. Sus ojos se encuentran justo en el momento en que Grace comprende que lo estaba buscando.

—Maldita sea. —Se da la vuelta todo lo rápido que puede.

—¿Qué? —pregunta Melissa.

—Nada.

—Tu amigo Jesse también se ha cambiado de mesa, ¿eh? —comenta Rosina.

—¿Jesse Camp? —se interesa Melissa—. ¿Sois amigos? Es un chico estupendo.

—No —responde Grace—. No somos amigos.

Melissa se encoge de hombros y Rosina enarca una ceja como diciendo «Ya, claro».

—¿Queréis saber cuál es el nombre de pez más largo? —pregunta Erin.

—No —responde Rosina al mismo tiempo que Melissa dice «Claro».

—Es humuhumunukunukuapua'a. Es el pez nacional de Hawái.

—Qué interesante —declara Melissa.

—No la animes —le advierte Rosina.

—¡Hola! —saluda Jesse, que se ha encontrado con Grace en el pasillo justo cuando ella estaba a punto de entrar en la clase de la quinta hora.

Nota algo extraño en el vientre, como si estuviera en un ascensor que baja demasiado rápido. ¿Es indigestión? ¿Ha comido algo en mal estado?

De repente, Grace tiene la cabeza llena de preguntas. ¿Cómo puede alguien tener un rostro tan amable como ese? ¿Cómo puede tener esos ojos de cariño? ¿Es normal sentir al mismo tiempo miedo y alivio con una misma persona?

—Te busqué ayer después del servicio en la iglesia —le dice—, pero supongo que ya te habías marchado.

Grace no le dice que se fue directamente a casa por el único motivo de evitarlo.

—Voy a llegar tarde a clase.

—Quedan cuatro minutos para que suene el segundo timbre.

Grace no quiere sentirse mal al comprobar que pasa de poner cara de contento a cara de perplejidad, y finalmente cara de decepción.

—Ah, sigues enfadada conmigo.

—Ahora no tengo tiempo para hablar —miente.

—Ya no soy su amigo.

Grace no dice nada. Teme que, si lo mira a los ojos, lo perdone por accidente.

—No entiendo por qué estás tan enfadada conmigo —continúa él—. Sabes que estoy de tu lado, ¿no?

Grace no tiene respuesta. La verdad es que ella tampoco sabe por qué está tan enfadada con él. O por qué desea estarlo. Pero no le va a decir eso.

Jesse suspira.

—Solo intentaba ser amigo de todo el mundo. Es uno de mis defectos, supongo... querer gustar a la gente. Pero debería haberme separado de ciertos chicos hace mucho tiempo. No te creerías la de comentarios racistas que salen de sus bocas. Yo finjo no escucharlos. Finjo que no me hacen daño. ¿Y ciertas cosas que dijeron de mi hermano cuando estaba cambiando? —Aparta la mirada y traga saliva—. No lo defendí. No defendí a mi propio hermano.

—¿Por qué me cuentas esto? —pregunta Grace y se odia por sonar tan cruel.

—Pensaba que podría permanecer en un partido neutral. Creía que, si no decía ni hacía nada, gustaría a todo el mundo.

Pero me di cuenta de que eso no era posible. Ahora sé que hay cosas más importantes que intentar gustar a todos. Así que he escogido un bando. He elegido el bando correcto. —Se inclina para tener la cara al mismo nivel que la de ella y que Grace no tenga más remedio que mirarlo—. He elegido el tuyo.

Grace no comprende qué es lo que está sintiendo. Una parte de ella desea perdonarlo, ser su amiga, conocerlo. Pero hay otra parte de ella aterrada por una serie de pensamientos y adónde puede conducirla todo esto. Está tan asustada que seguir enfadada por razones muy cuestionables y apartarlo de su lado a pesar de que él solo intenta ser amable con ella parece lo más fácil y lógico.

—No sé si creer que la gente puede cambiar así como así —responde.

Es incapaz de interpretar la cara que está poniendo. Parece que siente dolor, confusión, pero también pena.

—Si no crees que la gente pueda cambiar —dice despacio, como si intentara encontrar sentido a las palabras mientras las pronuncia—, ¿qué sentido tiene entonces todo esto?

Suena el timbre.

—Tengo que irme. —Pero ya no le importa llegar a clase a tiempo. Lo único que sabe es que no conoce la respuesta a esa pregunta.

Los verdaderos hombres de Prescott

Chicos, tenemos que dejar de subir a las guarras en un pedestal. Cuando las conocéis, os dais cuenta de que no hay nada dulce ni inocente en ellas. Son todas egoístas, manipuladoras mentirosas que quieren cosas gratis. Ellas son las que juegan, ¿y se enfadan porque nosotros entremos en el juego? Solo nos están suplicando que las devolvamos a su lugar.

Voy a ser totalmente honesto: vuestras chicas están bien para follar y para masturbaros. Eso es todo. Puede que os sorprenda, pero en el fondo sabéis que es verdad. Las feministas llevan demasiado tiempo con el control y quieren hacernos sentir culpables por decir la verdad.

Yo, por mi parte, no pienso mantenerme más tiempo en silencio.

—AlphaGuy541

Erin.

—Señorita DeLillo —se dirige a Erin la directora Slatterly con una sonrisa en el rostro que la joven sabe que no significa lo que significan la mayoría de las sonrisas—, ¿cómo estás?

—Bien —responde.

Sabe que Slatterly no quiere saber cómo está. Erin lleva observando toda la mañana a la gente entrar a hablar con la directora, uno por uno: la señora Poole, la vicedirectora, los orientadores, todos los que trabajan en secretaría. Es el turno de Erin. Lleva los últimos treinta minutos preparándose, escribiendo un diagrama sobre los posibles escenarios y complicaciones. Ha perdido la cuenta del número de veces que ha tenido que contar desde cien hasta el uno. Incluso ha repasado el alfabeto del revés, algo que se reserva para las situaciones verdaderamente serias. Y esta es seria.

—¿Cuentas con todo el apoyo que necesitas este curso? —pregunta la directora Slatterly con un tono que Erin asociaría normalmente a la amabilidad, pero ahora no está tan segura. Slatterly es el enemigo, ¿no? Y los enemigos no son conocidos por ser amables—. ¿Cómo va tu programa de educación individualizado?

—Bien —contesta, pero le incomoda que la directora le haya hecho dos preguntas diferentes—. Sí —dice como respuesta a la primera pregunta. Pero sus respuestas no están en orden.

«Z, Y, X, W, V...».

No se molesta en intentar dejar de mecerse. Es lo único que evita que salga corriendo de la sala.

—Estupendo, querida.

La lógica le dice a Erin lo siguiente: ella fue quien robó las direcciones de correo electrónico. Mientras que todas las demás chicas de ninguna parte son culpables de asuntos menores, casi ninguno ilegal. Erin es la única que ha cometido un delito de verdad. Rosina y Grace han intentado convencerla de que no tiene importancia, que el instituto no puede demostrar que se robaron las direcciones de correo electrónico. Todas las direcciones de estudiantes siguen el mismo formato y Las chicas de ninguna parte pueden haber descubierto cuáles son y haberlas escrito a mano; no es necesario robarlas.

Aunque Erin podría admitir que se trata de una explicación razonable, también es una mentira. Las mentiras se descubren y se castiga a los mentirosos. Las direcciones de correo electrónico son propiedad del instituto y Erin las robó. Rompió una regla, una ley.

Se recuerda a sí misma que no siempre está mal mentir. Incluso el teniente comandante Data mintió en la temporada 4, episodio 14, de *Star Trek: La nueva generación* (título del episodio: *Pistas*). Con el fin de proteger su nave y a todo el que iba a bordo, Data no tuvo otra opción que permitir que los paxans borraran la memoria a toda la tripulación del *Enterprise* y los alimentara con una historia falsa de lo que había sucedido, para así dejar a Data con la responsabilidad de ser el último que cargase con la verdad.

Con la mentira salvó a todo aquel que le importaba. (Si es que tenía la capacidad de que la gente le importase).

—Me gustaría hacerte unas preguntas, Erin —le informa la directora—. ¿Te parece bien? —Habla despacio, pronunciando bien cada palabra. Slatterly piensa que Erin es idiota. Si se tomara el tiempo de mirar sus informes del programa de educación individualizado, sabría que es todo lo contrario.

—De acuerdo —responde. Puede aprovechar la ignorancia y los estereotipos de la directora en beneficio propio.

—Eres amiga de Rosina Suárez, ¿no es así?

Erin se encoge de hombros. ¿Qué haría una idiota?

—Rosina deja que me siente con ella en el almuerzo. —Se mete un dedo en la oreja.

—Y es amiga tuya —afirma Slatterly. Si esto fuera *Ley y orden,* Erin diría: «Protesto, su señoría. Pregunta capciosa».

Erin se retuerce un poco el dedo en la oreja.

—No lo sé. No hablamos. ¿Para ser amiga de alguien tienes que hablar con ella? Es posible que no seamos amigas. Ojalá lo fuéramos. —Se queda mirando el vacío y se mece tanto como desea.

La directora Slatterly exhala un suspiro que significa frustración. Erin no le está dando las respuestas que ella desea. La ansiedad que siente en el pecho se convierte en otra cosa, algo que no resulta tan doloroso. Es mejor mentirosa de lo que pensaba. A lo mejor añade teatro como uno de sus intereses. Tal vez pueda hablar de ello con Sam Robeson, ya que eso es lo que más le gusta a la chica, además del sexo.

—Debe de ser duro para alguien como tú hacer amigos —declara Slatterly—. A lo mejor estarías dispuesta a hacer cosas que normalmente no harías para hacer amigos. Puede que alguien como la señorita Suárez te persuadiese para que hicieras algo malo.

Algo que solo tú pudieras hacer porque trabajas en la secretaría. Porque tú tienes acceso a cierta información a la que otros estudiantes no pueden acceder. —Slatterly se queda un instante mirando a Erin para asegurarse de que la ha comprendido. Ella debe de tener aspecto de idiota, porque la directora sigue hablando—. Ya sé que la señorita Suárez puede resultar muy convincente. Muy encantadora. No hay que avergonzarse porque alguien así se aproveche de ti. Tú eres vulnerable, Erin. Tienes... limitaciones. No es culpa tuya.

Guarda silencio para que las palabras penetren en ella. Erin sabe que se supone que ahora debería sentirse a salvo, que tendría que confiar en la directora porque esta le ha dado permiso para ser vulnerable. Es buena, tiene que admitirlo.

—Hemos fracasado a la hora de protegerte —prosigue—. Es nuestro trabajo. Responsabilidad nuestra. Es reprobable que alguien se aproveche de ti de ese modo para que tú te encargues del trabajo sucio. Que te obligue a robar por ella. Pero puedes hacer bien las cosas. Tienes ese poder. Esto puede terminar en un segundo si entregas a los alborotadores. Serías una heroína, ¿lo sabes? Todos en el instituto te querrían por poner fin a este desorden y todo regresaría a la normalidad. ¿No te gustaría que fuera así? ¿No te gustaría ser una heroína?

—¿Como Superman? —pregunta—. ¿Podría ponerme una capa? Me encantaría llevar una capa.

—Claro, cielo —responde Slatterly con una sonrisa que casi parece real. Cree que está consiguiendo algo—. Puedes ponerte una capa.

—¿Una capa roja? —insiste Erin—. ¿Y brillante? —Nunca habría dicho que mentir fuera tan divertido. Que se le diera tan bien. ¿Cómo es posible que ahora mismo tenga todo el control?

La antigua Erin estaría en modo colapso. ¿Desde cuándo existe una nueva Erin? ¿Cuándo ha sucedido esto?

—Lo que tú quieras, querida. Tú eres la heroína.

Erin se queda mirando a la directora Slatterly, con la boca abierta. Ladea la cabeza igual que hace *Spot* cuando está confundido, como hacen los actores cuando representan los estereotipos de la gente como ella.

—¿De qué estábamos hablando?

Slatterly resopla.

—¿Qué es lo que haces exactamente en la secretaría? —La voz suena dura. Ya se ha hartado de fingir amabilidad.

—Escribo letras y números en cajas en la pantalla del ordenador. Muevo los papeles de una pila a otra. A veces le relleno la taza de café a la señora Poole.

—¿Haces algo con las direcciones de correo electrónico de los estudiantes? —Erin no sabe si la directora está a punto de ponerse a gritar o a llorar.

—¿Son las palabras esas que tienen una A en medio con un círculo alrededor?

Slatterly tiene la cara roja y retorcida. Erin sospecha que la rabia está afectando seriamente a la salud de la mujer. Hipertensión. Cardiopatía. Úlceras. Se pregunta qué comerá Slatterly, si su dieta consiste en alimentos bajos en sodio y azucares refinados, en lugar de ser alta en fibra y antioxidantes, como debería. Su madre podría ayudarla con un plan de nutrición apropiado para reducir la inflamación.

La sonrisa de Erin no forma parte de su actuación. No está asustada. Siente algo distinto, algo que se parece al triunfo. Fingir que es idiota ha hecho que se sienta muy inteligente.

—¿De qué quiere hablar ahora? —le pregunta, mirando a la directora a los ojos durante casi un segundo entero—. Yo tengo un interés especial en los peces. ¿Le gustaría hablar de peces? Puedo contarle todo lo que sé sobre los peces bruja. No tienen espinas ni mandíbula y están cubiertos de limo.

—No, no quiero hablar de peces. —Erin casi puede escuchar la palabra «retrasada» al final de la frase de Slatterly. Es consciente de que quiere decirla—. Ya te puedes ir, Erin.

Retrocede hasta su mesa al fondo de la secretaría, desde donde podría hacer todo el daño que quisiera.

—¡Somos compañeros! —exclama Otis Goldberg al tiempo que empuja la mesa hacia la de Erin en la clase de Historia Estadounidense avanzada.

—Odio los trabajos en grupo —aclara ella.

Hoy el pelo que tiene alrededor del recogido es morado. La clase se llena de ruido con el movimiento de las mesas, algo que normalmente la pondría nerviosa, pero aún no se ha recuperado del subidón provocado por su reunión con la directora. Está menos enfadada que de costumbre con Otis.

—Va a ser estupendo —declara él—. Qué suerte, ¿eh? Los dos chicos más inteligentes de la clase como compañeros.

—Yo no creo en la suerte.

Otis acerca aún más la mesa hasta dejarla prácticamente encima de la de Erin.

—¿Y crees en el destino? ¿En el sino?

Erin aparta la mesa unos siete centímetros de la de él.

—¿Qué han estado haciendo últimamente Las chicas de ninguna parte? ¿Han planeado algo interesante, algún tipo de acción subversiva? ¿Puedo apuntarme?

—Hablas demasiado —replica Erin.

—Muy bien, clase —interviene el señor Trilling—. Vamos a concentrarnos en la tarea que tenemos entre manos.

Otis vuelve a pegar la mesa a la de Erin. Ni siquiera parece muy consciente de lo que está haciendo. Es como si tuviera una necesidad profunda en el subconsciente de estar siempre tocando a alguien. Es todo lo contrario a Erin.

—¿Tienes alguna idea para el trabajo? —le pregunta y ella se encoge de hombros—. Porque yo he pensado que podríamos hacer algo sobre la doctrina del destino manifiesto y la expansión hacia el oeste. Si analizas la ideología en términos psicológicos, es puro narcisismo, probablemente roza el desorden de personalidad, tal vez incluso sea antisocial.

—No creo que ese sea el tipo de trabajo que el señor Trilling quiere que hagamos.

A pesar de los acontecimientos del día, Erin se siente sorprendentemente tranquila. Mentir a la directora Slatterly no ha sido tan difícil como pensaba. La clase ruidosa. El trabajo en grupo. Y ahora esto, sea lo que sea. Esta charla con Otis Goldberg que no le resulta del todo desagradable. No tiene que mirarlo a los ojos para notar la encantadora simetría de su rostro. Y aunque habla más de lo necesario, su voz no es tan insoportable como la del resto de la gente.

Hoy es un día extraño. Erin se siente extraña. Pero tal vez extraño no sea lo mismo que malo.

Siente muchas cosas, pero no sabe cómo clasificarlas. Cuando se pregunta a sí misma qué haría Data, lo único que oye es silencio.

Nosotras.

En un póster amarillo de cartulina pone ¡CREEMOS A LUCY MOYNIHAN! Alguien ha escrito PUTA encima con rotulador rojo.

En otro que dice COMBATID LA CULTURA DE VIOLACIÓN EN PRESCOTT HIGH alguien ha añadido GUARRA.

—Esto es una mierda —comenta un chico al lado de Elise Powell mientras mira uno de los pósteres pintarrajeados. Benjamin Chu. Está en clase de Cálculo con Elise, siempre llega tarde, pero tiene una sonrisa que convence persistentemente a la profesora para que no lo castigue. Elise siempre espera a que llegue y siente alivio cuando se deja caer, resollando, en el asiento que está al otro lado del pasillo, junto a ella.

—¿Qué es una mierda? —pregunta, preparada para ponerse a la defensiva o para enamorarse perdidamente.

—Lo que han escrito esos capullos en los carteles —responde él—. ¿Qué narices le pasa a esta gente?

—¿Te gustan los carteles? —Elise ha bateado en desempates en el décimo cuarto lugar. Ha bateado en semifinales nacionales.

Ha jugado partidos que se han televisado de forma regional. Pero nunca antes había estado tan asustada como ahora.

—Sí, claro —contesta Benjamin esbozando esa sonrisa que le garantiza la ausencia de castigos—. ¿A ti no?

—Claro.

Elise nota que le arde la cara y sabe que se ha puesto roja. También sabe que las pecas se le están marcando como pasa siempre que siente vergüenza. Pero este es un tipo distinto de vergüenza, una forma diferente de que la vean, y no es del todo horrible. Y como no le parece tan horrible, el deseo se convierte en un momento breve y vertiginoso de coraje.

—Eh, Ben —le dice—, ¿te apetece salir algún día? ¿Conmigo?

El chico responde que sí demasiado rápido. Elise espera durante unos instantes para darle tiempo a que se dé cuenta de que se ha equivocado. Pero Benjamin sonríe y se ruboriza tanto como ella.

Suena el timbre en el aula de Grace. Connie Lancaster entra corriendo, sin aliento.

—¡Maldita sea! —exclama al sentarse—. Os habéis perdido una buena pelea.

—¿Qué ha pasado? —pregunta Allison.

—Desconozco todos los detalles —responde Connie—. He llegado justo cuando los guardias de seguridad estaban interviniendo. Pero Elise estaba allí y me ha dicho que lo ha visto todo. Dice que Corwin Jackson estaba hablando con una chica en el pasillo y que ella no paraba de intentar alejarse, pero él no le dejaba, y entonces dos chicos de primero la han defendido y se han puesto a decirle a él que deje de molestarla. Corwin se les ha echado encima y ha empujado a uno de ellos y entonces la chica ha pegado a Corwin con el bolso. La situación se ha vuelto una locura y todos han arremetido contra Corwin. Ahí es cuando he oído a todo el mundo gritar en el pasillo y he corrido a ver qué pasaba, pero ya había terminado todo, aunque Corwin tenía la mano en el ojo, le sangraba el labio y estaba llorando. —Connie se abanica con la mano—. Hay una zona de guerra ahí fuera.

—Ojalá la situación no tuviera que ponerse violenta —se lamenta Grace.

—Ya eran violentos antes —apunta Allison.

Entra el entrenador Baxter con los hombros hundidos y la cara nublada por la ira. No se molesta en intentar acallar a la clase. El equipo de fútbol en el que todo el mundo tenía tantas esperanzas puestas ha perdido todos los partidos de esta temporada. Son el hazmerreír de la zona metropolitana de Eugene y de todo el valle de Willamette.

—Pobre entrenador —comenta Connie con un falso suspiro que provoca las risas de unas cuantas chicas.

Sí, el entrenador Baxter es un capullo sexista con todo un equipo de chicos que lo admiran y no está haciendo nada para llevarlos por el buen camino, pero Grace no puede evitar sentir un poco de pena por él. No puede evitar sentir un poco de pena por ese tal Corwin, aunque sea un capullo, aunque él lo empezara todo. Le cuesta ver a alguien sufrir, aunque lo merezca un poco. Se pregunta si el avance tiene que doler. Si el cambio siempre requiere dolor por parte de alguien.

Piensa en Jesse, en si lo que dijo sobre que había cambiado era verdad. No sabe por qué le da tanto miedo creerlo.

—Atención, instituto Prescott —resuena la voz de la directora Slatterly en los altavoces del techo.

No dice «Buenos días», ni «Hola». Suena tan cascarrabias como lo parece el entrenador Baxter.

—Quiero dejar algo muy claro —continúa con tono serio y áspero—. Estoy implementando una política de tolerancia cero para el tipo de actividad alborotadora que se está produciendo últimamente. Esta es una institución de aprendizaje y no voy a tolerar un comportamiento que convierta al instituto Prescott High en un entorno inseguro para el aprendizaje. La hostilidad en aumento entre los estudiantes es inaceptable. A cualquier persona que se descubra colgando carteles en las propiedades del instituto sin la aprobación administrativa se le suspenderá de inmediato. Se ha contratado tecnología informática para investigar el robo y el uso ilegal de las direcciones de correo electrónico del centro. Vamos a descubrir quién se encuentra detrás de la agitación reciente y se le pondrá en manos de la justicia.

—Sí, ya —dice una chica que hay delante de Grace.

—La justicia, y una mierda —comenta el chico de la banda de música.

—Eso es todo —concluye Slatterly—. Ah, y la reunión del club de ajedrez será en el aula 302 esta tarde, no en la 203. Arriba, espartanos.

—Qué deprimente —se queja alguien que hay a varios asientos de distancia, uno de los amigos de Sam Robeson del club de teatro.

—¡Cállate, marica! —le grita un jugador de fútbol.

—¡Cállate tú! —responde el chico.

—¡No lo llames así! —le reprende Allison, que normalmente permanece callada, al futbolista.

—¡Callaos todos! —chilla el entrenador Baxter—. Me estáis dando dolor de cabeza. —Se sienta a la mesa—. Hora de lectura independiente, a vuestros libros.

—¿Creéis que va en serio? —pregunta Melissa Sanderson—. ¿Pensáis que Slatterly tiene a gente comprobando los correos de Las chicas de ninguna parte?

—Es mentira —declara Rosina—. Aunque pudiera acceder a los correos, no tenemos de qué preocuparnos. Seguro que quien sea que empezara esto fue lo suficientemente lista para evitar cualquier tipo de información personal en la cuenta de correo.

—Sí —coincide Elise Powell—. Además, hace días que dejaron de enviar los correos. Y estoy segura de que los recibieron todas las chicas, que no había ninguno personalizado. No pueden castigar a todas las alumnas del instituto solo por recibir correos electrónicos.

—No sé —dice Krista, cuyo pelo es ahora morado en lugar de azul, mientras que Trista ha cambiado el color del suyo a naranja. Cada vez es más sencillo distinguirlas—. ¿No pueden rastrear los correos hasta el remitente, aunque sea una cuenta anónima? Calcular de dónde proceden y enviar a un grupo de especialistas o algo así. Me parece que lo vi en la tele una vez.

—Eso es con los teléfonos —aclara Trista.

—Shhh. Guardia de seguridad a la una en punto —informa Elise.

Todas las cabezas se vuelven hacia el hombre alto con uniforme azul que se ha acercado a su mesa mientras hablaban. Rosina le dedica una enorme sonrisa y lo saluda con la mano. Él se aleja un paso y finge no haberla visto.

—Nos están vigilando —apunta Erin con tono serio. Rosina intenta reprimir una carcajada, pero solo consigue que toda la mesa se eche a reír. Hasta Erin sonríe. El guardia de seguridad aparta la vista.

—He visto a Sam esta mañana en el pasillo —comenta Elise—. Tiene clase a segunda hora con Eric. Me ha dicho que apenas estaba consciente y que apestaba a alcohol.

—Supongo que es un modo de sobrellevarlo —responde Rosina.

—¿Ha leído alguien últimamente el blog de *Los verdaderos hombres de Prescott*? —pregunta Melissa.

—¿Por qué íbamos a leerlo? —gruñe Rosina.

—Tenemos que saber a qué nos enfrentamos.

—Quien sea que esté detrás de eso seguro que está muy enfadado —añade Trista.

—Sabéis que es Spencer Klimpt, ¿no? —continúa Melissa.

—¡No! —contesta Trista—. ¿De verdad?

—Sí, pensaba que lo sabía todo el mundo.

—Nadie lo sabe con certeza —dice Elise—. Él no ha admitido nada.

—Pero es bastante obvio —insiste Melissa.

—¿Y no se graduó el año pasado? —pregunta Krista—. ¿Por qué le importa lo que suceda aquí?

—Porque no se ha marchado a ninguna parte —contesta Melissa—. Sigue trabajando en Quick Stop, todavía sale con sus antiguos amigos. La del instituto es la mejor vida que va a tener nunca.

—Menudo perdedor —señala Rosina.

—Un perdedor con cuatro mil ciento setenta y dos seguidores —apunta Erin, mirando el teléfono.

—Madre mía —exclama Rosina.

—Las cosas que cuenta gustan a muchos chicos —comenta Melissa—. Da miedo.

—Al tipo de chicos que piensan que los inmigrantes están destruyendo el país y robando trabajos —explica Rosina—. Tienen que echar la culpa a alguien de que sus vidas sean una mierda. ¿Por qué no elegir a alguien cuya vida es todavía peor?

—Exacto —coincide Melisa—. Esos chicos no pueden tener sexo, así que odian a las mujeres. No puede ser que ellos hagan nada mal.

—Un momento —habla Trista—. Eso significa que algunas de esas chicas de la lista que publicó, las chicas con las que se ha acostado, deben de seguir en el instituto. Son gente que conocemos.

—Sí, pero nadie va a admitirlo —dice Rosina—. ¿Te imaginas? «Oh, sí, el número tal soy yo. Soy la fea que es mala en la cama». Aunque algunas son bastante obvias.

—¿Cuáles? —pregunta Krista con los ojos muy abiertos.

—No es asunto nuestro —replica Melissa con una dureza poco característica de ella en la voz—. Venga, esas chicas no merecen eso.

La mesa se queda en silencio.

—¿Creéis que una de esas chicas es Lucy? —insiste Krista con tono amable.

Suena el timbre, pero ninguna de ellas se mueve. Se quedan sentadas, en silencio, mientras la cafetería estalla en el caos de siempre. Despacio, empiezan a recoger. Alcanzan sus cosas y se dirigen a clase, con el peso de la conversación inacabada.

Melissa y Rosina se quedan detrás, Melissa mirando el teléfono y Rosina buscando algo en la mochila.

—Eh... adiós —se despide Melissa. A Rosina le parece oír algo en su voz, una señal de que ella tampoco se quiere ir. Pero no sabe si puede confiar en su intuición, si la esperanza y el deseo le provocan alucinaciones.

—Adiós —se despide ella y entonces los milímetros que las separan se convierten en centímetros, en metros, y un imán tira del corazón de Rosina, le golpea la caja torácica cuando intenta seguir a Melissa fuera de la cafetería.

Una chica se sienta en clase y nota en el cuerpo un pálpito de anhelo sin forma. Mira a su alrededor, a los chicos, algunos de ellos sexis, otros algo desagradables, y piensa para sí misma: «Probablemente me acostaría con cualquiera de ellos si me lo pidiera».

No sabe si ese pensamiento la vuelve patética, si el anhelo de que la deseen es señal de debilidad.

Quiere que alguien esté hambriento de ella. Quiere que la devoren.

Rosina, Grace y Erin están junto al baño de chicas de la tercera planta, que lleva sin funcionar desde el principio del curso. Nadie va allí y por eso es un lugar excelente para una reunión clandestina.

—Rápido —pide Erin—, solo tenemos tres minutos y veintiocho segundos hasta la siguiente clase.

—De acuerdo. —Grace examina el pasillo y comprueba que no haya nadie que las pueda escuchar—. El grupo no ha decidido una fecha para la siguiente reunión.

—Los grupos grandes no son capaces de tomar decisiones —protesta Erin—. Me gustaba más cuando éramos nosotras quienes las tomábamos.

—Pero así no funciona la democracia —replica Grace.

—¿No somos nosotras las líderes? —se queja Erin—. Pensaba que éramos las líderes.

—No somos las líderes —responde Grace—. Solo lo comenzamos.

—¿Y eso no nos convierte en las líderes?

—Nos convierte en las fundadoras, ya está —interviene Rosina—. Opino que deberíamos celebrar una reunión el sábado por la noche. Podemos hacer que parezca una fiesta. Conozco el lugar perfecto.

—Pero las reuniones no son fiestas —dice Erin—. Se supone que hablamos de cosas serias.

—Creo que la última reunión ya fue lo bastante seria para durar al menos un par de semanas —responde Rosina.

—Igual no tenemos por qué ser serias siempre —añade Grace—. ¿Ser feliz no forma parte de nuestro empoderamiento?

—Las fiestas no me hacen feliz —insiste Erin.

—Erin, cariño —se dirige a ella Rosina, agarrándola de los hombros un momento antes de que su amiga se aparte—. Es un buen momento para practicar lo de ser flexible y ceder.

Erin exhala un suspiro épico para que Rosina comprenda lo duro que le resulta esto. No importa las veces que lo explique, Rosina nunca entenderá de verdad la sobrecarga sensorial de las multitudes y los entornos no familiares, el agotamiento de gestionar cómo actuar delante de tanta gente que ya opina que es rara. Aunque a lo mejor la última reunión no fue tan mal, al menos hasta el colapso. Igual es agradable tener algo que hacer un sábado por la noche aparte de leer y bañarse y ver.

—De acuerdo —concluye—. Cedo. Pero no me va a gustar.

No obstante, no son las únicas en esta esquina olvidada del pasillo.

Grace distingue a Amber Sullivan cerca, al alcance del oído. ¿Cuánto tiempo lleva ahí? ¿Qué ha escuchado?

Grace sonríe y Amber también lo hace. Hay algo parecido a la confianza en sus ojos, algo que se asemeja a la luz. Grace decide que no tienen nada de lo que preocuparse. Tiene fe en que el secreto estará a salvo.

Grace.

—Eh, Grace —grita alguien—. Espera.

Su instinto es quedarse quieta. La mayoría de las experiencias más o menos recientes que ha vivido en las que la gente ha gritado su nombre en el pasillo del instituto han tenido como resultado que le hagan la zancadilla o que la insulten, o la promesa con ojos crueles de rezar por el alma de Grace que sonó más bien a amenaza que a compasión cristiana. Pero eso fue en un instituto distinto, en un curso distinto, en un estado distinto, y Grace comienza a pensar que también se trataba de una Grace totalmente distinta.

Se da la vuelta y se encuentra con Margot Dillard, la presidenta del cuerpo estudiantil de Prescott High, que camina en su dirección. Grace no sabía que Margot conocía su nombre.

—¿Qué tal? —le pregunta—. ¿Tienes algún plan interesante para después de clase?

—Pues no —responde. Por algún motivo, ha decidido mantener en secreto su verdadero plan. Le avergüenza lo emocionada que está, y también aterrada. Es confuso cómo la combinación de estas emociones hace que sienta algo muy cercano a la felicidad.

—Me gustaría pedirte un favor.

—De acuerdo. —Las personas piden favores a sus amigos. Eso significa que Margot considera a Grace su amiga.

La chica se acerca más a ella. Huele a caramelo de melón.

—No puedo asistir a la reunión de mañana por la noche —susurra—. El grupo de debate viaja a Salem a una reunión muy importante y no puedo faltar. Me siento fatal. ¿Puedes dirigir la reunión por mí?

La primera impresión es que debe de ser una broma. Una broma cruel. Como en esa película, *Carrie*. En la reunión la estará esperando un cubo de sangre, listo para caerle en la cabeza por pensar siquiera que ella pudiera dirigir algo.

—¿Grace? ¿Puedes?

—¿Por qué yo? —es lo único que se le ocurre decir.

Margot sonríe.

—Siempre haces comentarios atentos e inteligentes. Pareces seria y calmada y no te influyen las disputas, ni las emociones de la gente.

—Pero soy muy callada —replica ella.

—No tienes por qué ser ruidosa para ser una líder —le dice Margot—. La gente te respeta. Eso es lo más importante.

Grace se siente mareada. El cuerpo, que normalmente le pesa y le parece voluminoso, de repente está hecho de plumas.

Le pasan muchas cosas por la mente, muchas formas de responder. En el cerebro, se activan unas nuevas sinapsis y trabajan a gran velocidad para establecer conexiones donde antes no las había. Intentan reprogramarla, buscar un sentido a la disparidad de cómo la ven los demás en comparación a cómo se ha visto ella misma siempre. Tratan de asimilar las palabras de Margot, de comprenderlas, de conseguir que Grace las crea.

Se enciende una diminuta chispa dentro de ella, una voz suave se abre paso en las profundidades y entre las expansiones antes vacías que poco a poco se están llenando, por medio del lugar en la garganta en el que tantos miles, tal vez millones de palabras se han quedado atrapadas con el tiempo. La chispa le llega a la lengua, a los dientes, a los labios, halla la voz y abre la boca.

—Sí —responde—. Lo haré.

—¡Estupendo! —exclama Margot y le da un abrazo rápido antes de alejarse—. ¡Vas a hacerlo muy bien! —le grita cuando ha recorrido medio pasillo. Grace sabe que Margot en raras ocasiones se equivoca.

Sin embargo, la pregunta sigue estando ahí: ¿Por qué ella? ¿Por qué Grace? De entre todas las personas. Margot podría habérselo pedido a Melissa o a Elise, líderes innatas. Incluso Rosina habría sido una opción más fuerte, aunque puede que volátil. ¿Ha sido porque Margot tenía prisa y Grace ha sido la primera persona a la que ha visto? ¿O por algo más profundo, una de las misteriosas obras de Dios, uno de Sus milagros? ¿Tiene Margot razón? ¿Es Grace una líder? ¿Habrá algo de su madre en ella?

¿Sirve de algo hacerse estas preguntas? Si es voluntad de Dios, es voluntad de Dios, así de sencillo. Si no, Grace lo descubrirá cuando la reunión se convierta en un desastre y decepcione a todo el mundo.

Se sorprende al darse cuenta de que este pensamiento no la aterroriza, como de costumbre. De algún modo, todas las posibles catástrofes acompañadas de fracaso y humillación que puede imaginarse no parecen ya el fin del mundo. A lo mejor queda en vergüenza delante de unas cuantas docenas de chicas del instituto. Puede que no quieran que vuelva a dirigir una reunión. ¿Y qué? Cuando se pregunta qué es lo peor que puede suceder, la respuesta no da tanto miedo. Porque, aunque fracase, será un fracaso menor. Aunque quede en vergüenza, la sensación no durará para siempre. Esas chicas seguirán siendo sus amigas. Las chicas de ninguna parte seguirán reuniéndose, seguirán planeando, seguirán haciéndose más fuertes. Da igual lo que suceda, ella continuará formando parte de ellas.

Grace se queda sola en el pasillo vacío. Le da la sensación de que hace unos segundos estaba rodeada de hordas de estudiantes que cerraban taquillas de un portazo y corrían para alcanzar el autobús. No sabe cuánto tiempo lleva ahí, sintiendo las ondas de la marea de Margot. Ecos de ruido y movimiento llenan el espacio que la rodea, la conducen por las escaleras y la puerta al tiempo que recuerda qué es lo que iba a hacer antes de que Margot la interceptara.

Recorre el largo trayecto a casa. No es su ruta habitual, entre los patios perfectamente cuidados y las verjas blancas del vecindario que rodean el instituto, y se adelanta entre las casas más modestas y los terrenos más pequeños de su barrio. Esta ruta la lleva a la atestada calle llena de tiendas y restaurantes de comida rápida que conduce a la autovía. Inhala el equivalente a los gases de cinco bloques hasta que llega a su destino justo antes de que la calle termine en una carretera.

Grace siente nervios al acercarse al Quick Stop. Le resulta extraño haber pasado tanto tiempo pensando y hablando de alguien a quien no conoce. La distancia ha mantenido a Spencer Klimpt en algún lugar hipotético hasta ahora. Necesita un rostro al que atribuir las historias. Necesita verlo en persona, recordarse que el blog *Los verdaderos hombres de Prescott* es más que solo palabras. Es el arma de un hombre que hace daño a las chicas, de un hombre que enseña a otros hombres cómo lastimarlas. Necesita hacerlo real. Ella sola, por su cuenta.

Cuando lo ve al fin por primera vez, la experiencia es decepcionante. Esperaba que un violador sádico tuviera el aspecto de una versión animada de un chico malo y no lo que se encuentra cuando entra en la estación de servicio. Se imaginaba su rostro como el de una foto policial, con ojos mortíferos y crueles, una luz dramática y siniestra a su alrededor en lugar de esos fluorescentes tan brillantes. Parece un chico normal, el joven de la casa de al lado, alguien que podría resultar guapo si no tuviera los ojos tan hundidos, si no tuviera la piel tan sudada. Si llevara algo aparte del uniforme de la gasolinera y el ceño fruncido. No hay nada en él que diga «violador». Nada especialmente intimidante. No hay pista alguna de que tengas que mantenerte alejada de él aparte de su trabajo mísero y el corte de pelo desafortunado. Nada en él que parezca malo. Podría ser cualquier persona.

Así y todo, a Grace le hormiguea la piel al verlo. No es un chico cualquiera tras un mostrador que escribe notas en un cuaderno y hace inventario de cigarrillos. Grace sabe qué hizo. Se acuerda de ello a cada segundo que pasa en su dormitorio, con el dolor de Lucy escrito en las paredes de un lugar en el que se supone que debe sentirse a salvo.

—¿Necesitas algo? —le pregunta Spencer y Grace se sobresalta. Nota su mirada y se le pone la piel de gallina. Solo su mirada es una violación.

—No —murmura—. Bueno, sí.

Está empezando a entrar en pánico. Se acerca a algo, cualquier cosa, para parecer una compradora normal y no una chica rara que ha venido solo a mirar. Alcanza un paquete de chicles y una barrita de caramelo. Se acerca al mostrador y deja los artículos delante de él. Tiene las manos sucias, costras en los nudillos y las uñas mordidas llenas de mugre. Grace se imagina esas manos tocando el cuerpo de Lucy, el cuerpo de sus amigas, el suyo. Sucias. Marcadas de violencia.

El chico dice algo. No puede mirarlo y no lo ha escuchado.

—¿Hola? —vuelve a hablar—. Son dos con sesenta y cinco.

Grace busca el monedero, saca un billete de cinco dólares y se lo tiende. Los dedos de él tocan los suyos y nota un arrebato de furia. ¿Cómo es posible que esté en el mundo, vendiendo caramelos a las chicas, tocándoles las manos?

Grace sale corriendo en cuanto él le da el cambio. Intenta hacer lo mismo que Erin cuando se siente nerviosa. Cuenta hacia atrás al tiempo que se aleja de la tienda, se concentra en la sensación de los pies tocando el suelo, el olor a gasolina en el ambiente, la brisa húmeda de una tormenta que se avecina. Y, sin pensar, antes de doblar la esquina en dirección a su casa, se da la vuelta para echar un último vistazo a Spencer Klimpt.

Sigue estando lo bastante cerca para ver que está tecleando algo en el teléfono que tiene en la mano con una sonrisa divertida en el rostro. Después alza la mirada con la cabeza vuelta en dirección a ella y, durante un instante, sus miradas se encuentran. A Grace le da un escalofrío; se siente descubierta, atrapada, como un cervatillo delante de unos faros que ve venir el peligro, pero es incapaz de moverse. Podría salir de la tienda ahora mismo y alcanzarla, pero se limita a reírse y vuelve a concentrarse en el teléfono, dejándola libre. Grace camina apresuradamente el resto del trayecto a casa.

Está sudando y le falta el aliento cuando llega. Sus padres estarán toda la tarde en una reunión en la iglesia, así que abre la barrita de caramelo y se sienta delante del ordenador en el despacho de su madre. En la mesa hay una fotografía de Grace del año pasado. En ella, aún tiene el aparato dental y está más gordita que ahora. La ropa que lleva es horrible: unos *leggings* rosas, una camiseta amarilla de un gatito y el pelo encrespado recogido en una coleta alta. Parece una niña pequeña, inocente, ignorante. Esa chica parece feliz. Aún no ha perdido a sus amigas ni se ha mudado al otro lado del país. No ha perdido a su madre por cosas más importantes. Esa niña ni siquiera sabe lo que es la violación.

Grace le da un mordisco a la barrita de caramelo, pero no está tan buena como ella desea. Enciende el ordenador de su madre, teclea la dirección de una página web en el buscador. El blog *Los verdaderos hombres de Prescott* se carga.

Hace cinco minutos se publicó una entrada nueva.

Los verdaderos hombres de Prescott

Una chica sencilla y un tanto gorda acaba de entrar en mi trabajo y me ha repasado de arriba abajo. Está claro que me deseaba. Si no fuera por la resaca que tengo, habría jugado un poco. Probablemente no esté tan mal con las luces apagadas. Tiene unos labios bonitos, muchas partes bonitas a las que aferrarse. En muchas ocasiones, las chicas normales pueden ser mejores para follar que las de 9 o 10 porque saben que tienen que esforzarse más. A veces las chicas más sexis ni siquiera ponen empeño. Piensan que lo único que tienen que hacer es permanecer tumbadas.

Esta habría sido una presa fácil. Ahora me arrepiento de no haber buscado nada con ella. A menos que sea una de esas chicas feas con una mamá feminista que la ha educado para que tenga más autoestima de la que merece. Pero si te hace esforzarte para lograr lo que quieres y luego dice cualquier tontería sobre que no quería nada, es del tipo de chica que todo el mundo sabe que miente por su cara gorda.

—AlphaGuy541

Nosotras.

—Estáis locas —dice Rosina—. Es un lugar estupendo para una reunión.

—La estructura no es estable —replica Erin—. Y tiene riesgo de incendio. Parece muy probable que se pueda producir un incendio y que muramos todas quemadas vivas.

—Igual no ha sido buena idea pedir a la gente que traiga velas —comenta Grace.

—Pero necesitamos luz —protesta Rosina—. ¿Quién sabe cuándo fue la última vez que este lugar tuvo electricidad?

—Linternas —indica Erin—. Linternas con pilas. Deberíamos de haber especificado que nada de llamas.

La vieja mansión Dixon lleva deshabitada en los límites de la ciudad desde que todas tienen memoria. Las tres chicas están en el porche del edificio tambaleante de tres plantas que se cierne delante de ellas; unas columnas enmarcan la entrada y se inclinan en un ángulo inquietante. En el interior hay una luz tenue que se cuela por las ventanas agrietadas y llenas de suciedad. Esta noche hace bastante viento. Una ráfaga fuerte podría derrumbar la casa.

—¿Estás preparada? —pregunta Rosina a Grace.

—No.

—Vas a estar estupenda —la anima—. ¿Verdad, Erin?

—¿Quieres una respuesta sincera? ¿O quieres que la apoye?

—¿Tú qué crees? —señala Rosina.

—Grace, lo vas a hacer muy bien —observa Erin con voz monótona.

La aludida suspira.

—Puedo fastidiarla bastante, ¿verdad? Porque las reuniones normalmente se dirigen solas.

—O terminan como la primera de la biblioteca —apunta Erin.

—Erin —le reprende Rosina con tono suave.

La joven parpadea.

—Lo siento Grace. —Aparta la mirada—. Quiero animarte porque eres mi amiga y me importas.

—Eso ha sido muy dulce —la apremia Rosina.

Erin se encoge de hombros.

—Aunque Grace fracase a lo grande, no pasa nada. Porque a nosotras nos seguirá gustando y a las demás también.

Grace mira a Erin con lágrimas en los ojos.

—Erin, es lo más bonito que me has dicho nunca.

—Sí, bueno, no te acostumbres.

—Quiero abrazarte ahora mismo —admite Rosina.

—No te atrevas.

—Os quiero, chicas —dice Grace con voz temblorosa.

—Uf, sois insoportables las dos. —Erin abre la puerta principal.

El interior de la mansión parece el escenario de una película de terror. Hay unas escaleras podridas, medio derrumbadas, que llevan a una segunda planta, y la carcasa de metal de una lámpara de araña del tamaño de un automóvil yace en mitad del suelo; hace mucho que robaron los adornos de cristal. Las chicas siguen la luz y las voces hasta el salón contiguo, donde varias docenas de jóvenes proyectan sombras fantasmales.

—¡Este lugar da miedo! —grita alguien.

—Quien haya tenido la idea de quedar aquí está loca —dice otra persona mientras da un trago a una lata de cerveza.

—Esta casa está encantada —comenta otra persona.

—Mira, Grace, no eres la única que está asustada —le dice Erin.

—A mí me parece estupenda —señala una posiblemente achispada Samantha Robeson, que se apoya en una chimenea de piedra al menos treinta centímetros más alta que ella y en la que podrían caber unas cinco como ella dentro—. Es una metáfora perfecta, si lo pensáis. La casa simboliza nuestros miedos y entramos aquí para enfrentarnos a ellos.

Al lado de Sam está Melissa Sanderson, riéndose.

—Oh, lo has dicho en serio —comenta y deja de reír.

—¡Melissa! —Rosina corre hacia ella para saludarla.

—¿Ha ido dando saltitos? —pregunta Grace.

Erin pone los ojos en blanco como respuesta.

El salón enorme tiene corrientes de aire y la luz de las velas titila, proyectando sombras que se mueven en las paredes y techos manchados. Con el papel pintado desgarrado, da la impresión de que la casa se está desintegrando con ellas dentro. El sonido del viento se amplifica, se vuelve hostil. La sala está polvorienta y seca, pero da la sensación de que están bajo el agua, de que son peces en un acuario de tamaño humano.

Algo cruje. Las chicas gritan. Melissa agarra a Rosina del brazo y tira de ella. Luego alza la mirada, se ríe, se ruboriza y la suelta.

Pero sigue estando cerca. Las caderas de ambas se tocan. Sienten el calor de la otra a través de los *jeans*.

Suena música en el teléfono de alguien. Las jóvenes se pasan botellas. Erin se encarga de pasearse por el salón preguntando a todas si cuentan con una conductora. Las chicas chic hablan con las frikis, las deportistas hablan con las artistas, las solitarias hablan con las populares. Sam Robeson da vueltas por el lugar, con una boa de plumas en la cabeza, como si fuera un tornado. Bailan, despojadas de sus inhibiciones habituales, liberadas de esa necesidad de ser sexis para un público masculino.

—Vamos —indica Melissa y toma de la mano a Rosina para llevarla hasta el pequeño círculo en el que bailan las demás.

—Yo no bailo.

—Todo el mundo baila. No vas a engañarme, sé que no eres tan fría como quieres transmitir. —Se acerca a ella y el pelo suave roza la mejilla de Rosina—. Eh —le dice, y Rosina nota los labios y el aliento cálido en la oreja—. ¿Quieres salir algún día?

—¿Estás borracha? —son las palabras que emergen de la boca de ella.

Melissa se aparta y se pone más seria.

—No —responde—. No estoy borracha.

—Lo siento —se disculpa Rosina—. No sé por qué te he preguntado eso.

Un silencio incómodo se instala entra las dos.

—Lo siento —repite—. Es que no estoy acostumbrada a que las chicas como tú hablen conmigo.

—¿Las chicas como yo? —Melissa curva las comisuras de los ojos en una sonrisa—. ¿Cómo es una chica como yo?

—No lo sé. —Rosina se mira los pies—. Populares. Aparentemente equilibradas. No son raras. —Melissa se ríe y Rosina alza la mirada para fijarla en los ojos celestes de la chica que brillan por la luz de las velas—. Preciosas.

—Tú también eres preciosa —dice Melissa—. Mucho.

—¿No deberíamos de empezar la reunión? —sugiere Erin con tono brusco. Ha aparecido de la nada y tira de Rosina para separarla de Melissa—. Ya han pasado diecisiete minutos de la hora de inicio.

—Hola, Erin —la saluda Melissa con tono amable. Rosina sigue sorprendida, incapaz de articular palabras con la boca, que tan cerca de la piel de Melissa tenía.

—Este baile —recalca Erin— o lo que estuvierais haciendo vosotras dos no supone un uso constructivo del tiempo. ¡Grace! —grita, a pesar de que la chica está a varios centímetros de ella—. ¿No deberíamos comenzar la reunión?

—En unos minutos —responde ella—. La gente se está divirtiendo.

—Pero esto no tiene que ser divertido —se queja Erin con tono agitado—. Tenemos que sentarnos en círculo y hablar por turnos. Tenemos que ser organizadas. Planear nuestra acción subversiva. Tenemos que...

Melissa rodea a Erin con los brazos y la aprieta con fuerza para a continuación soltarla antes de que le dé tiempo a ponerse de los nervios. Mueve el brazo en dirección a la desvencijada pista de baile, a las chicas que bailan como si nadie las estuviera mirando.

—Esto es una acción subversiva.

—Sois las dos unas inútiles —les recrimina Erin y se aleja.

La música se detiene de repente. Erin alza el teléfono de la discordia.

—Eh, es mío —grita Connie Lancaster.

—Hay que empezar la reunión —señala Erin.

—Devuélveme el teléfono al menos —le pide Connie.

—Prométeme que no vas a poner música. La fiesta y los bailes han terminado.

—Muy bien —interviene Grace en voz semialta—. Vamos a ponernos en círculo. Soy Grace. Margot me ha pedido que dirija la reunión mientras ella no está.

La gente encuentra un sitio para sentarse en el suelo de madera lleno de polvo. Erin se sienta al lado de Grace, Rosina al lado de Erin, y Melissa al lado de Rosina. Melissa no se da cuenta de que Erin le lanza dagas con la mirada.

—¿Dónde estará Amber? —pregunta Grace a nadie en particular.

Al otro lado del círculo, responde Lisa Sutter:

—¿Qué más da?

—Eso no está bien —protesta una de sus amigas animadoras.

—Ella no está bien —replica Lisa.

—Eh, chicas. —Grace se aclara la garganta—. ¿Podemos intentar centrarnos en lo que nos une en lugar de en lo que nos divide? No vamos a llegar a ninguna parte si seguimos peleándonos entre nosotras.

—O acostándonos con los novios de las demás —murmura Lisa entre dientes.

Se abren cervezas nuevas y se estrujan latas vacías que se lanzan a los rincones del salón. ¿Cuántas de ellas se han comprado en el Quick Stop donde trabaja Spencer Klimpt? ¿Cuántas chicas reconocen la ironía de la situación?

—¿Dónde está Elise? —pregunta Rosina.

—Tiene una cita —responde una de sus amigas de *softball*.

—¿Se salta la reunión por una cita? —se sorprende Connie Lancaster—. ¿No va eso en contra de todo en lo que cree?

—Eh, vamos a alegrarnos por ella —comenta Rosina—. Si hay alguien que merece un poco de amor es Elise.

Melissa se apoya en ella con todo el cuerpo y a Rosina se olvida de cómo respirar.

Todas están sentadas. La habitación está a oscuras y los rostros de las chicas iluminados por la inestable luz de las velas y las linternas. Hay casi cuarenta chicas y están prácticamente unas encima de las otras.

—Oh. ¿Vamos a hacer una sesión de espiritismo? —dice alguien.

—¡Vamos a jugar a verdad o reto! —propone otra.

—Necesito comentar algo —anuncia Sam antes de que Grace tenga oportunidad de decidir qué va a decir a continuación—. Creo que tenemos que suspender la huelga de sexo.

—Solo estás excitada —se burla su amiga.

—No lo digo en broma. Yo nunca he querido hacer esta huelga. Desde el principio me pareció una mala idea.

—Pobrecita —sisea una chica que está claramente borracha—. ¿No tienes relaciones sexuales? Menudo problema. Al menos tú puedes acostarte con los chicos. Algunas de nosotras probablemente muramos vírgenes. —Su amiga intenta acallarla, pero no lo logra—. A mí nunca me han besado. Qué patético, ¿eh? Algunas puede que nunca tengamos novio.

—O novia —murmura alguien.

—Pero todas tenéis manos —replica Rosina—. Espero que sepáis usarlas. —Melissa se ríe a su lado.

—No se trata de eso —continúa Sam—. Creo que la huelga está enviando el mensaje equivocado. Estamos protestando por la violación, ¿no? Pero eso no tiene nada que ver con el sexo, sino con el poder y la violencia.

—Estamos protestando por muchas cosas además de por la violación —aclara Melissa—. Y, como has dicho, la violación tiene que ver con el poder. Con su poder físico sobre nosotras, con cómo usan su cuerpo para dominar el nuestro. Estamos reivindicando nuestro poder, ¿no? No permitiendo que tengan nuestro cuerpo.

—No estamos solo negando el sexo a los chicos —indica Sam—. Estamos negándonoslo a nosotras. Es como ir a una huelga de hambre porque nos están bombardeando con tomates. No tiene sentido. Seguimos sufriendo por ellos. Ellos siguen controlando nuestro cuerpo.

—Personalmente, no me parece que sea un gran sacrificio —comenta Connie—, pero yo no tengo novio, por lo que imagino que yo no estoy renunciando a mucho.

—Sam —habla Grace, que se sienta un poco más recta—, ¿qué propones que hagamos?

—No lo sé. Yo no sé cómo arreglar esto. Lo único que sé es que a mí no me parece bien.

—Pero no podemos retirarla sin más —se queja Rosina—. Eso sería como rendirse. Dejar que ganen.

—No —replica Sam—, estaríamos tomando nuestras propias decisiones. Ellos no tienen nada que ver con esto. Mira lo que hemos hecho hasta ahora, cómo han cambiado las cosas. Eso no tiene nada que ver con la huelga de sexo, sino con cómo nos apoyamos las unas a las otras. Nos defendemos y no aceptamos más tonterías. El sexo es también nuestro. El empoderamiento no es solo decir que no. ¿No es también obtener placer nosotras una forma de empoderamiento?

—Me parece que todavía no es el momento —opina Melissa.

—Estoy de acuerdo con todo lo que has dicho, Sam —indica Grace—. Creo que la mayoría de nosotras lo estamos. Pero, sinceramente, no sé si la gente va a escucharnos de otro modo. —Suspira y mira a su alrededor, disculpándose—. Parece que el sexo sigue siendo nuestra mejor herramienta para asegurarnos de que nos escuchan.

—Eso es una mierda absoluta —protesta Sam.

—Todo es una mierda —apunta Rosina.

—¿No os dais cuenta? —suplica Sam—. Estamos usando el sexo para conseguir lo que queremos. Estamos jugando según sus reglas. ¿Cómo va a estar eso bien?

La sala se queda en silencio. Nadie tiene respuesta, nadie tiene una solución.

Grace se aclara la garganta.

—Creo que lo que Margot haría ahora mismo sería pedir votos.

—Esa es su solución para todo. —Sam exhala un suspiro—. Pero decidir algo no hace que esté bien necesariamente.

—Es lo único que se me ocurre —continúa Grace—. Siento que no sea una solución perfecta, pero a menos que alguien tenga una idea mejor, creo que es lo único que tenemos ahora mismo. —Se aclara la garganta y mira a su alrededor—. ¿Tiene alguien algo que añadir antes de que votemos?

Todas se quedan calladas.

—Bien. Las que estéis a favor de mantener la huelga de sexo, levantad la mano.

El salón está lleno de manos, pero las caras que están pegadas a ellas están resignadas, sin entusiasmo.

—Las que se oponen —pide Grace.

Ahora hay muchas menos manos en el aire.

Sam se encoge de hombros.

—Valía la pena intentarlo.

—¿Sigues con nosotras, Sam? —pregunta Grace.

Sam esboza una sonrisa cansada.

—Por supuesto.

Y entonces algo cambia en el ambiente, un movimiento invisible. Los ojos siguen a otros ojos hasta que todos están concentrados en lo mismo. Lisa Sutter se levanta y recorre el salón para encontrarse con la figura que acaba de aparecer en la puerta.

—¿Abby? —pregunta Melissa Sanderson con los ojos muy abiertos, como si hubiera visto un fantasma.

Lisa permanece con aire protector al lado de la chica que se ha materializado de entre las sombras.

—¿Quién es? —le susurra Grace a Rosina.

—Abby Steward —responde con desagrado—. Se graduó el año pasado. Es una de las reinas de la mesa de los troles. Una chica cruel.

—Hola, Melissa —saluda la tal Abby—. Hola, Lisa. —Es guapa, pero tiene rasgos afilados, duros.

—Puede que sea una espía —protesta Erin—. ¿Y si es una espía? ¿Y si nos delata?

—¡Dios mío, Abby! —exclama una de las animadoras—. ¿Qué tal te ha ido desde la graduación?

—Bien —responde—. Voy a clase a Pasadena City College y trabajo en Applebee.

—Qué bien, me alegro de verte.

—Sí —responde Abby—. Claro.

—Si se pudiera morir asesinada por una conversación incómoda y sin fundamento —comenta Rosina—, estaría muerta ahora mismo.

—¿Por qué están todas tan raras? —murmura Grace.

—Abby es la exnovia de Spencer Klimpt —explica Rosina.

—No puedo quedarme mucho —señala la recién llegada, que retrocede medio paso hacia la puerta—. Lisa me ha hablado de vuestras reuniones y yo solo... quería pasarme para contaros algo.

Hay un salón lleno de chicas sentadas a los pies de Abby, mirándola, esperando.

La joven se quita algo de la uña.

—Bueno, ¿sabéis que salí con Spencer Klimpt casi todo el curso pasado?

Se apoya en la pared en un intento de parecer relajada, como si no pudiera importarle menos lo que está haciendo. Pero no sabe qué hacer con las manos; mete una en el bolsillo del abrigo, se aparta un mechón imaginario de pelo detrás de la oreja con la otra, luego se cruza de brazos. Se tapa la boca con unos dedos delgados y temblorosos, como si pudiera así ocultar las palabras, como si pudiera protegerse de lo que ha venido a decir.

—Era... bueno, era malo —admite al fin—. Muy malo. Creo que está loco. Creo que le gusta hacer daño a las chicas. —Levanta un momento la mirada con una dulzura sorprendente; de repente no es la chica mala y cruel que indica su reputación—. Era muy controlador, ¿sabéis? Siempre tenía que saber dónde estaba y con quién. Y a veces se ponía agresivo, violento. —Gira un anillo que tiene en la mano derecha. Mueve los ojos por el suelo, las paredes, el techo. Mira a todas partes, excepto a los ojos de las chicas—. No fue violación, ¿no? Porque yo era su novia.

—Fue violación —declara Lisa.

—Definitivamente fue violación —la apoya Melissa.

—La primera vez que lo hizo, lloré después —continúa Abby—. Me dijo que me callara y me dejó allí tumbada porque decía que lo estaba molestando. Cuando volvió a hacerlo, sabía que no debía llorar. Después, aprendí a no decir nunca que no.

Lisa se acerca a Abby y la rodea con el brazo. Ella se queda rígida, pero se lo permite.

—No se lo he contado nunca a nadie, solo a Lisa —admite Abby—. Lo he mantenido en secreto. Me volví muy buena a la hora de ocultar los moratones con maquillaje. —Lisa la abraza con más fuerza—. Pero ahora sé que tengo que hablar de ello —declara, alzando la mirada—. Me habéis inspirado, supongo. Supe que tenía que contároslo. Alguien tiene que hacer algo.

—Debes contárselo a la policía —dice Connie.

Abby se hace más pequeñita.

—No —responde—. No tengo pruebas. No creyeron a Lucy Moynihan, no van a creerme a mí. Yo era su novia. —Mira al círculo de chicas con ojos suplicantes—. Tenéis que hacer algo.

—Estamos intentándolo —indica Lisa.

—Eric Jordan es un cerdo que no tiene respeto por las mujeres —añade Abby—. Hará cualquier cosa para tener sexo. Y Ennis... no lo sé. Creo que solo sigue a Spencer y a Eric. Pero Spencer es malo. Muy malo.

El salón no podría guardar más silencio. No podría estar más tranquilo. Todas contienen la respiración, paralizadas por el peso de lo que tienen que hacer.

—Ya no creo que sea una espía —confirma Erin.

Y, con un movimiento del pelo, los ojos de Abby se tornan vacíos. Vuelve a ser la chica que la gente recuerda, una que nunca vendría aquí pidiendo ayuda. Se deshace del brazo de Lisa que tiene sobre el hombro.

—Me tengo que ir —indica.

—Espera, quédate con nosotras —le pide Lisa.

—No. —Abby se aparta de ella—. No os ofendáis, pero me he hartado de estar con niñas de instituto. —La carcajada que suelta es amarga, hiriente—. Solo quiero que ese capullo sufra. Así que buena suerte, imagino. Hacedle daño. —Y antes de que nadie sepa qué decir, Abby sale por la puerta y se marcha.

Los ojos del círculo parpadean, como si las luces se encendieran y se apagasen.

—Vaya —exclama alguien por fin.

—Ha sido intenso —comenta Sam.

—Menuda aguafiestas —añade la chica borracha.

Lisa Sutter se sienta y se lleva las manos a la cabeza. El salón parece de pronto más oscuro, más lleno de sombras.

—Tiene que contárselo a la policía —insiste Serina Barlow.

—No tiene que hacer nada —señala Melissa.

Trista y Krista están mirando un teléfono, sus rostros iluminados por el brillo poco natural.

—Es la número ocho, ¿no? —pregunta Trista.

—Parad, chicas, ya se siente bastante humillada —protesta Melissa.

—No me estoy riendo de ella, te lo juro —se defiende Trista—. Solo estaba pensando. Hay un par de chicas de la lista que tienen mal aspecto. Como la número seis: «Demasiado dopada como para decir mucho». O la número once: «Se emborrachó tanto que no pudo decir que no». Básicamente admite que las ha violado, ¿no? No sabemos quiénes son, pero si Abby fuera a la policía y reconociera que Spencer está detrás de las entradas, a lo mejor investigan lo que ha hecho a esas chicas. Abby ni siquiera tendría que contar lo que le ha hecho a ella, solo admitir que aparece en la lista.

El único movimiento en la habitación es un mar de ojos que van de un lado a otro. Los únicos sonidos son los de las paredes que se estremecen y los aullidos ahogados del viento en la calle, como si intentara entrar.

—Es una idea muy buena —admite Grace.

—Y hay muchas otras chicas —continúa Krista—. Si todo un grupo acompañara a Abby, la policía no podría mirar para otro lado.

Trista levanta la mirada del teléfono.

—Tal vez algunas de las chicas estén en este salón. —No puede resistirse y mira a Lisa Sutter. «Número doce: Aburrida y necesitada. Al parecer, ahora es capitana de las animadoras».

Todas las miradas están puestas en Lisa, esperan a que hable. Quieren que dé un paso al frente y se exponga a la humillación. Piden que sea valiente.

Pero lo que hace ella es alcanzar el bolso, ponerse en pie y salir de la habitación.

—¿Qué le pasa? —pregunta Serina Barlow.

—¿En serio? —se queja Melissa—. Estáis todas acosándola para que admita que aparece en esa lista, ¿y os sorprende que se enfade?

—¿Quién la estaba acosando? —replica Serina—. Nadie ha dicho su nombre.

—No ha hecho falta.

—¿Sabéis qué? Lisa tendría que sentirse mal. Tiene el poder de arrinconar a Spencer por todas las cosas malas que ha hecho, ¿y le preocupa más la vergüenza? Todas sabemos que ella es el número doce. Cuanto más tiempo esté él ahí fuera y no en la cárcel, más chicas sufrirán daños. ¿Y esas otras qué? ¿La seis y la once? Tiene que ir a la cárcel por lo que les hizo.

—Pero ¿quién sabe qué quieren ellas? —insiste Melissa.

—Está claro que quieren justicia —contesta Serina.

—No podemos darlo por hecho. No podemos dar por hecho que quieren que lo sepa la gente. No podemos dar por hecho que quieren hablar con la policía o testificar en un juicio.

—Tonterías —continúa Serina—. Tienen que hacerlo.

—No podemos forzar a nadie para que hable de su violación. —Melissa mira a su alrededor y sus ojos se detienen en Erin, silenciosa y encorvada, atrapada dentro de su misterioso dolor—. Ya las han forzado a hacer algo que no querían.

Rosina sigue la mirada de Melissa hasta Erin, hecha un ovillo a su lado.

—¿Erin? —susurra.

—Pues estamos jodidas —protesta Serina—. No podemos hacer nada.

Rostros lúgubres en la habitación.

Erin es inalcanzable.

—Eso no es cierto —interviene Grace—. Miradnos. Mirad lo que estamos haciendo. Ya estamos cambiando las cosas.

—¿Qué está cambiando? —pregunta Serina—. A Lucy la violaron. Esos capullos siguen libres. No estamos haciendo nada.

—Estas reuniones ya son algo. Estamos cambiando nosotras.

—Estamos cambiando la cultura de Prescott —coincide Melissa.

—Erin —musita Rosina—. ¿Quieres irte?

—Pero ya ni siquiera hablamos de Lucy —continúa Serina—. Apenas hablamos de Spencer, Eric y Ennis. ¿No son ellos la razón por la que esto comenzó?

Sin pensar, Rosina posa la mano en la espalda de Erin. En una décima de segundo, esta estalla y mueve los brazos, golpeándola.

—¡Madre mía, Erin! —se queja, y se frota el brazo. Para cuando Rosina se pone en pie, Erin ya va camino de la puerta.

—Y no podemos olvidarnos de las chicas que no están aquí —comenta Sam Robeson—. Las que aún no están luchando. Tenemos que luchar por ellas.

—¿Qué hacemos entonces? ¿Cómo las ayudamos? —indica Melissa.

—Podemos organizar una clase de autodefensa —propone Connie Lancaster—. Podemos reunir dinero y contratar a alguien para que nos enseñe.

—Es buena idea —coincide Sam—. Deberíamos de hacerlo.

Rosina sale de la habitación detrás de Erin. Lo último que escucha es a Serina decir: «Sí, pero sigue sin ser suficiente».

Rosina tarda un instante en adaptar la visión a la oscuridad de la calle. El viento ha dado paso a un aguacero. El mundo más allá del refugio con goteras del porche es un muro de agua sólido.

—¿Erin? —la llama con tono suave—. ¿Dónde estás?

Oye madera crujir. Busca con la linterna hasta que la luz la encuentra, sentada en una caja vieja en las sombras, al fondo del porche, meciéndose con un ritmo que solo ella puede oír.

Erin se lleva la mano a los ojos.

—¿Podrías no apuntarme con eso?

—Lo siento —se disculpa Rosina y apaga la linterna—. ¿Estás bien?

—Sí.

—No lo parece.

—Tienes derecho a tener tu opinión.

—¿Podemos hablar?

—¿Por qué no te vas y hablas con tu animadora?

—Erin, ¿qué te pasa?

—Nada

Cuando Rosina se acerca, nota que Erin se encoge.

—Venga —insiste—, casi te hundes en las dos últimas reuniones.

—Ya sabes que no me gustan los grupos grandes de gente —responde Erin, mirando la lluvia—. A veces necesito estar a solas.

—No creo que sea eso. Es algo más. —Se queda callada, esperando, pero Erin no dice nada—. Estaban hablando de algunos temas. De sexo. De violación. Esos temas te han afectado. —Se acerca un paso más con vacilación—. Puedes contármelo, soy tu mejor amiga.

Erin se pone en pie y empieza a recorrer todo el ancho del porche.

—¿Y qué pasa con lo que ha dicho tu animadora? ¿Sobre no forzar a la gente a hablar de ello?

—Quiero ayudarte. Yo...

Erin se detiene de repente delante de Rosina. Todo el cuerpo le está temblando.

—¡No es asunto tuyo! —grita—. ¿Por qué piensas que todo lo que tiene que ver conmigo es asunto tuyo? —Empieza a moverse de nuevo, más rápido esta vez, con las manos en el aire—. Eres como mi madre, te crees que puedes encargarte de mis sentimientos. Crees que soy una inútil.

—Lo lamento. Eso no es lo que...

—No necesito tu ayuda —brama con voz áspera—. Puedo cuidar de mí misma.

—Ya sé qué puedes.

—¡No me subestimes!

—Erin...

—Vete —le pide, y regresa a las sombras de la esquina del porche—. Déjame en paz. No te necesito, no quiero que estés aquí.

No existen palabras para lo que Rosina está sintiendo, no hay respuesta a lo que ha dicho Erin. Podría pensar que es el estrés lo que está hablando ahora mismo, que reacciona así porque está asustada, que no habla en serio. Pero Rosina sabe que existe algo detrás del enfado de su amiga, algo horrible, y nota una presión inmensa en el interior del pecho que se aferra a la garganta como una mano para estrangularla.

—De acuerdo —consigue pronunciar—. Me voy a casa andando. Tú te puedes ir con Grace.

Sale del porche y se moja de inmediato. No se da la vuelta, no espera una respuesta de Erin. Tiene razón, no necesita a Rosina. Nadie la necesita.

Da gracias por la lluvia, por poder concentrarse en el sonido y la sensación de esta en su cuerpo, el peso añadido a la ropa, la humedad en la piel. No enciende la linterna mientras se aleja, a pesar de que la luna está cubierta por las nubes pesadas y no hay farolas cerca, a pesar de que la carretera está descuidada y tiene rocas, a pesar de que los árboles son altos y espesos y un poco aterradores. Rosina no intenta luchar contra la oscuridad. Si no puede ver, entonces tiene que estar más pendiente del entorno. Tiene que usar todos sus recursos simplemente para seguir caminando. Tiene que concentrarse en avanzar, en sobrevivir. Y cuando te concentras en sobrevivir, no queda espacio para el dolor.

«Estás sola —le dice la oscuridad—. Nadie te quiere».

La lluvia es muy ruidosa, aunque Rosina se echara a llorar nadie la oiría. La noche está tan oscura y ella tan mojada que, aunque le corrieran lágrimas por las mejillas, nadie las vería.

Más de tres kilómetros después, no hay nada en Rosina que esté seco. Tiene cuidado de limpiar el charco que deja cuando se quita la ropa en el salón. Se esfuerza por permanecer invisible. Por no dejar huella. Por no darle a mami nuevas razones para enfadarse otra vez.

La casa está en silencio. Mami y la abuelita están dormidas en sus habitaciones. Rosina y su madre apenas han hablado desde la pelea del pasado fin de semana, solo para lo estrictamente necesario. Saca la basura. El pedido de la mesa cuatro está listo. Ayuda a la abuelita con el baño.

Rosina no sabe qué es peor, si esta guerra fría silenciosa o las peleas esporádicas con gritos agudos. Al menos las peleas se terminan pronto. Siempre tienen un fin, se vuelven cenizas. Pero esto, sea lo que sea, parece un fuego lento, un dolor constante. Hay una voz dentro de su cabeza, tan suave que parece más bien un mensaje subliminal que se repite, una canción fúnebre: «Ya ni siquiera eres tan importante como para que te griten».

Grace.

—Dios mío, chicas —exclama Connie Lancaster—, no os vais a creer lo que he oído. —Es lunes por la mañana y el timbre para la hora de Tutoría no ha sonado aún. Connie ya está lista para los cotilleos—. Un grupo de chicas ha creado un club feminista en el instituto East Eugene y los chicos se están uniendo.

—Es estupendo —responde Grace.

—Pero lo mejor es que —Connie se inclina hacia ellas— se llaman a sí mismas Las chicas de ninguna parte.

Grace nota algo en la garganta, una mezcla de gratitud y de orgullo. Un atisbo de amor.

Suena el timbre.

—Atención, por favor —resuena la voz de Slatterly en el altavoz antes de que a la clase le dé tiempo siquiera a sentarse.

—Esto va a ser interesante —comenta Connie.

—Me agrada anunciar que la administración ha conseguido un progreso significativo en nuestra misión de desenmascarar a las responsables de perpetrar la actividad de Las chicas de ninguna parte.

—¿Perpetrar? —repite Allison—. ¿Es una broma? ¿En serio ha usado esa palabra?

La emoción de Grace se estrella contra el suelo. Con fuerza.

—Nuestros consejeros técnicos han rastreado con éxito la correspondencia y han identificado a varias personas de interés.

—Mierda —exclama Connie.

—¿Pueden acudir las siguientes personas a la secretaría de inmediato?

Grace cierra los ojos. Ya no recuerda cómo respirar.

—Trista Polanski —anuncia Slatterly.

—Oh, no —se lamenta Allison.

—Elise Powell —continúa Slatterly.

Las deportistas de la primera fila estallan en carcajadas.

—Menuda sorpresa —se burla una de ellas—. Bollera asquerosa.

—¡Que os jodan! —les grita Connie desde el otro lado del aula.

—Ese lenguaje —les reprende Baxter sin mucho entusiasmo. Está retrepado en la silla, prácticamente sonriendo. Esta es su primera victoria de la temporada.

—Y Margot Dillard —concluye Slatterly. Incluso en el altavoz, a Grace le parece oír algo parecido a la pena en la voz de la directora.

—Madre mía —se burla uno de los troles—. ¡La reina Margot ha caído! —Los chicos están fuera de sí. No han estado tan felices en semanas.

—Dios mío —musita Allison y empiezan a formársele lágrimas en los ojos—. Margot no.

A Grace ya se le están saltando las lágrimas.

—¿Qué vamos a hacer? —pregunta Connie.

«¿Qué hemos hecho?», piensa Grace.

Los rumores se extienden. Algunos dicen que han expulsado una semana a las chicas. Otros que las han echado, arrestado incluso. Se rumorea que han echado a Elise del equipo de *softball* y que va a perder la beca para la Universidad de Oregón; han descalificado a Margot de Stanford; van a enviar a Trista a una especie de internado en el que hacen cosas como «convertir» a los chicos homosexuales. Es imposible encontrar la verdad entre tantos rumores.

—He intentado llamar a Margot y a Elise —comenta Melissa a la hora de la comida—. Me sale el contestador. ¿Habéis hablado con Trista?

Krista apenas puede negar con la cabeza. Está inconsolable, lleva llorando desde la hora de Tutoría.

—Margot ni siquiera asistió a la primera reunión —indica Grace—. No tiene sentido. ¿Por qué ella?

—Escribieron a la dirección de correo electrónico de Las chicas de ninguna parte —responde Erin—. Así es cómo han debido de identificarlas los técnicos informáticos. —Todas la miran, todas excepto Rosina—. Puede —añade—. No lo sé. Es una teoría.

—¿Y eso es todo? —se queja Melissa—. ¿Envían un correo y ahora se convierten en la cabeza de turco? Es ridículo, eso no puede ser legal.

Rosina y Erin están sentadas en sus sillas de siempre, una al lado de la otra, pero no han hablado; ni siquiera se han mirado. Grace no sabe casi nada de lo que pasó entre ellas el sábado por la noche, solo que salió después de la reunión y vio a Erin sola, paseando por el porche y llorando. Lo único que esta le contó fue que se habían peleado y que Rosina había decidido ir andando a casa, bajo la lluvia. Permaneció en silencio el trayecto a casa mientras miraba por la ventanilla y, según las sospechas de Grace, buscaba algún rastro de Rosina.

—Esto es una mierda —exclama Melissa—. Mirad a Ennis ahí sentado. Otra vez cree que es seguro aparecer delante de la gente.

—¿Qué vamos a hacer? —se lamenta Krista—. Tenemos que ayudarlas.

—¡Eh, guarras! —grita un chico desde la mesa de los troles—. ¿Cómo va vuestra revolución?

—¿Habéis descubierto a algún violador últimamente? —pregunta otro y la mesa estalla en carcajadas.

Las chicas no dicen nada. Ni siquiera Rosina tiene fuerzas para responder.

Grace mira a Rosina hasta que esta le devuelve la mirada, pero no se transmiten nada aparte de miedo.

En las tres horas entre el almuerzo y el fin de las clases, Grace vive una especie de regresión. Viaja atrás en el tiempo hasta una versión de sí misma preRosina, preErin y preChicas de ninguna parte. El miedo es capaz de hacer eso con una persona. El miedo puede hacer de todo.

No hay nada más desolador que el miedo. En el lenguaje de Grace, es lo opuesto a la fe. Es cuando más necesitas a Dios.

Pero Grace no puede pensar en Dios ahora mismo. Está atrapada dentro de sí misma con la vergüenza, los secretos. Ha sido ella quien lo ha hecho. Ella ha provocado este lío. Están castigando a gente buena y es por su culpa. Están arruinando tres vidas porque una donnadie quería ser alguien, porque el orgullo se interpuso en el camino de una buena oveja que no era más que una oveja.

¿Por qué pensaba que podría cambiar algo? ¿Qué le hizo pensar que podría cambiar ella? La gente no puede cambiar. Es una mentira para que los terapeutas y los predicadores conserven su trabajo. No debería de haberse preocupado. Tendría que haber seguido con la cabeza gacha, haberse mantenido invisible en medio de la manada a la que pertenece, donde siempre ha pertenecido, entre las demás ovejas, con las otras chicas invisibles.

Tendría que haber pintado encima de las palabras de la pared de su habitación en cuanto las vio. No debería haberse aprendido el nombre de Lucy Moynihan.

Grace quiere retroceder y volver a sentirse vacía. Estar vacía no hace tanto daño. No hay riesgos cuando no eres nadie. No tienes nada que perder cuando no tienes nada.

Vacío. Lo que Grace desea es vacío.

Pero ¿dónde puede encontrarlo? La casa no está vacía. ¿Es a su madre a quien Grace ve por la ventana de la cocina? ¿Está hirviendo agua para preparar té? ¿O es otro fantasma, otra fantasía provocada por el dolor?

Valora la idea de darse la vuelta. Podría ir a uno de los lugares que han hecho suyos las chicas: la casa piloto, la vieja mansión Dixon, el almacén vacío, el sótano de la biblioteca. Pero, como de costumbre, es demasiado lenta. Su madre levanta la mirada y la ve por la ventana. Una sonrisa se abre paso en su rostro, el tipo de sonrisa que tanto deseaba Grace, una mirada en su dirección, una mirada que indica que la ve, y de repente necesita llenar esa casa no vacía con ella. Quiere ser la hija de su madre, nada más.

—Hola, cielo —la saluda cuando entra en la cocina—. ¿Quieres una taza de té?

Grace quiere decir que sí, pero se echa a llorar. Su madre la rodea con los brazos de inmediato y no con los brazos de la pastora. Grace vuelve a ser una niña, antes de que todo cambiara, antes de toda esta preocupación, empatía y crecimiento, y por un breve instante ya no siente miedo.

—Gracie —dice su madre y la lleva al sofá. Por un momento, el amor la vuelve valiente y piensa que, si echas de menos a alguien, tienes que decírselo. A lo mejor si quieres algo, tienes que hacer algo al respecto en lugar de sentir pena por ti misma.

—Te echo de menos, mamá —admite.

—Yo también te echo de menos, cariño. —Ahora también está llorando su madre—. Lamento mucho haber estado tan ocupada. No he estado a tu lado.

—Todo está cambiando. Todo mi mundo cambia.

—Lo sé —responde—. Lo sé. Pero estoy aquí, sigo aquí. Te lo prometo. —Mece a Grace entre los brazos y se convierte en algo a lo que la chica puede aferrarse, algo sólido, familiar y suyo.

—¿Podemos hacer algo? —sugiere Grace—. Solas tú y yo.

—Una cita para cenar.

—¿Cuándo?

—Esta noche. Voy cancelar la reunión en la iglesia. Donde tú quieras.

¿Tan fácil era? Todo este tiempo que ha echado de menos a su madre, ¿lo único que tenía que hacer era decir algo? Todo este tiempo queriendo, ¿solo tenía que preguntar? Piensa en cuánto ha perdido por esperar que las cosas lleguen a ella, por permanecer demasiado asustada para intentar algo, demasiado asustada para presentarse y expresar sus deseos. Como si tuvieran que ser los demás los que supieran las cosas, como si ellos guardaran el secreto de la voluntad de Dios. Como si Dios también hablara por ella.

Grace decide que está harta y cansada de esperar. El miedo no se ha esfumado, pero titubea. El amor ha conseguido esto, el amor le ha conferido la necesidad, y luego la fe, de abrir la boca y arriesgarse a hablar. Puede que esa sea su oración. Ha hablado con su madre y le ha pedido ayuda, y Dios ha respondido por ella.

Rosina.

Rosina se sienta en el asiento del copiloto del vehículo de Melissa Sanderson. Justo al lado de ella. En su automóvil. Las piernas de ambas están separadas por unos centímetros.

—Me parece raro que salgamos, así como así mientras Margot, Elise y Trista están metidas en semejante lío —comenta Melissa cuando sale del aparcamiento del instituto.

«Y mientras mi mejor amiga y mi madre me odian», piensa
Rosina.

—Ojalá pudiéramos hacer algo por ellas —prosigue Melissa.

—¿Quieres que lo cancelemos? Podemos quedar otro día.
—Por un momento odia que esas tres chicas le arruinen la primera posible cita con la chica de sus sueños. Odia a mami y a Erin
por infiltrarse en sus pensamientos.

Melissa mira a Rosina y esboza una sonrisa embriagadora.

—Claro que no.

—Mantén la mirada en la carretera, señorita —le exige, sobre
todo para que no vea la sonrisa boba que no puede reprimir, a
pesar del fango tóxico que le borbotea en el pecho.

—¿Qué hacemos? —pregunta Melissa—. ¿Adónde vamos?

—Podemos ir a mi casa —propone Rosina—. No hay nadie.

—Perfecto. Resulta que sé dónde está.

Los pocos segundos de silencio que se producen son demasiados para Rosina. Tiene que llenarlos.

—Así que, eh... ¿te gusta el fútbol?

Melissa se ríe.

—Me encanta. Seguramente te parezca estúpido.

—Me sorprende. Y me gustan las sorpresas.

—¿Puedo contarte algo? Tienes que prometerme que no vas a reírte.

—Lo intentaré. Te prometo que lo intentaré.

—Lo que más deseo en el mundo es convertirme algún día en periodista deportiva. Me gustaría hacer el programa *Monday Night Football*.

—Vaya —exclama Rosina—. Eso es... muy sorprendente.

—¿Tú qué quieres hacer?

—No tengo ni idea. —No piensa admitir que su sueño es ser una estrella del *rock*.

—Creo que me gusta tanto el fútbol porque a mi padre también le gusta —admite Melissa—. Soy hija única, así que mi padre ve los partidos conmigo y me lleva a los recreativos. El fútbol es lo nuestro, siempre lo ha sido. En las escaleras de casa hay una serie de fotos en las que salgo a diferentes edades desde que nací y en todas aparezco con un balón. Recién nacida, con tres meses, con seis meses, y sigue hasta los diez años.

—Me resulta al mismo tiempo adorable y un poco demente.

—Lo sé, pero me encanta.

—Me parece que la cocina era lo que supuestamente tendríamos que compartir mi madre y yo —explica Rosina—. A ella le encanta, es muy buena y siempre está intentando enseñarme. Pero yo la odio. Odio la comida mexicana. Odio la comida de Oaxaca. Odio las habichuelas y el maíz. Odio las tortillas. Me niego a ir a la iglesia y me gustan las chicas, así que, básicamente, soy la peor hija mexicana de la historia. —¿Por qué de repente le entran ganas de llorar?

—Seguramente la peor no.

—¿No?

—Tal vez la segunda peor.

Rosina sonríe. Con lo nerviosa que está y la lástima que siente por sí misma, hablar con Melissa le resulta extrañamente sencillo.

—¿A qué se dedican tus padres? —pregunta Rosina—. ¿En qué trabajan?

—Mi madre es maestra en una guardería.

—Seguro que por eso eres tan amable.

—Mi padre se dedica a algo con lápices.

—¿Lápices?

—Sí, distribución de lápices.

—Vaya.

—Dirige una empresa de distribución de lápices.

—¡No!

—¡Sí!

—Es fascinante.

—Y que lo digas.

Recorren el resto del trayecto hasta la casa de Rosina con una sonrisa en el rostro.

Hace una semana desde que la prima Lola se encarga de la tarea de niñera, pero Rosina sigue sorprendiéndose cuando entra a su casa vacía y tranquila después de clase en lugar de al caos de la casa de sus tíos. A pesar de no tener ni una pizca de fe, no puede evitar murmurar un «Gracias, Señor» silencioso cuando cierra la puerta al entrar.

Hubo bastante menos derramamiento de sangre de lo que esperaba cuando dejó de hacer de niñera. A sus tías no les importaba quién se encargara de sus hijos siempre y cuando se pudiera confiar en ella y, lo más importante, ellas quedaran libres. Al menos hay una ventaja en el silencio de su madre, ella no se involucró en el asunto. Lo único que tuvo que hacer Rosina fue prometer a Lola que le pagaría quince dólares la tarde por ocupar su lugar, lo que supone prácticamente todas las propinas de una noche de trabajo, pero era un precio bajo por la libertad.

Y ahora mismo la nueva libertad de Rosina tiene el aspecto de Melissa Sanderson en su casa, sin supervisión de nadie, toda la tarde hasta el turno del restaurante, cuando tendrá que fingir que no acaba de pasar las últimas dos horas con la chica más guapa del mundo.

—¿Dónde está tu abuela? —pregunta Melissa—. Es adorable.

—En la casa de al lado, la de mis tíos. Mi prima la está cuidando. Antes era trabajo mío, pero lo he dejado.

—Tienes muchos trabajos.

—Es la sutileza del año.

Se quedan en la entrada de la casa, que es idéntica a la de al lado, con el salón abierto a la izquierda, el comedor y la cocina a la derecha. Tienen el abrigo todavía puesto y las mochilas en los hombros. Rosina se da cuenta de que no tiene ni idea de qué hacer.

—Eh... ¿tienes hambre? ¿Quieres beber algo?

—Estoy bien —responde Melissa, que mira el cuadro de colores brillantes de la virgen de Guadalupe que cuelga encima de la mesa del comedor.

—No me juzgues —le pide Rosina.

—¿Por qué?

—Por eso.

—¿Por qué iba a juzgarte? Es bonita.

—Es muy... católica.

—¿Y qué tiene de malo?

Rosina le mira la cara en busca de alguna señal de sarcasmo. ¿De verdad es así siempre? ¿Tan abierta? ¿Tan positiva?

—No es que tengan muy buena opinión sobre la gente como yo —admite Rosina. «¿O como tú?», le gustaría decir. Hay muchas cosas que le gustaría decir.

—Seguro que no todos los católicos son tan cerrados de mente.

Rosina se encoge de hombros.

—¿Quieres ver la televisión?

—¿Puedo ver tu dormitorio?

—Claro. —Casi se atraganta al responder—. Sí.

Está llevando a la chica más guapa del mundo a su habitación. Debería de estar encantada, emocionada, debería de sentir todas esas sensaciones románticas clichés es los adolescentes, pero mientras suben las escaleras estrechas hasta la segunda planta, la felicidad y los nervios se ven interrumpidos por pensamientos sobre Erin, que no levantó la mano en la reunión en la que Grace preguntó quién era virgen, que parecía muy asustada, que se cerró en sí misma, que siguió encerrada, que estaba llena de dolor y se negó a compartir nada, que Rosina no puede arreglar la situación, que Erin ni siquiera le permitiría intentarlo. Y Erin la dejó en vergüenza por ese motivo, como si desear ayudarla fuera algo malo. Ella haría cualquier cosa por su amiga, ¿por qué está mal eso?

¿Así es como mami quiere que se sienta con respecto a la familia? ¿Ese tipo de altruismo que la haría hacer cualquier cosa por ellos? ¿Puede el amor ser igual que el deber y la obligación, unas palabras que hacen que se ponga furiosa y que quiera presentar batalla?

¿Se puede forzar el amor? ¿Puede alguien sentirlo por remordimiento? ¿Sigue siendo amor si te agobia? ¿Eso es lo que está haciéndole ella a Erin? ¿La está agobiando con su amor igual que mami y su familia la agobian a ella? ¿Por eso la ha apartado Erin de su lado?

—Vaya, tu habitación es estupenda —exclama Melissa.

—Gracias. —Rosina hace acopio de toda la fuerza que tiene para regresar a este momento.

«No la merezco —piensa—. No merezco a esta chica tan perfecta».

—¿Qué grupos son esos? —pregunta Melissa—. No conozco a ninguno.

—Son pósteres *vintage* que compré en una tienda de Eugene. La mayoría de los grupos ya no existen. Eran de la década de los noventa. Ese es Bikini Kill. Heavens to Betsy. L7. The Gits. Sleater-Kinney es el mejor, tengo todos sus álbumes. Y siguen vivos. No solo tenían actitud, también son músicos con mucho talento.

—Parecen todos muy... feroces —observa Melissa.

—Lo son.

—Como tú.

Rosina abre la boca, pero no pronuncia palabra alguna. Melissa sonríe.

—¿Tocas la guitarra? —Acaricia con los dedos las cuerdas de la guitarra acústica de Rosina, que está apoyada contra la cama.

—Sí —responde con la esperanza de que Melissa no la vea estremecerse—. También canto. Escribo canciones.

—¡No lo sabía!

—No es que me pase el día hablando del tema.

—¿Por qué no? Es increíble.

—Es personal, supongo.

Melissa se quita el abrigo y los zapatos y se sienta con las piernas cruzadas en la cama. Rosina murmura un segundo «Gracias, Señor» silencioso por haber hecho esta mañana la cama.

—¿Puedes tocar una para mí? —le pide—. ¿Una de tus canciones?

—No —responde Rosina de inmediato.

—¿Por qué no?

—Nunca las he tocado delante de nadie.

—Hay una primera vez para todo. Quieres tocarlas para la gente algún día, ¿no?

—No lo sé.

—¿En serio? ¿Escribes canciones solo para ti?

Rosina esboza una sonrisa. Por supuesto que no. Las escribe para cantar a pleno pulmón en un escenario delante de un público lleno de gente que la adore.

—De acuerdo, pero sé amable —cede.

—Yo siempre soy amable. —Y es verdad.

Rosina toma aliento, alcanza la guitarra y se sienta en la cama, al lado de Melissa. Empieza con un punteo de guitarra de su canción más reciente. Suena su voz susurrante, con una melodía que parece una canción de cuna cruzada con música fúnebre, bonita pero intensa, con una letra que alude a un pájaro atrapado, enjaulado. Las notas de la guitarra se convierten poco a poco en rasgueos, la voz de Rosina estalla en un lamento. Sus pensamientos oscuros se disuelven, mami y Erin se marchan. Canta acerca de una huida, un vuelo. La música vibra dentro de ella y sacude la habitación. Su voz, sus palabras, son sus alas.

Cuando ha terminado, suelta la guitarra y mira a Melissa. Aquí está la mirada que imaginaba mientras escribía en secreto las canciones. Aquí está el público con el que soñaba cada noche mientras cantaba a solas. Aquí está el amor, la adoración. Delante de ella hay alguien emocionado, con lágrimas en los ojos.

—Di algo —le pide.

—No puedo.

—¿Tan mal ha estado?

—Dios mío, no. —Melissa le toma las manos—. Ha sido posiblemente lo más emocionante que he escuchado en mi vida.

Rosina aparta la mirada. Su sonrisa ocupa toda la habitación.

—¿Por qué no actúas? —pregunta Melissa—. ¿Por qué no tienes un grupo?

Rosina se encoge de hombros.

—Es una locura. Tienes que dejar que la gente te escuche. Tienen que escucharte.

—Puede que algún día.

—Pronto. Por favor.

—De acuerdo.

Sus sonrisas no pueden ser más grandes. La mirada de Melissa no puede ser más profunda. El espacio entre ellas se encoge y el resto de la habitación desaparece hasta que solo existe esta cama y estas dos chicas y sus corazones fuertes latiendo en el pecho, deseando que sus cuerpos se acerquen para latir al unísono, para latir juntos, para hacer música.

De pronto Rosina cae en la cuenta de que llevan todo este rato tomadas de la mano y baja la mirada para mirar sus dedos entrelazados. Piensa que este es el punto en que, normalmente, diría algo sarcástico, algo que disipara la intensidad del momento, que lograra que Melissa pensase que no le importa, que no se diera cuenta de que se está convirtiendo en gelatina, desde el punto en que sus dedos descansan en la suave palma de la mano de ella, subiendo por el brazo, el pecho, el corazón, y temiendo que este instante se afee en cualquier momento. El deseo se parece mucho al dolor. Podría convertirse en un monstruo, en una criatura con garras, y emerger de su pecho con la desesperación de aferrarse a cada parte de esta chica preciosa que tan solo está a unos centímetros de distancia.

Pero Rosina guarda silencio. Deja que el momento perdure, aunque no levanta la mirada, no puede mirar a Melissa a los ojos, no puede permitir que ella vea los colores neón de sus ojos que le dejarán claro lo que tanto teme Rosina que se sepa.

Pero entonces nota un suave toque en la barbilla que la levanta con suavidad. Y dos ojos que resplandecen con el mismo anhelo, dos labios suaves y abiertos, y de pronto el mundo es demasiado bonito como para sentir miedo.

Grace.

Grace se pregunta si esto es lo que se siente cuando tienes una cita: nervios y emoción, esperanza, pero un poco de temor porque la noche no esté a la altura de sus expectativas. Mientras ella y su madre se dirigen en automóvil a la cena, se le cuelan pensamientos de Jesse Camp en la cabeza, lo fácil y agradable que fue hablar con él esa primera vez en la iglesia, y después la sensación extraña y exagerada cuando lo vio sentado con Ennis Calhoun a la hora del almuerzo, como si la hubiera traicionado personalmente; los dos sentimientos se mezclan en su interior cada vez que lo ve. Se pregunta cómo sería tener una cita con él, que fuera Jesse quien estuviera en el asiento del conductor en lugar de su madre.

—¿Entonces la familia de tu amiga es la propietaria del restaurante al que vamos? —pregunta la mujer.

—La madre de Rosina es la jefa de cocina. Y esta noche trabaja Rosina, así que vas a conocerla.

—¡Qué bien! —exclama y parece emocionada de verdad—. Estoy deseando conocer a una de tus amigas nuevas. Y he escuchado opiniones muy buenas de este lugar.

Lo dice como si fuera lo más normal del mundo, piensa Grace. «Una de tus amigas nuevas». Como si no se tratara de un milagro.

Rosina las ve en cuanto ponen un pie en el restaurante.

—¡Gracie! —la llama y corre a darle un abrazo.

—¿Gracie? —se extraña Grace. «¿Un abrazo?». A Rosina le pasa algo.

—¿Es tu madre?

—Hola, Rosina —saluda la mujer—. Encantada de conocerte.

—Lo mismo digo, señora Salter —responde ella, estrechándole la mano—. ¿O tengo que llamarla pastora Salter?

—Puedes llamarme Robin. —Se echa a reír.

—¿Dónde queréis sentaros? —pregunta Rosina—. Los bancos son cómodos.

—Un banco sería perfecto —responde la madre de Grace.

Mientras Rosina las conduce hasta su mesa, le susurra a Grace:

—¿Sabes quién ha venido a mi casa después de clase?

—¿Melissa?

—¡Sí!

—Estás extasiada.

—¡Lo sé!

—Es perturbador lo feliz que estás.

—Mi madre lleva toda la noche gritándome ¡y me da igual!

Rosina las sienta y toma nota de las bebidas para retirarse bailando a continuación.

—Es dulce —comenta su madre.

Grace no puede evitar reírse por la descripción.

—Normalmente es mucho más gruñona. Pero creo que está enamorada.

—Qué bonito. ¿Y tú qué, Gracie? ¿Te ha llamado alguien la atención?

—Eh, no —responde, aunque puede que esté mintiendo un poco.

—Está bien tener citas, ¿de acuerdo? Ya sé que la cultura en Adeline era un poco retrógrada con este tipo de asuntos. Pero que sepas que a tu padre y a mí nos parece bien. Siempre y cuando él te trate bien.

—Apuntado —contesta ella y rebusca en el cerebro algo que decir para cambiar de tema.

—O... ¿ella?

—Él, mamá —aclara—. Pero gracias.

—Cielo, ¿hay algo que quieras saber? ¿Sobre las citas? ¿Sobre... la intimidad? Ya sabes que podemos hablar de esos temas.

—No. Gracias, estoy bien. —Lo que de verdad desea decir es ¿cómo esperas que hable de estas cosas cuando últimamente no hemos hablado de nada?

Rosina regresa con una bandeja con patatas fritas y vasos de agua en una mano y tirando con la otra de la manga de una mujer que tiene detrás y que debe de ser su madre. La mujer es quince centímetros más baja que Rosina y mucho más rolliza por la zona media, tiene el pelo negro recogido en un moño cubierto por una redecilla y su rostro es una mezcla de vacilación y sorpresa mientras su hija la arrastra por el restaurante.

—Ella es mi madre —anuncia—. María Suárez.

La madre de Rosina se limpia las manos en el delantal y sonríe con timidez.

—Me alegro de conoceros —dice con voz aniñada. ¿Esta es la malvada tirana de la que siempre está quejándose Rosina?

—Hola, señora Suárez —la saluda Grace—. Yo soy Grace, encantada de conocerla.

—Hola, Grace. —Esboza una sonrisa—. Encantada de conocerte yo también. —Parece que lo dice de verdad.

—Yo soy la madre de Grace, Robin —se presenta la mujer y extiende el brazo para estrecharle la mano.

—Gracias por venir al restaurante —indica la señora Suárez.

—¿Ves, mami? —le dice Rosina—. Grace es una chica completamente normal y una buena influencia. —Las dos madres e hijas se echan a reír.

—Rosina también es una buena influencia para mí —apunta Grace.

—Lo dudo —replica su madre con un punto de descaro como el de su hija.

—¡María! —la llama un hombre desde el fondo del restaurante.

—El tío José —indica Rosina, poniendo los ojos en blanco.

—Tengo que regresar a la cocina —anuncia la señora Suárez—. Me alegro mucho de conocerte, Grace. ¿Y señora...?

—Puedes llamarme Robin.

—Encantada, Robin. Espero que disfrutéis de la comida.

Rosina se aleja con su madre y Grace no puede evitar sonreír al imaginarla de pequeña con coletas y con ese mismo fuego, pero en un cuerpo mucho más menudo y menos coordinado.

—Parece que has encajado muy bien aquí —comenta su madre.

—Sí, creo que sí.

—Estoy orgullosa de ti, cariño. Ya sé que las cosas acabaron mal en Adeline, con tus amigas.

Grace nota el picor de unas lágrimas repentinas en los ojos, pero se encoge de hombros fingiendo indiferencia.

—La gente puede ser muy cruel y estrecha de miras cuando se encuentra con cosas que no entiende. —Se queda un momento callada y baja la mirada. Alisa la servilleta que tiene en el regazo—. Quiero que sepas que lo lamento. Has sufrido por algo que hice yo. No fue justo para ti, ojalá hubiera sido distinto.

—Recibiste la llamada —indica Grace—. Tenías que responder.

—Es verdad. —Su madre sonríe—. Pero te estoy arrastrando a ti conmigo, ¿no? Nunca te pregunté si querías acompañarme.

—Estuve mucho tiempo enfadada contigo —admite Grace. Siente algo distinto en el cuerpo. Tiene los huesos más duros, la sangre más espesa—. Pero ahora creo que tal vez sucediera por una razón. Por ti, por supuesto. Pero también por mí. Esas chicas no eran mis amigas de verdad puesto que me abandonaron con tanta facilidad. Lo que pasó nos trajo hasta aquí. Y creo que este lugar me gusta. Creo que soy feliz.

Grace comprende la verdad de esas palabras en cuanto las pronuncia. Por muchas dificultades que se le hayan presentado aquí, por mucha nostalgia que sienta, ha encontrado algo que nunca tuvo en Adeline, algo que ni siquiera sabía que quisiera.

—Cariño, me alegro mucho.

—Gracias, supongo. Por destruir mi vida por completo y obligarme a mudarme al otro lado del país, a una ciudad extraña.

—De nada —responde su madre y alza el vaso—. Por nosotras.

—Por nosotras —repite ella, alzando el suyo.

Grace y su madre se sientan en el sofá del salón y comen helado de menta del recipiente.

—No puedo creerme que todavía me quede hueco para esto después de la cena —protesta su madre—. Estaba muy bueno todo.

—Recuerda que todos los Salter tienen un estómago separado para el postre —señala Grace—. Ese estómago sigue vacío.

—Ah, sí. Tienes razón.

—¿Qué vemos? —pregunta Grace, que está pasando los canales de la televisión.

—No lo sé. Hace mucho que no tengo ni tiempo para ver la tele. Ya ni siquiera sé qué programas emiten.

Grace deja de pasar y parpadea. No sabe si se trata de una alucinación.

El título de la pantalla dice: PROBLEMAS EN EL INSTITUTO PRESCOTT HIGH.

—Mi instituto en las noticias —exclama y sube el volumen.

—Ah, sí. No me creo que se me haya olvidado contártelo. Esta mañana me han entrevistado sobre el vandalismo que hay y ese club secreto de chicas, ¿cómo se llama?

—Las chicas de ninguna parte.

—Eso. ¿Sabes algo al respecto?

Grace vacila.

—No —miente y algo se retuerce en su interior al hacerlo. ¿Por qué no se lo cuenta?

—No sé si van a mostrar mi entrevista —comenta, lamiendo la cuchara de helado.

Aparece un periodista con un micrófono en la mano delante del instituto. No es horario escolar; el aparcamiento está vacío y a oscuras, tiene un aire siniestro, como si se hubiera cometido un crimen violento.

—Un instituto local está marcado por el conflicto debido a las actividades de un grupo feminista que se hace llamar Las chicas de ninguna parte —informa el periodista con tono serio.

Aparecen imágenes de unos pósteres arrugados en el cubo de la basura.

—En las últimas semanas, el instituto Prescott High ha sufrido el vandalismo y una serie de altercados en aumento entre los estudiantes. El grupo es sospechoso también de haber robado información sensible de los ordenadores del instituto. No está claro cuántos miembros tiene el grupo, pero la administración del instituto cree que son todas chicas.

Aparece un plano del campo de fútbol vacío.

—Entre las víctimas del grupo está el equipo de fútbol de Prescott High, que fue campeón regional el curso pasado, pero lleva una racha de partidos perdidos esta temporada. El entrenador Dwayne Baxter cree que es resultado del acoso y de las difamaciones que propagan Las chicas de ninguna parte.

En la pantalla aparece el entrenador Baxter sentado a una mesa que Grace conoce muy bien.

—No os creeríais lo desmoralizado que está el equipo —comenta—. Están deshechos. Esas chicas los acusan de cosas horribles, cosas que sé que mis chicos no serían capaces de hacer. Son buenos muchachos. Han entrenado muy duro para esta temporada y ahora todo ese talento se ve desperdiciado porque un grupo de chicas problemáticas difunde mentiras. Esto es delito por calumnias y mentiras. Así de sencillo. Mis chicos son víctimas simplemente porque son chicos, por su sexo.

Regresa el periodista.

—Algunos lo llaman una guerra adolescente de sexos. Otros afirman que es resultado de un desorden hormonal. Y hay quien dice que Las chicas de ninguna parte tienen preocupaciones legítimas a causa de los acontecimientos que sucedieron el año pasado en el instituto Prescott High, que sumieron a toda la ciudad de Prescott en el caos después de que una joven acusara a tres alumnos de una brutal agresión sexual. Se retiraron los cargos rápidamente, pero el desafortunado acontecimiento dejó huella en la comunidad y parece haber inspirado los recientes disturbios en el instituto Prescott High.

»Hemos preguntado a residentes de la ciudad qué opinan del levantamiento feminista en el instituto y estas son algunas de las respuestas que hemos obtenido.

En la pantalla aparece una señora mayor en la puerta de una frutería.

—Me parece repugnante —señala la mujer de labios finos—. Lo que están haciendo esas chicas. Nuestros chicos no hacen ese tipo de cosas.

Un hombre de mediana edad delante de su camión:

—Solo son un puñado de niñas que quieren llamar la atención. Como aquella chica del año pasado.

Un hombre con rastas y barba desaliñada de edad indeterminada y sobriedad cuestionable:

—Sí, chicas, luchad por el poder. —Alza el puño al aire.

—¿A ese han elegido para que defienda la otra postura? —pregunta Grace—. Un reportaje objetivo, y una mierda.

Su madre enarca las cejas.

—Perdón —se disculpa Grace.

Vuelve el periodista, riendo entre dientes.

—Hay una cosa clara, Prescott tiene muchas opiniones. Hemos hablado también con la señora Regina Slatterly, directora del instituto Prescott High, que se encuentra en el epicentro de las actuales dificultades y se está esforzando por mantener a sus alumnos a salvo y concentrados en la educación.

Aparece la directora Slatterly sentada detrás de su mesa, con las manos entrelazadas delante. Lleva más maquillaje que de costumbre.

—Como sabe —comienza—, vivimos en una cultura de privilegio y culpa y jugamos la carta de víctima cuando sentimos que no recibimos el trato que merecemos. Opino que las chicas involucradas en esto tienen que parar un momento y preguntarse qué papel tienen ellas en esta insatisfacción. Puede que entonces dejen de culpar a los chicos de todos sus problemas y de usarlos como cabezas de turco. No me malinterpretéis, creo que la mayoría de las chicas que forman parte de esto son, probablemente, buenas. Pero son jóvenes, experimentan muchas emociones que no comprenden y han encontrado una salida inadecuada. Las chicas de esta edad son inocentes e impresionables, y tengo mis razones para creer que hay una mente maestra en el centro de todo esto que es responsable de llevarlas por el mal camino y meterles estas ideas en la cabeza. No obstante, quiero dejar una cosa clara: este no es el típico caso de presión social. Es un caso serio. Los altercados cada vez mayores en el instituto han originado un ambiente de hostilidad que no es favorable para el aprendizaje y, francamente, tampoco es seguro para los estudiantes. Estoy decidida, con el apoyo total de las fuerzas policiales de Prescott, a encontrar a la persona o a las personas que están detrás de esto y llevarlas ante la justicia. Voy a recuperar mi instituto.

A Grace le gustaría decir muchas cosas, pero ninguna de ellas es apropiada estando delante de su madre. Más que nada, le dan ganas de lanzar el mando a distancia contra la pantalla de la televisión, justo a la cara engreída de la directora Slatterly.

—Muchas de las personas con las que hemos hablado están de acuerdo con la opinión de la directora Slatterly, pero hay una respuesta que destaca, de parte de un miembro relativamente nuevo de la comunidad de Prescott: la doctora Robin Salter, la nueva pastora de la iglesia congregacionalista de Prescott.

—¡Mamá, estás en la tele! —grita Grace.

—Oh, la frente se me ve muy brillante.

—¡Shhh! —sisea Grace—. Quiero escucharte.

—Yo no estaba aquí la pasada primavera —comienza su madre delante del enorme mural del arcoíris que hay en la iglesia—, así que no sé de primera mano qué fue lo que sucedió en la comunidad. Y no creo que nadie sepa qué ocurrió de verdad entre esa joven y los tres chicos excepto ellos mismos. Sea cual sea la verdad acerca de aquella noche, parece que las jóvenes de esta comunidad tienen pensamientos y sentimientos que necesitan ser escuchados y, estemos o no de acuerdo con sus tácticas, opino que todos estaremos de acuerdo en que nos preocupan esas chicas y deseamos escucharlas.

La madre de Grace se ve reemplazada por un hombre gordo y blanco delante de una enorme iglesia moderna con una vidriera de un Jesús sufriendo en la cruz detrás. La cámara lo enfoca desde abajo, por lo que parece más poderoso, tiene aspecto de rey. Se oye la voz del periodista:

—Pero el pastor Robert Skinner, de la iglesia cuadrangular de Prescott, la congregación más grande del condado, tiene una opinión diferente.

—Han cortado las mejores partes de mi entrevista —protesta su madre.

—Cómo no —gruñe Grace.

El pastor habla:

—Tengo que decir que nada de esto habría sucedido hace diez años, cuando al pueblo de Prescott le importaban los valores familiares. Pero la gente que no es de nuestra comunidad, con prioridades y valores distintos, se muda aquí para cambiar la cultura, para cambiar el modo en que hacemos las cosas y crear conflicto y problemas donde antes no los había. Comprendo a estas chicas, de verdad. Sé que es duro ser adolescente, con las hormonas y la presión del instituto, y las decepciones románticas, y los mensajes tan distintos que oyen en los medios de comunicación. Entiendo que esto produzca sentimientos destructivos; y si a esto le añades la mentalidad de rebaño con respecto al asunto, todo se descontrola. Opino que lo que necesitan estas chicas es tomar aliento, irse a casa con sus familias y rezar.

—Ese tipo es un engreído —exclama su madre.

—Y así están las cosas —retoma la palabra el periodista—. Será interesante comprobar cómo acabará esto. La directora Regina Slatterly nos ha contado que se ha identificado recientemente a tres miembros del grupo que están siendo objeto de acciones disciplinarias, pero aún se desconoce quién es la líder del grupo. Por supuesto, les mantendremos informados de cualquier novedad. Estoy seguro de que hablo por todo Prescott cuando afirmo que espero que esto se resuelva pronto y la situación regrese a la normalidad para los estudiantes del instituto. Te devuelvo la emisión, Jill.

Grace apaga la televisión. Le quita el recipiente con helado a su madre y se mete una buena cucharada en la boca para evitar decir algo que pueda lamentar.

Su madre niega con la cabeza.

—Qué interesante que no hayan preguntado a ningún alumno qué opina.

Grace chupa la cuchara de helado.

—¿Sabes algo de ese grupo? —le pregunta—. ¿De Las chicas de ninguna parte?

—He visto los carteles en el instituto —responde, hincando la cuchara de nuevo en el helado.

—Entonces no estás metida en nada de eso.

Grace sacude la cabeza. Cree que tener la cuchara en la boca es el único modo de no contarlo todo.

—Qué intriga —comenta su madre.

Se saca la cuchara de la mano, reprime la sonrisa que está a punto de dibujársele en los labios y las ganas de abrazar a su madre.

En lugar de hacer nada de eso, se pone en pie.

—¿Te ha contado papá que el techo de mi dormitorio tiene goteras?

—Se habrá olvidado de mencionarlo.

—Pues eso.

—Tendremos que arreglarlo.

—Sí. —Le pasa el helado a su madre—. Me voy a la cama. Gracias por la cena y por todo.

—De acuerdo, cielo.

—Lo has hecho muy bien en la entrevista.

Su madre sonríe y abre los brazos.

—Ven aquí.

Grace permite que la abrace. Cierra los ojos y, por un instante, se imagina contándoselo todo. A lo mejor no se sentiría exactamente orgullosa, pero al menos sabría de lo que su hija es capaz. Puede que se enfadara, que se mostrara decepcionada, pero está claro que se quedaría impresionada.

Pero su madre no puede saberlo. Ya bastante mal está lo que les ha sucedido a Trista, Elise y Margot, Grace no piensa arriesgarse con su madre. No puede cargarla con esa información. No puede pedirle que le guarde el secreto. Su madre se está jugando mucho.

—Nos va bien —señala la mujer y le da un apretón en los hombros.

—Sí. —Lo que está pensando es: «No tienes ni idea».

Los verdaderos hombres de Prescott

Malas noticias, chicos. El apocalipsis feminista puede cernirse sobre nosotros. Si vivís en Prescott, ya sabréis de lo que estoy hablando. Si no, os hago un resumen: las chicas del instituto Prescott High han sido poseídas por las malvadas fuerzas de las feministas de mierda y han decidido declarar una huelga de sexo. Porque quieren «respeto» por parte de los chicos y «justicia» para una chica a la que se follaron el año pasado y que salió llorando afirmando que la habían violado porque pensó que convertirse en víctima era mejor que ser una puta.

Y no son solo las chicas feas las que están enfadadas. A algunas de las princesas sexis y tontas que no tienen nada de lo que quejarse también se les ha metido en la cabeza la idea de que la mejor forma de que las respeten es volverse unas frígidas. ¿En serio, chicas? ¿Pensáis que los chicos van a respetaros más si les negáis lo único que les gusta de vosotras?

¿No se han parado a pensar que, tal vez, si dicen siempre que no los chicos van a dejar de aceptar el no por respuesta?

—AlphaGuy541

Nosotras.

El anuncio de hoy de la directora Slatterly es: los trabajadores del centro tienen la autoridad para separar a las chicas que se estén congregando por razones que no tengan que ver con las tareas escolares.

—Ya ni siquiera finge no ser una fascista —señala Connie.

El entrenador Baxter llega tarde. Entra en clase y deja unos papeles en la mesa.

—¿Las animadoras? —vocifera delante de la clase—. Estoy harto. Una cosa es la banda de música, pero ¿ahora las animadoras boicotean los partidos?

—Deberían haber empezado a hacerlo hace mucho tiempo —replica el chico que toca la trompeta en la banda de música.

—¡Fuera! —brama el entrenador—. Fuera de mi clase ahora mismo.

—Encantado —responde el chico, que recoge la mochila y sale del aula.

—Me voy contigo —le dice la chica que se sienta a su lado, una de las que tocan el tambor en la banda.

—Esto es ridículo —se queja el entrenador cuando cierran la puerta al salir—. Todo. ¿Qué ha pasado con el respeto a la autoridad? ¿Con las tradiciones?

Nadie tiene una respuesta.

—¡Eh! —exclama Melissa, que prácticamente salta a su silla en la mesa de la cafetería—. ¡No os vais a creer esto! —Se inclina hacia adelante y se balancea, emocionada. Le resulta casi imposible mantener la voz baja—. He convencido a Lisa para que le cuente a la policía que aparece en la lista de Spencer.

—¿En serio? —pregunta Grace—. Dios mío.

—¡Melissa! —Rosina sonríe de oreja a oreja—. Eres increíble.

—Buscaos una habitación —murmura Erin.

—Dice que cree que puede convencer a Abby para que haga lo mismo.

—Solo hace falta que una persona sea valiente —comenta Grace—. Las demás seguirán su ejemplo.

—Sí, bueno. Creo que Lisa está pensando más bien en chantaje. Pero qué más da, eso es entre ellas dos.

—Eh, chicas —interviene Erin.

—Grace, tú eres amiga de Amber, ¿no? —le pregunta Melissa.

—No estoy segura de que se le pueda llamar así, pero sí, eso creo.

—¿Crees que puedes hablar con ella? A lo mejor también ella acude a la policía.

—¿Es que está en la lista? —se interesa Rosina.

Melissa asiente.

—La número cuatro. Estoy al noventa y nueve coma nueve por ciento segura.

—Eh, chicas —intenta de nuevo Erin.

—Hoy no ha ido a clase, pero puedo llamarla después —apunta Grace.

—¡Chicas! —grita Erin.

Pero ya es demasiado tarde. El guardia de seguridad se cierne sobre ellas.

—Ya está —ladra—. Se ha acabado la fiesta. Separaos.

—¿Qué quiere decir? —pregunta Melissa.

—Que os mováis.

—¿Y adónde vamos a ir? —replica Rosina.

—No me importa. No podéis sentaros juntas.

—Eso es una tontería —se queja Rosina.

—¿Que es qué? —brama el hombre.

—He dicho sí, señor.

—Si no os separáis en diez segundos, os enviaré al despacho de la directora Slatterly.

Y se mueven. Una por una, se sientan a otras mesas. Rosina lo hace con Serina Barlow. Melissa, con un grupo de animadoras que, al parecer, tienen aún permiso para congregarse. Erin se dirige a la biblioteca. Grace toma la bandeja y mira a su alrededor; se sorprende al comprender que podría unirse a la mitad de las mesas y se siente cómoda. Pero hay una en particular que capta su atención, compuesta mayormente por una mezcla de atletas que se dedican a los deportes menos de moda como el golf y la esgrima. En un extremo de la mesa, con una hamburguesa con queso en las manos, está Jesse Camp.

Grace piensa en su madre. En que hay veces en las que al hacer algo que te da miedo lo hace menos aterrador.

—Hola —saluda al sentarse al lado de Jesse justo cuando este le da un bocado grande a la hamburguesa.

—Mrumph —murmura con la boca llena y ojos de sorpresa.

—Tienes un poco de salsa de tomate. —Se señala un punto de la mejilla. Todavía masticando, Jesse intenta limpiarse, pero no lo consigue. Grace toma una servilleta de la mesa y le limpia la mancha.

Jesse traga el bocado.

—Eh, gracias.

—Un guardia de seguridad me ha echado de mi mesa.

—Estás hecha una rebelde —contesta él, sonriendo.

—Lo sé. —Le devuelve la sonrisa.

—¿Ya no estás enfadada conmigo?

Grace le da un bocado a una patata y niega con la cabeza.

—¿Entonces ya podemos ser amigos?

Grace mastica y asiente.

—Bien. —Suelta la hamburguesa—. Esto es una locura últimamente.

—Podría decirse así.

—¿Eres amiga de las chicas a las que han expulsado?

—Sí. Buena amiga, de hecho.

—¿Sabes algo de ellas?

—Al parecer los padres de Elise son estupendos y ni siquiera la han castigado. Margot está como loca pensando que esto pueda arruinar sus posibilidades de entrar en Stanford, pero estoy segura de que todo va a salir bien. Sus padres amenazan con poner una demanda al instituto. Los de Elise también, creo. Están rellenando una queja formal con el comité escolar. La otra chica, Trista, es la que ha salido peor parada. La han castigado para siempre. Sus padres van a obligarla a asistir a algún tipo de terapia espiritual con el pastor de los jóvenes de su iglesia.

—Vaya, qué mierda —exclama Jesse.

—Sí. Sobre todo, porque ninguna de ellas es culpable.

—¿Cómo lo sabes?

—Sencillamente lo sé.

—Porque eres miembro de Las chicas de ninguna parte —adivina él—. Ya me he enterado.

—La primera regla de Las chicas de ninguna parte —esboza una sonrisa— es no hablar de Las chicas de ninguna parte.

Una chica mira a su alrededor en la cafetería y no puede evitar reír un poco al ver que los guardias de seguridad obligan a las alumnas a separarse. ¿Desde cuándo los grupos de chicas blancas se consideran una amenaza? Debe de ser por ese asunto de Las chicas de ninguna parte. Algunas compañeras del equipo de *softball* la invitaron a asistir a una reunión hace un par de semanas y se le ocurrió pasarse, pero sabía que no lo haría.

Porque este asunto del feminismo o lo que sea que están haciendo es cosa de chicas blancas. Cuando ellas se movilizan exigiendo algo y gritando, la gente dice que están enardecidas y son apasionadas.

Pero las chicas negras no tienen ese privilegio. Cuando las negras se defienden, la gente las llama hostiles. Dice que son peligrosas. Y otras cosas.

Amber decide que necesita un día libre en el instituto. Un descanso para ser ella misma.

El problema es que en la televisión no echan nada bueno. Tampoco hay nada interesante en el frigorífico. Su madre está en el trabajo y su novio de la semana está a saber dónde (gracias a Dios); la casa le parece húmeda y tóxica. Está saliendo un moho de color oscuro en los bordes de las ventanas. Los cristales están llenos de condensación que forma pequeños charcos en los alféizares.

Está ese chico al que conoció en la fiesta de Pasadena City College el pasado fin de semana. Chad algo. Le envió un mensaje ayer, pero ella no le contestó. A lo mejor este es distinto. Tal vez sea más maduro porque es mayor y va a la universidad.

Chad la recoge a dos manzanas de su casa. Amber cree que si no ve dónde vive, no sacará ciertas conclusiones. Y puede que, como él no forma parte del mundo del instituto, no tenga ideas preconcebidas sobre ella. Puede hacer borrón y cuenta nueva. Puede ser cualquier persona.

Le dice que tiene hambre. A lo mejor él la lleva en una cita de verdad a un restaurante de verdad. Siente desazón cuando el automóvil decelera y gira hacia el McDonald's. Pero al menos paga él.

—Vamos a mi casa —propone Chad. En los pocos minutos que dura el trayecto a su apartamento, Amber se come la hamburguesa y las patatas fritas, y se traga el orgullo que se había atrevido a sentir esta mañana.

Ha visto antes apartamentos como este. Platos apilados en el fregadero desde vete a saber cuánto tiempo. Muebles de segunda mano baratos y desparejados. Sofá manchado y mustio. Una pipa de agua grande en la mesita entre bolsas vacías de patatas fritas y latas de cerveza. Hedor a calcetines sucios, comida rancia y sudor. Las paredes vacías excepto por un póster torcido de un automóvil que Chad nunca podrá permitirse con una mujer en bikini encima con la que nunca podrá acostarse.

A Amber le suena el teléfono. El identificador le informa de que es esa tal Grace del instituto. ¿Qué le pasa? ¿Por qué le sigue molestando? ¿Es por algún tema cristiano? ¿Está intentando salvarla? Mala suerte, ya es demasiado tarde.

—Toma. —Chad le pasa un vaso de plástico. Da un sorbo a lo que imagina que son cinco chupitos de vodka barato con un poco de zumo. Hablan unos cuatro minutos antes de que Chad se lance sin ningún tipo de cortesía y pose la boca en la de ella y la mano en su pecho. Sabe igual que el olor de la habitación.

Amber piensa que tendría que haber ido al instituto hoy. Grace la invitó a sentarse con sus amigas raras en la cafetería, pero aún no ha aceptado. A pesar de que no confía en ella, de que no tiene ni idea de cuál es su propósito, sentarse con ella a la hora del almuerzo y preguntarse qué quiere Grace de ella suena mucho mejor que esto.

Aparta a Chad.

—¿Qué pasa, nena? —murmura él y tira de ella.

Amber intenta apartarse de sus brazos, pero él la acerca más. Oye el teléfono sonar de nuevo y se mueve para alcanzar el bolso, que está en el suelo, pero Chad no la suelta.

—Para —susurra y la palabra suena extraña y desconocida en su boca. Piensa que él a lo mejor no la ha escuchado y la dice más fuerte.

Chad se ríe y la empuja al sofá.

—Ya, claro —responde con las dos manos debajo de su camiseta, presionándole las costillas para mantenerla en el sitio.

—No, de verdad —insiste ella y nota el sabor del miedo en la boca—. No estoy bromeando.

Él finge no escucharla. Le sube la camiseta hasta que la tiene enredada en el cuello, como si fuera una horca.

Amber sabe que tiene que tomar una decisión. Resistirse o no. Está muy cansada. Cree que no es un buen día para intentar no ser ella misma.

Piensa: «No es violación si yo cedo».

Piensa: «Se aplican reglas distintas a chicas distintas. Alguien como yo no dice que no».

○●○

—¡Chicas! —grita Melissa, que se acerca corriendo hasta Rosina y Grace por el pasillo después de clase. Sam Robeson la sigue con una bufanda sedosa de muchos colores revoloteando detrás—. Dejad todo lo que estéis haciendo y acompañadnos.

—¿Qué pasa? —pregunta Grace.

Rosina no necesita saberlo. Iría a cualquier lugar que le pidiera Melissa.

—Vamos a la comisaría de policía —explica Melissa—. Ahora mismo. Lisa y Abby ya van de camino.

—Las números nueve y diez también han salido a la luz —señala Sam.

—Madre mía —exclama Rosina—. Está sucediendo de verdad.

—¿Has podido hablar con Amber? —pregunta Melissa.

Grace niega con la cabeza.

—Lo he intentado, pero no me ha respondido.

—No pasa nada —apunta Sam—. Cuatro chicas son suficientes.

—Tenemos que buscar a Erin —sugiere Grace.

—Ya he hablado con ella —dice Sam—. No viene. Me ha dicho que tiene que hacer algo importante después de clase.

—¿Qué hay más importante que esto? —se sorprende Grace.

—Probablemente ducharse y ver *Star Trek* —gruñe Rosina.

—Estoy deseando que dejéis de estar enfadadas la una con la otra —se queja Grace.

—Vamos —apremia Melissa—. Podéis venir las dos conmigo en el automóvil.

Erin.

El interior del vehículo de Otis Goldberg está limpio y ordenado. A Erin le parece aceptable, puede que incluso agradable. Estaría cómoda de no ser porque está nerviosa.

—Gira a la derecha —consigue pronunciar, aunque lo que desea hacer es abrir la puerta y saltar del automóvil en movimiento.

—De acuerdo —responde él.

—¿Qué es esa música? ¿Y quién sigue comprando CD? —Cae en la cuenta de que las palabras pueden haber sonado un poco rudas. Se recuerda que tiene que esforzarse. Le habría gustado pedir a Rosina que la ayudara con este asunto, pero ya no puede hacerlo.

—Como respuesta a tu primera pregunta —comienza Otis—, es Muddy Watters, el mejor músico de *blues* de la historia. Como respuesta a la segunda pregunta, compro CD porque los consigo baratos de segunda mano. Todo tipo de música interesante como esta.

A Erin le gusta la forma lógica y directa en la que ha estructurado la respuesta a sus preguntas.

—Es la casa azul de la izquierda —señala—. Por cierto, eres un conductor excelente.

—¿Es un cumplido? ¿Acabas de hacerme un cumplido, Erin DeLillo?

—Soy capaz de hacer cumplidos. Pero los hago de forma selectiva.

—Me honra que me hayas seleccionado.

Spot es el primero en saludarlos cuando entran a la casa. Le lame la mano, como siempre hace, y después rodea a Otis, olisqueándolo. Cuando ha dado la vuelta completa, también le lame la mano a él.

—*Spot* te da su aprobación —apunta Erin—. Es bueno juzgando a las personas.

—Vuelvo a sentirme honrado. —Otis le acaricia las orejas al perro.

En ese momento la madre de Erin sale de la cocina y lanza su ataque.

—Otis, ¡me alegro de conocerte! ¿Me das el abrigo? ¿De qué trata el trabajo? Oh, ¡qué interesante! ¿Qué te parece el señor Trilling? Erin tiene muy buena opinión de él y ya sabes lo exigente que puede ser, ¡ja, ja, ja! ¡He preparado algo para comer!

La mujer entra en la cocina y deja a Otis, Erin y *Spot* en el salón.

—Vamos a trabajar —sugiere Erin—. Yo me siento aquí. Tú puedes sentarte ahí.

Otis no cuestiona sus instrucciones.

—Tu madre es simpática —observa al tiempo que toma asiento.

—No sale mucho.

—¡Aquí tenéis! —canturrea su madre cuando entra en la habitación con dos platos. Deja uno delante de Erin que tiene apio y palitos de zanahoria y un pequeño cuenco de crema de almendras crudas. El plato que pone delante de Otis tiene queso y galletitas saladas—. Estupendo. Otis, ¿necesitas algo más?

—No —responde él—. Gracias.

—Madre, es muy improbable que consigamos trabajar si te quedas por aquí.

—Sí, claro. Estaré en la cocina si necesitáis algo.

—¿Por qué hay dos comidas diferentes? —pregunta Otis en cuanto la mujer se ha marchado.

—Yo no como lácteos ni trigo —explica Erin mientras abre el ordenador.

—¿Qué pasa si lo haces?

—Probablemente no pase nada si tomo un poco ahora mismo.

—¿Quieres?

—Sí. —Se acerca, cuenta la mitad exacta de las galletas saladas y los trozos de queso y los pone en su plato. Luego separa la mitad de su zanahoria y apio para él—. Podemos compartir la crema de almendras. Pero, bajo ninguna circunstancia, mojes dos veces.

—Qué bien que no hubiera un número impar de nada —comenta Otis.

—Mi madre sabe lo que hace.

Otis sonríe de un modo que Erin sabe que no es cruel, pero le da la sensación de que se ríe de ella. ¿Es posible reírte de alguien de un modo amistoso? Le gustaría que Rosina estuviera aquí para preguntarle, pero posiblemente esté en una cita con esa animadora. Así es cómo se empieza a perder a las personas. Comienzan a distanciarse y luego nunca paran de hacerlo.

Erin se acuerda de lo que se ha entrenado para sentir, la voz interna que le pide que intente actuar de forma normal, que no diga cosas extrañas, que no se ponga sensible. Y junto al recuerdo llega la comprensión de que le importa gustar o no a Otis. Son la clase de sentimientos que ha intentado erradicar, las inseguridades y los deseos, que solo provocan dolor.

Esto es muy duro, esta charla sobre la comida. *Spot* parece estar de acuerdo y le lame la mano.

—He preparado un horario para esta tarde —explica Erin, que abre un documento en el ordenador—. Para asegurarnos de que usamos el tiempo que tenemos de la forma más efectiva y hacemos la mayor parte del trabajo.

—¿Puedo contribuir en algo? —pregunta Otis.

Erin lo mira y parpadea.

—Prefiero que no.

—Soy muy inteligente.

—Normalmente los profesores no me obligan a hacer trabajos en grupo.

—Yo le pedí al señor Trilling que nos pusiera de compañeros.

—¿Qué? —exclama Erin y el pánico restalla en la voz—. No es justo. No puedes actuar a mis espaldas y tomar decisiones como estas por mí. No puedes manipular las situaciones. ¿Por qué lo has hecho? —*Spot* la acaricia, roza el hocico contra su pierna.

—Lo siento —se disculpa—. No sabía que iba a molestarte tanto. Pensé que sería divertido hacer juntos el trabajo.

—¿Por qué?

—Porque me gustas.

—¿Por qué?

—No lo sé. Porque eres inteligente y dices lo que piensas. Porque eres de verdad. Y no eres desagradable a la vista.

La ansiedad de Erin no se ha esfumado, pero ha cambiado de forma. Esta es una sensación de nervios con la que ella y *Spot* pueden vivir, al menos de forma temporal.

—¿No soy desagradable a la vista? ¿Se supone que eso es un cumplido?

—Me ha parecido que te molestaría menos que decirte que eres guapa.

Erin se mete un montón de queso y galletitas en la boca. El crujiente salado y la suavidad cremosa la calman. La teoría de su madre sobre la comida es errónea.

—Vamos a trabajar —concluye con la boca llena de migas.

Erin siente una agradable sorpresa al comprobar que Otis consigue trabajar durante la siguiente hora y media. Y sí es inteligente. Podría incluso admitir que trabajan bien juntos. No hablan más de gustos ni de belleza. Con la seguridad de que Erin no lo va a necesitar, *Spot* se echa una siesta en el suelo, junto a sus pies.

—Hemos hecho un buen progreso —señala Otis.

—Estoy de acuerdo —coincide Erin al tiempo que cierra el ordenador.

—¿Y ahora qué?

—¿Ahora qué de qué?

—¿Qué vamos a hacer?

—Después de los deberes y antes de cenar veo un episodio de *Star Trek: La nueva generación.*

—¿Puedo verlo contigo? No tengo que volver a casa hasta la hora de la cena.

Erin entorna los ojos e intenta pensar en una buena razón por la que no debería. «Porque así es como lo he hecho siempre» no parece una excusa adecuada. Tal vez no esté tan mal sentarse al lado de alguien, además de *Spot,* mientras lo ve. Será como un experimento, piensa. Otro modo de superarse a sí misma.

—De acuerdo —acepta.

—¡Estupendo! —exclama Otis.

Erin saca el teléfono y lo toca un par de veces.

—¿Qué haces?

—Tengo una aplicación en el teléfono que genera números al azar. Así elijo el capítulo que voy a ver.

—Es un buen sistema.

—Es mi modo de practicar lo de sentirme cómoda con las sorpresas.

Otis vuelve a esbozar una sonrisa rara, como si se estuviera riendo de ella, pero de una forma amable.

—¿Y cómo te va con eso?

—Bien, gracias.

El número es ciento diecisiete. El episodio, *El paria.*

—¿Qué pasa? —pregunta Otis.

—Nada, ¿por qué me lo preguntas?

—Tu cara. Parecías triste por un segundo.

Erin no está triste. Siente algo y tal vez sea lo bastante intenso como para mostrarlo en el rostro, pero no puede identificarlo. Este es uno de sus episodios preferidos de todos los tiempos y no está segura de si desea compartirlo con Otis Goldberg. No está segura de estar preparada para dejar que él vea algo que a ella le encanta.

—¿Has visto esta serie antes? —le pregunta.

—Creo que sí. Puede que un par de veces en el canal Syfy.

—Es la mejor serie de la historia de la televisión.

—De acuerdo.

—No hables mientras lo vemos.

—De acuerdo.

—E intenta no moverte mucho. Me distrae.

—De acuerdo.

Erin encuentra el episodio y lo reproduce. Cruza las piernas y se pone un cojín en el regazo. Desconecta de Otis cuando se adentra en el espacio y se une a la tripulación del *Enterprise* cuando esta encuentra a una especie alienígena sin género que se llama J'naii; para ellos el sexo y la especificidad de género se consideran una abominación. Ser macho o hembra, desear a alguien que es macho o hembra, es primitivo, propio de las especies no evolucionadas. La única forma correcta es ser andrógino. No tener sexo.

Pero Soren, uno de los miembros de la tripulación J'naii, es distinta. Ella se considera una mujer. Se enamora de Riker, la personificación del macho humano. Ella es una abominación que necesita arreglo, pero Riker no puede hacer nada para salvarla. El amor que sienten no es lo bastante fuerte. Ella no es lo bastante fuerte.

Soren permite que la reprogramen, volver a la «normalidad». Permite que su gente la convenza de que amar a Riker era una enfermedad, que su género es una vergüenza, que el sexo es una vergüenza. Es un error y jura no volver a cometerlo. Es mejor permanecer a salvo. Es mejor integrarse. Es mejor mantener las distancias con la destructiva influencia del deseo.

—Vaya, qué intenso —comenta Otis cuando aparecen los créditos.

—Si no tienes nada agradable que decir, mejor no digas nada —le advierte Erin.

—Me ha gustado. De verdad. Te pareces a ese personaje, Soren.

—¿Es un cumplido?

—Sí. —De nuevo esa sonrisa exasperante.

Erin se olvida de apartar la mirada. Y, cuando lo hace, ya es demasiado tarde. Han compartido lo que se podría describir como un contacto visual cómplice. Por un momento, Erin ha notado que el pecho le arde y al mismo tiempo muere. Por un momento, desea que Rosina estuviera aquí. Poder preguntarle qué es lo que siente.

—Ya casi es la hora de cenar —indica—. Deberías irte.

En ese momento, la madre de Erin sale de la cocina. ¿Ha estado todo este tiempo escuchando a hurtadillas?

—¿Qué tal, chicos? ¿Cómo ha estado el episodio? Parece que os ha gustado la comida. Otis, ¿quieres quedarte a cenar? ¿No? Bueno, puedes venir cualquier día. De verdad. Espero de veras verte pronto. ¿Verdad, Erin? ¿Cielo?

La mujer se queda callada el tiempo suficiente para que Otis se marche y luego vuelve a empezar el bombardeo verbal.

—Parece un chico agradable. Me alegro mucho de que lo hayas invitado a venir, cariño. Ojalá invitaras a tus amigos más a menudo. Hace tiempo que no veo a Rosina, ¿cómo está? ¿Crees que Otis vendrá pronto de nuevo? Eso espero. Estoy orgullosa de ti, cielo. Has madurado mucho últimamente. Estás avanzando mucho socialmente y...

—He comido queso —la interrumpe Erin.

—¿Qué?

—He comido queso y me duele la barriga, así que me voy a saltar la cena.

—Ah, de acuerdo.

—Me voy arriba.

La acompañan unos sentimientos extraños y no tienen nada que ver con el queso. Echa de menos a Rosina. Se acuerda de la sonrisa de Otis. De lo desequilibrado que estaba el sofá con el peso de su cuerpo, de que ella estaba ligeramente ladeada hacia él durante el episodio, de los pocos centímetros que los separaban. De cómo le ha dicho que se parece a Soren.

Hoy le toca el afeitado de cabeza bisemanal. También es un buen momento para darse un baño. Se queda desnuda delante del espejo del baño y permanece ahí un buen rato, mirando el reflejo, los dedos delgados al alcanzar la afeitadora eléctrica y pasársela con cuidado por la cabeza, dejando solo medio centímetro de pelo. Cuando ha terminado, se queda mirándose en el espejo. Puede que no odie lo que ve. Es posible que no culpe a la imagen reflejada de todo lo malo que le ha sucedido.

Nosotras.

—¡Señoritas! —grita el policía que hay en el mostrador principal—. ¡Tenéis que calmaros!

Hay al menos veinte chicas en la diminuta sala de espera de la comisaría de policía de Prescott. Sin Margot para que tome el control de la situación, todas hablan al mismo tiempo, intentando explicar al policía por qué están ahí. Nadie consigue mucho, especialmente Sam Robeson, cuya propensión teatral ha alcanzado proporciones épicas; parece haber adoptado un acento shakespeariano acompañado de movimientos mareantes de las manos mientras intenta sermonear al policía despistado.

—Menos mal que Erin no está aquí —le dice Rosina a Melissa—. Todo este ruido la mataría.

—Que alguien haga algo —comenta Grace a nadie en particular.

—Eh, ¿hola? —replica Rosina—. A lo mejor ese alguien eres tú.

Sin darse tiempo a pensárselo mejor, se abre camino hasta el mostrador. Se vuelve y mira a la multitud, levanta los brazos en el aire hasta que todos los ojos se mueven en su dirección.

—Chicas, ¿podemos callarnos un momento? —Para su agrado, la sala se queda en silencio y escucha—. A menos que alguien tenga alguna objeción, voy a hablar con el agente y explicarle qué hacemos aquí. Si me dejo algo, por favor, intervenid, pero creo que seremos más efectivas si una sola se encarga de la comunicación. ¿Os parece bien?

Hay un consenso de síes en la sala. Alguien grita «¡Vamos, Grace!».

La chica se da la vuelta.

—¿En qué puedo ayudarte, jovencita? —pregunta el policía. Ya está exhausto.

—Venimos a informar de una violación —responde—. De varias violaciones en realidad. Tenemos pruebas, aparecen en Internet. Puedo darle la dirección de la página web del blog de Spencer Klimpt, donde básicamente confiesa que...

—Un momento, cielo —la interrumpe el policía—. Voy a tener que llamar al jefe para esto. Sentaos como podáis.

—¿No podemos hablar con usted?

—No, creo que este es un asunto para el jefe de policía Delaney. —Le pasa un formulario a Grace—. Que todas firmen esto.

—¿Qué es?

—Necesitamos un registro de quién está aquí si queréis presentar una queja formal.

—Ah, de acuerdo. —Toma el formulario y empieza a pasarlo para que lo firme todo el mundo. Rosina envía un mensaje a su madre para informarle de que no puede ir al trabajo esta noche. La sala palpita de energía. Las chicas están que echan chispas.

—Sí, hola, jefe —habla el policía al teléfono—. Soy O'Malley. Siento molestarlo, pero tengo a un par de docenas de chicas en la comisaría que dicen que quieren informar de una violación...

Algo sobre una página web y ese chico llamado Klimpt. Recuerdo que dijo que quería hacerse cargo de todo lo concerniente a... Sí, lo sé... Disculpe... Sí. Hasta luego. —Cuelga el teléfono, mira la sala y suspira—. El jefe Delaney viene de camino. Probablemente tarde un poco, así que a lo mejor queréis poneros cómodas. Estoy seguro de que no tenéis por qué estar todas aquí.

Tan solo hay dos bancos en la sala de espera, así que la mayoría de las chicas están sentadas en el suelo. Grace consulta con Lisa Sutter, Abby Steward y las otras dos chicas que aparecen mencionadas en el blog para ver qué van a decir al jefe de policía. Algunas chicas están haciendo deberes del instituto, otras están entretenidas con el teléfono. Rosina no hace caso de las repetidas llamadas telefónicas de su madre.

Suena un zumbido al abrirse la puerta.

—Hola a todas —saluda Elise Powell, a la que la mitad de la sala recibe con un torrente de abrazos.

—No me puedo creer que tus padres te hayan dejado venir —comenta una chica.

—No saben exactamente que estoy aquí —responde Elise—. Se supone que estoy en la biblioteca estudiando.

Pero Elise no es la única recién llegada. Una figura grande y tímida aparece detrás de ella en la puerta.

—Mirad a quién me he encontrado en el aparcamiento —indica Elise.

Jesse Camp sonríe y saluda torpemente.

—Hola. Me he enterado de lo que ibais a hacer y quería ayudar. He pensado en venir y testificar acerca del carácter de Spencer o algo así, ya que yo lo he escuchado alardear de este asunto durante años. —Baja la mirada—. No sé, ¿creéis que puede servir de ayuda?

—Sí —contesta Grace, que se adelanta entre sus amigas para acercarse a él. Posa una mano en el brazo del chico—. Claro que servirá de ayuda. Gracias por venir.

—Hacen buena pareja, ¿no crees? —le susurra Rosina a Melissa.

—¿A Grace le gusta?

—No lo va a admitir, pero sí. Le gusta mucho.

A Rosina le vibra el teléfono móvil.

—Maldita sea —protesta—. Es la décima vez que me llama mi madre en veinte minutos.

—A lo mejor deberías contestar.

—Deja de ser tan sensata.

Rosina pone una mueca y mira el teléfono.

—Vamos allá. —Y responde.

Melissa oye a la madre de Rosina gritar. No entiende las palabras, pero la rabia con la que las pronuncia es muy clara. Rosina se aparta el teléfono de la oreja y pone mala cara.

—Me está amenazando con echarme si vuelvo a faltar al trabajo.

—Seguro que no lo dice en serio —la anima Melissa.

—Oh, sí que lo dice. Lleva años intentando deshacerse de mí.

—No digas eso.

De repente a Rosina le brillan los ojos más de lo habitual. Parecen húmedos, como si hubiera lágrimas formándose en ellos.

—Mami —dice al teléfono y la voz se le rompe un poco—. Lo siento, es una emergencia. Por favor, confía en mí. —Dicho esto, cuelga.

Melissa la toma de la mano. No hablan, pero permanecen con los dedos entrelazados y los hombros pegados durante los siguientes cinco minutos, hasta que el jefe de policía Delaney cruza la puerta como una exhalación.

—Por Dios —gruñe al ver la masa de chicas que le bloquea el paso hasta el mostrador—. ¿Es que hay luna llena o algo así?

—Jefe Delaney —se dirige a él Grace—. Estamos preparadas para declarar, señor.

—¿Tú eres la líder de esto?

—No —responde—. No tenemos líder. Solo estoy ayudando a organizar un poco la situación.

—Muy noble por tu parte —murmura—. ¿Y quieres hablar conmigo? ¿Quién más? No os voy a llevar a todas a mi despacho.

—Seremos yo, Lisa, Abby, Juna, Lizzy y Jesse.

—¿Jesse? —pregunta el jefe de policía—. ¿Jesse Camp? ¿No eres uno de los defensas del instituto Prescott High?

—Ya no, señor —responde él—. He dejado el equipo.

—Para el caso, este año le está yendo fatal. —Se mira el reloj—. Me estoy perdiendo el partido por esto, ¿sabéis? Los Seahawks contra los Patriots. Más os vale ser rápidos.

Grace y los otros cinco siguen al jefe Delaney a su despacho. Las demás esperan.

Solo pasan doce minutos hasta que regresan.

El jefe Delaney sale por la puerta antes de que la sala de espera llena de chicas tenga oportunidad de comprender que se marcha. Grace, Jesse y las víctimas de Spencer emergen de detrás del mostrador. Lisa Sutter tiene las mejillas llenas de lágrimas. La cara de Abby Steward está roja de furia.

—¿Qué ha pasado? —pregunta Elise.

—Nada —ladra Abby—. Sabía que esto era una pérdida de tiempo. No me puedo creer que me hayas convencido para hacer esto, Lisa. Me he sentado ahí y le he contado lo que me hizo Spencer y ni siquiera me estaba escuchando. Estaba leyendo el blog y riéndose.

—Ha dicho que no hay pruebas suficientes de que la página web pertenezca a Spencer —explica sin emoción en la voz Grace—. Y aunque así fuera, no hay en ella nada que se pueda condenar.

—Menudo asco —exclama Elise.

—Le he contado que escuché a Spencer hablar de algunas de esas chicas —interviene Jesse—, pero dice que no son más que cotilleos. Que no puede arrestar a la gente basándose en rumores y en la palabra de un grupo de exnovias insatisfechas.

—Exnovias insatisfechas —solloza Lisa—. Eso es lo que somos. Como si por eso todo lo que digamos sea inútil.

La sala se queda en silencio, furiosa. El aire está hecho de dientes.

—Ni siquiera ha tomado declaración —prosigue Grace con incredulidad—. Nos ha dicho que no merece la pena. Que no merece la pena que pierda el tiempo en eso.

—¿Y ahora qué? —pregunta Rosina—. ¿Se va a quedar ahí esperando hasta que esos capullos vuelvan a violar a alguien? O a lo mejor tiene que morir alguien antes de que él le dé importancia a esto.

—Solo intenta cubrirse las espaldas —comenta Melissa—. Si la policía empieza a rememorar lo que sucedió el año pasado, encontrarán pruebas de que Delaney fracasó en el caso, puede que a propósito. Estará acabado.

—Joder, tienes razón —coincide Rosina—. Nunca va a ponerse de nuestra parte.

El policía de detrás del mostrador ha desaparecido misteriosamente. No hay nadie con autoridad a la vista, solo una habitación llena de chicas enfadadas y un chico. Adolescentes. Son solo niños. No merece la pena escucharlos.

—Mierda —se queja Abby—. A nadie le importa. A mí no me importa. —Y sale por la puerta.

—Tengo que volver a casa antes de que mis padres sospechen —añade Elise. Le da un abrazo a Grace—. Esto no ha acabado. Yo no voy a abandonar.

En unos minutos, la comisaría se queda vacía. Todas van de camino a casa, donde tendrán que fingir que el día de hoy ha sido como cualquier otro, donde tendrán que decidir si merece la pena seguir luchando, donde tendrán que sentarse a cenar mientras se preguntan qué se supone que tienen que hacer cuando la persona a la que pides ayuda te la niega.

Melissa lleva a Grace y a Rosina a casa.

—Has hecho un buen trabajo hoy —comenta cuando aparca delante de la casa de Grace.

—No lo suficiente —responde ella.

—No ha sido culpa tuya —la anima Rosina—. Ese idiota ha tomado la decisión de no ayudarnos antes siquiera de poner un pie en la comisaría.

—Ya —murmura Grace—. Puede. —Pero todas las ganas de presentar batalla que había en su interior se han desvanecido. Está agotada. Lo único que quiere es sentarse en el sofá y ver la tele mientras come helado del bote con su madre. Desea un mundo en el que eso sea suficiente.

Rosina.

Rosina no sale del vehículo cuando Melissa para en su casa. El cielo ha estallado en una tormenta de truenos y el automóvil reverbera con el aporreo de la lluvia.

—No voy a entrar —indica Rosina—. Me voy a fugar.

—¿No necesitas algo más que la mochila del instituto para fugarte de casa?

—Buena observación. —Apoya la cabeza en el respaldo del asiento y cierra los ojos—. Estoy jodida.

—Igual no va tan mal como crees. Puede que no confíes lo suficiente en tu madre. —Melissa se inclina y le toma la mano—. Va a ir bien.

—Eso no lo sabes.

El automóvil se llena del eco de las gotas de lluvia y la calidez de los cuerpos. Un trueno las sobresalta y las acerca aún más.

—¿Entonces eres... lesbiana? —pregunta Rosina—. ¿O la semana que viene te darás cuenta de que «Oh, solo estaba experimentando, mejor seamos amigas»? Porque eso sería un asco. Porque cuanto más te conozco, menos quiero ser tu amiga. Es decir... ya sabes a lo que me refiero.

Melissa se quita el cinturón de seguridad, se acerca a Rosina y la besa. No es un beso cualquiera, sino uno largo, lento y suave. No se trata en absoluto de un beso amistoso.

—Rosina, no eres ningún experimento —murmura.

Ella tarda unos segundos en abrir los ojos.

—¿De acuerdo? —insiste Melissa.

—De acuerdo.

—Llámame para contarme qué pasa con tu madre.

—De acuerdo.

La chica entra en la casa flotando. El suspiro irritante de siempre de Lola mientras ve la televisión en el sofá no le afecta.

—¿Está la abuelita durmiendo? —le pregunta.

—Me debes veinte dólares —replica su prima.

—Hola a ti también.

—He tenido que quedarme con ella porque has faltado al trabajo y ha tenido que ir mi madre en tu lugar.

—Sí, parece un trabajo muy duro.

Lola extiende el brazo. Rosina suspira y saca un billete de veinte dólares del monedero. En circunstancias normales, discutiría, pero está reservando las energías para su madre. Un solo minuto con un miembro de su familia y es como si el beso con Melissa nunca hubiera tenido lugar.

Sube a su habitación y espera. No se molesta en intentar acostarse porque sabe que mami la despertará en cuanto llegue a casa del trabajo. Pasa unos minutos rasgando con suavidad las cuerdas de la guitarra, experimentando con varios acordes, ritmos y notas hasta que una fuerza misteriosa a la que no puede poner nombre y de la que nunca dice nada parece hablar por sus dedos, dirigiéndola, tomando decisiones por ella. Treinta minutos más tarde, está tocando el vago esquema de una canción nueva, tres acordes arpegiados de un verso y otros tres de un estribillo. Tararea el principio de una melodía mientras piensa en Melissa, en sus labios, en cómo resplandece cada vez que entra en una habitación, en cómo esa luz suya convierte en soportables las sombras de Rosina.

Pero entonces... bam, bam, bam. La habitación se estremece con el sonido del puño de mami en la puerta. Antes de que pueda decirle que pase, la puerta se abre y la mujer entra.

—¿Qué diablos estabas haciendo que era tan importante? —ruge.

—No puedo contártelo, lo siento.

—No. —Mami sacude la cabeza de un modo tan agresivo que Rosina piensa que se le puede caer—. Eso no es aceptable. No puedes hacer eso.

—Lo siento —es lo único que se le ocurre decir.

—¿Quién te crees que eres? —Mami se acerca más a ella. Le quita la guitarra de las manos y la lanza al suelo. La estructura de madera resuena y las cuerdas producen un sonido sombrío al golpear el suelo. Rosina abre mucho los ojos. La guitarra no. Cualquier cosa menos eso.

Pero de pronto siente una extraña calma. Se queda mirando la cara roja y furiosa de su madre y casi siente pena por ella, por su vida iracunda y solitaria. ¿Qué sentido tiene enfrentarse a su ira con más ira? ¿Qué sentido tiene discutir con una persona que está siempre enfadada, pase lo que pase? Rosina podría haber tirado un plato al suelo. Haber llegado dos minutos tarde. Haber matado a alguien. Y mami estaría igual de enfadada.

Ha faltado esta noche al trabajo y no va a contarle el motivo. Sabe que está en su derecho de enfadarse, pero ella también tiene derecho a tomar sus propias decisiones. Ella acepta la ira de su madre, pero no tiene que combatirla.

No dice nada. Se queda mirando a su madre a los ojos con expresión vacía, libre de resistencia, de culpa.

Mami es la primera en apartar la mirada.

—Me pones enferma —brama. Se da la vuelta y sale del dormitorio. La puerta se cierra de forma normal al salir la mujer porque es demasiado fina como para dar un portazo.

La habitación se queda en silencio tras el huracán de mami. Rosina recoge la guitarra y la inspecciona en busca de algún daño; solo necesita afinarla.

Su instinto es quedarse sola, pero siente algo nuevo, algo más fuerte que el instinto.

Busca el teléfono y llama a Melissa. Es casi medianoche, pero, de algún modo, lo sabe; sabe que Melissa sigue despierta.

—Hola —la saluda después de dos tonos.

—Acabo de discutir con mi madre. No quiero hablar del asunto.

—Oh, lo siento, Rosina.

—Estoy bien —informa, confundida con sus palabras—. Creo.

—¿Sí? Me alegro.

—Mejor hablamos de otra cosa. Vamos a fingir que hoy no ha pasado nada triste.

—¿De qué quieres hablar?

—Solo quiero escuchar tu voz.

—Ah, de acuerdo.

Silencio.

Cuando Melissa se ríe, Rosina siente mariposas revoloteando por todo el cuerpo, borrando el dolor.

—Di algo —le pide.

—¿Quieres venir algún día a mi casa a cenar?

Las mariposas dejan de revolotear. Se han quedado paralizadas.

—¿Con tus padres?

—Sí.

—Se supone que tengo que decir que sí, ¿no?

—Espero que digas que sí.

—De acuerdo, sí. Pero estoy un poco asustada.

—No pasa nada por estar asustada.

—Me estoy haciendo un poco de pipí en las bragas.

—Eso probablemente deberías de hacértelo mirar.

—¿Qué les has contado de mí a tus padres?

—Que eres increíble.

—Oh.

—Y puede que también les haya dicho que quiero que seas mi novia —añade Melissa.

Y ahí está. Oficialmente hay demasiados sentimientos como para que le quepan dentro de los confines de las costillas. El corazón le estalla. Está en las últimas.

Nosotras.

Amber Sullivan está en Diseño Gráfico, su mejor clase del día. Es su oportunidad de trabajar con un buen ordenador y sentir que es medio buena en algo. Quién sabe de qué sería capaz si tuviera uno en casa para practicar.

Esta no es solo su mejor asignatura, también es donde mejor sentada está. Su ordenador está justo al lado de Otis Goldberg, que normalmente está en el otro bando del instituto, en las clases de los chicos inteligentes, y que, en este punto de su vida, es la única persona cuya compañía disfruta de verdad.

—¿En qué estás trabajando? —le pregunta Otis, tratándola como a una persona.

—Oh —musita ella—. Eh... —Él es el único chico al que no sabe cómo hablar.

—Parece interesante —observa él, que se ladea un poco para ver mejor la pantalla. Le toca el hombro con el suyo—. ¿Está animado?

—Sí —responde. Presiona el botón para comenzar la animación. La verdad es que no es gran cosa, ha tardado quince minutos en crearlo.

—Vaya —exclama Otis, y parece impresionado de verdad—. ¿Cómo lo has hecho?

—Es muy sencillo de programar. —Abre la pantalla en la que lo ha escrito.

—¿Has escrito tú todos esos códigos? ¿Dónde has aprendido a hacerlo?

Amber se encoge de hombros.

—Supongo que he aprendido sola.

—Tienes mucho talento. Podrías dedicarte a esto profesionalmente si quisieras.

Amber tiene que apartar la mirada de sus ojos penetrantes. Él es la única persona que le ha dicho que puede hacer algo en la vida.

—Puta —la insulta Olivia Han con una tos falsa cuando pasa por su lado. Golpea el ordenador de Amber con la cadera.

—Cállate, Olivia —le reprende Otis—. Eso no está bien.

Olivia lo mira un momento, perpleja. ¿Cuándo ha defendido alguien a Amber Sullivan?

—Lo que tú digas —responde por fin y se aleja.

—No tenías por qué hacerlo —comenta Amber—. Ya estoy acostumbrada.

—Eso no le da derecho a hacerlo. No te lo mereces.

Lo extraño es que parece creer lo que dice.

Y más extraño aún es que, por un breve instante, al mirar a Otis a los ojos, también ella lo cree.

Alguien se sienta a la mesa designada para Adam Kowalski, pero ese tan solo es el nombre que aparece en el certificado de nacimiento.

Su nombre ahora es Adele, pero nadie lo sabe aún. «Solo un año más», piensa, un mantra que se repite una y otra vez en la mente.

Mira a un grupo de chicas que hay agrupadas, susurrando. Siente un tirón en el pecho, un deseo de unirse a ellas. Sabe que están hablando de Las chicas de ninguna parte, todo el mundo habla de eso últimamente. Desearía formar parte del grupo, pero ¿se lo permitirían? ¿A alguien como ella? Si asistiera a una reunión, ¿le pedirán a gritos que se vaya? ¿Qué condición de mujer hay en ella si no está en su cuerpo?

Por supuesto, Margot Dillard ya ha terminado los deberes que su madre ha pedido en el instituto. Ha mantenido una conversación alentadora con una decana de admisiones de Stanford, que se ha mostrado nostálgica al recordar cierto problema que tuvo ella misma con la protesta por la ley de segregación racial en los ochenta. Está segura de que su hija no ha hecho nada malo. Los padres de Margot están preparándose para demandar al distrito escolar por la expulsión, y cuentan con un abogado muy bueno.

Margot no piensa en su buena suerte, en el privilegio de que confíen en ella. Está sentada delante del espejo, maquillándose. Vuelve a reproducir un vídeo en YouTube sobre cómo crear un ojo degradado que ya ha visto seis veces porque, por supuesto, tiene que quedar perfecto. Se mira en el espejo y junta los labios carnosos rojos.

«Sexi —piensa—. Madre mía, estoy sexi».

El padre de Trista ha instalado un nuevo pomo en su puerta que se cierra desde fuera. Solo puede salir una vez cada dos horas para ir al baño. Su madre le lleva la comida y reza por ella. Después de la cena, es un gran honor para la familia que el pastor Skinner les haga una visita. Dejan salir a Trista de su dormitorio para que se siente con él en el salón para hablar sobre la honra a sus padres y a la iglesia.

Cuando empieza a hablar sin cesar sobre el respeto a la autoridad, Trista piensa en cómo la han criado para preguntarse siempre a sí misma: «¿Qué haría Jesús?». No dice nada al pastor Skinner acerca de que Jesús luchó por lo que él creía, se enfrentó a los corruptos con poder, mostró amabilidad y respeto por las mujeres en una época en la que no recibían nada de eso. Pero este no es el Jesús del que está hablando el pastor Skinner. De hecho, él no está hablando en absoluto de Jesús.

La tienen secuestrada y no se trata de una hipérbole adolescente. Esta es una situación de arresto real. Pero no puede hacer nada. Es una niña. No tiene derechos. Sus padres deciden lo que es bueno y lo que es malo para ella, aunque estén equivocados.

Elise Powell sabe que esta expulsión es un castigo, pero está tumbada en la cama con una sonrisa en los labios, mirando el techo, y no se siente particularmente culpable. Ya ha superado el miedo inicial de ver su futuro destruido como le prometió la directora Slatterly: la decepción de sus padres, que la echen del equipo de softball, perder la beca para la Universidad de Oregón. Después de la visita al despacho de la directora cuando Elise explicó su versión de la historia a sus padres, jura que vio a su madre reprimir una sonrisa.

Lo más importante es que la creyeron. Y cuando Elise llamó a su entrenadora hecha un mar de lágrimas para suplicarle que no la expulsara del equipo, tras una pausa y lo que le sonó como una puerta cerrándose, la entrenadora Andrews le susurró: «No se lo digas a nadie, pero estoy muy orgullosa de ti. Estoy segura de que mis amigos de la Universidad de Oregón también lo estarán».

Sin embargo, hay algo más importante que todo eso, algo más inesperado y mágico e increíble. Algo que reproduce con agrado en su cabeza una y otra vez durante la expulsión de una semana: ha tenido una cita. Con un chico. Un chico guapo, estupendo y maravilloso.

Elise debería sentirse culpable por haber faltado a la reunión de Las chicas de ninguna parte por salir con Benjamin Chu, por haberlo mantenido en secreto. Debería sentirse culpable por haber cambiado de prioridades, por preocuparse más por un chico que por la solidaridad con sus amigas y la causa. Por haberse quedado jugando a videojuegos con Benjamin en su casa en lugar de acompañar a las demás chicas en esa casa vieja y espeluznante el sábado. Hacía calor y él no dejó de disculparse porque se había roto el termostato, los vasos de limonada estaban empañados y él tenía el labio superior lleno de sudor. Elise estaba tan distraída por el deseo de saborear el sudor del labio que no paraba de morir de formas vergonzosas en el videojuego, y él bromeó con ella de un modo que la hacía sentir gloriosa, la miraba a los ojos tanto tiempo que él también moría y apenas era capaz de notar la vocecita en la cabeza que le gritaba «¿Qué pasa con la huelga?» cuando se acercó a él y presionó los labios contra los suyos. Cuando al fin se separaron, él apenas abrió los ojos y murmuró con una sonrisita boba «¿Ha terminado la huelga?» y ella contestó «No se lo digas a nadie», y él dijo «Puedo esperar», y ella replicó «Ni hablar», él insistió «¿Estás segura?», y cuando volvieron a besarse, su cuerpo gritaba «Estoy segura, estoy segura, estoy segura, estoy segura».

Elise recuerda, tumbada en la cama, el sabor dulce y salado a limonada de los labios de Benjamin Chu. Cree que tal vez debería estar un poco arrepentida, pero no es así. Porque es probable que Las chicas de ninguna parte se alegren por ella. Porque a veces decir que sí es tan importante como decir que no.

Erin.

Erin no sabe qué pasó exactamente anoche en la comisaría de policía mientras ella estaba en casa con Otis, pero está claro que fue algo malo y que las noticias han llegado a personas que no tienen por qué saberlas. Las tres chicas que admitieron estar en la lista de Spencer se encontraron sus taquillas pintarrajeadas al llegar al instituto. Alguien había pegado una nota en la de Lisa Sutter en la que ponía: SU DON: CAMBIAR DE «NO NO NO» A «MMM MMM MMM» DESDE 1942.

La directora Slatterly está furiosa. Ha contratado a cuatro guardias de seguridad nuevos para que patrullen por los pasillos y la cafetería. Se rumorea que se ha castigado a al menos ocho chicas hoy, y solo es la cuarta hora. Gracias a una lista de Delaney con las personas que aparecieron anoche en la comisaría, sabe a quién perseguir y, por supuesto, sabe muy bien qué razones estúpidas dar.

Erin es consciente de que debería sentirse mal por ellas. Tendría que lamentar no haberlas acompañado anoche. Eso sería lo correcto. Pero está demasiado ocupada sintiendo algo completamente distinto.

Ahora, de camino a clase, tiene un motivo para sentir una vez más esa sensación distinta. Ahí, en el otro extremo del pasillo, está Otis Goldberg sacando algo de la taquilla. Algo dentro de ella se sobresalta. Parece un reptil, una serpiente a toda velocidad, un lagarto que sacude la cola. Antes de que le dé tiempo a pensar en algo, Erin sufre lo que parece el principio de un ataque de pánico, pero también lo contrario a un ataque de pánico, lo que la lleva a pensar que a lo mejor le apetece saludar a Otis en voz alta y así captar su atención, y eso lo haría sonreír a él, acercarse a Erin y hablar con ella, lo que conseguiría que ella se sintiera aún más feliz porque de repente comprende, claro y cristalino como un razonamiento geométrico, que él le gusta. Le gusta Otis Goldberg. Le gusta Otis Goldberg de un modo distinto y más grande a como le gustan Rosina y Grace. Le gusta Otis Goldberg como algo más que un amigo.

Pero entonces ve a Amber Sullivan a su lado, muy cerca. Erin se ha pasado años estudiando el lenguaje corporal y el espacio personal, y sabe que Amber está más cerca de lo que se supone que puede estar una amiga. Sabe que los amigos no apartan el pelo detrás de la oreja del otro. No rozan los pechos con los brazos del otro.

Las chicas como Amber son las que les gustan a los chicos. Con curvas y sonrisas, con cumplidos y contacto visual. No unos bichos raros andróginos como ella. No las chicas que solo saben sentir demasiado o muy poco.

Y así de sencillo, tan rápido como ha descubierto sus sentimientos por Otis Goldberg, jura acabar con ellos, eliminarlos de raíz. Puede obligarse a dejar de sentir. Su mente es más fuerte y estable que el caos volátil e impredecible de su corazón. No se refiere al órgano, por supuesto, sino al fango misterioso que lo rodea, las células neuronales curiosamente colocadas en medio del pecho que conectan con el cerebro y otras cosas misteriosas que no se pueden ver ni medir, el lugar del cuerpo que siente pánico y amor, y que no puede diferenciar ambas sensaciones.

Erin debería de habérselo esperado. No estaba pensando como un androide, ha dejado que los sentimientos la infecten. No hacía lo que habría hecho Data.

Es verdad que a un androide se le pueden cruzar los cables. Puede percibir algo sin la información completa y llegar a conclusiones incorrectas, pero estas imprecisiones ocasionales no deberían provocar emociones, que podrían conducir o no a nuevas conclusiones, que podrían llevar a otras emociones, más intensas incluso, y pensamientos, y hasta a acciones. Pero entonces puede que otra observación interfiera con la primera y cuestione el anterior incendio neuronal, y los cables se estiren y se enreden y se vuelvan del todo incómodos, lo que podría o no conducir a otras emociones completamente distintas y que todo se convirtiera en un enorme revoltijo.

Erin se pregunta si es una metáfora. Ella odia las metáforas.

Solo necesita un poco de tiempo, un poco de espacio. Se esconderá aquí, detrás de esta escalera, hasta que se vacíen los pasillos, hasta que todos estén en clase. Usará el silencio para recargarse. Solo necesita unos minutos. Llegará un poco tarde a clase, pero ha sopesado los pros y los contras de tal transgresión y ha llegado a la conclusión de que es más importante que ella esté fuerte y de una pieza que llegar a clase a tiempo.

Eso. Mejor. Otis y Amber se han ido. Todo el mundo se ha ido, también los ubicuos guardias de seguridad. Ya es seguro que salga de su escondite y se dirija a clase.

Pero entonces oye unos pasos. Una risa ronca. Mira a su alrededor y ve a Eric Jordan en el otro extremo del pasillo, más cansado y desaliñado de lo que lo ha visto nunca. Tiene los ojos hundidos fijos en ella. Su sonrisa distintiva ha perdido todo el encanto.

—Deja de mirarme —le exige.

Eric se ríe.

—Sé que no lo dices en serio. —Sigue caminando, acercándose más y más—. Te gusta que te mire, ¿verdad?

—No.

—Hasta alguien como tú tendrá necesidades —señala, ya casi encima de ella. Erin atisba el olor a licor rancio en su aliento, el cuerpo sin asear.

Sabe que podría salir corriendo. Debería alejarse. Pero no puede permitir que él sepa que está asustada. No quiere darle esa satisfacción. Quiere hacerle daño.

—¿Por qué me hablas? —pregunta—. ¿Ahora que ya no hablas con todas las chicas que quieras lo haces con el bicho raro del instituto? Estarás muy desesperado. Qué patético.

Y entonces algo le cruza el rostro, algo aterrador, una mirada de odio y rabia y, por un momento, Erin se ve a sí misma reflejada en los ojos claros de él y se olvida de que es humana. No está mirando a algo humano.

Siente una presión en el pecho y los pies abandonando el suelo cuando Eric la empuja por el pasillo hasta las taquillas. El pomo de la taquilla se le clava en la espalda.

—No te atrevas a hablarme así. —Le escupe las palabras en la cara y nota que se le pegan a la piel.

—Puedo hablarte como quiera —replica ella. No sabe de dónde salen esas palabras. De algún lugar de su interior, uno con dolor y recuerdos y rincones oscuros, pero también con una luz que se escabulle entre las sombras, donde el miedo se torna coraje.

—¿Te crees que necesito que las guarras de este instituto hablen conmigo? ¿Que quiero hablar con ellas? —Lo dice medio riéndose, medio ahogándose. Está al borde de la histeria—. Yo no quiero hablar. No quiero hablar contigo. Puedo conseguir lo que quiero sin hablar.

Vuelve a empujarla contra las taquillas con la mano izquierda y le agarra la entrepierna con la derecha. Erin siente a través del tejido grueso de los *jeans* los dedos musculosos que la agarran, la empujan, intentan atravesarla. Esto no es sexual, no hay nada sexual en eso. Quiere hacerle daño. Quiere convertirla en nada.

Está de nuevo en Seattle. Los ojos distantes de Casper Pennington miran más allá de ella. Desaparece bajo el peso de su cuerpo. Deja de resistirse. Puede que un «no» nunca saliera de su boca, pero su cuerpo lo dejó bien claro. Fue Casper quien eligió no escuchar.

Erin no puede moverse a pesar de que es lo único que anhela hacer. No puede hacer que se detenga. No puede gritar. No puede pedir ayuda. Esto es lo que se siente cuando te atrapan, cuando te dejan indefensa e inmóvil, cuando te conviertes en nada. Tu propio cuerpo, tu voz, se convierte en tu enemigo; no te escucha porque ahora es de él, porque te lo ha robado, porque lo controla con tu propio miedo.

Primero eres un objeto. Después te usa. Y luego te destruye y te reduce a polvo.

Y entonces un sonido en el pasillo, el *walkie-talkie* que llevan los guardias de seguridad. Eric la suelta, pero solo una parte de Erin queda libre.

No lo mira, no mira al lugar de donde procede el sonido, no mira a ninguna parte. Solo corre. Se mueve tan rápido que no puede pensar, no puede sentir. Sale corriendo por la puerta, a la calle y, aunque no respira, aunque se ha olvidado de cómo se hace y siente que se le rompen los huesos, que las venas son cuchillos, que todo el mundo quiere hacerle daño, que todo en su cuerpo es una amenaza, que su mente es una interferencia violenta, cuchillas, cristal; aunque toda su existencia es una zona de guerra... corre y corre y corre hasta que se cae al cruzar la puerta de su casa, hasta que aterriza de rodillas, un montón de moratones y piel rota, hasta que encuentra un rincón en el que hay al menos una cosa en el mundo que es fuerte y se apoya en eso, y llega *Spot* con las orejas tiesas justo a tiempo para oír el quejido que escapa de sus pulmones de cristal, rotos, un sonido como el de un alma que se desinfla, toda una vida que explosiona bajo la presión de demasiada gravedad, demasiado peso, los huesos de elefante en un cuerpo de un pajarito que se rompen, se rompen, se rompen.

Esto es lo que pasa cuando los sentimientos son más fuertes que la voluntad, cuando todo lo que hay explota de entre las sombras. Esto es lo que pasa cuando ganan las emociones y pierde Erin.

Se mece al ritmo de un corazón más grande; su cuerpo es un metrónomo, golpea la pared con la nuca para mantener el ritmo, uno, dos, uno, dos, uno, dos. *Spot* acude al rescate y la roza con la nariz, intentando colarse entre el cuerpo de ella y la pared, intentando convertirse en una almohada. Ella necesita el impacto, que algo la toque, que algo la golpee, que algo marque la violencia existente del cuerpo en el mundo.

Spot suaviza el impacto con su cuerpo. Es un colchón vivo que respira. Pero Erin no se ha cansado de hacerse daño, de romperse. Se golpea la cara con la mano. Golpea y golpea y golpea. Se lastima porque tiene que hacerlo, porque todo duele ya demasiado, porque es el único modo de cambiar el dolor, de convertirlo en otra cosa para que no la engulla por completo. Tiene que luchar, que pelearse con algo, y ella es la única presente con quien puede pelear.

Pero *Spot* está aquí y, con dientes afilados pero amables, le toma la mano en la boca y la aparta, como una madre con un cachorrito errante al que toma por la piel suelta del cuello, y es la ternura la que gana, no la batalla de Erin consigo misma; *Spot* posa sus treinta y cinco kilos en su regazo, encima de los brazos para que no pueda hacerse más daño, para que su única opción sea abrazarlo, sentir el aliento de su peso encima de ella. La silencia y tranquiliza una criatura que tan solo está programada para quererla.

Y en este momento su madre cruza la puerta de entrada con los brazos cargados de verduras. En este momento Erin no puede alcanzar el mundo que hay fuera de ella, no puede oír las bolsas con las verduras caen al suelo, no puede oír el crujido y estallido de los huevos al romperse, no puede oír a su madre gritar «¿Qué ha pasado? ¿Qué ha pasado?». En este momento, Erin solo es apenas consciente de la presencia de su madre, y ella no sabe nada acerca del mundo que tiene dentro, del lugar hermético en el que su madre también está gritando, indefensa, impotente, torturada por el amor al tiempo que se arrodilla al lado de su hija inalcanzable, sabiendo que no hay nada que pueda hacer para ayudarla. Sabe que no puede tocarla, que no puede abrazarla y mecerla, tal y como le piden sus instintos. Y Erin ni siquiera puede considerar ese consuelo en este momento, no puede ver más allá del denso mundo de dolor de su cuerpo, no puede comprender que hay alguien en el mundo que desea ayudarla, que hay alguien que puede hacerlo.

Spot comienza a gimotear. No puede liberarse del abrazo hermético de Erin. La chica no lo suelta. No puede. Sus brazos son como tornillos que su madre tiene que desenroscar con cuidado.

Rosina.

—Ven aquí ahora mismo —brama mami en cuanto Rosina entra en la cocina del restaurante.

—¡Ni siquiera he llegado tarde! —responde ella. En realidad, ha llegado pronto. No se le ocurrió quejarse cuando su madre le pidió que llegara una hora antes para ayudarla a limpiar en profundidad el frigorífico.

—Tu directora me ha llamado hoy.

—¿Qué quería? —pregunta con tono frío a pesar de que nota un repentino pánico en el pecho.

—Aún no lo sé. —Mami entorna los ojos, desconfiada—. Ha dejado un mensaje para avisarme de que quiere hablar conmigo de algo importante. Me ha dicho que puedo llamarla al teléfono móvil en cualquier momento.

—¿Y por qué no la has llamado?

—Quería esperar a que estuvieras tú aquí.

—Qué amable por tu parte. —Rosina intenta actuar como si el suelo no se estuviera derrumbando bajo sus pies, como si hubiera aún algo sobre lo que mantenerse en pie. Cuando mami saca el teléfono del bolsillo para devolver la llamada a Slatterly, Rosina se esfuerza por parecer tranquila; se sienta en una caja que hay en un rincón de la cocina, pero apenas siente las piernas.

—¿Hola? ¿Señora Slatterly? Soy María Suárez, la madre de Rosina Suárez.

Mientras observa a su madre escuchar lo que sea que le está diciendo Slatterly, Rosina cree entender, aunque solo sea un poco, qué se siente al ser crucificado; que te torturen, inmóvil, víctima de los caprichos de alguien con poder. Con cada «ajá» y «sí» que responde mami, los ojos se le llenan de fuego, estallan de rabia y repulsión, y Rosina se encoge, se endurece, se convierte en hielo.

—Quiere hablar contigo —le dice su madre y las palabras apenas logran emerger de su mandíbula tensa mientras coloca el teléfono delante de la cara de su hija. Rosina se levanta y se lleva el aparato a la oreja, se da la vuelta y mira un punto descolorido de la pared. Desearía que este la absorbiera igual que ha hecho con las manchas de grasa de tantos años.

—¿Sí?

—Hola, señorita Suárez —la saluda la directora Slatterly con falsa amabilidad—. ¿Qué tal estás?

—Bien. —Nota los ojos de su madre agujereándole la espalda.

—Me alegro. Voy a ser directa contigo, cielo. Me preocupas. Y no estaría haciendo bien mi trabajo si no compartiera mis preocupaciones acerca de los estudiantes con sus padres.

—¿Qué le ha contado?

—Estoy segura de que te lo dirá ella en cuanto dejemos de hablar. Pero quería hablar directamente contigo sobre ciertos detalles que he preferido no contar a tu madre.

Rosina se queda esperando y el silencio casi la mata. Sabe que Slatterly está prolongando la tortura a propósito, que obtiene cierto placer enfermizo al hacerlo.

—Señorita Suárez, no tengo nada personal en tu contra, ya lo sabes. Me agrada tu espíritu independiente. En cierta manera, incluso lo admiro. Pero la verdad es que estoy bajo mucha presión y tengo que acabar contigo y el club de tus amigas. —Se queda un momento en silencio—. No tienes ni idea de cuánta presión estoy soportando —añade con voz aguda—. Ni idea.

Por un momento, Rosina teme que la directora se ponga a llorar. Esta es la voz de alguien que está al límite.

—Tengo que admitir —continúa Slatterly— que estoy un tanto orgullosa de vosotras por lo lejos que habéis llegado con este asunto. Pero ya os habéis divertido suficiente y creo que ha llegado el momento de parar. Es mejor dejar pasar ciertas cosas. ¿Estoy siendo clara?

—No sé de qué está hablando.

El suspiro pesado de Slatterly atraviesa el teléfono.

—Señorita Suárez, no quería llegar a este punto, pero no me has dejado elección. —Hace una pausa y a Rosina le gustaría verle la cara ahora mismo para poder adivinar el porqué del silencio, si el atisbo de remordimiento que le parece notar es real—. Soy consciente de que la condición de inmigración de tu abuela no es... ¿cómo decirlo? Aceptable.

Todo lo que hay en su cuerpo se detiene: el corazón, los pulmones, el flujo de sangre en las venas. Todas y cada una de las células que Rosina tiene dentro se rinden al mismo tiempo.

—Sé que no te gustaría hacer nada que cause problemas a tu familia. ¿Qué tal enviar al departamento de sanidad al restaurante de tu tío? Lo único que hace falta es una llamada por parte de un ciudadano preocupado. —De pronto la voz se ha tornado robótica, sin alma. No es una humana quien dice esas palabras.

Sin pensarlo, Rosina se vuelve para mirar a su madre, que sigue ahí, observándola con el mismo fuego en los ojos. Dos mujeres, preparadas para hacerle más daño del que podría infligirle un hombre. Se vuelve de nuevo para mirar la pared. Está atrapada.

—¿Qué opinas, señorita Suárez? —concluye Slatterly—. ¿Quieres ocasionar problemas?

—No —susurra.

—Podría olvidarme de todo esto si me ayudas un poco. Si me cuentas lo que sabes de Las chicas de ninguna parte. Tal vez cuándo y dónde se celebrará la siguiente reunión, quién es la líder, qué planes tienen en mente. Esa información me resultaría de mucha utilidad.

—Yo no sé nada. Ya se lo he dicho.

—Claro que me lo has dicho —replica Slatterly.

Y de nuevo ese silencio agonizante.

—Bueno, estoy segura de que tu madre está ansiosa por hablar contigo —señala demasiado alegre y demasiado rápido, como si tratara de acabar la conversación lo antes posible, como si intentara convencerse de que no ha ido tan mal—. La buena noticia es que, si te mantienes alejada de los problemas, no tienes nada de lo que preocuparte. Pero estás en periodo de prueba, señorita Suárez. Un paso en falso, y se acabó. ¿Entendido?

—Sí.

—Y, por supuesto, si recuerdas algo sobre la pequeña organización de tus amigas, soy toda oídos. Si la información es útil, no tendré motivos para seguir tan pendiente de ti. ¿De acuerdo? Estupendo. Me alegro de que hayamos mantenido esta charla.

Por favor, despídete por mí de tu madre y espero que tengas un fin de semana magnífico. —Y cuelga.

—¿¡Drogas!? —grita mami en cuanto la mira.

—¿Qué?

—La directora me ha dicho que tomas drogas. —Le quita el teléfono de las manos—. Y que por eso te has estado escabullendo a todas horas. Por eso no puedes hacer de niñera. ¿Porque te estás drogando? ¿Has elegido las drogas por encima de tu propia familia? Sabía que estabas metida en algo, pero no en eso. Ni siquiera yo pensaba que pudieras caer tan bajo.

—¡No he probado una droga en mi vida! —exclama Rosina—. Slatterly no sabe de lo que habla.

—Me ha dicho que estás faltando a clase. Que sales con chicos malos en el instituto.

—Mami, has conocido a mis amigas, sabes que no son malas.

—Lo que sé es que esas chicas mienten. —Da un paso adelante, aprisionándola contra la pared—. Lo que sé es que tú mientes. Llevas mintiéndome desde que aprendiste a hablar.

—Mami —lloriquea—, te estoy diciendo la verdad. No hago nada malo, te lo juro por Dios.

Su madre le agarra la parte delantera de la camiseta y tira de ella, dejándola sin aliento.

—No te atrevas —gruñe—. No te atrevas a hablar de Dios. No menciones Su nombre.

Rosina no puede hablar. No puede respirar.

—Una llamada más de la directora y te marchas —la amenaza, casi con tono relajado, que es mucho peor que la rabia—. Ya he tenido suficiente. Esta familia ya ha tenido suficiente. Estoy harta de ser tu madre.

Cuando mami la suelta, se tambalea contra la caja y se cae al suelo. Ahora que le ha aflojado el nudo en torno al cuello, todo burbujea, las lágrimas que no ha llorado, y Rosina empieza a sollozar; es un revoltijo en el suelo que busca los pies de su madre, gritando «Lo siento, lo siento», pero lo único que hace la mujer es mirarla como si fuera un perro callejero sarnoso, demasiado enfermo y sucio como para quererlo.

—Aséate y prepárate para trabajar.

Rosina mira a su madre con el rostro rojo y empapado en lágrimas.

—Mami —suplica, obligándose a mirarla a los ojos—. Por favor. Lo siento. Te quiero.

Por una décima de segundo, le parece ver a su madre enternecerse, pero igual de rápido desaparece esa visión.

—Me pones enferma —brama y se marcha, y Rosina no podría estar más de acuerdo.

Erin.

La manta que la tapa es pesada, como un babero de plomo de los que usan los dentistas. Es una manta especial para gente con trastornos del espectro autista, como un abrazo para las personas a las que no les gusta que las abracen. Se ha pasado la mayor parte del fin de semana debajo de ella, bien leyendo en la cama o arrastrándola escaleras abajo para ver los episodios elegidos de forma aleatoria de *Star Trek: La nueva generación*. Evita esos en los que aparece Wesley Crusher.

Lleva dos días sin hablar. Su madre se ha pasado todo el fin de semana intentando acercarse a ella. Le ha preguntado repetidamente si ha sucedido algo en el instituto. Llamó al despacho de Slatterly, pero la directora no le devolvió la llamada. Ha hecho llamadas al médico, al terapeuta y a los especialistas que tratan a su hija, incluso a su antiguo terapeuta ocupacional de Seattle. Todos le han pedido que espere, que deje que Erin decida cuándo está preparada para hablar. Pero la paciencia no es su mejor virtud. Dejar espacio a su hija no es su idea de solucionar un problema.

Erin permaneció sentada a la mesa de la cena, escuchando los intentos desesperados y lacrimógenos de su madre de llenar el silencio.

—¿Han sido los acosadores, cielo? ¿Te han dicho algo? Pensaba que durante este curso te estaban dejando tranquila. Esto es algo que llevaba mucho tiempo sin sucederte. Te iba muy bien. ¿Es una regresión?

Erin no respondió en voz alta a las preguntas, pero eso no significa que no tuviera respuesta. Estaba manteniendo un diálogo con su madre en la cabeza. «No es ninguna regresión —pensó—. Yo no soy lineal. Solo es dolor. Quiero que el mundo se quede en silencio».

Cree que tal vez comience a hablar de nuevo mañana. El lunes es siempre un buen día para empezar algo. Pero esta noche tan solo quiere estar en su habitación. Quiere calma. Quiere silencio. Quiere volver a estar fuerte otra vez.

El teléfono lleva media hora vibrando con llamadas y mensajes de texto de Otis, así que lo apaga sin leer ni escuchar los mensajes. Está poniendo en práctica su más antigua y mejor defensa: elige no preocuparse. Las ballenas y las olas del reproductor de música le cantan. Está bajo el agua, tan al fondo que la presión destrozaría a un humano normal, pero ella está a salvo, no tiene huesos.

Sin embargo, justo cuando está quedándose dormida, oye algo nuevo, algo cerca. Algo real, aquí mismo; no es una grabación ni una vibración electrónica. Una serie de golpecitos en la ventana. ¿Una granizada? ¿Pájaros kamikazes?

Abre la ventana y mira la calle; oye ruidos abajo y ve una figura en las sombras con la forma de Otis Goldberg, con el brazo en alto a medio lanzamiento.

—Au —se queja Erin y se frota la frente, que de repente le escuece—. ¿Qué ha sido eso? —Estas son las primeras palabras que pronuncia desde el viernes. Desde Eric.

—Oh, mierda. Lo siento, era una piedra.

—¿Por qué?

—Necesito hablar contigo.

—¿Por qué? ¿Cómo sabes dónde está mi habitación?

—Ha sido suerte, supongo. ¿Me dejas entrar?

—No —responde—. Es de noche.

—Por favor.

—Adiós.

—Erin, deja de ser tan complicada.

—Eres tú quien me está tirando piedras a la cabeza.

—¡Maldita sea, Erin! —grita—. Me acaban de dar una paliza.

—Toquetea el teléfono para encender la linterna y se apunta a la cara. Está lleno de sangre; tiene el labio partido y el ojo derecho hinchado y medio cerrado.

Erin se olvida de todo lo que ha pensado o sentido o decidido con respecto a Otis desde el viernes por la tarde. Se olvida de Amber. Se olvida del silencio. Se olvida incluso de Eric. No piensa en sus padres, si seguirán despiertos, si la oirán. Lo único que tiene en mente es lo rápido que puede bajar y dejar pasar a Otis, lo rápido que puede ponerlo a salvo en su habitación, lo rápido que puede ayudarlo a que deje de dolerle.

Spot la sigue a la planta de abajo y se queda a su lado cuando abre la puerta. Otis está apoyado en la pared del porche, agarrándose el costado. Erin se queda paralizada, mirándolo.

—¿Qué hago? —pregunta.

—Ayúdame.

Erin avanza un paso vacilante. Otro. *Spot* le frota la nariz en la pantorrilla. Extiende el brazo y Otis le toma la mano. Siente su calor, su peso, cuando le rodea la cintura con el brazo y se apoya en ella. El chico se encoge con cada paso mientras ella lo guía hacia la casa y por las escaleras. Erin se pregunta por qué este peso le resulta tan aterrador y el de la manta no.

—No manches nada de sangre —le pide cuando cierra la puerta de la habitación.

La risa de Otis se convierte rápidamente en una mueca.

—Au —se queja. Se baja la cremallera del *blazer* y se levanta el lateral de la camiseta para examinar un moratón del tamaño de una mano que se le está formando en las costillas—. No tiene buen aspecto. —Se deja caer en la silla del escritorio.

—No te muevas. —Erin sale corriendo de la habitación.

Regresa con un montón de trapos húmedos y suficientes suministros de primeros auxilios como para montar un hospital pequeño. Sin decir nada, se sienta en la cama, de frente a Otis. Con manos lentas y amables, comienza a limpiarle la sangre. *Spot* sigue sus movimientos, lamiéndole la mano a Otis mientras descansa en su rodilla.

—*Spot* es un perro muy empático —indica Erin.

—Ya lo veo.

—Deja de sonreír. Hace que te sangre más el labio.

—¿Y si nos oyen tus padres y se ponen como locos? Porque no creo que pueda soportar que me den dos palizas en la misma noche.

—Su habitación está en la planta de abajo, al otro lado de la casa —explica Erin—. Así que estaremos bien a menos que empieces a gritar a pleno pulmón.

—Pues sé amable entonces.

Erin se da cuenta de que se siente extrañamente cómoda con Otis en su dormitorio. Le gusta estar tan cerca de su rostro. Le gusta tocárselo con las bolas de algodón empapadas en peróxido de hidrógeno, le gusta poner gel antibiótico en las pequeñas heridas y presionar tiritas sobre su cálida piel. Le gusta el silencio y la calma de estos roces, le gusta sentir como si estuvieran hablando, a pesar de que nadie dice nada, excepto el reproductor de música.

—Qué música más psicodélica —observa Otis.

—Me ayuda a relajarme.

—Se te da muy bien esto. ¿Has pensado en ser médico?

—Los médicos tienen que hablar con la gente.

Erin se echa hacia atrás para admirar su trabajo. Después de limpiarla, la cara de Otis empieza a parecerse de nuevo a él mismo, tan simétrico, al menos todo lo posible teniendo en cuenta el cuarto que está hinchado.

—¿Me vas a contar lo que ha pasado?

—Me preguntaba cuándo lo mencionarías.

—Estaba ocupada curándote.

—¿Significa eso que te importo? —señala con una sonrisa tan grande que hace que los dos se encojan.

—Deja de sonreír.

—Ya que te mueres por saberlo, te lo contaré.

Pero Erin no sabe si quiere que lo haga. Está disfrutando demasiado de esto. De estar con él en silencio. De esta burbuja de calma antes de las malas noticias.

—Fui al Quick Stop —comienza Otis—. No pensaba con claridad. Eran las diez más o menos y acababa de terminar el trabajo para la clase de la señorita Eldridge. Tenía ganas de tomarme un cuenco con Cheerios de miel y almendras, que es lo que más me gusta comer cuando es tarde. ¿Te gustan esos cereales?

—No lo sé. —No se acuerda de cuándo fue la última vez que los comió—. ¿Tienen algo que ver con que tengas la cara destrozada?

—Se habían terminado —prosigue Otis—, así que decidí caminar hasta la estación de servicio para comprar un paquete.

—A las diez de la noche.

—Sí. Como te he dicho, los necesitaba. Desesperadamente. Tú no entiendes mi relación con los Cheerios de miel y almendras.

—Qué raro.

—Así que entré, pero supongo que el timbre ese que avisa cuando entra alguien estaba roto porque nadie se dio cuenta de que estaba allí. La tienda estaba vacía, excepto por Spencer Klimpt, que estaba detrás del mostrador. Y adivina quién estaba con él. Eric Jordan. Y estaban hablando muy seriamente, así que mis instintos detectivescos se pusieron en marcha y supe que tenía que escuchar lo que estaban diciendo.

—¿Por qué tienes instintos detectivescos?

—Cuando sea mayor seré periodista. Me gusta hacer preguntas e incomodar a la gente.

—Ah.

—Estaban hablando de una chica llamada Cheyenne que vive en Fir City, y parecía que... —Se queda un instante en silencio y mira a Erin a los ojos. Ella no aparta la mirada—. Parecía que le habían hecho exactamente lo mismo que a Lucy. —Otis aparta la mirada antes de que lo haga Erin—. No sé si puedo decirlo en voz alta.

—Tienes que hacerlo —lo anima Erin.

El chico toma aliento y alza la mirada. *Spot* le lame la muñeca.

—Me acuerdo de las palabras exactas de Spencer. Dijo que la chica debería sentirse afortunada de que ellos quisieran algo con ella. Luego Eric comentó que se había quedado muy quieta. —Otis parece a punto de vomitar—. Eric dijo que prefería que se resistieran un poco.

Erin se da cuenta de que le está sosteniendo la mano.

—Luego Eric empezó a quejarse porque Spencer siempre tiene que ser el primero y que la próxima vez quiere hacerlo él antes. Como si planearan una próxima vez. Y entonces Eric empezó a hablar de Ennis y a preguntar a Spencer si pensaba que este iba a contar algo, decía que nunca debería haber formado parte de esto, que es un cobarde y que no pueden confiar en él. Y en ese momento me tropecé donde estaba agachado, en el pasillo de los cereales, y tiré algunas cajas de las estanterías.

—No —exclama Erin.

—Sí.

—¿Y qué pasó?

—Spencer dijo algo así como «¿Qué quieres?» y Eric dijo «Mierda, ¿crees que nos ha escuchado?» y salí más o menos corriendo.

—¿Saliste más o menos corriendo?

—Salí corriendo.

—Pero te alcanzaron.

—Eric. Estaba corriendo, pero no soy muy rápido y él juega al fútbol. Lo oí llegar y noté que me tiraba del *blazer*. Y a continuación estaba en el suelo y me estaba pegando. Me golpeó en el vientre y yo ni siquiera me defendí.

Erin le limpia las lágrimas con una bola de algodón.

—Le supliqué que parara y él se rio de mí. Y en ese momento creo que entendí, aunque solo fuera un poco, qué se sentía al ser Lucy. Al ser Cheyenne.

«Y yo», piensa Erin. Y entonces también ella se pone a llorar. Y *Spot* está frenético, moviendo la cara a un lado y a otro intentando lamerlos a los dos.

—Eric se puso en pie, con total calma —continúa Otis, limpiándose la nariz con la manga—. Me dijo que si contaba a alguien lo que había escuchado sería peor. Y luego me escupió y se fue.

—Tienes que ir a la policía.

—Ya, claro. Como si fueran a creerme. Los dos sabemos que no van a hacer nada. El padre de Eric juega al póker con el jefe de policía. ¿Y no estuvieron juntos en la Operación Tormenta del Desierto o algo así?

—¿Y por qué has venido aquí?

—No sé. Me siento seguro aquí. Contigo.

—Eso es ridículo.

—No me importa.

—¿Por qué me miras? —pregunta Erin—. ¿Tengo mocos en la nariz? No soy muy buena llorando.

—Solo te estoy mirando.

—Eres ridículo.

—Lo sé.

—No puedo respirar. Creo que estoy sufriendo un ataque al corazón.

—Eres demasiado joven para sufrir un ataque al corazón.

—Pero me duele. Aquí. —Se pone la mano sobre el corazón.

Otis pone la suya encima.

—Es culpa mía que te hayan hecho daño —lloriquea Erin—. Por culpa de Las chicas de ninguna parte. Soy una de las personas que lo inició. Si no lo hubiéramos comenzado, no te habrían hecho daño.

Otis sonríe.

—Justo cuando creía que no podías gustarme más...

—¿Qué?

—Me gustas más.

Las lágrimas de Erin se convierten en sollozos de verdad. Se tapa la cara con las manos.

—¡Pero eres muy feo! Lo siento, eso no es lo que quería decir. No eres feo. Lo es tu cara. No, espera...

—Tú eres preciosa —dice Otis.

Erin se pone en pie y empieza a pasearse por la habitación con *Spot* siguiéndola de cerca. Necesita un pilar, algo conocido y tranquilizador para contrarrestar este momento extraño.

—¿Alguna vez has pensado que un viaje al espacio sideral como en *Star Trek* es similar a una exploración del fondo del mar? —comenta—. Se trata de ir adonde nadie ha ido antes, encontrar nuevas formas de vida y expandir nuestro conocimiento. ¿Sabías que se ha explorado menos del cinco por ciento del suelo oceánico? ¿Sabías que existen ecosistemas enteros ahí abajo que no dependen del sol? Toda la energía proviene de químicos que se originan en fuentes hidrotermales y hay gusanos de tubo que miden casi dos metros de largo y viven ahí, donde el agua está a unos ochenta grados centígrados, y hay copépodos que son bacterias quimiosintéticas y anguilas y cangrejos que se los comen. Lo que esto significa es que podría haber vida en otros planetas, puede que vida inteligente, que no esté basada en la fotosíntesis. —Erin deja de moverse. Otis y el momento incómodo siguen ahí—. Un momento, ¿vas a contárselo a tus padres?

—Les diré que me he caído de la bici cuando iba a la tienda.

—¿Y se lo van a creer?

—Claro.

—Tus padres no deben de ser muy listos.

—Erin.

—¿Qué?

—¿Me has oído decir que eres preciosa?

La chica empieza a pasearse de nuevo.

—Ahora mismo solo tienes un ojo bueno —señala. Se trata de una roca brillante marrón que irradia luz.

—¿Qué te parece?

Erin mueve las manos en el aire.

—Esto es lo que soy. ¿Crees que esto es precioso?

—¿Tú no?

Se detiene y le mira a los ojos.

—Estás delirando.

—Eso es muy posible. —Otis se pone en pie y la mira.

—¿Por qué te levantas? Estás herido. Se supone que tienes que estar sentado.

Él no dice nada. Se limita a mirarla como él sabe hacer, con rostro amable, en absoluto asustado por las cosas que a ella le parecen tan aterradoras.

—Yo no soy un proyecto —aclara ella—. Nunca vas a cambiarme. Nunca seré normal. Soy autista. Quiero seguir siendo autista.

—No quiero cambiarte.

—¿Qué quieres entonces? —grita. *Spot* presiona el cuerpo contra sus piernas.

Erin no comprende lo que sucede. ¿Por qué la mira Otis de ese modo? ¿Por qué es tan amable con ella? ¿Por qué están uno enfrente del otro? No sabe qué se supone que tiene que decir ahora, qué se supone que tiene que hacer con el cuerpo, si tiene que mirarlo a los ojos y, si es así, ¿cuánto tiempo? Pero, sobre todo, no comprende por qué le gusta a Otis, porque él le gusta a ella, por qué sucede esto cuando se ha prometido a sí misma que nunca lo permitiría.

—¿Quieres que me vaya? —le pregunta Otis con amabilidad.

—No. Sí. No lo sé. —Inspira profundamente y se sienta en la cama—. Necesito espacio. A veces solo necesito espacio.

—Sea lo que sea lo que quieras, me parece bien.

—Si te pido que te marches no quiere decir que no me gustes.

—De acuerdo.

—Porque sí es así —añade—. Me gustas.

—Tú también me gustas.

—De acuerdo.

—De acuerdo.

—¿Te vas entonces?

Es más tarde de medianoche cuando Otis sale de la casa. Erin sabe que esta noche no podrá dormir. Sabe que no hay esperanza de adivinar qué haría Data en una situación como esta.

Envía un mensaje de texto a Rosina y Grace: **¡EMERGENCIA! Cancelad todos los planes de después de clase. Necesitamos el automóvil de los padres de Grace.**

Quita las canciones de las ballenas y se sienta frente al ordenador. Tiene trabajo que hacer. No es momento de estar bajo el agua. Ni de seguir enfadada con su mejor amiga. Hay algunas cosas demasiado importantes como para temerlas.

Rosina.

Es lunes y Margot, Elise y Trista están de vuelta de la expulsión. Todo el mundo las trata como heroínas de guerra, a pesar de que lo único que ha pasado es que, básicamente, han tenido unas vacaciones del instituto. Margot da brincos por los pasillos como si fuera más importante de lo que se creía antes, Elise no deja de sonreír y chocar las palmas de los demás e incluso la pequeña Trista (que ya no lleva el pelo morado, sino de su color castaño habitual) parece más alta al caminar.

Rosina sabe que debería sentirse feliz por ellas. Debería estar contenta por todas, también ella incluida. Slatterly intentaba enviar una advertencia con la expulsión de las chicas, pero le ha salido el tiro por la culata. Ahora son mártires, pruebas de la justicia de la causa. Las chicas de ninguna parte son más populares que nunca. Es como si nadie temiera ya a Slatterly.

Nadie excepto Rosina. La intrépida y feroz Rosina. Le gustaría darse un tortazo por la ironía que hay en todo esto.

Ella ya no tiene más oportunidades. Aparte del instituto y de los turnos en el restaurante, está de arresto domiciliario. Si se mete en más problemas en el instituto, la expulsarán. Si se mete en cualquier problema, ya no será la hija de su madre. Eso es lo que le dijo mami: «No serás mi hija». Rosina se ha enfrentado al mundo con insistencia, se ha labrado su propio camino fuera de su familia.

Anoche se quedó dormida en la cama de la abuelita, sin saber si esta habría oído el último combate de gritos con su madre, si tenía alguna idea de sobre qué discutían, si sabía de lo que han acusado a Rosina o si se pasó toda la discusión durmiendo. Lo único que sabe es que los brazos delgados de su abuela se aferraron a ella mientras lloraba y su cuerpo frágil era sorprendentemente cálido. La abuelita la consoló como si fuera un bebé para que se durmiera, llamándola Alicia, el nombre de su hija muerta.

Ni por asomo va a permitir que nadie de este estúpido instituto la vea llorar ahora. Da un puñetazo en la taquilla y los ojos se le secan al tiempo que siente que le arden los nudillos.

—¿Qué te ha hecho esa taquilla? —oye que le pregunta Erin detrás de ella.

Rosina se traga el dolor y se da la vuelta. Erin le coloca de inmediato una pila de papeles delante de la cara.

—Necesito que revises esto para el final del día —le pide.

—Pensaba que ya no me hablabas.

—Pido un alto el fuego temporal.

—Espera un momento. Cuéntame primero qué pasa. ¿De qué iba el mensaje de anoche?

—No hay tiempo. Te lo explicaré en el trayecto.

—¿El trayecto adónde?

—Fir City.

—¿Por qué quieres ir a Fir City?

—Lee los papeles.

—Tengo que estar en el trabajo a las cinco —informa Rosina—. No puedo meterme en más problemas.

—Esto es más importante que el trabajo. Tenemos que ayudar a Cheyenne.

—¿Quién es Cheyenne?

—Una chica a la que violaron Eric Jordan y Spencer Klimpt hace dos noches.

—Joder —exclama Rosina—. No, estás mintiendo. Esto no puede estar pasando. —Pero sabe que Erin no miente.

—Otis Goldberg les oyó hablar de eso en el Quick Stop. Luego Eric pegó a Otis Goldberg. Luego Otis Goldberg me lo contó. Luego os mandé un mensaje a ti y a Grace. Luego me quedé toda la noche en vela preparando esto.

Erin sigue hablando mientras Rosina la escucha. Se siente anestesiada porque esto es demasiado.

—Cheyenne Lockett. Va a segundo curso en el instituto Fir City High, en Fir City, condado de Fir, Oregón. Su dirección es calle Temple, número once. Aquí hay un mapa con las instrucciones para ir en automóvil. —Pasa la página—. Esta es una sinopsis de un artículo sobre cómo hablar con la víctima de una agresión sexual. —Pasa otra página—. Aquí tienes una lista con la información que necesitamos para construir un caso de violación tan bien fundamentado que ni siquiera el policía más apático y corrupto pueda no hacer caso.

—No puedo —insiste Rosina—. No puedo ir después de clase.

Erin la mira y parpadea.

—Tú no eres Rosina. Rosina nunca diría eso. Si ves a la Rosina de verdad dile que se encuentre con Grace y conmigo en el aparcamiento inmediatamente después de clase. —A continuación, se da la vuelta y se marcha.

Erin tiene razón, piensa Rosina. Ella no es la Rosina de verdad. Es alguien que necesita un hogar, y esa necesidad es más grande que la de ayudar a la gente. No es valiente. No es una heroína. Está asustada. Está muy asustada.

Amber.

El nuevo novio de su madre ha vuelto a quedarse a pasar la noche. Amber se despierta cuando lo oye hacer pis en el baño, que está como a treinta centímetros de su cabeza, únicamente con la fina pared de la casa prefabricada como separación. La duración y la pesadez del chorro le hace pensar que ayer fue una de esas noches de unas ocho bebidas por cabeza. Lo sabe como si de una ciencia exacta se tratara.

Amber no se da una ducha porque no quiere correr el riesgo de verlo de nuevo en el pasillo únicamente con una toalla. Hasta el momento, lo único que él ha hecho ha sido mirar, pero ella sabe adónde llevan esas miradas. No es muy distinto de los demás. Un par de semanas de miradas, luego dos semanas de comentarios cuando su madre no está al alcance del oído y, con suerte, luego ya no están. Pero si duran más, los comentarios se vuelven roces y tocamientos. Y es en ese momento cuando ella comienza a buscar otros lugares para dormir. No sabría decir si esos sitios son mucho mejores, pero al menos los elige ella.

Las chicas expulsadas han vuelto y el instituto prácticamente les está preparando un desfile. Pero nadie de ese extraño club ha hecho nada aparte de hablar de lo mucho que están cambiando el mundo, a pesar de que no han cambiado absolutamente nada. Se dan palmaditas en la espalda por nada. La única razón por la que creen que las cosas son distintas es porque no han salido con chicos. Se van a decepcionar mucho cuando finalicen esa estúpida huelga de sexo y descubran que los chicos siguen siendo unos capullos.

Excepto uno, pero hoy no ha venido al instituto. El asiento que hay a su lado en Diseño Gráfico está vacío.

Tendría que estar trabajando en el proyecto de mitad de trimestre, pero está buscando por Internet clases de diseño web en el centro de formación profesional de Prescott. Siempre pensó que empezaría a trabajar a jornada completa como camarera en el Buster cuando se graduara, como su madre, pero a lo mejor hay otras opciones. Igual puede trabajar a media jornada y conseguir un préstamo para estudiantes para pagar los estudios. Puede buscar a un compañero de habitación y un apartamento barato. Tal vez existan posibilidades que aún no ha valorado.

Otis Goldberg le dijo que se le dan bien los ordenadores. Es incluso mejor que él y eso que él es uno de los chicos más inteligentes del instituto. Nadie le ha dicho nunca que es buena en algo, excepto en las cosas por las que no se siente exactamente orgullosa de ser buena.

Ha empezado también a pensar en otras cosas. Como, por ejemplo, que tal vez Chad sea el último chico con el que se acueste en la primera cita. Ha valorado que tal vez pueda decidir si le gusta un chico antes de tener sexo con él, y no después.

A veces pasa caminando por la casa de Otis con la esperanza de que esté en el patio y pueda hablar con él después del instituto, lejos de las miradas de la gente. Quiere saber lo que se siente cuando solo él la mira, como si su mirada pudiera cambiarla, como si pudiera contarle quién es ella en realidad. Tiene que haber algo como el zapato de cristal de Cenicienta para Amber, algo que la pueda transformar al instante y la despoje de la vida que ha heredado en un cruel giro del destino; ojalá pudiera hacer que eso sucediera. El deseo de Otis podría salvarla. Su deseo podría convertirla en una princesa. Lo único que tiene que pasar es que la desee el príncipe.

La gente cree que Amber es estúpida, pero ella sabe algunas cosas sobre las personas: se acostumbran al modo en que las miran los demás, alguien comienza y luego todos lo siguen y, antes de que te des cuenta, todo el mundo te mira de ese modo, tú incluido, y nadie recuerda cómo empezó a suceder, a nadie le importa, y no puedes hacer nada al respecto.

Pero entonces alguien te mira de un modo un poco distinto. Y tal vez empieces a pensar que puedes ser otra persona diferente a la que has sido siempre, desde que el tío Seth comenzó a mirarte cuando tenías diez años, cuando sus ojos recorrían tu cuerpo y te dejaban claro quién eres: no eres una princesa ya, no eres nadie que pueda soñar. Cuando comenzó a hacer algo más que mirar y entonces eso pasó a ser lo que hacía todo el mundo, todo lo que querían y ya estabas marcada, como si tu cuerpo estuviera hecho de luces rojas parpadeantes y mostrara a la gente para lo que era bueno, y sus ojos te dijeran quién eres, y sus ojos te contaran tu historia.

Pero entonces, un día, te parabas a pensar: «¿Qué es lo que quiero? A lo mejor deseo contar mi propia historia».

La única razón por la que Otis Goldberg faltaría al instituto es porque está enfermo. Él es un chico amable. Así que aquí está Amber, llamando al timbre de su casa. Se supone que tiene que estar en la tercera clase, pero ¿a quién va a engañar? Ella no es del tipo de personas cuya vida va a cambiar dependiendo de lo bien que vaya en Fundamentos Matemáticos.

Otis no sabrá nunca lo mucho que ha hecho por ella, pero puede darle las gracias. Si está enfermo, sabe que puede hacer que se sienta mejor. Hay muchas cosas que no puede hacer, pero esta sí.

La puerta se abre y Amber casi se pone a gritar.

—Oh —dice Otis con los labios amoratados y agrietados—. Hola, Amber.

Tiene un ojo hinchado y completamente cerrado. Lleva una bolsa de hielo en el costado.

—Me he caído de la bici —explica—. No tengo mucha coordinación.

—Pensaba que estabas enfermo —consigue pronunciar Amber—. He venido a ver cómo te encuentras.

No sabría decir si está sonriendo porque no puede mover mucho la boca. Pero a Amber le parece atisbarlo en el ojo bueno, por cómo se arruga por la comisura.

—¿Quieres entrar? Estoy viendo un documental sobre los calamares.

La casa es bonita. Es como esas que salen en los programas de televisión. Está muy claro que aquí vive una familia de verdad. Amber se sienta al lado de Otis en el sofá y él ni siquiera parece darse cuenta de que la chica ha elegido el hueco del medio, justo al lado de él.

—¿Dónde están tus padres?

—En el trabajo. Eres muy amable por venir a comprobar cómo estoy.

—Estaba preocupada. —Amber se acerca un poco más hasta que las piernas se tocan. Lo mira y espera a que él haga lo mismo para dedicarle su mirada estrella, pero él está concentrado en la tele.

—Nunca había pensado que el océano fuera tan interesante —comenta—. Mis intereses siempre han sido la historia, los acontecimientos actuales y averiguar por qué hace las cosas la gente, pero supongo que la ciencia es también fascinante.

—Ah, ¿sí? —A los chicos les encanta que muestres interés en lo que están diciendo.

—Sí, parece que ese calamar de Humboldt es tan inteligente como un perro. ¡Y ni siquiera tiene columna!

Otis es distinto, sí, pero sigue siendo un chico y, hasta donde Amber sabe, es un chico al que le gustan las chicas. Habla el lenguaje de los chicos. Y ese es un lenguaje que ella conoce. Esto es lo que se le da tan bien. La gente actúa como si fuera algo de lo que avergonzarse, pero, cuando te pones manos a la obra, todo el mundo juega las mismas cartas.

Amber se inclina sobre Otis y alcanza el mando a distancia de la mesita. Presiona los senos contra el pecho de él, solo un instante, lo suficiente para hacerlo gemir. Apaga la televisión y le pone la mano suavemente en la mejilla que tiene bien.

—¿Te duele? —susurra.

Otis abre la boca, pero no sale ningún sonido. Tiene los ojos muy abiertos. Está intentando comprender qué es lo que hace. Amber piensa que no debe de estar acostumbrado a las chicas como ella, a las chicas que hablan el mismo lenguaje corporal que él, que saben lo que él quiere.

Se acerca aún más. Nota su pecho respirar contra el de ella. Tiene los labios muy cerca de su oreja, la mano en la rodilla de él, el muslo, más adentro, más arriba. Sabe exactamente qué es lo que quieren los chicos. Lo que quieren los hombres. Ellos se lo han enseñado.

—Para —le pide Otis, que se aparta con tanta rapidez que Amber se vence hacia delante en el sofá—. ¿Qué haces?

—Me gustas, Otis. ¿Yo no te gusto? —Extiende el brazo en su dirección, pero él retrocede.

—Como amiga. Me gustas como amiga, nada más.

—Puedo ser más que una amiga.

—No me interesas de ese modo, Amber.

—No pasa nada, Otis —contesta—. No necesito que me llames novia ni nada de eso. Podemos divertirnos, nada más. Podemos pasar un buen rato.

Otis intenta retroceder, pero las piernas chocan contra la mesita. Está atrapado.

—Estoy enamorado de otra persona. No quiero estar contigo.

Amber ve algo oscuro en sus ojos. La mira como nunca pensó que lo haría: con pena.

—¿Quién es la afortunada? —pregunta. Nota cómo se vuelve más dura. Está cambiando, se está convirtiendo en la otra Amber: la zorra, la que todos odian.

—Erin DeLillo —responde con cara seria.

—No irá en serio. —Amber se echa a reír.

—Lo digo muy en serio.

—Así que eso es lo que te gusta, ¿no? A algunos chicos les gustan los pechos grandes, a otros las chicas negras. Supongo que a ti te gustan las retrasadas.

—No te atrevas a llamarla así —brama—. Es más inteligente que nosotros dos juntos.

—No, está bien, lo entiendo. No soy tu tipo. A ti solo se te levanta con las retrasadas.

—¿Qué problema tienes? —La mirada que tiene recuerda a Amber quién es ella, quién ha sido siempre, quién será siempre. Estaba equivocada con Otis. No tiene nada de especial, es como los demás chicos—. Vete. Vete ahora mismo.

Siente una satisfacción casi enfermiza cuando se marcha, una certeza agradable que se le asienta en el estómago. El universo vuelve a estar en orden. Lo ha echado del pedestal al que lo había subido. No es un príncipe. No es distinto a los demás, a los innumerables e incontables demás. Él es otro de los que preguntan «¿Qué problema tienes?» y la miran con desagrado y le piden que se vaya.

Amber no se molesta en cerrar la puerta al salir. Sigue caminando a pesar de que no sabe adónde ir.

No se puede creer lo tonta que ha sido. Ha sido una estúpida al pensar que las cosas podrían cambiar, que podría gustar a alguien como Otis, que podría ser amiga de esas chicas, que había un lugar para ella en ese estúpido club secreto. Que Erin se vaya a la mierda por quedarse con el único chico bueno del instituto, y que se vayan a la mierda sus amigas raritas. A la mierda la tortillera mexicana y esa puta gorda de Grace que se cree tan inteligente. A la mierda Grace por engañarla para que asista a la reunión. A la mierda esas chicas por comenzar todo esto.

Si las cosas siguieran como estaban, Amber nunca habría hecho el ridículo con Otis. Ni siquiera se le habría ocurrido. Habría seguido haciendo lo que hacía. Tal vez no fuera perfecta, puede que no fuera una vida magnífica, pero al menos no le preocupaba, al menos nadie le mentía diciendo que merecía algo mejor. No debería haber sido tan boba como para creérselo.

Eso es lo peor. Que le den falsas esperanzas y que luego se las arrebaten.

Es culpa de esas chicas. Amber desea hacerles daño. Quiere que sufran más que ella. Y sabe qué hacer para conseguirlo.

Grace.

A Grace apenas le ha dado tiempo de sonsacar información a Erin durante el almuerzo antes de que el guardia de seguridad las separe. Algo sobre que Otis ha escuchado a Spencer y a Eric en el Quick Stop. Algo sobre una chica de Fir City que necesita su ayuda.

Antes de que supiera siquiera eso, cuando lo único que tenía era un mensaje en mitad de la noche, le dijo a su madre que necesitaba el automóvil porque tenía que ayudar a una amiga. Habría sido muy fácil contárselo en ese momento, contarle toda la verdad, pero habría convertido a su madre en cómplice. No podía hacerle eso. Así que lo que hizo fue mirarla a los ojos y decirle que no podía contarle por qué necesitaba el vehículo. Le dijo: «Necesito que confíes en mí».

Su madre se quedó un instante mirándola a los ojos y luego asintió. No hizo preguntas. A saber qué estaba pensando, lo que creía que podía hacer Grace. ¿Ayudar a alguien con una mudanza? ¿Llevar a una amiga a una clínica para que abortara? ¿Qué podía haber tan grave como para justificar un secreto, pero también su permiso?

«Dios —reza Grace—. Por favor, no permitas que abuse de su confianza. Por favor, que merezca la pena».

Están a mitad de la sexta clase y Grace no puede permanecer sentada. Se pasea por los pasillos con el permiso para salir de la clase de Lengua Española, un pollo de goma de casi sesenta centímetros en el que pone, en español, «El pase de pasillo del señor Barry» escrito con rotulador azul.

Cuando dobla la esquina para acceder al pasillo principal, ve a dos policías cruzar la puerta del instituto con el equipamiento policial completo: chalecos antibalas, *walkie-talkies,* porras, pistolas eléctricas, armas. Grace se queda mirando, paralizada, cuando entran en la secretaría, y luego se mueve rápido para alcanzarlos en cuanto está dentro. Se apoya en la pared que hay junto a la puerta abierta para ver el mostrador, solo un poco, lo suficiente como para que no la vean a ella.

—Dios mío —exclama la señora Poole—. ¿En qué puedo ayudarles, agentes?

—Estamos buscando a tres estudiantes —explica uno de ellos—: Rosina Suárez, Erin DeLillo y Grace Salter. ¿Puede hacerlas venir rápido?

Grace cree que va a vomitar.

—Por supuesto —responde la señora Poole—. Voy a llamar a la directora Slatterly. Estoy segura de que puedo adivinar para qué las quieren.

—Seguro que sí.

Grace no ha corrido nunca en su vida tan rápido. De repente pesa veinte kilos menos; es velocidad pura mientras se dirige a la clase que tiene a sexta hora Rosina, Química. Se toma un instante para recuperarse y tomar aliento, para adoptar su mejor cara de chica invisible, y después deja el pollo de goma a un lado del pasillo, llama a la puerta y la abre.

—¿Hola, señor? —saluda con ese tono interrogativo en la voz que tanto odia Erin—. Eh, ¿la directora Slatterly quiere que Rosina Suárez acuda a su despacho?

—¿Por qué no me sorprende? —comenta el profesor—. Señorita Suárez, ya la has escuchado. Te requieren en el despacho de la directora.

La aludida se levanta desplegando su seguridad en sí misma habitual, pero con una mirada interrogativa en el rostro que solo va dirigida a Grace.

—A lo mejor quieres llevarte la mochila también —le sugiere Grace.

—¿Qué pasa? —pregunta Rosina en cuanto cierran la puerta al salir.

—Tenemos que ir a recoger a Erin. ¿Sabes dónde está su clase?

—Sí, ¿pero vas a contarme por qué?

—No hay tiempo —responde Grace mientras recorren el pasillo con prisa.

—Un momento, ¿nos vamos a saltar la clase? No puedo saltarme más clases. Solo falta una hora, ¿no puede esto esperar una hora?

—No, tenemos que irnos ya. Confía en mí.

Rosina se detiene.

—No puedo meterme en más problemas.

Grace se da la vuelta.

—Rosina, ha venido la policía. Están buscándonos. Saltarte las clases no es el mayor de tus problemas ahora mismo.

Su amiga abre mucho los ojos.

—Oh, mierda, joder —maldice.

Y salen corriendo.

Rosina va a recoger a Erin de clase mientras Grace vuelve corriendo a clase de Lengua Española.

—Tengo que irme, señor —resuella al tiempo que prepara la mochila—. Es una emergencia.

—¡En español! —grita el profesor, justamente en esa lengua.

—¡Adiós! —se despide Grace en español y sale corriendo por la puerta.

—¿Dónde está mi pase de pasillo? —oye que pregunta el profesor cuando cierra la puerta al salir.

—Estoy muerta —se lamenta Rosina cuando Grace se reúne con ella y con Erin en el aparcamiento—. Es mi final. Desde hoy mismo soy una sintecho.

—¿Has leído los papeles que te di? —pregunta Erin cuando se sube al vehículo de la madre de Grace.

—Un momento —interviene Grace—. Antes tienes que contarnos qué ha pasado exactamente.

Mientras salen de Prescott, Erin les cuenta, con todo lujo de detalles, todo sobre la visita de Otis a su casa, lo que contó haber escuchado, lo que le hizo Eric. Cuando ha acabado, Rosina y Grace se quedan un rato largo sin decir nada. Comprenden lo que están a punto de hacer: van a intentar ayudar a la chica que violaron Spencer y Erin, una chica de verdad, una chica que está aquí y ahora, sufriendo. No es Lucy. No es nadie que ya no esté. No es nadie hipotético. Es alguien a quien van a mirar a los ojos, alguien de quien se van a hacer responsables en cierto modo. Si no lo hacen ahora mismo, puede que ellas también le hagan daño.

—Es demasiado —se queja al fin Rosina—. No puedo hacerlo.

—¿Qué estás diciendo? —le pregunta Grace—. Esta es nuestra oportunidad para castigar por fin a esos capullos. Al fin tenemos pruebas.

—Esa chica no es una prueba. Es una persona. Una joven a la que acaban de violar. ¿Y si no quiere tener nada que ver con nosotras? No podemos obligarla a hablar con la policía. Ni siquiera la conocemos. ¿Y si no quiere nuestra ayuda?

—Pero ¿y si la quiere? —añade Erin con tono suave desde el asiento de atrás—. A lo mejor se siente muy sola ahora mismo. Puede que esté asustada y que crea que nadie la va a ayudar. Puede que nos esté esperando.

El vehículo se queda en silencio. Y entonces Rosina se vuelve para mirar a Erin en el asiento de atrás. Grace no ve lo que sucede entre las dos, pero lo siente.

Al fin Erin vuelve a hablar:

—Al menos tenemos que dejarle claro que estamos aquí, que la creemos. Tenemos que hacer que piense que hay alguien de su lado. Y luego que decida lo que quiere hacer.

Erin.

Tardan exactamente cuarenta y dos minutos en llegar desde el instituto Prescott High hasta la ciudad de Cheyenne, Fir City, que tiene más o menos la mitad del tamaño de Prescott.

—Hemos llegado al campo, chicas —señala Rosina fingiendo acento pueblerino. Erin odia que haga eso.

El cielo está gris y lleno de nubes. Erin recuerda algo que leyó sobre que el valle de Willamette es uno de los peores lugares del mundo para las personas con migraña crónica por algo que tiene que ver con su sistema único de presión barométrica. Le gustaría saber algo más sobre presión barométrica. Se pregunta si, de haber crecido aquí y no en la playa, su mayor interés sería la meteorología en lugar de la biología marina.

Rosina les cuenta que están accediendo al lugar supremacista de los blancos.

—Aquí viven los locos que se preparan para lo peor —advierte—. Y tienen armas de fuego.

—Seguro que no son todos así —comenta Grace—. Eso es como decir que todos los del sur son racistas.

Mientras avanzan, Erin hace un examen a Rosina y Grace sobre las instrucciones que ha preparado de la manera de hablar con una víctima de violación. Está moderadamente segura de que saben lo más importante: no la presiones para que comparta detalles con los que no se siente cómoda, no la critiques ni la juzgues, no te pongas muy sensible, no la toques, no intentes arreglar nada, no lo compares contigo ni con tus experiencias, no le digas qué hacer, no la presiones para que informe sobre ello si no quiere hacerlo.

—Puede que nos olvidemos de una —apunta Rosina—-. ¿Va a fastidiar esto su vida para siempre? ¿El hecho de que no tengamos ni idea de qué narices vamos a hacer supondrá más trauma para ella? ¿Y si hacemos que la situación empeore? —Niega con la cabeza—. Chicas, creo que no puedo hacer esto.

—Claro que puedes —la anima Grace.

—¿No se supone que tú eres la valiente? —replica Erin. Rosina siempre es la valiente, la que sabe qué hacer exactamente.

—Pero no lo soy. No es más que una pose. Siempre ha sido una pose.

Erin se pregunta qué le pasa a su amiga, por qué actúa de ese modo tan poco Rosina. Todo esto se ha descontrolado, esta revolución las ha convertido a todas en su opuesto: Rosina tiene miedo, Grace es valiente y Erin se está saltando las clases para hacer algo espontáneo y posiblemente peligroso, y ni siquiera siente ansiedad. No ha realizado ninguna cuenta hacia atrás en todo el día.

—Eso es exactamente ser valiente —apunta Grace—. Hacer algo incluso cuando te da miedo.

—Haces que parezca muy sencillo —tercia Rosina—. ¿Sabes que aquí la gente está deseando disparar a personas como yo? ¿Hola? Tengo la piel oscura y soy lesbiana.

—Ya casi hemos llegado. —Grace accede a un callejón sin salida con pequeñas casas que parecen ranchos—. Debería de estar a la izquierda. Ahí. La blanca. —Para delante de la casa y apaga el motor. Nadie se mueve.

—¿Qué diablos hacemos ahora? —pregunta Rosina.

—Probablemente aún no haya regresado del instituto —comenta Grace—. ¿Esperamos aquí hasta que la veamos?

—Suena espeluznante —protesta Rosina—. Como si la estuviéramos acosando.

—Creo que ya hemos cruzado esa línea —observa Erin.

Rosina se vuelve y le lanza una mirada asesina.

—¿Por qué narices estás tan tranquila?

La chica se encoge de hombros.

—¿Y si nos acercamos? —sugiere—. Por si Cheyenne está ya en casa.

—¿Qué vamos a decirle? —pregunta Rosina.

—Mi antiguo terapeuta ocupacional me decía que había que empezar siempre con un «Hola».

—¿Estás intentando hacerte la graciosa, Erin? No es el momento.

—Creo que es mejor que hable Grace primero —continúa Erin—. Ya que es la más simpática y la que tiene un aspecto más normal.

—De acuerdo —acepta ella y abre la puerta—. Vamos.

—¿Qué? —se alarma Rosina—. ¿Ya? No tenemos un plan. Grace, ¿qué vas a decirle?

—Nos hemos preparado todo lo que hemos podido. Ahora hay que confiar en que surgirán las palabras adecuadas.

—¿Eso tiene algo que ver con tus cosas de Dios? —pregunta Rosina—. Porque ahora no puedo soportar nada de eso.

Sin responder, Grace sale del vehículo y cierra la puerta. Con resolución. Con decisión. Erin decide que le gusta más esta nueva Grace que la antigua.

Las tres chicas se reúnen en el porche y, sin hablar, se miran las unas a las otras.

—¿Sabéis que el triángulo es la figura geométrica más fuerte? —comenta Erin.

Se miran a los ojos, una por una. Respiran. Tragan saliva. Se vuelven hacia la puerta. Grace presiona el timbre. Contienen la respiración y esperan.

El sonido de unos pasos. Una cerradura que se corre. La puerta se abre lo suficiente para mostrar la cara de una chica.

—¿En qué puedo ayudaros? —pregunta la joven. Le tiembla la voz. Ya tiene miedo.

—¿Cheyenne? —interviene Grace con amabilidad.

—¿Sí?

—Hola, soy Grace. He venido con mis amigas Erin y Rosina. Vamos al instituto Prescott High.

La puerta se abre un poco más. Cheyenne saca la cabeza: piel clara con pecas; pelo largo, rizado y rubio. Tiene los ojos azules enrojecidos. Afligidos. Mira largo y tendido a cada una de las chicas.

—No sé cómo decir esto —continúa Grace—. Hemos venido porque... Bueno...

—Hemos pensado que tal vez necesitas nuestra ayuda —la interrumpe Rosina, que da un paso adelante.

Una oleada de reconocimiento atraviesa la mirada de Cheyenne, y a continuación un atisbo de sorpresa. Abre la puerta un poco más.

—Un amigo nuestro oyó a dos chicos hablando —retoma la conversación Grace—. Son unos chicos que sabemos que hacen cosas malas a las chicas. Mencionaron tu nombre. Estaban hablando sobre algo que hicieron. Algo horrible.

Erin intenta esconderse detrás de Rosina. Ya no está relajada. De pronto, solo quiere volver corriendo al automóvil. Quiere aovillarse en el asiento trasero, donde hace un instante se sentía segura, cerrar la puerta con seguro y esperar a que todo esto acabe.

Cheyenne mira a las chicas. Erin conoce esa mirada. Reconoce ese pánico.

—Sentimos mucho lo que sucedió —prosigue Grace—. Queremos ayudarte. Queremos mostrarte nuestro apoyo de cualquier forma que necesites.

—¿Lo sabe todo el mundo en Prescott? —pregunta Cheyenne. Parece enfadada—. ¿Cuántas personas lo saben?

—Solo nosotras —responde Grace—. Los chicos no saben que lo sabemos.

Cheyenne toma aliento.

—Esto es una locura. —Cierra un momento los ojos—. Maldita sea, supongo que debería de invitaros a pasar.

—Solo si tú quieres —aclara Grace.

Cheyenne mira a Grace a los ojos.

—Quiero —dice con tono suave, casi demasiado bajo para que la oigan. Se vuelve y las chicas la siguen adentro.

Erin piensa que el salón parece la clase de lugar en el que tienen que suceder cosas bonitas. No cosas como estas.

—Sentaos, supongo —indica Cheyenne, que se acurruca en un sillón que ya está preparado con una manta; hay una taza y un plato lleno de migas en la mesita que hay al lado. Grace y Rosina se sientan en el sofá y Erin elige el sofá de dos plazas a juego que tiene los reposabrazos lo bastante altos para que Cheyenne no se dé cuenta de que se está frotando las manos.

—¿Y cómo pensáis que vais a ayudarme? —pregunta.

—Eso depende de ti —responde Grace—. Al menos podemos escuchar. No tienes que guardártelo todo dentro.

Cheyenne las mira, una por una. Erin estudia su rostro, cómo se suaviza. Atisba el momento en el que toma la decisión de confiar en ellas.

—Pasó el sábado por la noche. Llegué a casa el domingo temprano, antes de que mis padres se despertaran. Ni siquiera se dieron cuenta de que había incumplido mi hora de llegada. Ayer me pasé prácticamente todo el día durmiendo y, cuando desperté, le conté a mi madre que tenía fiebre. Hoy me ha dejado quedarme en casa y no ir al instituto.

—¿Tus padres no lo saben? —pregunta Rosina.

Cheyenne niega con la cabeza.

—Iba a contárselo a alguien. A mi madre, o al orientador del instituto... Pero no sabía cómo hacerlo. Estaba esperando a estar preparada para hablar de ello, pero eso no ha pasado.

—¿Puedes hablar de ello ahora? ¿Con nosotras? —sugiere Grace.

—Eso —añade Rosina—. ¿Quieres hablar de algo tan íntimo y aterrador con estas chicas raras a las que no has visto en tu vida y que acaban de aparecer en tu casa?

—Sinceramente, me parece que así es más sencillo. Porque no os conozco y no me tengo que preocupar por vuestra reacción. No tengo que preocuparme por cómo va a afectaros. —Se le arrugan los ojos al sonreír—. Además, sois Las chicas de ninguna parte, ¿no? Sé que puedo confiar en vosotras.

—¿Cómo lo sabes? —pregunta Grace.

—¿Has oído hablar de nosotras? —añade Rosina.

—Claro que sí. Todo el mundo ha oído hablar de vosotras. Sois una especie de superheroínas.

—Vaya —exclama Grace y Erin se da cuenta de que se está esforzando por no sonreír.

—No sé siquiera cómo se llaman —continúa Cheyenne.

—Nosotras sí —la interrumpe Rosina.

—No quiero saberlo —aclara rápidamente Cheyenne—. No me lo digáis, por favor.

Erin se pregunta si Rosina tenía razón, a lo mejor no deberían estar aquí. Igual no deberían presionar a Cheyenne para que hablase. Hablar de ello no es siempre una buena idea. Todo el mundo dice siempre «Habla de ello», pero ¿y si hablar duele? ¿Y si hace más mal que bien? ¿Y si hablar solo consigue que lo revivas una y otra vez? ¿Y si te provoca más dolor en lugar de consuelo?

¿Y si hablar de ello te consume? Esa es la teoría, pero nadie lo ha probado científicamente. ¿Tienen los recuerdos semivida como el carbón? ¿Se encogen hasta hacerse minúsculos, microscópicos? ¿Puedes compartir tanto algo que acabes quedándote sin ello?

Erin no conoce las respuestas a estas preguntas. Odia no saber. Odia mirar a esta chica herida y no saber cómo ayudarla, pero también odia no saber cómo escapar, cómo dejar de preocuparse. Erin se siente impotente y odia sentirse así.

Odia la sensación del mundo arrollándola. Odia que la única forma que haya de describirla sea con metáforas.

Cheyenne toma aliento.

—Estaba en una fiesta. Me invitó una chica que está en mi clase de Matemáticas. Me acabo de mudar aquí, así que no conozco en realidad a nadie. Fui porque pensé que sería un buen modo de conocer a gente, de hacer amigos. —Arruga la cara—. Qué irónico, ¿eh?

»Había un ponche y ni siquiera sabía a alcohol, así que no tenía ni idea de cuánto estaba bebiendo. Estaba en un rincón, sin hablar con nadie, sosteniendo ese estúpido vaso de plástico y bebiendo porque no tenía otra cosa que hacer. Estaba muy avergonzada. Y entonces tres chicos muy guapos empezaron a hablar conmigo y me sentí muy agradecida.

—¿Recuerdas qué sucedió? —pregunta Rosina.

—Claro que me acuerdo. Lo recuerdo todo. No estaba tan borracha. Ojalá lo hubiera estado, porque así tendría una excusa.

—¿Una excusa por qué? —se interesa Grace.

—Por no haber hecho nada. —Se aferra con fuerza a los reposabrazos del sillón. Cierra los ojos y se sube la manta que le cubre las rodillas al pecho—. Podría haberme resistido. Podría haber gritado. Pero me quedé paralizada. No me moví. No podía. Lo vi todo. Lo sentí todo.

Cheyenne está temblando. Erin aparta la mirada y trata de concentrarse en el ritmo de su cuerpo al mecerse. Puede que ella también esté temblando. No sabe cuáles son los sentimientos de Cheyenne y cuáles los suyos.

Piensa en *Spot*. En lo que hace él cuando se mece, cuando Erin siente lo que debe de estar sintiendo Cheyenne. Piensa en *Spot* y en su cara peluda y cálida apoyada en su mano. Piensa en la sensación de su aliento en los dedos. Se levanta del sofá y comienza a caminar por el salón. Se arrodilla en el suelo y posa la mano sobre la de Cheyenne. Erin piensa en lo que ella habría querido escuchar si alguien la hubiera ayudado.

—Respira —le dice.

Y Cheyenne respira. Y Erin respira con ella. Entrelazan los dedos. Se toman de la mano. Erin sabe que está quebrantando la regla de no tocarla. Inspiran. Espiran. Erin se pregunta cómo es posible que sienta las lágrimas de Cheyenne en sus mejillas, pero entonces se da cuenta de que son las suyas.

—No es culpa tuya. Tú no hiciste nada malo —la anima.

—Pero podría haber hecho algo. Podría haberlo parado. Si me hubiera resistido. No me resistí.

—No deberías haber tenido que hacerlo —interviene Rosina—. No deberían ponernos nunca en una posición en la que tengamos que apartar a alguien.

—Maldita sea. —Cheyenne se tapa la cara con las manos—. Aún los puedo sentir encima de mí. El peso. Pesaban mucho. Puedo olerlos. El olor a sudor. La cerveza en el aliento. —Se lleva la mano al cuello, como si intentara apartar el recuerdo de la piel.

Erin se apoya en la pierna de Cheyenne. Todo el costado derecho está tocando a otro ser humano y no está perdiendo los nervios. Ahora mismo no piensa en ella.

Cheyenne se lleva las manos al regazo. Tiene los labios apretados cuando se sienta un poco más recta.

—Sabía que tenía que contárselo de inmediato a la policía —explica—. Sé que es lo que dicen siempre en los programas de detectives. Pero estaba agotada. Solo quería darme una ducha. Tenía que hacerlo. No puedo describirlo. No me importaba delatarlos, ni la justicia, ni nada de eso. Ellos no me importaban en absoluto. Solo quería dormir. Quería que terminara. Quería hacer que desapareciera. Ya que había tenido que enfrentarme a ello durante todo el tiempo que había durado, no quería tener que hacerlo más. —Levanta la mirada—. Lo siento, tendría que habérselo contado a alguien. No debería haber esperado tanto.

—No tienes que sentir nada —la alienta Grace—. No has hecho nada malo.

—Fueron muy amables conmigo en la fiesta. —Sacude la cabeza—. Me hicieron muchas preguntas sobre mí, como si de verdad les importara. Y luego me di cuenta de que estaba borracha y lo mencioné. Me acuerdo. Dije «Eh, estoy borracha» y me eché a reír, y entonces se miraron entre ellos, como si fuera una señal, como si eso fuera exactamente lo que estuvieran esperando. Tendría que haberme dado cuenta. No debería haber salido con ellos. Dios, fui una estúpida. Me dijeron que me iban a acompañar a mi automóvil y a llevarme a casa porque no estaba en condiciones de conducir. Pensé que estaban siendo amables, que me estaban ayudando.

»No me di cuenta de que algo iba mal hasta que ya era demasiado tarde. Estábamos en la calle y le di a uno de ellos las llaves del automóvil. Abrió la puerta de atrás y me pidió que entrara. Era el mayor, el líder. Ya no hablaba con tono amable. Les dijo a los demás qué hacer.

—¿Necesitas un respiro? —sugiere Grace—. No tienes que contarnos todos los detalles si no quieres.

La forma que tiene de sacudir la cabeza Cheyenne recuerda a Erin cómo sacude su madre la alfombra de la cocina. Como si intentara limpiarla.

—Solo lo hicieron dos de ellos —prosigue—. El tercero se marchó. Recuerdo que tenía perilla. Lo oí vomitar entre los arbustos mientras todo estaba pasando.

—Dios mío —se alarma Rosina.

—No he vuelto a tocar el automóvil desde que volví esa mañana a casa. No quiero volver a entrar ahí. Dios mío, probablemente sigan los malditos condones en el suelo. ¿Quién narices hace algo así? ¿Quién viola a alguien con un preservativo y lo deja ahí tirado? O son muy estúpidos o son tan arrogantes que creen que nunca los van a descubrir.

Cheyenne deja de hablar de forma abrupta. De repente se queda pálida, con el rostro teñido de gris. Se lleva la mano a la boca, se aparta la manta del regazo y se levanta.

—Perdonad —murmura y sale corriendo del salón hacia una habitación que hay en el pasillo. Cierra la puerta al entrar.

Erin se levanta del suelo y vuelve al sofá. Intenta no hacer caso del sonido de Cheyenne vomitando en el baño.

Tiene los nervios de punta. Le duele tanto que apenas puede soportarlo: esta preocupación, los recuerdos. Esta liberación, permitir que el mundo regrese al lugar que tanto se ha esforzado por enterrar.

—Chicas —susurra Rosina—. ¿Qué hacemos aquí? ¿Qué vamos a hacer por esta pobre chica?

—¿Por qué lo dices? —pregunta Grace—. Estamos ayudando.

—Está tan mal que está vomitando en el baño. ¿Cómo puedes decir que la estamos ayudando?

—Ella ha elegido hablar con nosotras, Rosina —insiste Grace—. No estamos forzándola a hacer nada.

—Eso no lo sabemos. A lo mejor le daba miedo decirnos que no. Puede que esté tan traumatizada que no piense con claridad. Tenemos tantas ganas de condenar a esos chicos que quizá no estemos pensando qué es lo mejor para Cheyenne. Igual nos estamos aprovechando de ella.

—No os estáis aprovechando de mí —aclara Cheyenne desde la puerta—. Quiero hablar. —Vuelve al sillón y se sienta una vez más—. Quiero castigar a esos chicos tanto como vosotras.

—De acuerdo —acepta Rosina.

—Mi automóvil está lleno de pruebas. —Algo ha cambiado en ella. De pronto, parece que estuviera dirigiendo una reunión de negocios en lugar de hablando sobre su propia violación—.

Huellas dactilares. Los preservativos. Todo tipo de ADN. —Se queda un momento callada y traga saliva—. Tengo moratones.

Nadie dice nada. Erin sabe que es porque hay mucho que asimilar y no existen palabras para eso. Repulsión. Horror. Pero también una oleada de esperanza porque tal vez Cheyenne puede ayudarlas a delatar al fin a esos chicos.

—¿Crees que podrías identificarlos? —pregunta Grace—. En una rueda de reconocimiento.

—Sí —responde—. Por supuesto.

Erin baja la cremallera de la mochila y saca el anuario que se ha traído, el del año pasado que su madre insistió en comprar a pesar de que ella sabía que no pediría a nadie que se lo firmara. Lo abre por una página en la mitad, toda una página dedicada a Spencer, Eric y Ennis, los tres reyes de Prescott High, rodeándose con los brazos y sonriendo como si gobernaran el mundo. Erin se acerca lentamente, con cuidado, con el libro abierto en las manos, como si fuera una ofrenda, un regalo.

Cheyenne se encoge y aparta la mirada.

—Ya puedes cerrarlo.

—¿Son ellos? —pregunta Grace.

Cheyenne asiente con la vista fija en el regazo. Juguetea con los hilos sueltos de la manta.

Y de pronto levanta la mirada, con los ojos muy abiertos.

—Dios mío —exclama—. ¿Son los mismos chicos que violaron a aquella chica el año pasado?

—Sí —responde Grace.

—Por supuesto que son ellos. Dios mío, no me puedo creer que no se me haya ocurrido hasta ahora. Qué horror. —Emite un sonido parecido a una carcajada, pero también a lo opuesto a una carcajada—. He dado por hecho que fueron chicos totalmente distintos. Como si cualquier persona pudiera hacer algo así, como si fuera tan común.

—Pero lo es —replica Rosina—. Es muy común.

—Tenemos que pararlos —exige Cheyenne—. Tengo que pararlos. Tengo que hablar con la policía. —Se pone de pie y se aparta el pelo detrás de las orejas.

—¿Estás segura? —pregunta Rosina—. Tu vida va a cambiar por completo. La gente se enterará. Tus padres, el instituto. Probablemente aparezca en las noticias.

—Pero ¿qué otra cosa voy a hacer? ¿Quedarme aquí sentada esperando olvidarlo? ¿Guardármelo dentro el resto de mi vida y no hacer nada para arreglarlo? Si no hago nada, van a seguir violando a otras chicas. Y tendré que vivir con eso el resto de mi vida. Tienen que ir a la cárcel.

—Pero existe la posibilidad de que no vayan —insiste Rosina—. La posibilidad de que se salgan con la suya, como pasó la última vez.

—Lo sé, pero tengo que intentarlo al menos. Tengo que luchar. Quiero contárselo a la policía. Ahora mismo.

—Nosotras te llevamos —ofrece Erin y su voz suena extraña en esta habitación en la que apenas ha hablado—. Nos quedaremos contigo todo lo que haga falta.

—Gracias. —Cheyenne le sostiene la mirada a Erin—. Gracias.

Rosina.

Nadie habla mucho en el trayecto hacia la comisaría. Grace pregunta a Cheyenne si necesita llamar a sus padres, pero esta responde que no quiere involucrarlos hasta que no cuente la historia a la policía. Probablemente a Grace le parezca una locura, pero Rosina lo comprende. Cheyenne no quiere que el miedo de sus padres se interponga en el camino de su coraje.

Erin va delante con Grace. Rosina no para de mirar a Cheyenne por el rabillo del ojo. No quiere que ella se dé cuenta de que la está mirando. La chica está muy quieta, insensible. Avanzan por tierras de cultivo, la tierra vacía y llana hasta que alcanza los pies de una colina a varios kilómetros de distancia. El cielo está más claro y la luz del sol de la tarde calienta la piel de Cheyenne con un su fulgor naranja. Rosina se pregunta si, de haber conocido a esta chica antes de todo lo que ha sucedido, ahora notaría algo distinto en ella. Si puedes ver la violación en la cara de una persona.

—¿Queréis escuchar música? —sugiere Grace.

—Nada de lo que tú tienes —responde Rosina—. No te ofendas.

Grace tiene el peor gusto del mundo en música. Casi tiene diecisiete años y sigue escuchando música de *boybands*.

—¿Tiene Fir City comisaría de policía propia? —pregunta Erin.

—No —responde Cheyenne con tono serio—. Tenemos que acudir al *sheriff* del condado. Hay una comisaría al final de la carretera, a unos pocos kilómetros de distancia.

Permanecen en silencio. Grace tiene las manos perfectamente colocadas a las diez y diez en el volante. Erin está muy recta y mira por la ventanilla, probablemente pensando que todo esto estaba antes bajo el agua, que hay conchas y fósiles de peces bajo toda esta hierba y excrementos de vaca.

—No voy a venirme abajo —dice de repente Cheyenne—. Yo no soy como la otra chica. He oído decir que se volvió loca y que tuvo que dejar el instituto y todo. Que perdió la cordura. A mí no me va a pasar eso. No voy a permitir que me arruinen la vida.

—Lucy no permitió que le arruinaran la vida —aclara Rosina—. Simplemente lo hicieron. No lo eligió ella. —Suena más vil de lo que pretendía.

—Lo sé, pero yo voy a ser fuerte. Ya no voy a llorar más. Estoy harta. Esos capullos no van a conseguir nada más de mí.

Está mirando por la ventanilla. Tiene la mandíbula tan tensa que Rosina ve los músculos moverse en el cuello.

—Os agradezco mucho que hayáis venido a ayudarme a hacer esto —prosigue—. No me malinterpretéis, pero creo que no podéis tener una opinión de verdad sobre cómo se supone que tengo que sentirme ahora mismo. ¿Alguna vez os han violado a alguna de vosotras?

Erin levanta rápidamente la cabeza.

—Mi investigación sobre cómo hablar con la víctima de una violación afirma que los que intentan ayudar no deberían de compartir sus experiencias propias porque aparta el foco de atención de la víctima y resta importancia a su experiencia.

—Eso es una tontería —protesta Cheyenne—. Esta víctima de violación quiere saberlo.

—A mí nunca me han violado —responde Grace en voz baja. Tiene los nudillos blancos sobre el volante.

—A mí tampoco —apunta Rosina.

Erin se queda callada. Rosina siente como si saliera propulsada del vehículo, como si cayera, como si le arrebataran el aire de dentro y estuviera atrapada en una aspiradora sin nada que inhalar.

—¿Y a ti, Erin? —insiste Cheyenne.

La aludida se cruza de brazos.

—Yo tampoco lloré nunca —admite—. He pasado los últimos tres años sin llorar. En retrospectiva, no sé si fue la mejor solución.

—Oh, Erin —se lamenta Grace. Rosina oye las lágrimas en su voz.

—A veces no llorar duele más que llorar —expone Erin.

—¿Qué pasó? —pregunta Grace. Rosina sabe que tiene el rostro empapado de lágrimas, aunque no puede verla desde el asiento de atrás. Grace llora suficiente por todas ellas.

—Se supone que no debes presionar a la víctima para que te cuente detalles —responde Erin—. Y que no puedes ponerte más sensible que ella.

—¡No puedo evitarlo! —Grace está llorando a lo bestia ahora. Rosina se siente agradecida por que su amiga está demostrando sus emociones. Aparta la atención de ella; nadie ve cómo se le retuerce la cara, cómo presiona los labios en una delgada línea.

—¿Estás bien, Grace? —pregunta Cheyenne—. ¿Necesitas parar?

—Señor, ¿me estás preguntando a mí cómo estoy? —lloriquea—. Estoy bien, ¿cómo estás tú?

—Ahora mismo no quiero hablar de mí —indica Cheyenne—. En unos minutos voy a tener que hacerlo bastante.

—Yo tampoco quiero hablar de mí —añade Erin.

—Lo siento —se disculpa Grace—. Lo siento.

En los siguientes kilómetros, Grace consigue recomponerse.

—Ya casi estamos —informa cuando ven un grupo de edificios en la distancia—. ¿Estás preparada, Cheyenne?

—Tan preparada como puedo.

El despacho del *sheriff* del condado de Fir está en un pueblo aún más pequeño que Fir City. Tan solo un puñado de edificios forman una calle principal. Grace para en el aparcamiento de grava prácticamente vacío. Apaga el motor. Nadie se mueve.

—Esto está pasando de verdad —comenta Cheyenne—. Lo estoy haciendo. Maldita sea, chicas, estoy asustada.

—Deberías —interviene Erin, que se da la vuelta para mirar a la chica—. Esto va a ser muy duro.

—Eh, ¿Erin? —dice Grace.

—No me has dejado terminar —se queja esta—. Lo que iba a decir es que va a ser muy duro, pero nada será nunca tan duro como esa noche. Ya has sobrevivido a eso, ahora puedes sobrevivir a cualquier cosa.

Rosina podría sentir un gran amor por su amiga ahora mismo, podría querer abrazarla y no soltarla nunca. Pero ella no hace ese tipo de cosas. En lugar de eso, mira por la ventanilla y se frota la nariz, que tiene un poco húmeda, pero, por supuesto, no por las lágrimas.

—Muy bien, vamos a hacerlo —decide Cheyenne.

El interior de la comisaría del *sheriff* es casi idéntico a la comisaría de policía de Prescott: las mismas paredes de color beis, las mismas mesas detrás del mostrador de la entrada, casi todas vacías.

—Hola, señoritas —saluda el hombre que hay tras el mostrador—. ¿En qué puedo ayudaros?

—Eh, ¿hay alguna policía mujer con quien pueda hablar? —pregunta Cheyenne.

La expresión del hombre se suaviza.

—Lo siento —se disculpa, y parece decirlo en serio—. Por desgracia, no tenemos a ninguna mujer ahora mismo por aquí. —Esboza una sonrisa cálida—. ¿Qué te parece si hablas con el *sheriff*? Está en su despacho. Te prometo que es un hombre muy amable. Tiene unas hijas gemelas de casi tu edad. Creo que tienen doce años. Adora a esas niñas más que a su vida.

Es a Erin a quien mira ahora Cheyenne. Algún tipo de mensaje sin palabras pasa entre las dos. Erin asiente. Cheyenne toma aliento.

—De acuerdo, me gustaría hablar con el *sheriff*.

—Estaremos aquí hasta que termines —le asegura Grace.

—No tenéis por qué —señala Cheyenne.

—Sí tenemos —replica Rosina.

Erin, Grace y Rosina se sientan y esperan lo que se les antojan varias horas, pero que solo son cuarenta y cinco minutos. En ese tiempo, Erin termina los deberes, Rosina evita muchas llamadas de su madre y Grace permanece en el baño, según sospecha Rosina, para ahorrar a las demás del resto de su colapso emocional.

—¿Sabéis qué? —comenta Rosina—. Puede que no suene bien, pero no puedo evitar pensar que tal vez haya estado bien que Cheyenne se acabe de mudar a este lugar. No estaba aquí para ver qué fue lo que pasó con Lucy cuando informó de la violación. No tiene ningún motivo para esperar que no la crean.

—Dios, espero que esté bien —apunta Grace—. Llevo rezando por ella todo el rato que llevamos aquí.

Así que eso era lo que estaba haciendo en el baño. Por una vez, a Rosina no le parece que esté loca. A lo mejor es que se ha acostumbrado a sus cosas extrañas con Dios. O puede que Grace haya estado tratando de convertirla en secreto todo este tiempo y quebrar la resistencia de Rosina formara parte de su plan.

O tal vez, en el fondo, Rosina desee creer en algo. Desearía tener un dios al que poder rezar ahora, como hace Grace.

—¿Y si la estamos animando para que se convierta en otra Lucy? —insiste Rosina—. Una vez que lo cuente todo, ¿la aplastarán como a ella? ¿Le vamos a arruinar la vida más de lo que ya lo han hecho esos idiotas?

—Estamos haciendo lo correcto —murmura Grace—. Cheyenne está haciendo lo correcto.

—¿Y desde cuándo eso importa?

—Desde que nosotras hemos hecho que importe —responde Erin, levantando la mirada del libro.

«Por favor, Señor —piensa Rosina—. Por favor, ayúdala».

¿Pensar es lo mismo que rezar?

«Por favor, ayúdanos».

Se abre la puerta del despacho del *sheriff*. Las chicas se levantan cuando sale Cheyenne. Su rostro es indescifrable; parece cansada, pero no rota. Sonríe débilmente a sus amigas cuando un hombre alto y ancho de hombros la sigue fuera del despacho. Tiene el aspecto de un padre. Uno bueno.

—Cuando llegue tu madre —le indica con amabilidad—, tendremos que sentarnos todos juntos y hablar sobre los próximos pasos, pero me parece que necesitas un descanso de mi despacho. Yo lo necesito.

Sonríe a Cheyenne con calidez, como solía imaginar Rosina de pequeña que la sonreiría su padre si siguiera con vida. Algo se retuerce en su interior.

—¿Estas son las amigas que te han ayudado hoy? —pregunta el *sheriff*, mirando a las chicas. Rosina se pregunta si debería de sentirse preocupada. ¿Va a hablar este hombre con el jefe Delaney? ¿Le va a contar que ellas son las líderes secretas de Las chicas de ninguna parte?

—Sí, no podría haberlo hecho sin ellas.

—Es bueno tener amigas así —señala, pero Rosina no está segura de que lo crea de verdad, ni siquiera después de todo lo que ha dicho Cheyenne para asegurarles que quiere hacer esto. Porque cada paso que dan hacia delante las separa más del momento antes de que todo esto sucediera.

Rosina se da cuenta de que Erin la mira de forma extraña.

—¿Qué?

—No te preocupes —le responde—. Veo que te estás preocupando.

Rosina se echa a reír.

—¿Tú me estás diciendo a mí que no me preocupe? Esto es desternillante.

Se abre la puerta de la comisaría. Entra una versión de más edad de Cheyenne con unos zuecos de enfermera. La mujer ve a su hija detrás del mostrador y ambas corren a abrazarse. Rosina siente vergüenza al presenciar este momento entre las dos. Algo tan íntimo, algo tan primario como una madre consolando a su hija herida.

Le vuelve a vibrar el teléfono móvil con otra llamada de su madre.

Se pregunta cómo sería si fuera ella. ¿Y si su madre reemplazara a la de Cheyenne? ¿Estaría aquí abrazándola de ese modo? ¿Sería esta la primera reacción de su madre a la noticia de que han hecho daño a su hija? ¿La abrazaría, la querría de ese modo antes de hacer ninguna pregunta, sin importar lo que haya sucedido, sin importar cuál sea la historia? ¿Podría Rosina confiar en que su madre la quisiera?

Pero eso no importa ahora mismo. Cheyenne mira a las chicas desde dentro de los brazos de su madre y murmura un «Gracias». Por un instante, Rosina experimenta una sensación desconocida; no es un pensamiento, sino más bien un sentimiento, un repentino estallido de claridad, de certeza: todo va a ir bien. ¿Eso es lo que siente Grace con su fe? ¿Se siente así siempre? ¿Es por eso por lo que sabe que Dios existe?

La madre de Cheyenne la suelta. Sigue al *sheriff* al interior de su despacho sin siquiera fijarse en las tres chicas que hay sentadas en la sala de espera.

Cheyenne se queda atrás un momento antes de acercarse a ellas.

—Ya podéis volver a casa. Creo que ya nos podemos ocupar nosotras.

Las muchachas no se mueven.

—En serio, chicas. Estaré bien.

—Tienes nuestros números de teléfono —dice Grace—. ¿Nos llamarás?

—Por supuesto. Y llamadme vosotras.

—Yo no te voy a llamar —replica Erin—. No me gusta hablar por teléfono. Pero te escribiré mensajes de texto.

—De acuerdo. —Cheyenne sonríe.

—Cheyenne —la llama su madre desde el despacho—. Cielo, ¿estás preparada?

La joven se despide de las chicas con la mano, se da la vuelta y cierra la puerta al entrar.

Rosina oye a Grace tomar aliento a su lado.

—Grace, deja de respirar tan fuerte.

—Perdón.

—Tengo hambre —indica Erin.

—Supongo que es hora de volver a casa —observa Grace.

Ella y Erin se dirigen a la puerta, Pero Rosina no puede mover los pies. No puede dejar de mirar la puerta del despacho. La sensación que tuvo hace un momento desapareció en cuanto Cheyenne cerró la puerta al entrar, en cuanto se dio cuenta de que había llegado el momento de regresar a su propia vida.

—Estará bien —comenta Erin, que tira del bajo de la camiseta de Rosina—. Vamos.

Pero no es Cheyenne quien preocupa a Rosina.

Nosotras.

En el trayecto de casi una hora para regresar a Prescott, nadie habla. Grace, Erin y Rosina miran por la ventanilla, y la vista de cada una es ligeramente distinta. El sol se está poniendo y pronto se hundirá en el mar, a cientos de kilómetros al oeste. La luz se disipa del cielo sin ningún espectáculo, como cualquier otra tarde.

Ha anochecido cuando paran delante de la casa de Erin. Nadie se sorprende al ver el automóvil de la policía aparcado allí.

—¿Qué vais a contarles? —pregunta Rosina—. Nuestras historias tienen que coincidir.

—La verdad —responde Erin—. ¿Qué si no?

Spot saluda a Erin en cuanto entra en la casa, rodeándole los tobillos, olisqueándola, lamiéndole los dedos; todas sus herramientas de evaluación. Su madre está sentada en el sofá, aturdida y con los ojos rojos, frente a un policía nervioso que parece poco mayor que Erin. Su madre se levanta rápidamente y se lanza hacia delante, pero se detiene justo antes de envolver a su hija en un abrazo. Sabe que no puede abrazarla, que no puede tocarla, así que en lugar de hacer eso se echa a llorar. Se queda quieta, a un brazo de distancia de Erin, llorando con tanta fuerza que le tiemblan los hombros.

—¿Qué ha pasado? —pregunta entre lágrimas—. No entiendo cómo ha podido pasar esto. Pensaba que las cosas estaban mejorando. Creía que estabas mejor. —*Spot* abandona los tobillos de Erin y se frota contra los de su madre—. Me he esforzado mucho por cuidar de ti. Lo he intentado con todo mi ser. Pero te he fallado. He permitido que esto suceda. Si hubiera...

Erin extiende el brazo y le toca el hombro.

—No estés asustada, mamá —le pide—. Yo no lo estoy.

En cuanto retira la mano, su madre se toca el hombro, el lugar vacío. Sorbe un par de veces por la nariz, como si le sorprendiera la repentina ausencia de lágrimas.

—Quieren que vayas a la comisaría inmediatamente —le informa, limpiándose los ojos.

—Pues vamos.

—¿No deberíamos esperar a que tu padre llegue a casa?

—No —responde Erin con calma—. Estamos bien sin él. Hemos estado bien sin él.

—Pero...

—Mamá, no lo necesitamos.

Erin no mira a su madre a los ojos, pero no tiene que hacerlo. La mujer estudia la calma sorprendente en el rostro de su hija, su propia cara llena de alarma y confusión y fiereza, de un amor indescriptible, y es como si no reconociera a la joven que hay frente a ella, como si estuviera mirándola y escuchándola por primera vez.

—No lo necesitamos —repite Erin.

La chica levanta la mirada y comprueba la sorpresa en el rostro de su madre, y cómo este se relaja poco a poco cuando comprende lo que le está diciendo. Puede que también ella lo entienda un poco, que saboree una pequeña prueba de algo que podría convertirse en libertad.

Por otra parte, delante de la casa de Rosina, las luces del vehículo de la policía resplandecen, pintando el edificio de colores que casi parecen festivos. Un puñado de vecinos se congrega allí, esperando a que pase algo.

—Dios mío —se lamenta Rosina—. Debería cobrar entrada.

—¿Estarás bien? —pregunta Grace.

—No lo sé.

Lo único que sabe Rosina es que no puede pasar el resto de su vida evitando las llamadas telefónicas de su madre. No puedo seguir huyendo de lo inevitable. No puede detener el tiempo. Sea lo que sea lo que suceda, es posible que no sea justo. Puede que no esté bien o que no sea como deberían de ser las cosas, pero es la realidad. Es su realidad. Y lo será hasta que descubra cómo cambiarla. Pero hay una cosa que tiene clara y es que huir no es cambiar. Sale del vehículo y se enfrenta a lo que está por venir.

Cuando Grace llega a casa, hay una mujer policía sentada en el sofá con sus padres, con una taza de café en la mano.

—¡Gracie! —exclama su madre cuando entra en casa, pero nadie dice más que eso mientras deja la mochila junto a la puerta y se sienta con ellos.

—Hola —saluda a la policía.

—Grace, ¿sabes por qué estoy aquí?

—Sí.

—Nos gustaría que vinieras a la comisaría para hacerte unas preguntas. Se te acusa de varios delitos serios.

—Dios mío —se lamenta su madre. Su padre la rodea con el brazo. Grace no puede mirarlo, no puede arriesgarse a ver el dolor en sus miradas.

—¿Puedo preguntar quién me acusa? ¿Y cuáles son las acusaciones?

La agente mira las notas que tiene en el cuaderno y lee sin alzar la mirada.

—Regina Slatterly ha presentado una queja en nombre del distrito escolar de la ciudad de Prescott. Aquí pone robo, robo de información registrada, robo cibernético, piratería informática, acoso, conspiración, contribución a la delincuencia juvenil... Caramba, es una buena lista.

¿Qué es esa extraña sensación que borbotea dentro de ella? ¿Por qué está tan tranquila? ¿Por qué sonríe?

—¿Tiene que ir Grace con usted en el vehículo policial? —pregunta su padre.

—No, señor. Aún no tiene cargos. Puede ir con ustedes.

—Pero si no tiene cargos de nada —continúa él—, técnicamente no tiene que ir, ¿no? Puede quedarse aquí. Igual debería de llamar a un abogado. No sé si estoy cómodo con la idea de que mi hija...

—Papá —lo interrumpe Grace—, no pasa nada. Estoy preparada para hablar con ellos. —Por fin alza la mirada y mira a sus padres a los ojos—. No tengo nada de lo que avergonzarme.

—Cariño —dice su madre en cuanto están en el vehículo con el cinturón de seguridad abrochado. Grace está sola en el asiento de atrás—. ¿Qué pasa? —Grace nota el miedo en su voz.

—Tú no eres así —añade su padre—. Tú no te metes en problemas con la ley. No comprendo cómo es posible.

—Puedo explicarlo. —Se queda un instante callada, cierra los ojos y busca en su interior la parte segura de ella, el lugar de donde procede su verdadera voz—. Soy una de las fundadoras de Las chicas de ninguna parte. Mis amigas Rosina y Erin y yo. Lo pusimos en marcha porque queríamos ayudar a Lucy, la chica a la que violaron el año pasado. Queríamos ayudar a todas las chicas. El grupo tomó vida propia a medida que aumentaba.

Su madre se vuelve para mirarla, pero Grace no le ve los ojos en la oscuridad. Aun así, siente el amor que irradian.

—Puede que hayamos roto algunas reglas, normas pequeñas, pero no hemos hecho daño a nadie. Hemos ayudado a la gente. A mucha gente. —Se le rompe la voz—. Mamá. Esto es lo mejor que he hecho nunca.

Grace oye a su madre suspirar, ve que sus padres se miran de ese modo que tienen cuando se leen la mente entre ellos. Nadie dice nada durante el resto del trayecto a la comisaría, pero se ha decidido algo. Se ha declarado de forma silenciosa algún tipo de paz. Ellos confían en ella. Siempre han confiado en ella.

El automóvil de la madre de Rosina también está en silencio, pero se trata de un silencio cargado, denso, como si fuera a entrar en combustión en cualquier momento, como si el vehículo fuera una bomba en movimiento. Rosina piensa que debe de haberse perdido el momento de enojo de su madre porque lo que ha presenciado desde que llegó a casa es algo mucho peor, algo que va más allá de la rabia: mami está aterrada. No ha dicho prácticamente nada, ni una palabra para avergonzar a Rosina ni tampoco para intimidar al agente de policía que había en el salón. Se mantuvo ahí sentada bastante recatada mientras él explicaba que quería llevar a Rosina a la comisaría. «Sí, señor» fue lo único que dijo. Y ahora conduce con los nudillos blancos, mirando al frente, y las lágrimas en las mejillas reflejan el fulgor efímero de las farolas.

Rosina se muere por salir del automóvil, pero ninguna de las dos se mueve cuando llegan al aparcamiento de la comisaría. Hay que decir algo. Podrían esperar toda la vida a que la otra hablara.

Rosina mira por la ventanilla y ve a Erin entrar en la comisaría de policía. Su madre la sigue de cerca con el bolso aferrado al pecho. A pesar del ambiente opresivo del automóvil, Rosina no puede evitar sonreír al ver a su amiga... un movimiento pequeño y limpio de los labios para expresar algo enorme que siente dentro, un diminuto gesto para demostrar esta explosión de amor y orgullo.

—Me asustas, hija —dice al fin su madre. Rosina se vuelve y se sorprende al ver a una mujer de mediana edad con manchas de máscara de pestañas y el pelo grisáceo y estropeado. Nunca ha pensado que su madre fuera guapa, pero tampoco que fuera vieja—. Siempre estás discutiendo. —Abrasa a Rosina con la mirada—. Quieres discutirlo todo.

—Eso no es verdad —replica ella, aunque con tono suave, sin mucha convicción.

—Algún día vas a perder. Vas a resultar herida.

—Puede, pero cuando eso suceda, ¿quieres ser tú quien me haga daño?

Algo sucede en el silencio que sigue a la pregunta de Rosina. El peso a cada lado del automóvil parece igualarse, equilibrarse. El miedo y la ira se disipan y solo quedan dos mujeres, medio iluminadas por las luces de la calle.

—Lo único que he querido siempre ha sido protegerte —susurra mami.

—Ya lo sé —responde Rosina, porque de repente lo sabe—. Deberíamos entrar —añade tras un momento de silencio.

—¿Estás asustada? —le pregunta mami. No es una acusación, no la está juzgando. Solo pregunta. Solo quiere saber qué siente su hija.

—Aterrada.

Para cualquier otra persona, el gesto de asentimiento de mami resultaría casi imperceptible, pero para Rosina es como una montaña en movimiento. Un pequeño destello de gratitud brota de ella, como si fuera un latido del corazón, y es suficiente. Esta es la escala del amor de ellas dos.

Erin está tan tranquila y serena como la ha visto siempre Rosina. Se frota las manos como hace siempre que está nerviosa, pero se siente más emocionada que ansiosa, casi alegre. Su madre está sentada en el banco, a su lado, más cerca de lo que permitiría normalmente Erin. Parece más confundida que enfadada o asustada, como si todo esto fuera un terrible error, como si no pudiera siquiera imaginar que su hija fuera capaz de hacer algo que pudiera llevarla a la comisaría de policía. No tiene ni idea de lo que es capaz su hija.

Rosina se acerca a Erin mientras su madre se dirige al mostrador para buscar respuestas.

—Están esperando a que llegue Grace —explica Erin—. Quieren hablar con las tres juntas.

—¿Están arrestando a mi hija? —pregunta mami; su fuego de siempre ha regresado. Rosina nunca pensó que podría sentir pena por un policía, pero siempre hay una primera vez para todo. Sonríe al ver a su menuda madre acosando al agente y atisba una pizca de sí misma, de su propio coraje, y eso disipa el miedo, solo un poco.

Se abre la puerta principal. Grace y su familia entran como un paquete, una unidad única, conectada. La madre de Rosina se vuelve y las dos madres intercambian una mirada, tan breve y sutil que casi se le escapa a Rosina. Por un instante, su madre no es cruel ni está enfadada, ni siquiera asustada; por un momento lo que ve ella es amor.

El policía del mostrador realiza una llamada. El jefe Delaney sale de su despacho limpiándose migas de la boca con el dorso de la mano.

—Muy bien, señoritas —dice—. Hagamos esto rápido. ¿Estáis preparadas para hablar conmigo?

Ninguna de ellas dice nada.

Delaney suspira.

—Como sois menores, supongo que tengo que explicaros que tenéis permiso para pedir a vuestros padres que os acompañen.

Las tres responden que no sin dudarlo.

Están nerviosas cuando entran en el despacho del jefe Delaney, pero no están asustadas. El mundo es mucho más grande que este diminuto lugar y la justicia es mucho más complicada que los antojos de este hombre pequeño. Su entendimiento del sistema judicial es limitado, pero están seguras de que ahora sí va a pasar algo. Saben que Delaney no puede evitarlo. Saben que el *sheriff* del condado está de su parte. Tienen pruebas. Tienen la verdad. Son al fin personas, adultos, que quieren que las escuchen. Las chicas saben, de algún modo, que ya han vencido.

Lo que no saben es que, al mismo tiempo que sus padres las llevaban a la comisaría, los agentes del condado también llegaban a las casas de Spencer Klimpt, Eric Jordan y Ennis Calhoun. Las sirenas alertaban a todo el vecindario de su llegada. Los vecinos se agolpaban en las calles para ver cómo sacaban a los chicos esposados y los metían en los asientos traseros de los vehículos policiales.

Con la puerta del despacho del jefe de policía cerrada, las chicas no tienen ni idea de lo que está pasando en el resto de la comisaría. No saben que mientras ellas intentan contar al jefe de policía aburrido que solo las escucha a medias su parte de la historia, llega el *sheriff* del condado. No saben que el *sheriff* ha estado toda la noche tratando de ponerse en contacto con el jefe Delaney, desde que habló con Cheyenne. No saben que Delaney tiene por costumbre evitar las llamadas del *sheriff*, que está molesto con él por intentar complicarle el trabajo insistiendo en la comunicación jurisdiccional. Las chicas no saben que al *sheriff* le disgusta el jefe de policía casi tanto como a ellas.

¿Saben las chicas cuándo entran los chicos en el edificio? ¿Pueden sentir su presencia a cualquier nivel?

Separan a los chicos y los meten en salas distintas mientras esperan a que lleguen sus padres. Si fueran inteligentes, no hablarían. Esperarían a contar con los abogados. Representarían su juego. Pero tal vez el miedo, u otro sentimiento, les ha nublado la razón. Tal vez uno de los chicos ya esté hablando. Puede que lleve todo este tiempo desesperado por purgar la culpa.

En dos habitaciones separadas, se está contando la verdad. En otras dos, los chicos se aferran al silencio como si se tratara de una tabla salvavidas.

Ni ellos ni las chicas son conscientes de que la sala de espera se está llenando poco a poco con sus compañeras de clase. Las noticias corren rápido en las ciudades pequeñas.

Llegan una detrás de otra. Melissa Sanderson, examinadora y el amor de Rosina; Elise Powell, deportista; Sam Robeson, la chica del club de teatro; Margot Dillard, presidenta del cuerpo estudiantil; Lisa Sutter, capitana del equipo de animadoras; Serina Barlow, chica rehabilitada; las cotillas Connie Lancaster y Allison Norman; las antiguas amigas de Lucy, Jenny y Lily; las alumnas de primero con el pelo multicolor, Krista y Trista. Todas estas chicas que, en una situación normal, no se mezclarían. Otras. Más. Todo el mundo.

Las chicas de ninguna parte están aquí. Están en todas partes.

Cuando Rosina, Grace y Erin salen del despacho del jefe Delaney, la comisaría estalla en una explosión de voces. Las tres jóvenes intentan comprender de dónde viene todo ese ruido. ¿Qué son esos vítores? Las voces de las chicas retumban en las paredes y el techo y el suelo, tomando impulso, ganando velocidad, colisionando entre sí.

En medio del caos, la mirada de Rosina aterriza en el único lugar silencioso. En un rincón de la sala de espera, apartadas de la locura de la multitud, están su madre y la señora Salter, una frente a la otra con los ojos cerrados y tomadas de la mano. Rezando. Buscando la paz a su manera.

La voz de alguien resuena.

—Madre mía, chicas. Hay un montón de periodistas fuera.

Y entonces se abren las puertas de los despachos una a una, perfectamente sincronizadas: Spencer, Eric, Ennis. Un silencio aún más ensordecedor que los vítores inunda la comisaría. Es la calma al borde de una colina —con muchos ojos que observan, muchas personas que contienen la respiración— justo antes de la caída.

Cuando sale Spencer de una sala, ve a Ennis saliendo de otra que hay al otro lado.

—¿Qué les has contado? —brama a su amigo, rompiendo el silencio.

Ennis tiene la cabeza gacha. No levanta la mirada, no responde, no reconoce nada de lo que está sucediendo. Está desinflado, vacío. Ha dicho cosas dentro de esa sala que ya nunca podrá retirar.

—¿Qué diablos has dicho? —grita Spencer y toda la sala se encoge de miedo cuando se lanza a por Ennis.

Pero un agente lo agarra antes de que llegue a ninguna parte y, sin ningún esfuerzo, le pone los brazos tras la espalda y le aprisiona las muñecas con unas esposas.

—Au —se queja el chico con un grito agudo—. Me estás haciendo daño. —¿Quién iba a decir que fuera tan fácil retenerlo?

—Muévete —le exige el agente, dándole una patada en el talón, como si fuera un mueble, y haciendo que se tropiece y se caiga de cara sin poder usar las manos para amortiguar el golpe. Nadie se mueve para ayudarlo. Las risas nerviosas inundan el ambiente cuando se retuerce para ponerse recto. Spencer se esfuerza, impotente, y las risitas se vuelven carcajadas, luego algo distinto, un sonido sin definición, algo nacido de demasiadas semanas, meses, años, de vidas enteras conteniendo la respiración que ahora se libera, de muchas voces restauradas, que se alimentan las unas de las otras, que ascienden y crecen hasta que la comisaría estalla en voces tan altas que no queda ningún lugar en silencio para esconderse.

Eric Jordan mira la sala de espera con los ojos vacíos, indescriptibles, muertos. Ve un muro de mujeres, sus compañeras de clase, las chicas con las que ha flirteado, de las que se ha burlado y a las que ha menospreciado durante años. Las ve como nunca antes las ha visto: un grupo sólido y formidable, y mucho más grande que él. No son solo cuerpos, no es solo piel y suavidad, no son juguetes ni criaturas domesticables. Ni las quiere ni las odia. No sabe qué es lo que siente. Lo han educado con el privilegio de no tener que acostumbrarse al miedo.

Pero en este momento surge una chispa de comprensión dentro de él, de repente comprende que el mundo se ha vuelto del revés: estas chicas van a definir su vida igual que él ha definido ya las suyas.

Las jóvenes están congregadas tan juntas que apenas queda espacio para respirar, y siguen llegando más. Los vítores se convierten en gritos, en chillidos, en llantos. El sonido es ensordecedor, primigenio. Es sentimiento puro, todas a una. Son todas las chicas, todas sus voces, gritando todo lo alto que pueden.

Incendian la oscuridad. Marcan la noche.

Cheyenne.

Su madre le ha dicho que puede faltar hoy al instituto si no se siente preparada, pero Cheyenne está harta de quedarse en casa. A pesar de que apenas durmió anoche, a pesar de que lo nota todo frágil, no solo la piel, también los ojos, la boca, los pulmones. Como si cada parte de ella estuviera exhausta, como si cada molécula se hubiera retorcido y amasado y pinchado durante horas y horas, días y días.

Pero está cansada de que su vida esté en suspenso. Está cansada de esconderse. Y se le ha privado de la cantidad justa de sueño para que la adrenalina se le dispare, de la cantidad justa de ingenuidad para volverse valiente.

Tiene una idea de lo que va a suceder cuando llegue al instituto. Sabe cómo funcionan las cosas en las localidades tan pequeñas. Sabe cómo habla la gente, la información que difunde, sea o no verdad. En una sola noche, una historia verdadera puede convertirse en otra cosa. Y la víctima puede tornarse algo completamente distinto a un ser humano vivo.

Solo ha pasado un mes y medio desde que Cheyenne llegó a este instituto nuevo y aún no ha hecho ningún amigo de verdad.

Supone que pasará el día más o menos igual que antes, sin hablar con nadie. A lo mejor la gente se le queda mirando un poco. Puede que murmuren. Pero tampoco tiene mucho que perder.

Su madre la lleva en automóvil al instituto y se contiene para no echarse a llorar cuando ve a su hija entrar en el edificio, cuando la ve desaparecer tras las puertas, cuando Cheyenne entra en un mundo en el que su madre no puede protegerla.

Los pasillos están llenos del ruido de siempre. Cheyenne camina con la cabeza gacha. Lo único que quiere es llegar a clase sin mirar a nadie, sin tener que aguantar la pena de los demás, la curiosidad, el desprecio. Pero oye el siseo que se apodera del pasillo. Siente los ojos taladrándola. Nota el movimiento, aunque intenta no pensar en ello. «Sigue adelante —se anima a sí misma—. Supéralo».

De lo que no se da cuenta es que el movimiento tiene un patrón. Un centro. Un destino. Una por una, todas las chicas del pasillo se acercan a ella. Como un banco de peces, se comunican sin hablar. Se mueven juntas, formando alrededor de ella mientras avanza por el pasillo.

Por fin Cheyenne levanta la mirada. Ve a las chicas que la rodean. Las mira a los ojos y no ve pena en ellos; no la juzgan, no la menosprecian. Lo que ve es fuego. Ve ojos llenos de llamas.

Siente un hormigueo en los dedos de la mano derecha y comprueba que la chica que tiene a su lado le ha agarrado la mano. Siente el calor de los cuerpos que la rodean, protegiéndola de lo que pueda interponerse en su camino, apoyándola, haciéndola avanzar. Caminan de ese modo hasta la primera clase de Cheyenne. Ocupan todo el ancho del pasillo. El mar de estudiantes se separa para que las chicas pasen.

Porque las chicas son imparables. Son una fuerza. Son un solo cuerpo.

Lucy.

En una ciudad de algún lugar, una chica llamada Lucy Moynihan sabe que sus padres están hablando de nuevo con los abogados. Sabe que han arrestado a quienes la violaron y que el caso por fin irá a juicio. Sabe que sus fantasmas se han convertido en noticia.

Por supuesto, toda esta atención morirá en cuanto otra historia ocupe su lugar. Todo el mundo se olvidará de Las chicas de ninguna parte, de Prescott, Oregón, y de los escalofriantes delitos de tres chicos que estuvieron a punto de salirse con la suya. Debido a su edad, el nombre de Lucy no puede aparecer en los medios de comunicación. Aun así, sabe que la gente habla de ella. Hablan de una chica a la que nadie conoce.

¿Quién sabe lo que acabará sucediendo? ¿Quién sabe cómo será la justicia? ¿Qué castigo está a la altura del delito de esos chicos? ¿Cuál es equivalente en permanencia a lo que hicieron ellos? ¿Existe acaso la justicia? No hay nada que pueda hacer que Lucy vuelva a ser la chica que era. Nada que pueda deshacer lo que sucedió.

Intenta mantener las esperanzas a raya. A pesar de las buenas noticias, está ese caso de hace un par de meses sobre el chico al que descubrieron violando a una chica inconsciente en la habitación de la colada de la casa de su fraternidad. Incluso con testigos, con la prueba de las grabaciones, solo lo castigaron con tres meses de cárcel. Porque era rico. Porque era blanco. Porque cuando los miembros del jurado y el juez lo miraron, no vieron a alguien con aspecto de tener que ir a la cárcel. Lucy recuerda haber leído en alguna parte las estadísticas de que solo el tres por ciento de los violadores pasan un solo día en la cárcel. No son unas cifras favorables.

Pero tal vez las cosas estén cambiando, piensa. Solo un poco, día a día, puede acabar siendo mucho con el tiempo. El mundo ya es un lugar distinto a cómo era la pasada primavera, cuando ni por asomo habrían podido existir Las chicas de ninguna parte. Y aquí están hoy, en el mismo lugar imposible del que ella se marchó, haciendo cosas imposibles.

Lucy se sienta en la habitación que lleva siendo suya solo unos meses. Piensa en las palabras desesperadas que rayó en las paredes de su antiguo dormitorio, cuando quería gritar, pero no podía, cuando llorar no era suficiente. Se pregunta si alguien las encontró alguna vez.

Recursos

Línea de Ayuda Nacional Online de Asalto Sexual:
800.656.HOPE y www.online.rainn.org
En español: www.rainn.org/es

▶En España: #YoSíTeCreoHermana, en relación con el delito de La Manada, Pamplona. Un caso real similar al narrado en esta historia. En inglés, #sisteribelieveyou.

Centro de Asistencia a Víctimas de Agresiones Sexuales
https://www.madrid.es/portales/munimadrid/es/Inicio/
Servicios-sociales-y-salud/Direcciones-y-telefonos/Centro-
de-Asistencia-a-Victimas-de-Agresiones-Sexuales-CAVAS-
/?vgnextfmt=default&vgnextoid=405fba61e681c010Vgn
VCM1000000b205a0aRCRD&vgnextchannel=2bc2c8e-
b248fe410VgnVCM1000000b205a0aRCRD

▶En México: Universidad Autónoma Metropolitana.
¿Qué hacer en caso de agresión sexual?
https://www.uam.mx/lineauam/lineauam_uni16.htm

▶En Argentina:
http://www.jus.gob.ar/atencion-al-ciudadano/guia-de-deri-vaciones/violencia-sexual.aspx

RAINN: www.rainn.org
RAINN (red nacional de violación, abusos e incesto) es la organización en contra de la violencia sexual más grande de Estados Unidos. RAINN ha creado y opera la línea de ayuda nacional online de delitos sexuales en colaboración con más de mil proveedores locales de servicio contra la agresión sexual en todo el país. RAINN también lleva a cabo programas para prevenir la violencia sexual, para ayudar a las víctimas y asegurar que llevan a la justicia a los delincuentes.

Planned Parenthood: www.plannedparenthood.org
El proveedor de más confianza de Estados Unidos de salud reproductiva y un líder respetado en la educación de los estadounidenses sobre la salud reproductiva y sexual.

Our Bodies Ourselves: www.ourbodiesourselves.org
Our Bodies Ourselves (Nuestros cuerpos, nuestras vidas) es una organización feminista global que sintetiza y divulga información sobre salud procedente de la mejor investigación científica disponible, así como experiencias de la vida de las mujeres con el objetivo de que los individuos y comunidades puedan tomar decisiones con información previa sobre salud, reproducción y sexualidad.

Advocates for Youth: www.advocatesforyouth.org
Advocates for Youth se asocia con líderes juveniles, aliados adultos y organizaciones de jóvenes para abogar por políticas y

programas que reconozcan los derechos de los jóvenes a la información honesta sobre la salud sexual; a servicios accesibles, confidenciales y asequibles de salud sexual; y a los recursos y oportunidades necesarios para crear equidad en salud sexual para todos los jóvenes.

Stop Sexual Assault in Schools: www.ssais.org
SSAIS encabeza el movimiento de concienciación sobre el acoso sexual y la agresión sexual en la educación primaria y secundaria y tiene como fin evitarlo, apoyar a las víctimas, informar a los estudiantes sobre sus derechos y empoderarlos para que protejan a sus compañeros.

Agradecimientos

Primero, como siempre, gracias a mi animadora incansable y agente, Amy Tipton.

A mi editora de Simon Pulse, Liesa Abrams. Eres el alma gemela de este libro. No podría haber tenido más suerte. Tu pasión y devoción con esta novela han sido infinitas. Gracias por creer en Grace, Rosina y Erin. Y en mí.

A toda la gente de Simon Pulse y Simon & Schuster, que hicieron más de lo que les correspondía por defender y cuidar de este libro. He tenido todo un ejército que ha luchado por *Las chicas de ninguna parte* y, aunque no conozco todos vuestros nombres, os doy las gracias a todos y cada uno de vosotros.

A mi agente de derechos internacionales, Taryn Fagerness, por llevarse a mis chicas al otro lado del océano.

Al programa de residencia para los escritores del Centro Weymout de las Artes y Humanidades, por ofrecerme un espacio tan brillante para terminar el primer borrador.

A Trudy Hale, del retiro para escritores The Porches, en Virginia, por ser mi hogar lejos de mi hogar, y por el silencio.

Gracias a mi comunidad de Asheville, Carolina del Norte, por haber inspirado algunos aspectos de este libro. Puede que los lectores hayan escuchado algo sobre el acontecimiento que sucedió en septiembre de 2015, en el que se descubrió que los propietarios de Waking Life, una de las cafeterías de mi barrio, eran los responsables de una serie de programas de redifusión multimedia misóginos y unos artículos en Internet que incluían una lista gráfica y degradante de conquistas sexuales que hablaba de mujeres locales. Esto me inspiró para crear las entradas de *Los verdaderos hombres de Prescott* en *Las chicas de ninguna parte*. Los ciudadanos de Asheville respondieron de inmediato boicoteando el negocio, enviando un mensaje claro de que el sexismo descarado por parte de los hombres y el abuso a las mujeres no se iba a tolerar en nuestra comunidad. Los negocios locales dejaron de consumir sus productos. Los hombres y las mujeres se unieron en protesta. Un par de semanas después, los propietarios abandonaron la ciudad, deshonrados. Asheville dejó muy claro que iba a defender a las mujeres, que iba a combatir la misoginia y el sexismo. Estoy orgullosa de mi ciudad de montaña.

A Angélica Wind, directora ejecutiva de Our VOICE, por leer un primer borrador de este libro y por el incansable trabajo ayudando a los supervivientes de agresiones y abusos sexuales en el oeste de Carolina del Norte.

Mi inmensa gratitud a mis lectores beta: Emily Cashwell, Jennie Eagle, Kimberly Egget, Stefanie Kalem, Alison Knowles, Constance Lombardo, Natalie Ortega, Meagan Rivera, Michelle Santamaria, Kaylee Spencer, Nana Twumasi y Victoria Vertner. Gracias especialmente a Stephanie Kuehnert, susurradora de tramas. Me habéis ayudado todas a insuflar fuego en este libro.

A Lyn Miller-Lachmann, por su maravilloso libro *Rogue* y por conducirme por la buena dirección. Por su inestimable entendimiento sobre cómo vivir con el autismo y por escribir sobre la vida con el autismo, gracias a wrongplanet.net; al blog de L. C. Mawson, lcmawson.com; al blog de Tania Marshall, aniaannmarshall.wordpress.com; a los blogs de Samantha Craft, everydayaspergers.com y everydayaspie.wordpress.com; y a disabilityinkidlit.com, sobre todo por las entradas de Corinne Duyvis y Elizabeth Bartmess.

Mi más profunda y humilde gratitud va para Jen Wilde y Meredith McGhan, por su gran generosidad al compartir conmigo sus experiencias, y por su respuesta honesta (y a veces dura). Me habéis empujado a convertirme en una mejor escritora y en una mejor persona. Todo lo que he hecho bien con Erin es gracias a la ayuda de estas mujeres fuertes e inteligentes. Cualquier cosa que haya hecho mal es solamente culpa mía.

Gracias a Brian por ser mi hogar. Y a Elouise por ser mi esperanza. Sois mi luz en la oscuridad.

Siempre, más que cualquier otra cosa, gracias a mis lectores y a los adolescentes de todos los lugares que continuáis inspirándome con vuestro coraje y compasión. Seguid resistiendo. Seguid difundiendo vuestra verdad. El mundo necesita vuestras voces ahora más que nunca.

Descarga la guía de lectura gratuita
de este libro en:
https://librosdeseda.com/